あれちの菊《ぎく》

菊地 夢蝶々
KIKUCHI YumeChau-chau

文芸社

あらすじ

本小説は、肉界（現世）にいる主人公、里山活也《さとやまかつや》に、天界もしくは隠界にいる和志《わし》（和多志《わたし》）＝里山田吾作《たごさく》＝彼の祖父が、与えた試練・衝撃を通じて、彼を人間的に成長させる物語である。**愛器知**《あいきち》の愛を原動機に個人的にも家族内分業（母性愛、父の知性と器量）的にも、愛を深く、器を大きく、知を広く成長させ膨張させる物語である。即ち、公判の進捗と並走する主人公の心のお遍路、「怨」→「隠」→「恩」の変遷を、自己成長の歩みとして描き、活也が自分自身を人形と見なして、全ての所業、人間関係を人形劇として客観視して描き、自分を書くことによっても反省し成長させるBildungsroman《ビルドゥンクスロマン》（人格形成物語）である。

この試練は、先ず和志ではなく勤務先、村園學園《むらぞの》の与えた活也に対する理不尽な降職処分＝実質上の解雇という処分、さらに盗用問題に関わる理不尽な理由を不問にする法廷の腐敗した「平目裁判官」の訴訟指揮、これら學園と地裁に対して、活也がその胸に煮えたぎらせる「怨」から始まる。

その処分の理由は、活也が中国人大学院留学生の博士号請求論文の盗用を大學院教授会で追及したことに端を発する事象の偏見に拠るものであった。指導教授によるセクハラをもみ消すために、同教授と學園当局がその被害者との駆け引きで、博士号請求論文の盗用を容認したことを活也は許せなかったのである。

このままだと、里山家の血筋から殺人鬼を生み出してしまう、と慌てた天界にいる和志が、2015年7月に墓石をアンテナに現世界＝肉界に降臨し、そこを拠点に活也の傍の隠界に飛んで常駐し、実際の殺戮をかろうじて擬似的な藁人形の火葬＝丑の刻参りに留めさせる。これより、活也は迷いながらも、薄っぺらな自尊感情から根強い怨念を持ち続け、復讐心に燃えるだけだった負のヴェクトルを、正のヴェクトルに変える。その怨念が煮えたぎるクライマックスが、善人活也をよくも駆逐してくれた大學当局三大悪人を呪い殺す儀式＝火葬である。活也は、この殺害＝火葬をやってしまったという良心の呵責をバネに、迷走・紆余曲折しつつ恩愛の光へとヴェクトルの向きを変えて行く。

この迷走になるが、復習劇を終えても、なお活也が上から目線の、統合失調症の二男の廣生《ひろお》に対する態度を改めないので、彼を幽体離脱（体葬）させ、天界の入り口に誘導し、廣生の幻聴・幻覚世界も想像でき、「天」、「隠」の世界を知り、愛器知の大きな人間、もののあわれを知る幅の広く深い人間に成長させる。さらに、呪いの五寸釘を祈りの鑿に、復讐の金槌を「恩」の鉄鎚《かなづち》（青の洞門を掘る鑿と金鎚）に「転」じさせる。

その体葬を経て、自分を客観視できるようになった活也、教育者でもあった元教授の主人公は、その怨から恩への自己成長の中で、人がその成長の段階に応じてしか生きられないことを悟る。DNA的に親から譲り受けた能力、他力的な社会環境によっても自力となる成長は異なって来る。狭量に、自力本願を学生に強要するような教育をしてはならない、と思うようになる。他力の中の自力で、速く成長し、悟り、寛容に「自分が変わる」コーチングを、先ずは二男に対してしてみようと思うようになる。しかし、変わろうとしないし、本当の自分を尋ねる出発点に立とうとしない二男に閉口し挫けそうになる。「愛は寛容」、二男の再出発を待つ。

こうして、2年に亘る地方裁判所での公判について、和志は降職処分撤回・職場復帰を意地でも初志貫徹で中断せずやり抜き、「雨にも負けず」高等裁、最高裁まで上告しようとする活也を、恰《あたか》も宮沢賢治から「つまらないから止めろ」と言われたかのように思い留まらせ、和解を受け入れさせ、彼を家族という愛の古巣に回帰させる。

最後に、和志の遺品たる『恩讐の彼方に』を小学生時に読んだ団塊世代＝全共闘世代の活也が、2016年11月に、67歳にして初めて、念願のその主人公＝了海《りょうかい》の霊との邂逅のために青の洞門に家族で乗りつけ、山国川に大あれちの菊の人形を神送りし、怨念を水葬し、新たに贖罪としてその穴を掘り続けた了海の苦節30年に見習って、97歳まで絵本を創作することを了海さんに固く誓うシーンで物語を終える。和志は安堵し、天界へ凡そ1年ぶりに戻る。

このように、人形劇のあらすじ「起承転結」、その構成は「起承転展《てん》結」となっている。即ち、「怨」が「起」（解雇処分と公判）に、「承」が火葬（藁火山《わらびやま》の丑の刻参り）に、「転」が体葬（幽体離脱）に、「展」が家庭・自然回帰・公判の和解に、「結」が水葬（青の洞門参拝）になっている。

大あれちの菊　目次

序幕　荒《こう》の起句

音《おん》、いまは天界にも隠界にも居《お》るベートーヴェン、彼の第6交響曲『田園♪』を金粉の高速津波にしたような軽妙なリズム、神霊の妙《たえ》なる調べに乗って、和志《わし》（＝和多志《わたし》）、天界の里山田吾作《さとやまたごさく》爺の魂が火の玉になって、愛孫、里山活也《かつや》の魂を救済するために飛行しておる。和志は、青の洞門を模して先に穴を開けて寝かせた烏帽子《えぼし》風の和志の墓石、里山家先祖代々の餅つき用の石臼の底を削り落とした厚い縄文土器型の苔生《む》す自然石、お彼岸が来ればその穴の向こうに子孫が夕日を見る墓石、この中継アンテナ基地となる烏帽子石を目掛けて天界から発信され、いま放物線上を飛び降りておる。和志は、先ずはこの自然石＝止まり木に飛来、着信、休止し、そこで翼を着け鳶《とび》になる。

なぜ、和志は天界からお墓を中継拠点にして、「大あれちの菊《ぎく》」という名の人形劇の舞台を目指して、活也のすぐ傍の隠界《おんかい》に金粉の千の水煙、千の霧＝H_2Oとなり、渦のように縦横無尽、自由自在の螺旋《らせん》を描きながら「千の風」に乗って飛び、活也の居る現場の空で3Dプリンターが吹きつけたように鳶に固体化＝化身するのか？

霊界の霊＝和志、田吾作爺は、肉界たる現世＝3次元という人形劇場で演ずる主人公＝愛孫＝**人**＝**霊止**《ひと》＝里山活也《さとやまかつや》、彼の霊≒魂を菊池寛『恩讐の彼方に』のように怨讐から恩愛へと浄化し、愛器知を深く、大きく、広くさせ、**尋性 成仏**《じんしょうじょうぶつ》（自分の何たるか、その真実を尋ね続ける姿こそ仏、その尋は一生涯永続する「靭《じん》」＝強靭＝丈夫で靭《しなやか》であらねばならない）、邪悪・抗争から善良・穏和に誘導し、その進歩・生長を描かせ、良き演出家にさせるために、飛翔した。

第1章　主題と人形舞台

和志は、愛器知をテーマにする。活也と二人三脚で活也にその悪しき人形の殻を破らせ、器の包容力を増強させ、知の次元を飛躍させ、自己の醜さを吐き出させ、ご恩を感じさせ、T字型で刺々《とげとげ》しい人物から仁愛《じんあい》の心豊かにあふれて菊の花のような香りを地に放つ人物へとBildung（自己形成）させるようにすることができるのだろうか?

第1節　Bildungsroman《ビルドゥンクスロマン》、そのテーマ

本小説（人形劇）、Bildungsroman《ビルドゥンクスロマン》（人格形成物語）の主要なテーマと筋書きは、怨念↓隠密↓恩愛（抗争↓交錯↓光彩）、つまり隠密なる和志を介して、活也を幻界《げんかい》（幽体離脱＝ショック療法）へと体葬《たいそう》を通じて誘導させた上での、人間人形《にんげんにんぎょう》の活也の懺悔《ざんげ》を通した怨念から恩愛への脱皮、藁人形づくりから菊人形づくりへの成長、怨と讐の応酬から「怨讐の彼方へ」の跳躍である。

和志は、墓場の夏蝉に起こされ、「田園」第6シンフォニーに誘われ星屑のように小さな小さな金の小鳥に変身し、肉界に建つ和志の止まり木のお墓の下の骨壷を抜け出して、

風に乗って、大空で柔軟な金剛（硬いものほど、粒子は速い）の鳶に変身し、広がる鳥瞰図絵巻を超高速で東西南の三山脈と北の島・海に囲まれた田園が見えるまで解《ほど》きながら、その田んぼの中の大あれちの菊《ぎく》（＝大荒地野菊）生え放題の和の一軒屋にいる愛孫の里山活也の元《もと》へ、猛省を促すために飛び急いでいる。

「熟慮断行」（石橋）をしているつもりでも、それは洗脳に基づくものであったならば、損得の利己と利他の均衡、時空間の長短・広狭の均衡、正邪の均衡を欠いた視野の狭い「未《み》熟慮断行」となる。浅薄かな思慮ゆえに、せっかくの実行力が取返しのつかない愚行を招き将来禍根を残すこともある。「若気の至り」。評論家的で思ったことを要領の良さゆえに実践しない人間や常識的凡人ならまだしも、志《こころざし》、実行力のある人間にとって、狭量で誤まった一所懸命に陥っていた場合、その自分の行為の過ちは、いくら命がけだったと言っても、正当化できるものではない。

誰も教えてくれなかった等と、無いもの強請《ねだ》りをし、自力本願を強要し、「備わるを一人に求む」が如く、泣き言さえ口から出させる。もっとも、日本の教育は、性善説一本で、情報の裏・奥を教えないとは言え、自業自得である。「他人様は、変えられないから、自分が変わる」（水俣袋のお母さん杉本栄子）ことが肝要。思春期、青春時代まで吾が身心が成長し、それ以降、吾が身が衰えるに連れて心が反比例して成長する。DNA的に親から譲り受けた、他力としての考える能力、性格等の人それぞれに備わった力によっても、他力的な因果で入り込む境遇、社会環境、出会いによる影響力によっても自力となる成長の速度、段階は異なって来る。自力本願を他者に強要してはならない。そもそも、刹那的感情に翻弄されてしか生きられない人、成長しようともしない人（十牛図の「尋」の第一図を描けない人）、年輪を重ね成長を積み上げることの出来ない人もいるのだから、皆仲良く共生するには、その人となりについて諦めることも、交際を工夫することも必要になる。「『自分は正しい』と思うと、幸せになれない」（大谷暢順）。

意思決定、成長を待たず。他力の中の自力。主体的に、自力で速く成長し、悟り、「自分が変わる」こと、また他者に対して、それぞれ宿命的他力によって精一杯生きているのだから、自力によって自分が先に成長を遂げたからと言って、自分と同レヴェルの心を押し付けたり、過度に期待たりしないこと。むしろ、レヴェルが低く知の次元（Dimension）が狭い人には、自分がかつてそうしてもらったように、人を救うための「ケンゲンウンコセイ：建設的に・限定的に・印象的に・個性を考えて・成長させる」のコーチングをし他力となることである。温かく、愛器知の愛情を持って、人と付き合おう。人は、他力を引き寄せる自力・祈りに応じてしか、つまり、その時点では、各自の他力＋自力の宿命的成長段階に応じてしか生きられないのだから。

社会環境と主体の成長との関係については、情報収集力、情報源の求め方、直観力に欠陥があれば、愚行を犯してしまう。これからの活也の意思決定が悔いを残すものでないように、和志は飛ぶ。人間の生きる時間には、瞬・短・中・長がある。人生、そのタイミング、特に裁判中の瞬時の発言に、長期の人生、人生観が圧縮し、動体視力は研ぎ澄まされスローモーションのように時間が濃くなる。

　向精神薬や睡眠薬で自己抑制の前頭葉のシナプスが溶融していたり快楽ドーパミン依存症や繰返し行動症に罹《かか》っていたりするならばまだしも、短期の「短気は（長期の）損気」。君、感情、怨念の沼、ちゃちな正義の池、「若気の過ち」のダムに溺れることなかれ。嗚呼、瞬時・短期の判断は、自己形成の「歳月を待たず」。命は休めない。一瞬失えば、一生は帰らず。一息休め、憎悪の行動、一挙手一投足。血肉化せよ、怒りを超えた命first。

　好循環の「感知転幅《かんちてんぷく》」、正しい判断力を持つために、活也、磨けよ「感」性・直観力、広く深く頭を下げて求めよ「知」識・情報、潔く過《あやま》った生き方を「転」換・反省せよ、一層、知識・情報の「幅」を広げよ。いわば、「晩器大成」の人（a late bloomer）になれ。

　悪循環の「慣痴点伏《かんちてんぷく》」を「転」じ、活也よ、省みよ転換なき日常の「慣」性を、開けよ「痴」呆状態で閉門している情報の扉を、狭い「点」のような生き方を、殻に閉じ篭り器を「伏」せた自分を。

　この悪しきを次世代へ繋ぐ硬錠険競《こうじょうけんきょう》で荒侵軽《こうしんけい》→硬直・施錠・危険・競争で荒れさせ侵し軽んずことなかれ。「御山の大将」（the cock on the dunghill）になることなかれ。

第1図　怨念の［慣痴点伏］から恩愛の［感知転幅］へ

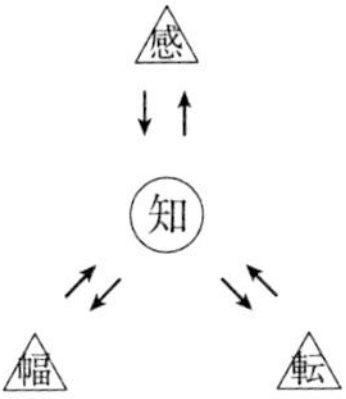

［感知転幅］

海人の恩愛「尋性成仏」型「晩器大成」＝「奥知恵」！

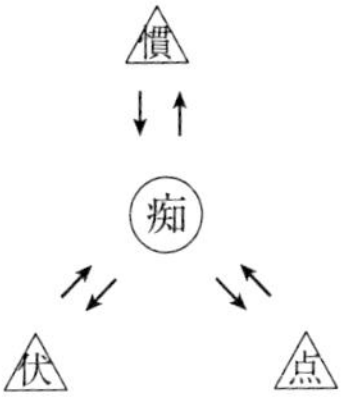

［慣痴点伏］

山人の怨念「自閉」「完結」型「御山の大将」

この自己形成のための「感知転幅」、「慣痴点伏」のメインテーマに付随して、活也に和志が授けるサブテーマは、あ（吾）れ（霊＝隠）ち（血ＤＮＡ）の（脳・能）ぎ（義＝正義）く（苦＝受苦）の意味を自問させ、良きを次世代へ繋ぐ標語「衡情健協《こうじょうけんきょう》の綱心継《こうしんけい》」

と関わらせ、それらを実践させることにある。ここで、「衡」は平衡（利己利他バランス）、「情」は情報、「健」は健康、「協」は協力、「綱」はネットワーク・絆の綱、「心」は心情、「継」は次世代への継承・バトンタッチのことである。反対の悪しきを次世代へ繋ぐべからずの標語が、「硬錠険競で荒侵軽（硬直・施錠・危険・競争で荒れさせ侵し軽んず）」である。

第2節　物語の時空間軸、その人形舞台

本人形劇的物語は、どのような構え、舞台回しになっているのか？　その構えは、本物語の主題、活也の愛器知、特に器量・知的思考の広がり等の発展＝人格形成とどのように関わっていくのだろうか？

大きな主たる構えは、「幅」＝パースペクティヴの3Sp（Span/Space/Species）軸＝時空種間軸と次元、つまり3次元（肉界）とそのパラレルワールド（隠界）である。思考の広がり等に関わる3Sp軸について、Span軸とは瞬間（moment）―短期（short）―中期（middle）―長期（long）の時間軸であり、Space軸とは広大―狭小の空間軸であり、Species軸とは人類―哺乳類―鳥類―両生類―昆虫類等の種間軸である。

本人形物語の舞台、より具体的な空間（Space）は、３次元の宇宙・地球・日本列島・水面《みなも》市周辺の九州北部である。時間（Span）は、２０１２年9月～２０１６年11月の４年２ヶ月。種（Species）は、３次元の人類・鳥類・魚類・昆虫類等や隠界の隠等である。

その筋書きは、活也が拓く思考・知の3Spの広がりが変えてゆく自身の感性・心情の怨↓隠↓恩という成熟の過程を辿る。

愛孫活也に告白させる文学は、クロニクル（時系列）に、活也の心の荒廃＝怨念が醜悪に燃え始める2012年9月からではなく、和志がこの燃焼の悪臭に鼻をつまみかねて、活也のすぐ傍に寄り添うようになった2015年7月25日から始まる。したがって、怨↓隠↓恩の特に怨と隠は話が回想を挿入するので前後し、酔夢紀行のように、「脳霧brainfog」に霞むうろ覚えの記憶を2016年11月へと前進する時系列的経過と2012年9月へ向かって後退する逆の経過、その都度その都度の回想で行ったり戻ったりして、交互に怨↔隠となり、部分的に話は怨↔隠↔恩と前後する旅となる。

この告白文学は、部分的には前後するものの、総じて怨↓隠↓恩の構成をとる。第1幕「起」では、和志は活也に、一人暗い怨念の奴隷になっていく経緯を叙事詩的な起句《きく》として綴《つづ》らせ、活也が実質上の解雇を契機に死んだ蚕のように世を恨みながら繭の殻に閉じこもる様子、挙句《あげく》の果てに、怨念の「承」として3体の藁人形に釘を打ち刺すことを計画するのを描く。その丑の刻参りを実践する第2幕「承↓転」では、幻界へと幽体離脱させた活也に和志の隠界からの声を聴かせ、その怨念から「転」じて解放させ、また図らずも二男廣生《ひろお》の逃走、探索と発見を経させて猛省させ、蚕の殻を破らせる。第3幕「展↓結」では、「展」たる裁判の和解・家庭と自然への回帰を、「結」としては、大あれちの菊人形を創り、知足の大あれちの菊に励まされ、怨念を持った対象をさえ恩を感じてゆくようにさせ、低次元のプライド、我執をかなぐり捨てさせ、世に彼自身の生き様を曝《さら》け出させ、次の世代へ野菊の種を弾《はじ》けさせる活也自身の自己形成物語である。

この物語は、量子力学的に背後霊・守護霊ともなった和志が自分の愛孫、当事者（フュアエス〈für es〉）＝舞台の人形＝役者＝里山活也を監督者になって傍観（フュアウンス〈für uns〉［ヘーゲル］）した記録であり、和志が登場を告知しなければ、つまり「和志が観察するに……」と断らなければ、和志と活也とが同時に同じ事象を観察した記録である。だから、この記録はその大半が、思い切って言えば、即自的な登場人物活也の眼に拠る観察記録を対自的な観客＝傍観者の和志が転写したものである。和志は、活也に起こった全ての事象を描写出来るが、それを控え、活也に語らせる。読者の皆様も、このように認識する主体が二重になっていることを了解して頂きたい。

両者は、共通点の交わりと異なる「むすび」（集合）とを持っている。次章では、活也の半無神論vs.和志の全有神論に触れておこう。活也は、幽体離脱を契機に和志と同様のその宗教観・世界観を持つようになる。

第2章　大あれちの菊を育てる爺

DDT（from the Delusion through the Disillusion to the Truth）、つまり和志は活也をいかにすればマルクス主義的唯物史観というアヘン的妄想（Delusion）から覚醒（Disillusion）させ、真実（Truth）に到達させることができるのか？

機械仕掛けの人形の機序が原動機⇓伝動機⇓作業機で構成されているように、全共闘の闘士＝全共闘人形は、その思想の原動機をマルクス唯物論の悪しき「科学」とし、その伝動機＝洗礼・洗脳を、大和魂骨抜き大東亜戦争矮小化の報道、ＧＨＱ御用左翼・学者・評論家や同御用マスコミ（mocking media）の自虐史観報道などから受け、この作業機を１９６０年代末からの全共闘運動とする。この人形群は、運転作業を誤って安田講堂（三島由紀夫と籠城《ろうじょう》すべきであった）に翻った新左翼党派の旗に象徴されるように、左右二極対立誘導のＣＩＡの陰謀やマスゴミの洗脳＝伝動もあるのか、共産主義運動の奈落に落ちた最中に一層、世界観を可視の狭い３次元の肉界のみに拡げ、隠れた平衡世界観を欠く無神論者に半分なってしまったままの人形、活也。彼に、どうしたら別次元の存在を悟らせ、先祖の霊の生きている次元を完全に理解させることができるのか？

唯物論から脱せないものの、すでに20年以上前から活也は、社会科学的法制度的な半私有が自由・自給を可能にするのに対し、全面的共有が強制に帰結し、思想・宗教的な信心が自身の存在を深く知覚させ、個人を自立させること、自然科学的な唯物論という科学が「幅」=パースペクティヴの狭い物理学にものの見方を閉じ込めてしまうこと、経済的な市場が活動の自浄・自発を促すこと、計画経済が自由を奪い統制経済に陥らせることを薄々見抜いていた。

　ロスチャイルド家などの陰謀によるマルクス・レーニンの共産主義が私有（自給自足の基盤）=自由なく、銃（抵抗権）=自由なき人間牧場（→5GとICチップによるメタヴァースのトランスヒューマニズム社会）を建設させることを見抜いていた。原始共産制論は、実質上の私有を許す原始的集団所有の歪曲である。テリトリー（集団所有）を守る一羽の烏さえ、鳶と争う。共産主義暴力革命後のプロレタリア独裁が、必然的に邪悪な利権によって永続化し、私有と市場の揚棄によって一部の職業革命家=革命党派上層部のパワーエリートに共有と称して生産手段を独占させ、全体主義に陥らせ人間牧場を建設させることを見抜き、反共の思想を持つようになっていた。それと同時に、ケインズの修正資本主義、福祉の充実、反「死の商人」・反閨閥（ロスチャイルド他の閨閥）の施策を練っていた。このように、遅ればせながら、マルクス主義における私有の廃止=自由の経済基盤の廃止、人民の共有=一部の支配層による操作的全私有たること、「お前が死んだら喜ぶものにオールを任せる♪」（中島みゆき）ことになってしまうんだという核心を見抜いていた。私《し》公共《こうきょう》（私的所有〈個人・法人に使用権・処分権・収益権〉・公的所有〈自治体・国家等の管理責任……〉・共同所有〈空気・水……〉）の最適バランスの所有と心（宗教心）を喪失すれば、性悪が全体主義社会を築くことに気付いていた。無所有のプロレタリアは、むしろ自給のための技術力・自作可能な自給のための農地・日曜大工（ＤＩＹ）用品・資金を求める半農半X的な生産手段を私有できるような協同組合的運動を展開すべきであった。貧富格差や差別は、賃上げ闘争などの労働組合運動や奨学金や自助努力支援、福祉の充実などの修正資本主義などで平和的に解決すべきものであった。決して、土地・資本などの生産手段の共有化とそれに基づく市場なき計画経済を求めるべきではなかった。「市場・私有・商品→貨幣→資本」が物象化論的に世界的寡占→帝国主義・植民地化→大戦を招くので、基の市場・商品から断つ共産主義革命なくして、反戦運動は成就しない、などと洗脳されていた。近代の戦争は、ロスチャイルド等が「分断統治」し双方を目的のカネと支配、人間牧場建設・人口削減の達成のために意図的誤情報 disinformation とカネと暗殺を手段にして起こして来たものである。活也は、共産主義社会という薔薇色の絵餅を得るためのプロレタリア独裁を目指し、流血暴力革命などに加担すべきではなかった、洗脳された「美しい誤解」（亀井勝一郎）ほど怖いものはない、とつくづく思っていた。労働過程を通した搾取、商品・貨幣交換過程を通した収奪による貧富格差・分配の不平等は、人為的なケインズ的修正資本主義を実現する経済制度で、差別・抑圧は、真相を伝えるメディアを育て、そこから得る真相に基づく人権運動等文化運動で解決すべきだったのだ。結局、実のところ共産主義社会は、私有と市場によってこそ実現する自由を奪い、マルクスもその一族（林千《ち》勝《かつ》検証）たるロスチャイルドなど閨閥やさらにその奥の院のための人間牧場のことであった。林氏によれば、パリロスチャイルド家に出入りしていたハイネが同性愛のマルクスに共産主義を伝授。お互いの三～四世代前は従姉妹。マルクスの祖母とロンドンロスチャイルドの妻は従姉妹。マルクスの妹ルイーズの夫はロスチャイルド輩下のセシル・ローズとともにプロパガンダに勤しむといった風の反プロレタリア的な「華麗なる一族」の一人がマルクスだったのである。

私有（米では＋銃）と市場なければ自由と自給なし。共有は強制を導く。市場なければ、言論の自由も政治の自浄もなく、自発的経済活動もなし。計画経済は統制経済を導く。自由で開かれ、タクシス考案のＵＢＩ（ユニヴァーサル・ベーシック・インカム）によらない自助努力の福祉を充実させ、協同組合充実のケインズ的修正資本主義を！

ただ、活ちゃんよう、馬鹿だったけど、純粋に世の中を良くしようと想い、陽明学的に身体を張って実践したことだけは、当時の同志と自己を文学的に評価してやれよ。

慟哭、懺悔。パースペクティヴ＝「幅」、その大所高所に立ったつもりで、有言実行する者にとって、自ら突き止めた真実は、他ならぬ自らに対して最も残酷である。正しい知の大所高所から、さらに「小所低所」の日常の人類愛からさえ、執拗に後を追いかけ付け回すあの器の未熟、若気の至り、この拭《ぬぐ》えぬ過去。現在、この時に振り向いて、赤裸々にされたその正体は、今の自分に対して余りにも容赦なく無慈悲である。まして、命に関わる革命だからこそ、尚更そうである。自己正当化にはなるが、この血涙《けつるい》を癒すのが文学であり、演劇であり、妄想であり、一杯の酒である。文学など、これらは自らを追い込んだ場所と瞬時の心境、一所懸命を描き、自分史に刻み、再出発＝「転」の原点を罪人の胸に確立させるものだからである。文学の力。ゲーテやドストエフスキーや永山則夫や坂口弘等の日本連合赤軍の戦士たちがそうしたように。

せめて、視野狭窄で冷酷な幹部の取り返しの付かない日本人内ゲバの扇動、革共同中核派の「機動隊殲滅《せんめつ》」路線から外れて、産消（生「産」者＋「消」費者提携＝プロシューマリズム）の有機農業運動（有畜複合等の有機農業経営は亜硝酸窒素を循環させるので、有機農法より自然農法）に救いを求めただけでも、浮かばれる。

板橋の志村署の雑居房と東京巣鴨未決拘置所（東池袋3-1-1、「負ければ賊軍」的玄洋社の廣田弘毅等に対する「勝てば官軍」の「漫才」裁判〈戦争もA vs.Bの掛け合い「漫才」〉による他界の地、陸軍軍人を中心として絞首刑に処された60人〈含まず敗戦革命派海軍軍人〉の鎮魂のために60ｆになった現サンシャインシティが建つ前の施設）の独房での1年2ヶ月も全否定してはいかんよ。巻き込み自殺を図るジハードのようなテロリストになったわけではないし、妙義山や榛名山の山岳アジトに自分たちを追いやった連合赤軍の虐殺軍人になったわけではない。レジリエンス(resilience 復元)のできる中途半端な「若気の過ち」で済んだ。だから、「ついていた」（斉藤一人）と思えよ。十字架のイエスや特攻隊や忠臣蔵気取りで、搾取・収奪・差別・抑圧なき理想社会を求めた心意気だけは買ってやれよ。『ファウスト』の主題のように、迷いながら、真実を求める魂は、救われるのだよ。「見性《けんしょう》成仏」ならぬ「求性《ぐしょう》成仏」＝尋《じん》「性成仏」（以下尋性成仏）。それが大切な心に肉薄する文学だよ。また、そのときの、獄中の読書あったればこそ、後にこう洞察することができたことを喜べ。これからは、「悪に強きは善の種」じゃ。

　こうして、活也は、共産主義運動から決別していたが、マルクス教的唯物論からの完全なる脱出は、未達成であった。隠界に対して一知半解であったので、信心なければ、自身のＩＤ（アイデンティティ）なし、精神の自立なし、唯物論は量子力学から考察すれば科学に非《あら》ず、ということが完全には分かっていない。魂の不滅を自己体験から直観し、高校の倫理の授業で齧《かじ》ったプラトンの霊肉二元論を真理だとした少年時代の自分、マルクス主義の洗礼以前の自分に完全には戻ってはいない。田吾作爺のいる隠界の存在を実感させることこそが、その非科学的な唯物論からの脱出の近道になるのではないだろうか？

　和志が、自分の焼却処分された（土葬にすべき）亡骸の一部分を縄文土器の丘の墓に入れてもらって１００年余り、そこを活也生誕後、彼の守護神になるための止まり木にしてから、早《はや》65年余り。ただ真実だけをひたむきに求めピュアだけど、周りが見えず、空気の読めない（確かに読まずに「吸うもの」だが）独善的で個性的で一刻者《いっこくもの》のこの孫は、田吾作爺が隠界から、いくら注意しても、和志の父常蔵《つねぞう》同様、思い込みや我執が強すぎて一瞬迷いながらも聞き入れず、自らを未熟な一人ぼっちに追い込み易かった。

　いくつかの淋しい局面で、孫の深い胸の奥に温もりのエールを送り、そっと「一人じゃない」という感じを送り込み、早まりを思い留まらせたのは和志であった。本人は、催事で出かけた村の西北の外れの澄んで飲める水を速く潤沢に流す心持ち幅の広い川が横切っている孤児院「山の家」で、生まれて初めてイエスの話を院長の牧さんから耳を澄ませて聴き、物真似でイエスに祈り十字架を切って、古古米と思しきご飯に掛っているただ黄の色のついた水のようなカレーを啜ったとき以来、人間的イエス様に守護をお願いし、半信半疑にイエスに守られていると誤解している。活也は、この衝撃や、浄土真宗（後に活也は大衆迎合的マーケティング・プランナーの蓮如が『歎異抄』焚書でど派手で下品にし親鸞の大根飯精神＝イエス同様の深い愛・共生の心を忘れさせて流布したこの宗派を倦厭）のお寺での日曜学校や報恩講の影響もあって、未だ完全な唯物論者にはなっていないところに救いはある。だが、活也を半無神論から完全な有神論に変えさせ、かつご先祖の隠界を悟らせるには、どうすればいいのか？

第1節　人間イエスと共に、自作自受

活也とイエスは、どうして共に在り、共に歩んできたのか？　和志こそが守護霊なのに、それを良い半宇宙人イエス、男系ミトコンドリアに縄文人と同じＹａｐマイナス遺伝子を持って、人類愛を教え人間の罪を一身に引き受けるために肉界に処女降誕してきた半神半人のイエスと誤解し続けて来たのか？

多生《たしょう》、前世現世来世、先祖子孫の全て、命の鼓動と「深い胸の底で繋がって」神秘的に

「出会えた奇跡」、この全てとの絆を結んでいる「自分を信じ」、自立を促す歌詞の「♪ジュピター」を唄うこの愛孫も、薄々そのフィーリングから、「繋がっている」先祖の和志とは判らない和志の気配を感じ取っていた。この気配は絶体絶命のピンチで実感に転換するときが来た。

それは、これまでの最大の霊力を使ったときのことであり、仕組まれた飲酒事件とその報道にめげて、２００２年４月、村園大学６号館６階第６研究室から飛び降りようとする孫に気付き、薄雲を突き抜けて天上界から止まり木の墓に降り、そこから更に飛んで行って、隠となり隠界から活也の質量的肉体を、背後から魔力で引っ張り倒したそのときであった。この時和志が与えた衝撃こそが、かつて量子論に無知な非科学なマルクスの唯物史観というそれこそ阿片かオカルトのような信仰に汚染され、その後遺症を持続していたこの孫に、死後の科学的で不思議な霊的世界（天界と隠界）を半信半疑というより一分《ぶ》くらい薄々予感させた。そして、第２幕で活也に述懐させる後日の曾孫（活也の二男廣生）の殴打が招いた活也の幽体離脱に至って、やっと隠と隠界を信じさせるというコペルニクス的転回の前哨戦的予告地点とならしめたのである。そのインパクトは、祖父から愛孫に送るお布施（タイ語「タンブン」）でもあった。

しかし、未だこの飛び降り未遂の時点でも、活也は、和志の守護を信ずるに至らず、「睡眠債務」、不眠症による気のせいかイエスさまか、どちらかに救われたと半ば誤解していた。たしかに、イエスの力があったとすれば、和志の霊力はその力と同時に作用したものであった。大半の力は和志のものであったろう。

　和志は、「判被き《はんかず》」（連帯保証）をして里山家《や》（家号《やごう》）の家屋敷を取られた父、御人好しの常蔵から長崎浦上四番崩れの耶蘇教徒が津草港に上げられ地元を縫う永久野《とわの》街道を「泣き泣き歩かされて行った」という話を、長兄の國太と一緒に聴いて、いたく同情したことがあった。イエスが髑髏《どくろ》の丘へ上ったように、1850年後にその信者が永久野の丘へ向かい、鄙《ひな》の長路を上っていった。

　いま、活也は、自業自得とはいえ勤務先大学の同僚や友人から裏切られ、家族の猛反対を受けながら、ごく一部の協力を得て、ほとんど孤立無援の処分撤回の人形裁判劇を続けている。活也を精神的に支えているのは、日食（正午～3:00pm に「岩戸開き」）の日にゴルゴタの丘へのヴィア・ドロローサ（苦難の道）を登るイエスの惨めな姿であった。特に、コロッセオでの14留《りゅう》（フランシスコ会の第1留にゲッセマネの丘での祈りをそれまでの13留に入れた14留、イエスが立ち留まった14箇所、墓所での復活を最後の＋1にした15留もある）、その第4留のシーンであった。その留で、かつてイエスに「愛すか」と3度問われても自己犠牲を伴うアガペーの分からなかったペテロ（＝元漁師で「人間を獲る」為に弟子になった）は、今度がイエスの予言どおり自己保身の為に繰り返された同口同音の言葉、鶏の鳴き声を伴った3度目の返答、イエスを「知らない」と言う。

　法廷への行き帰り、多幸《たこう》市《し》明神《みょうじん》のカソリック教会の第4留の前に進み出て、活也は祈った。その教会の上層のカラーは祭壇に向かって左に7＋右に8＝15留、下層のモノクロのステンドグラスは７＋７＝14留である。水面《みなも》市のカソリック15留路《どめみち》の家の丘陵では15留（ペテロ登場せず）。

活也は、和志も常蔵から耳にしたこの永久野への路《みち》行きの逸話を、さらに険しくなる県境近くのその街道沿いに生まれた母親純子の弟、叔父貞晴から聞き、私と同様、イエスの道行きと信者の連行とを重ねていた。浦上からの信者の「留」は、安芸の津草《つぐさ》港であり、鮎田《はやた》神社であり、八田村であり、岩下の湧水「梅の水」で点《た》てたお茶が出た真綿村の休憩所であっただろう、と。今は製材所になっている木橋の袂《たもと》のこの旅籠《はたご》で、隠れキリシタンたちは一休み出来たのだろうか。斜《はす》に構え、戯《ざ》れ歌を口ずさむ者もいたのだろうか、と。和志にとっての四国八十八箇所巡りのように。

生前は父常蔵も和志田吾作も、イエズス会がイエスではなくイルミナティ・ハザール・マフィア派の悪魔教の下に日本をも支配しようとしザビエルを派遣し、その隠れキリシタンの末代が永久野街道の山間《やまあい》を登って行ったことなど、また織田・豊臣・徳川の禁教が日本を守り、大友・黒田・伊達・小西・明智等のキリシタン大名が日本を滅ぼしたであろうことなど知る由《よし》もなかった。永久野乙女峠の殉教者もその鳥の眼から見たヴァチカン悪魔教徒の企みを知る由もなかったことであろう。若い頃の孫の活也も同様に知る由もなかった。ちょうど、活也の寓居の庭の蝉や虫が鵄《とび》の俯瞰図を知る術もないのと同様に。虫の眼からも鳥の眼からも、ただただ、イエスが美しい半神半人であることに変わりはない。

それにしても、父常蔵が永久野と津草を行き来する石州和紙の商人や永久野の木挽きから聞いた話、改宗して峠の下の寺に隔離されて、尚峠の非転向者を援助し、それをまたこの筋金入りの殉教者が受け入れ心を一つにしたという内容には、バテレンの心の広さ、寛容さには、悪人でも誰でも「南無阿弥陀仏」と唱えさえすれば弥陀の浄土に救われるという教えにあんまりにも似ていたので心打たれたものだった。阿弥陀如来とイエスは、誰一人置いてはいかない。

孫、活也は、虫けらに過ぎなかったのかもしれないけれども、特攻隊員や乃木さん同様の殉教の美学に感動したのだ。祖父の和志も、移民先のハワイに行って野原放鳥の平飼い養鶏で身を立てた親戚、クリスチャンになったのであろう妻の従妹が寄越した手紙で書いているように、親鸞の本願、浄土とパラダイス、慈悲と愛が同じものだと思った。いま、活也は、知る由もあり、鳥の眼を持った上で、悪魔教に利用されないイエス像を掴もうとしている。

呻吟《しんぎん》、懊悩《おうのう》。ちょうど『草枕』にあるように働けば角が立つ知と同調すれば（「棹《さお》させば」）流される情、鳥の知と虫けらの情、俯瞰図の理性と個人の胸の内なる感情との葛藤のように苦しい、悩ましい。人間、その温い身体感覚は虫けらと同様の領域にあり、その生存領域で喜怒哀楽を共感・共認する。

第2節　虫・魚・鳥の眼、それぞれの美学

誰か、美しい虫の殉教、その美学に感動しないものありや？　しかし、その感動を冷笑するサイコパスがいる。「地獄への道は、善意の薔薇で敷き詰められている。」(ダンテが『神曲』でベルナルドゥス引用）共産主義も、ヴァチカンのカトリックも羊頭狗肉。蜥蜴《とかげ》（レプテリアン）のように冷たくずる賢い悪知恵を使う謀略の領域から殉教の美学をうまく利用する悪い鳥がいる。

ヴァチカンの地下には、人口問題の解決手段を唯一「人口削減」に求め、「人間牧場」を建設しようとする狂想曲を指揮する悪魔がいる。だから、キリスト教禁止令は、鳥の眼から見れば止むを得ない面があった。悪魔の鳥が「人間牧場」を、カネと情報、ＣＩＡモッキングバード（モノマネ鳥）作戦などによるＭＫ（マインドコントロール、Ｋはドイツ語 Kontrolle から)、情報管理制度、ＡＩ、５Ｇと体内ネットワーク・トランスヒューマニズムなどでもって作るのをどのように阻止するか？　現実妥協的な辛抱強いその抗争をどう組織化するのか？　とりあえず、カネで動かず自立するために、自分が漕ぐオールたる農地などの半私有、半農半Xの自然農運動などによって自活すること、悪鳥の悪巧みを見抜き、真実の情報を交換し合うこと、自立出来る道を探すこと。

和志も孫も、どうすればこの鳥と虫の間の葛藤、悶えから解放されるのだろうか？　こ

の度は、その解放の一助になるように、活也に彼自身がＤＮＡ的にお人好し常蔵と同じようにに自分を追いやった學園やその先の裁判とそれに関わる心情、生き方について、鳥の眼、虫の眼を持って、反省させることにした。虫けらの命をどう燃焼させるか、正義の善魔の善悪を問いながら、その反省をここに自動書記的に記述させることにした。感情の起伏の烈《はげ》しい孫、活也に活也の日記や繰り返し焼き付けた記憶を辿らせ、今回の裁判人形劇をしっかり記録させ総括させ自省させることを通して、活也が釈迦やイエスの天道に近づくまでは、空飛ぶ鵄のように活也を見守り活也の背後に留《と》まり続けようとしている。

第３節　虫、愛孫を見る鳥

時間は、本物語の始まるこの一瞬、現世、人類史西洋暦２０１５年７月25日盛夏夕刻。和志は、活也を有神論者に出来るだろうか？

和志がその可能性に賭けて、目掛けた空間は、活也の田園の中の円墳のように小高い盛り土の上の寓居、達磨ストーブのある和風の一軒家の、北に海、南に山、周辺に水田がありり風通しは良いが、生ゴミ捨て場に蠅の群れが集《たか》り藪蚊が飛びまくり蜘蛛の巣だらけになっていて大あれちの菊が生え放題になっている、一見荒れたようにしか見えないビオトープ的な庭である。それは、西側からは柿や蜜柑の木、漆喰の土蔵、東側と南側の農道脇の「型様に槇《まき》の生垣《いけがき》に囲まれている。南に向かってドアが開く玄関。

種間（生物の種）は地上の古民家の庭の古井戸の傍の火鉢の水の中の魚類・メダカと草木類・大あれちの菊《ぎく》など静止する点、昆虫類・蝶など運動する点である。鳥類・鳶の和志の眼が鳥瞰図の中のそれらの点を捉え見下ろしている。

♪ピーピョロ♪ヒョロ♪……縄張り（私有）を競《きそ》うかのように見せかける鳴き声の主《ぬし》、鵄（＝鳶、活也の祖父田吾作の化身）を遠望《えんぼう》しながら、裸足《はだし》のまま黒い土の庭に出てアーシング（earthing：放電）している活也《かつや》は、こう諳《そら》んじている。

「仰《あお》いで（は）天に愧《は》じず、伏して（は）地に愧じず」（孟子）

田吾作（＝隠の和志、活也の傍の隠界から独り言）〈活ちゃんよう、「天の配剤」「塞翁が馬」じゃけえのう……まあ、そがーに力《りき》まんでも良《え》かろうに、悪霊の伏魔殿から自由と善へ抜け出せるんじゃけえ。それに、正義を叫んでおるが、「自業苦」（地獄）に居る。器がまだ小さくて、実質上の解雇へと追いやった悪人に対する嫌悪と怨念に心が占領されとる。「悪人も大事なことを教え」とるんじゃけえ。早よう、気付きんさいよ。「禍福門《かふくもん》なし、唯《ただ》人の招く所」、「自業自得」なんじゃけえ。〉

和志が傍観するに、その活也が南を仰ぎ観察すれば、「幅」の大きく広く深い鳥瞰図《ちょうかんず》から活也の居る田園を南の天からフォーカスしているのか、先ほどからの鳴き声の主《ぬし》、鵄《とび》一羽が、東側の半面には蒼い樫の樹の原生林を残した低い峰を借景《しゃっけい》に残照《ざんしょう》を旋回する。鵄の眼には、南にソーラーパネル設置のための工事でその半面禿山《はげやま》にされ、弥生末期のものであろう土牢のような横穴古墳（宇宙人レプテリアンによる放牧人類の生け捕り貯蔵庫＝古墳説や弥生式土器の登り窯説あり）が晒《さら》されているその峰の西斜面も映っているはずだ。その鵄の眼には、孫、活也の家の蝉や鯉やボウフラ、土竜《もぐら》等は映らないだろう。善悪の掟《おきて》のない弱肉強食、智恵、進化のサヴァイヴァル・ゲーム。

西日、活也の眼が伏せば、地にはホース状に盛り上がった土の曲線。土竜《もぐら》、全ての天敵から隠れ潜《ひそ》んでいる一匹の美しい毛に覆《おお》われたこの哺乳類が、カタコンベへの洞窟礼拝のように、人参畑（食用兼山向こうの馬用）のある庭の土を静脈のように浮き出立《だ》たせている。

空、天地水。小空間の水壷の世界でボウフラかソマチッド（無生物と生物の間のＤＮＡなき生物、楠等に住む）を探しているのか、鯉の稚魚は眼下の火鉢に泳ぎ藻《も》に見え隠れし、蜘蛛の巣の架かる箱根宇津木《うつき》の手前の中空には２匹の紋《もん》白蝶の舞。揚羽蝶《あげはちょう》と天道虫《てんとうむし》の幼虫は数匹、それぞれが紫カタバミの葉を上手に食べている。

「鳶飛んで天に戻《いた》り魚淵に躍《おど》る」（詩経）

速くなっていく涼風の中、虫も魚も鳥も、パースペクティヴ小中大のそれぞれの生態系を分担して、群れるもの群れざるもの各々独り、自分の世界で息づき、穏やかな夕景色の音波に癒《いや》されている。この夕暮れ時の鳥の鳴き声が里山活也の体内の血液、その中のソマチッド、リンパ液、臓器など細胞内の水にも幼虫の体液にも、魚の住む陶器の中の水にも、鯉の稚魚の鱗に囲まれた胴体内の水にも、そして何よりも鳴く鳥の羽根に包囲された自分自身の体液にも、美しく静かな波紋を描いて記憶されているのであろう。小さな時間の小さな空間の平和。ところが、これから明日にかけて、小戦争のような台風が来る。活ちゃんは、台風は尾根の木々を薙《な》ぎ倒すかもしれない、とりあえず物干し棹《さお》を地面に下げておこう、と思う。

２０１５年７月25日以降、和志は活也のこの悪人を憎悪する余りの心の荒廃を見かねて、小鳥にも鵐にも化身したり、すぐ傍の隠となったりして、活也を見守り、強く忠告するようになった。しかし、活也は依然として聞き入れず、大学・裁判所・世間への粘着性の恨みに心を重ね塗りしたままである。判断、歳月を待たず。活也、虫の眼から、鳥の眼へ、怨念から和へ協力へと早く脱皮せよ。怨《うら》みが熟《う》み、活也が自ずと怨みに倦《う》む頃、転機が訪れる。和志が半ば企図し、活也の「自作自受」たる半年後の悲惨な事件まで、活也の恨み節は、変わらなかった。先ずは、一本杉のような草花、荒地野菊＝活也を巡る舞台を開幕することにしよう。

本文、怨の第１幕は、２０１４年９月～２０１５年12月の１年４ヶ月間、隠の第２幕は、２０１６年１月～２０１６年６月の６ヶ月間、恩の第３幕は、２０１６年７月～11月の５ヶ月間であり、その時空上の恩讐人形劇の主人公、活也がそれぞれの時空を歩く軌跡を追体験する。

第1幕　怨《おん》の抗《こう》——冥暗《めいあん》、点

何の怨《うら》みが溜まり飽和状態になって沸騰し原動力となって、和志の孫の活也の脳髄に伝動し、彼の人形《ひとがた》＝人体（手・足……）を作動させ、第２幕の２０１５年1月16日の丑《うし》の刻参り、この惨《みじ》めで哀れで浅ましい藁人形釘打ち劇に至らしめるのか？　第１幕は、殺人形劇開演直前のその怨抗の煮詰まる學園劇、公判劇となる。

愛孫活也という名の人形《にんぎょう》（くぐつ）は、怨抗劇場で、どんな悪循環の「慣痴点伏」の志向性を抱いて、演技するのか？　つまり、「伏」＝自分の殻に冥暗の怨念と殺意を持って閉じ篭り、狭いパースペクティヴしか持たずに、心を抗議に囚われ閉ざし伏して、どんな「点」＝狭い1点の仕打ちに怨を覚え抗戦としての復讐に燃え執着し、「痴」＝狭い了見の偏向的な念で荒《すさ》ませ闘い、「慣」＝惰性的にどのように昨日も今日も明日も怨念にこだわり執着し続け溺れそうになっているのか？　活也のどのような人格、器の未熟さが、第１幕の終わるその２０１６年1月31日の幽体離脱直前まで、彼自身を感情に溺れさせ荒れさせたのか？　どのように、勤務先大學の中枢と同僚、法廷、家族、彼自身の体調……が活也を荒《すさ》ませたのか？　殊に、法廷に於ける、出世のために下々の民衆を見ず、上司上組織ばかり見上げている「平目《ひらめ》（比目魚）裁判官」（瀬木比呂志）の理不尽な訴訟指揮に対して、活也の怒りは、募っていったのではないか？　法廷は、活也が望むように、J公正(Justice)を規範にして、PDB即ち活也による正当なP盗用（Plagiarism）指摘・Dダブルスタンダード（Double Standard）の告発・B虐め（Bully）の追及について、J判断（Judge）してくれなかったのではないだろうか？

たしかに、活也は十牛図（ジンケンケントク・ボッキボウニン・ヘンニュウ：尋／見／見／得／牧／騎／忘／人／返／入〈尋牛↓見跡↓見牛↓得牛↓牧牛↓騎牛帰家↓忘牛存人↓人牛倶忘↓返本還源↓入テン垂手〉〈10Cの中国禅の教え〉）の第8図の「亡牛存人《ぼうぎゅうそんにん》」は愚か、感情を押さえ、感情を飼い慣らす第5図の「牧牛《ぼくぎゅう》」にさえ達していない。しかし、「尋牛《じんぎゅう》」を努める活也は降格処分宣告直後、とある人形芝居を失恋と二重写しにしながら観劇する中で、忘れ得ぬ女《ひと》を胸葬《きょうそう》し、さらに村園學園や法廷を巡るその処分や訴訟指揮をも自分と學園当局が登場する人形芝居にし、それを観劇するオブザーヴァーに仕立てることが出来つつあったのではないか？

法廷劇場については、巻末付録の「公判史料」が示すように、２０１４年秋から２０１５年春に掛かる約半年の民事訴訟、仮処分申し立てとそれに続く２０１５年春から２０１６年夏までの残り約１年半の民事訴訟、本訴を加えて、合計約２年の茶番劇が上演された。本幕では、この２年間を本第１幕で「平日裁判官」の訴訟指揮のクライマックス４点に焦点を当てて展開させる。

それら4点は、不利で残酷で絶望的な悪3点①秘密漏洩のみ焦点、②盗用不問、③この①②によって活也に対する降職「処分は裁量権の範囲内」とする処分追認、これに平日ではなく平民の活也を対等な目で見た訴訟指揮、彼を小躍りさせた有利で幸福的で希望的な善1点、④次から2人の裁判官を加え計3人の「合議制」に変更するという発表を加えた4点である。

和志が後述させるように、活也は踠《もが》きクールな演劇オブザーヴァーになろうとしつつも成り切れず、怨念を沸騰させる。いや増しに募る憎しみの余りに、これらの虐めを続行する學園側の主犯格に対して、最後には善い訴訟指揮第4点（合議制）へと向かった裁判劇や第2幕で展開する丑の刻参りの藁人形劇なくして、計画的殺人、もしくは短絡的殺人に自分を追いやっていたかもしれない。気持ちは分かるが、憎悪だけに終始していたのでは、実りを生まない。プラス思考の憎悪＝雨は、「降って地固まる」方向への期待感なくして、「人を呪わば穴二つ」、共倒れの双方生き埋めになりかねない地滑りに終わる。たしかに、村園大學における活也に対する降職（実質上解雇）処分は、公平公正なものではなかったのではないのか？　それを、後世のため正義のために、本第1幕で明らかにしたい。

２０１５年7月25日夕刻、活也の背後霊（先祖霊）になるべくマトリックスを引っ越した和志が、序幕と本第1幕で述べ、これだけは避けさせようと念じたのに、その半年余り後の２０１６年1月17日、和志のその願いを活也は振り切って、積もった怨念に怒りを導火・爆発させ、次の第2幕でも述べるように、みっとも無い藁人形に釘を打ち込む一人人形芝居＝丑《うし》の刻参りを演じてしまう。

この怨の第1幕は、２０１４年9月～２０１５年12月の1年4ヶ月間の活也の軌跡を追体験する。

第１章　狡《こう》への抗、學園内憎悪劇

活也の狡に対する抗たるソフトな復讐劇としての公判劇は、村園學園の博士号判定における ダブルスタンダードと盗用やそれに関わるセクハラ・パワハラ容認、及びその加害者に対するハード復讐劇として憎悪と殺人から彼を逃れさせ自己救済させるために、必要ではなかったか？　ハードな復讐に至らず、ソフトなものであっても、憎しみ恨みだけで生きる人間は、人を呪い、自分も呪いの穴に落ちるのではないだろうか？

憎しみへ憎しみへ、冥暗へ、暗くさらに暗く、悪魔の領域へ悪魔の領域へ、奈落へ奈落へと落ちてゆく活也が、そういう最低最悪のこの世の地獄に落ちたので、わたしは活也の救出、風教に焦燥感を募らせた。一先ず、活也の言、和志の風教成就までの活也の言い分を、本章ではそのまま聴いてやろうではないか。

勤務先の學園劇について、學園側は、活也の上のＰ盗用・Ｄダブルスタンダード・Ｂ虐めに対する告発を歪曲し居直り、ＰＤＢ故に活也が已むに已まれず行った院教授会や學園と邪悪な院教授陣に対する正当な抗議（一見短期的には「敵対行為」、長期的には學園の自浄行為たる懲戒事由８か条、後述の「オコハフホコヒロ」）を口実に追加制裁を連続したのではないか？

第1節　學園、降格への復讐劇

學園への憎悪は、活也の胸中で、いかに募り、危険な復讐劇を演じさせようとするのか？活也（65歳）は、遡《さかのぼ》ること10ヶ月前、２０１４年9月19日12:30pmに、何故教授から准教授への降格、職位の定年規程によって実質上の解雇となる通告を受けることになったのか？

1．処分の追い討ち

活也を殺人実行犯にさせつつある要因はＰＤＢ（盗用・ダブルスタンダード・虐め）であり、快楽犯の腐敗した學園当局は、活也に解雇を匂わせつつ脅しながら、彼のプライドを傷つけるために、次のような多くの点に亘ってマゾヒスティックにサイコパス的で理不尽な人権侵害的追い討ちを掛け続けた。即ち、△1降職処分、△2學部授業・院授業剥奪（學部教授会・院教授会決議なし）、△3院教授資格剥奪（処分通知後のアリバイ的院教授会決議、同じく後付のＰＤＢ実行部隊上申の調査委員会における院教授不適格判定）、△4盗用論文に博士号認定、△5ハラスメントなしの偏向判定（処分後のＰＤＢについて活也が訴えたハラスメント委員会の判定）、△6降職処分の事由8カ条を上の△1、△2、△3、△5の事由に援用、△7追加処分（２０１５年退職以前の解雇）の暗示、△8學部授業・院授業剥奪（學部教授会・

院教授会決議なし）、△9内外への処分と盗用の隠蔽、△10研究室引き出しのＵＳＢ紛失や活也の學園宛私信の配達遅延、△11録音機所有の有無を調べるための身体検査未遂、△12盗用の有無調査委員会における盗用なし判定と文科省や學園理事長への盗用なしとする誤報、△13研究室のネームプレートの取り外し（退職後裁判中）、△14一部の教職員の無視・忌避、△15圏外からの無言電話＋節目節目に自宅を不審者が訪問＋活也の弁護士事務所などへの村園大職員偵察 etc. の実質上の解雇となる降職処分言い渡し前後の嫌がらせを連鎖的に続行したのではないか？

音、堪《た》え忍ぶ調べ、吉田拓郎が弾き語る『ファイト♪』（作詞作曲中島みゆき）が、活也の鼓膜を揺さぶっている。活也の心は、２０１２年９月超ど級で自己中心的だが「善魔」（遠藤周作）の大學院生Ａ相原浩との出遭いを序曲に、その１年後、２０１３年９月～２０１５年１月の未熟さ故のルサンチマン一色の２年５ヶ月間、村園學園内での博士号授与のダブルスタンダードによる不正を巡ってのトラブル、活也が縺《もつ》れさせた人間関係とそれが惹起《じゃっき》した解雇処分の暗示、さらに実質上の解雇通知等によって、窮地に追い込まれ荒れ続け、追い込む同僚と村園學園当局に醜い怨念を持ち続けた。

怨恨の「苦海」（石牟礼道子）に溺死する寸前の活也の手に、和志＝田吾作という藁を掴《つか》ませる人形劇、辛《つら》みの舞台、第１幕を開けることにしよう。和志の関心は、活也の心、愛憎劇にあり、巻末付録に掲載しているような公判の事務的な手続きにはほとんどない。しかし、愛憎、怨霊に関わる重要な係争なので、先ずは実質上の解雇に触れさせせ、淡々と訴訟の経緯を活也に述べさせることから始めることにしよう。

この2年、その「起」となる抗争から、「承」となる丑の刻参り、さらに活也の「転」となる幽体離脱を経て和解へ、家族回復へ「展」ずるに至る終結は、活也に決意の5年裁判の宣誓が虚勢の建前にしか過ぎなかった様《ざま》を見せ付け、卑小感を植え込み動揺する複雑な心境に追い込んだ。このような複雑な心境を抱えながらも、活也は第3幕の演技では、この第1幕の法廷劇場の主役から降りて、家族第一と居直り、公判後絵本作家として、人生残る30年を再出発することになる。

それまでは、村園大學によって、70歳定年の大學院経済・ビジネス研究科教授職を有すものとされていた。活也は、村園大學（學校法人村園學園）に１９８６年から30年近く勤務。9月19日、理事長の瀬川市之介氏（元松永電力副社長）から准教授（定年64歳）への降職（実質上の解雇処分）を、下記の8つの懲戒事由「オコハフホコヒロ」を根拠に召喚の上通知された。その後、同年10月10日の院教授資格剥奪決議、それを11月10日に通知され、１ヵ月後の２０１４年12月10日に、瀬川理事長から、２０１５年3月31日付の准教授定年事由の定年退職を通知され、同日研究室から追放された。活也の怨念の公判劇が始まる。

2．懲戒事由8か条「オコハフホコヒロ」

懲戒処分通知書（活也宛て）:「平成26年9月19日付を以って『准教授』に降職させる。」

（村園學園理事長）

懲戒事由（行為の主体は活也）

オ「駆け引き・脅し」、これはＡに対する公平な審査を求め、博士号授与最初にありきのＢとのダブルスタンダードを指摘し、その是正を求めたもの。

コ「公聴会におけるＢの盗作への學位授与に対する活也の未然防止発言」

ハ「Ａによるハラスメント委員会への提訴」＝Ａが２０１３年12月19日院教授会の対Ｂの「合」、対Ａの「否」判定についてのダブルスタンダードをパワハラと看做して提訴。

フ「不服申立て」＝対Ａ論文不受理の不服。

ホ「保管（Ａ論文の）を求めたもの」

コ「コピー（Ｂの論文の）を盗用証拠として院教授会で配布」

ヒ「秘密漏洩（Ａに院教授会議事録・院教授会議内容の録音を、『ハ』と文科省への公益通報のための資料として渡した）」

ロ「録音」（双方が正確性を期すため）

「ヒ」に対する活也の法廷での反論：①Ａとその弁護士に限定したクローズドな情報提供、②明文なし：インターネット上で構成員（教授）に公開されているものであり、部外秘たることとの条文・明文はない。③知る権利・情報公開・隠蔽の不当性：隠さなければならないこと、つまり盗作容認を隠すことの方が問題である。④正確性を期す：執行部の都合のいいように審議内容とは異なる議事録になっており、その意図的に誤らせた記録の検証・

是正の必要性、⑤間接的公益通報：Aが弁護士とともに文科省に議事録・録音を手渡したのは文科省の行政指導によって盗作論文執筆者Bに博士の學位を授与することを未然に防止し、かつ対Bと対Aのダブルスタンダードの是正のため、⑥秘密漏洩による學園側の「不利益」となった盗作自体がコンプライアンスに反する。

3．処分の背景

2014年初秋。活也は、2015年3月からの本訴に至る7ヶ月前、地位保全の仮処分をT多幸地裁に求める直前、早稲の穂が熟れる頃、極《ご》親しい友人・知人に連帯を求めて善、道義を問う。活也の呼びかけ（問いかけ）、和志の風教成就までの活也の言い分、「事実経過」報告、その概略は次のようなものであった（全文は巻末付録「Ⅲ‐6 呼びかけ」参照）。これは、プレス発表用草稿でもあったが、諸般の事情から中止になり、幻になったものである。

活也処分を巡る背景、その大枠は村大の組織的体質、継承してきた人脈、村大という公を私物化した人脈・金脈である。活也は、この逆鱗に触れた。20年くらい前から村大の新棟建設工事に伴うゼネコンの買収工作、大物文部族故代議士の買収について、真相究明を求めていた。

小枠は、活也とH教授の間の確執である。活也は、2012年11月に、院生Aの指導教授に就いた。Aの元の指導教授Hに対して、AはHによる同じHゼミのBに対するセクハラ（2012年8月）を未然に防止しようとしたが、そのことがHに感づかれてしまい、2012年9月、Hから指導を拒否されたので、Sの研究室に駆け込み指導を仰いだ。同HゼミのBは、學位授与という「人参」をぶら下げられた上でのセクハラを脅しにした種々の駆け引きを背景に、Hのセクハラ容疑の同委員会への申立てをしなかった。YにK大學農學部で學位を授与した後、同大學院に移籍したM教授の指導下に、BはHのそれからY一時預かり経由後、移行した。その後、Hは、AによるこのAへのアカハラと旅費不正取得などの告発と履歴詐称疑惑を背景に、任期1年余りを残して、2013年2月14日に自主的に依願退職をさせられた。

このような背景があって、Aは、当局からのリベンジとして、學位授与上、実質上必要不可欠となる2012年12月に學内院『紀要』に投稿した論文を拒絶され、結局2013年末、Aの博士号請求論文は、「否」となり學位授与不可にされた。他方、ダブルスタンダードの下に、Bの盗作論文は、異例の採決で「合」となった。

活也は、このダブルスタンダード判定について、2014年1月5日に研究科長Yに対して、「フ：不服申立」をしたところ、NとYは、同年1月15日に活也を呼び出し、その撤回を迫った。撤回しなかったので、活也は「院教授不適格決議」を受けそうになった。院教授会は、1月30日午後、「一事不再議」、つまり12月19日にの予備審査決議でのBの「否」については、不服申立てを却下し、落着。ところが、Nは活也の教授「不適格決議」を呼びかけ続けた。同年3月12日になると學長I岩元宛にNとY連名の申立書で、Sの「院教授不適格」、資格取消しを上申した。

以上の腐食の連鎖した人脈を背景に、村大等は著作権32条侵害などの赤信号を次々と通過していった。

第1赤信号は、HのBに対する引用符なき盗用指導と學会誌発表。第2赤信号は、院教授会での盗用容認。學会誌発表の必要条件論文の約90%が、Hの著書からの転載と盗用博士号請求論文への合格判定であった。第3赤信号は、盗用學位論文の図書館納入。第4赤信号は、盗用なし、という學長Iの文科省への回答。第5赤信号は、文科省の9月30日のI學長回答に何ら対応しない可能性。

第1~第4の赤信号通過は、盗用指導・容認・盗用學位論文・居直った盗用なし回答は、盗用論文作成者Bへの博士号授与の未然防止のための活也の警告を振り切った逃走劇であった。

活也は、公判で降職処分とこれら4つの赤信号無視とについて、教授会自治を明記した學校教育法第93条遵守の手続き上の違背と學長責任・総理責任を問うた。

第2節　蚕の繭、開封《かいふう》

遡って2014年9月の降職処分は、活也の想い通りにはならぬ公判中の抗争の日常の心理や日常に、どのような影響を及ぼし、怨念を募らせていったのだろうか？　外から自分を見れば試練とはいえ、主観的直観的には強い衝撃ではなかったか？

　仮処分法廷準備はどのように、活也に対して自分の頑固な性格、蚕の2㎞の絹糸で編まれた硬い殻を破って自己解放させ、判断力を身に付けさせ、自立させるように急がせるのか？

1．弁護士変更と自立

　自分のお金でお願いする弁護士さえ、自立していない活也は、弁護士という人物を見抜けず、人に振り回されていたのではないか？

（1）誤算

　左翼系、駄目で楽天的な活也と同じくそのような80歳、高齢の楠本弁護士は、學園側は活也を降職処分にし、起訴されれば、大學当局が追認した盗用などの悪事を世に知られてしまうのではないかという恐れを抱くはずだから、そういう重い処分はしないであろうという楽観的予測を立てていた。

　だから、現実に解雇の次に重い降職処分（付随条項を抜きにした当局の定年規程からすれば、実質上の解雇）を、學園が2014年9月に下ろしたときには、それが活也とこの弁護士にとっては、常識的に想像できずあり得ない意思決定、愚行を犯したように思えた。楽天的活也の誤算であった。このような想定外の内容の突然の衝撃こそが、すでに述べたように、活也に既得権喪失を諦めさせ、自分の株取引同様、損切《そんきり》させるまでに長時間を要させたのであった。

甘かった。辛い訴訟に踏み切らざるをえなくなった。自分も愚かだった。責任転嫁にはなるが、また、2014年9月以前に合計8回も相談した楠本弁護士の見通しも甘かった。左翼系でT市長に推薦されたこともあり、労働争議で手腕を奮ったこともあり、T市内では人望もあるので、金銭抜きの真面目な弁護士だと思い込んだ自分。「人付き合い50％から」なのに、レッテルに弱く自立していないので「100％」の信頼からスタートしたのが「運の尽き」「自己責任」。そう反省しても未練から逃れられなかった。

いずれにしても、活也は2014年秋、職場復帰、地位保全のための仮処分申請をT地裁にせざるをえなくなった。9月19日の処分宣告当初、彼には不満はあったが損切ができず今までの慣性に従って楠本弁護士を正式に代理人に任命しようとしていた。

しかし、楠本氏の資質について、彼の脳裏には上の判断力に関わる高齢弁護士故の疑問、その読み違いを謝罪しない不誠実さ、最高裁までの公判継続の耐性についての不安、彼が活也の手渡した「就業規則」を紛失する等、認知症進行の懸念、再度のその提出請求に対する不信感等々が去来した。
（2）私大協連に加盟せず
結局2014年10月2日に新任する明石弁護士と別れ、その足で、活也は楠本弁護士を訪問し、委任契約を破棄する。さらに、その足で楠本氏が顧問になっているT駅中央街のK私大協連を訪問し、書記次長の永山祐次郎さんと、インターネットアドレスの書いてある名刺交換をし、事実経過についての質疑応答から始め、2時間に亘って、村園學園との団体交渉、公判の進め方、組合新規加入費などの説明を受けた。

永山さんからは、活也の加入の許可を協議会に諮《はか》らねばならないこと、加入費については、すでに活也をめぐる紛争が起こっており、今後の組合費だけにすると今まで組合費を支払って来た組合員と不公平になり、紛争が起こってから組合員になればいい、という風潮が出てくるので、過去10年分を支払って貰うようになること等を告げられた。地味で殺風景な雰囲気の事務所の空気は、かつての左翼的運動のバリケードの中の気配を感じさせ、活也の先ほどのルンルンの楽天的気分をドンデン返しし、悲観的気分に落ち込ませた。出費よりも、M村園學園が団交を拒否したり、応じても、降職処分の撤回はしないだろう、M學園にももはや労組はなく、世間も個人主義化していて、職場復帰運動が盛り上がることもないかもしれないし、なにしろ顧問弁護士が同日解任したばかりの楠本氏になっているなどと悲観的な予測も過《よ》ぎっていた。そこで、すぐには加入の有無の結論を出さず、「お願いします」と言って、私大協連の事務所を去った。

さらに続いてその足で、活也は解体された郵便局の跡地の工事現場を抜け、その昔、K大教養部や羽崎キャンパスに行く市電のT駅のすぐ上辺りの横断歩道を北に渡り、コーヒーショップやホテルや新聞社や過払い金返済訴訟で有名な法律事務所の入っているビルに裏口から入った。この建物上階を、この日の朝にアポをとっていた旧友鞍手さん紹介の崎山弁護士所属のライトデイ事務所が間借りしている。すでに、明石弁護士を新任しているので失礼にはなるのだが、参考意見収集のために訪問した。

（3）「人は似た事件を繰り返す」

直前に鳳凰大時代の友人で社会保険労務士の鞍手轍昭は、活也宅に電話を掛けて来て、退職金が出ないのではないか、と案じている活也に、退職金の出る諭旨解雇以外の退職金の出ない懲戒解雇は、判例を見る限り凶悪犯罪など「重大かつ悪質の場合」のみであること、香川大で教授が120万円横領した場合でも、退職金の出る諭旨解雇だったこと等を語った後に、﨑山弁護士の名刺を引っ張り出して来て、彼の所属するライトデイ事務所の電話番号と住所を教えてくれたばかりであった。

厳重な警戒、ドアホーンを押して、事務員から中に通されて待機していると、﨑山弁護士と助手的な女性の見習い弁護士がドアを開け、形式的な名刺交換と挨拶をした。その後、活也の資料に眼を通しながら、その内容について質疑応答と活也の説明を若干聞いた後、こう切り出した。

﨑山弁護士「鞍手さん、どんな人でしたっけ……」

活也「社会保険労務士で、﨑山先生とは、その関係の研究会でお会いしたそうです。労働争議について、先生の見方はちょっと違っていて、冴えがある、と言っていました。航空自衛隊出身で、異色のやり手弁護士だから、と。」

﨑山「そうでしたか。さて、前に処分されたことはありますか。」

活也「はい、12年前に飲酒授業をして……」

――崎山は、助手を教育するような口ぶりで――
崎山「人は、性格的に、似た事件を起こす傾向がある。」
――活也、頭に血を昇らせ、上気して――
活也「感情が先立つ性格ですが、今回のことは、ダブルスタンダードを告発し、ちゃんと書いて落とされた弟子を庇ったものです。」
崎山「複雑な経緯なので、１００万円もらっても足りない。私は、雇用者側の弁護士です。事務所には被雇用者側のものもいますが、紹介しましょうか？」
活也「いえ、結構です。」
崎山「鞍手社労士の紹介ですし、初回ですから相談料はいただきません」
――気まずい雰囲気の組織的かつ事務処理的30分。〈人を見る眼がないよ、鞍手さん、話が違うよ、いい加減だよ。敵側、雇用者側の弁護士だよ。だけど「似た事件を起こす」は名言だな。〉――

10月２日、朝から夕方までの過密スケジュールをこなし、疲れた。活也は、ホームに向かって歩いている胸からは焦燥感が去来した。電車が入線して来た頃には、迷いを脱し明石弁護士選定に意を決すことができたが、ストレスゆえの不定愁訴なのだろうか不安に動揺したまま乗車する。

このように、活也は実質上の解雇と公判に伴う自省、性癖で「似た事件を起こ」さないような自分への脱皮の切迫も１枚追加され、帰宅後の普段心に平安を取り戻させていた歩行運動によっても、希望を灯し切れなかった。

公判の進捗に至って尚、ストレスを溜め込み、心を乱す。動揺を続行させ、第2幕のような丑の刻参りに自分を追い込むことになる。

2．新弁護士候補者との打合わせ

2014年9月26日9:00am～於：明石法律事務所

活也「お久しぶりです。約8ヶ月ぶりですね。電話でご報告したように、実質上解雇の降職処分になりました。本来なら、大學院担当者定年退職規程にあるように70歳まで、あと5年間は勤められたのです……」

――そう話しながら、活也はリュックサックから、一式、院生B馬森《ばしん》の盗用のコピー・懲戒通知書・N教授の活也懲罰を求めた上申書、つまり懲戒の大本《おおもと》になった學科主任N教授と研究科長Y教授の連名によるI學長宛の先生の懲戒処分を求めた上申書、N教授の先生に対する虐めに関わる自分からのパワハラ委員会への提訴状・Bの學会誌発表論文、博士論文のコピー、院生Aの博士号請求論文……などを取り出し、弁護士の前の机上に置いた――

明石「まずは、懲戒理由書を読むところから始めましょう。因《ちな》みに松永電力のM弁護士のついた村園大に対して、先生の同僚の解雇を巡《いそ》って4～5年前に掛け合った法律事務所で、その担当は他のものでしたが、居候弁をしていたことがありました。」

活也「懲戒理由書は、お持ちしたこの資料の通りです。弟子の院生Aはちゃんと博士号請求論文を書いたのに落として、Bには盗用させそれに博士号を授与したのです。ダブルスタンダードです。Bによる盗用に関わって、私が告発したことに因縁をつけているような懲戒事由8項目、『オコハフホコヒロ〈脅し・公聴会・ハラスメント・不服申立て・保管・コピー・秘密漏洩《ろうえい》・録音〉』と覚えていますが、それらの理由付けをとって見ても分かることです。自分でも問題にしているのは第7番目の『ヒ』の秘密漏洩《ろうえい》だけです。しかし、この漏洩も弟子に対する説明責任、院教授会のダブルスタンダード〈密室で盗用論文を合格させその執筆した院生Bに博士号授与、これに対してちゃんと執筆した里山の弟子Aを不合格〉による不正審査についてその密室からの開放、弟子だけの開示に限定……など、でも……『ヒ』については、内心しまったと思っています……」

明石「法廷は、盗用の有無や論文の出来不出来を係争する所ではありません……法律的な懲戒権の濫用の有無や手続き違背、就業規則などの規程違反などが争点になります……」

活也「Bの盗用抜きには、なぜ懲戒対象になったわたしの一連の言動が生じたのか説明できません、闘えません。著作権侵害は非親告罪であり、院生Bの論文の著作権侵害＝盗用に対するわたしからの告発自身が懲戒事由になっているのですから……A、B両院生のかつてのH指導教授が、Bの日本語が拙《つたな》いので文章の添削指導をしたくなくて、H指導教授が自分のマーケティングや中小企業に関する著書をBに引き写しさせ、それをSS學会誌等に論文発表させ、さらにそれで博士論文を構成させたのです。その院生Bが書写する有様を元同じゼミ生だったAがわたしに説明し、この不正と村園學園のA、Bについてのダブルスタンダードを教授として許すのか、といったニュアンスで強引にわたしに正義の闘いを促したのです。A君は、遠藤周作の言う『善魔』です。」

明石「えー、『善魔』って何ですか? 勉強不足ですみません。」

活也「相手の置かれている境遇、立場を配慮せずに、正義を押し付ける人のことです。」

明石「……口論している時間がありません。博士論文について、著作権、盗用、引用の文科省のガイドラインかオーソドックスの見解か何か、あったら今度持ってきていただけませんか?」

活也「懲戒の裏に學園側からのエコー効果の逆の『坊主憎けりゃ袈裟《けさ》まで憎い』の諺《ことわざ》にあるような構図のダブルの虐め、私と弟子Aへの同時撃破的報復があったのです。Aへの虐めの背後にAによるA、B両院生のかつてのH指導教授からBへのセクハラ事件が横たわっているのです。2012年の夏、H教授が松城で開催されたSS學会全国大会出席のために、A、B、C(Cは中国人留學生、Bとともに2014年3月中国の小売店研究で博士号取得)3名の院生と同宿し、その夜浴衣姿で、宿泊先ホテルの自分の1室にお昼に言いつけたとおり、Bを1対1で個人指導したというセクハラです……Aは……その個人指導中、H教授の部屋の前で2時間余り待機……結局、H教授にこのAの待機が悟られ……Aは同教授から指導を拒否されることになり……Aは、學内セクハラ委員会に、H教授による積年のAに対するパワハラを訴え、2012年2月14日、ヴァレンタインデイのその日に70歳になる1年余りの任期を残しての依願退職に追い込まれました。」（後に詳述）

＊HによるBへの盗用（書写）指導

活也「Aは、Hが自分の研究室で、BにHの自著を丸々そっくり書写させているところを度々見ています。実際、2014年3月、Bに授与されたばかりの博士論文はその通りでした。しかし、同年夏、同大図書館納入時には、大幅に盗用が隠蔽されていました（一年後の補足説明となるが、原則、提出され認定された状態の生の博論に手を加えてはならないのに、翌2015年係争中の活也原告側のインターネット掲載の法廷での請求後、1年以上遅れの同年秋になってからの村園大學博士号取得論文リポジトリでの同掲載では、盗用がことごとく糊塗・隠蔽され、改竄された。さらに、新たにHの書籍・論文が引用文献に追加された。また、Bの博論本文13頁は隠蔽しきれず、3項目が丸ごと、Hの本から転載されており、項目名の上の注記にHの書名が掲載されている。同授与の2014年2月当時、この書名掲載さえなかったのである。ちなみに、活也は、毎日眼を光らせ、インターネット掲載のこの13頁を初めとする盗用が、今後更に改竄された場合、即座に文科省の内部告発窓口に告発する態勢をとった――活也が2015年秋に補足)。

これらのBに対する論文指導を、Hは2013年2月14日、ヴァレンタインデイの不本意な依願退職後も、継続しました。これは、B側からのセクハラを外部に漏らさない等のHとの駆け引きによるものと思われます。この退職は、Hが、セクハラ委員会へのAの告発に対する村園學園の裁断による肩叩きが招いたものです。(Aは己の利得に合致する)「義を以って、恩を割《わか》つ」。この点について、Aは、この残酷なH解雇に味を占め、博士号取得でも、「柳の下の2匹目の泥鰌《どじょう》」を狙い、善魔的脅しのテクニックで學園に迫ることになります。そもそもHおらずして、村園大博士後期課程には入れなかったのですから、正義と西田幾多郎の「善」を求めたとはいえ、Hへのご恩知らずの感はあります。

わたしは、Hの競争心と岬の謀略(HのニセMBAを材料に村大非常勤就任)に加担した自分への反感がHの口を動かさせた學園内外への自分に対する「気違い」などの悪口やそれに尾ひれのついた風評被害を受けました。だから、わたしはHを憎んではいましたが、セクハラ被害者の傷心に思いを寄せても、少しは気の毒に思ったものです。対留學生の論文の日本語の修正は、骨身を削るものだからでもあります。

自分に対する処分が、このH処分の報復となっていること、HがH自身による対BのセクハラをBに口封じさせるために、依願退職後も専門外の3名、つまり大學院研究科長Ｙや研究科主任Ｎや新論文指導教授Ｍと示し合わせて、少なくとも2年後の2014年3月まで、さらに今尚《いまなお》、文科省の指針のインターネットでのＢの博士論文のmustの公表（電子媒体化）までは、実質上の指導をしていると思われます。」

――明石弁護士が、ＰＣに向かい活也が話している間、要点を電子媒体にするキーボードを叩く軽快音がしている。明石弁護士は、多くの案件を控えているので、これ以降、長くなりがちな活也の説明に適度に口を挟《はさ》み、法的に本質的内容を聞きだしながらテキパキ要点を掴《つか》んでいった――

明石「Ａさんと里山先生に対する虐め、差別的評価の傍証として、そういうセクハラなどの人間関係もできるだけ裁判長に説明していきましょう。それにしても、平成25年9月19日付の懲戒事由書に（……目を通しながら）よれば……そうですね……學園の人事課で院生Ａ氏に院教授会の録音や議事録を渡したという先生の供述、それがＡ氏によって村大のアカハラ委員会に出されたのは痛手ですね。懲戒理由書のその『ヒ』の内部秘漏洩《ろうえい》の理由については、正確性（ＤＶＤ・記録、議事録改竄《かいざん》）を期す・情報公開（院生Ａ氏の知る権利）・規程に漏洩禁止の明文化なし・準公益通報などの理由で対応しましょう。」

活也「Ａやその代理人のＴ高嶋弁護士の甘言に騙された面もありますが、供述は事実ですから……Ａが勝手に私に院教授会を録音させ、それを半ば勝手に彼が訴え出た學内のパワハラ委員会の証拠に提出しており、正直に供述した方が良い、という計算もありました。半ば、というのはA氏の代理人のT弁護士が事後的に院教授会議事録をその証拠としての提出を私が許可するという念書をAを介して私に書かせ、私もパワハラ委員会にその提出を了解したからです。今は、この念書を書いたことを後悔しています。信頼していた弁護士に騙された、と。

T弁護士は、教授会の録音等の情報公開禁止は規程のどこにもないし限定的にパワハラ委員会に使うものだし大丈夫だと、パワハラ委員会に出て、食事を村園大近くのブラジル交流の喫茶店（ブラジルの日系少女歌手山下ヤスミン後援会）でAと3人で摂った後、學内を歩きながら村園大前駅に向かう途中、私に言ったのです。後で、私が、私の弁護をT弁護士に頼んだとき、A弁護と活也弁護が（院教授会議事録漏洩について）『利益相反になる』から私の弁護は引き受けられない、とT弁護士が言ったのです。日本共産党の左翼弁護士で、爪剥がし事件の弁護士でもあり先入観もあって良心的だと思っていたら、実は良くない弁護士でした。腹が立ちますが、自分が迂闊《うかつ》でした。人は利害で動く、有言無実行、偽善者を見抜け、口から出た正義の言葉だけならそれを信じるな……今となっては、録音をAに手渡したというこの不利な供述を、真実を明らかにし、全てを正々堂々明らかにして問題点を抉《えぐ》り出し、その底流にある先ほどの虐め、つまりAだけでなくわたしに対しても人事的差別があった構図を明らかにする証拠にしたいと思い続けています。」

明石「仮処分申請では、もちろんそのことを明らかにしながら、一番強い『定年規程』

の附則にある大學院担当教授の70歳までとする、という記述を主張することにしましょう。」
活也「この70歳までという附則は降職された准教授であっても大學院指導教授であれば適用されるはずですから来年３月以降も後５年は勤められるはずだったのです。この８月に65歳になったばかりですから……」
明石「70歳までというこの附則、普通明記しないところが多いのですが、これはこちら側には極めて有利な強みです。お持ちの就業規則、懲戒規程も學園側が多くを書きすぎているし、それに今回の先生に対する懲戒事由８項目も挙げすぎていて、襤褸《ぼろ》を出していますね。８項目の事由の内一項目でも正当でなく懲戒権の濫用《らんよう》に該当すれば學園側が不利になります。判例を調べておきます。」
活也「お願いします。」
明石「里山先生の方は、インターネットで他の大學の教授会議事録の情報公開などの取り扱いや就業規則や博士論文審査規程などを検索しておいて下さい。」
明石「処分に至る経緯が異常ですね。懲戒事由について……来年２０１５年３月まで実効性のある學校教育法93条違背、つまり學部教授会、院教授会の決議を飛び越して、理事会で先生の懲戒処分を決めているという手続き上の過失＝教授会自治の侵害については、教授会の運営に関わる規程などの手続きに関する規程を探し、この次に持参して下さい。」

活也「もうお約束の1時間を過ぎましたね。きょうは、有難うございます。」

明石「こちらこそ……忘れていましたが、院生A氏の博士号申請論文と彼の委任した高島純一郎弁護士が院生B氏の盗用について文科省に問い合わせた文章、それの回答など、書類があったらこの次に持参して下さい。」

――この直後、秘書がグッドタイミングで持ってきた弁護士事務所登録用紙に、自分と相手方の住所氏名など記入、¥10,800（1時間相談料）を支払った――

明石「正式な代理人に（私を）指定し委任されるかどうか決めて下さい。委任が決まり次第、早目に地位保全仮処分命令申立書を作成し、T地裁に提出しましょう。その委任についてですが、この書類にあるように、本訴に地位保全仮処分係争費用含む裁判費用について着手金は、外税で¥〇〇……、成功報酬は、¥△△……、村園大學などへの出張は日当¥20,000－＋交通費¥30,000となります。」

活也「はい、早めに委任のお願いをするようにします……それでは、これからよろしくお願いいたします。インターネットの方はこの帰りに南田電器かどこかの電器量販店に寄ってPCを見てみます。大學の研究室のPCや公共施設などでアクセスしていただけでしたが、いずれにしてもこれから必要ですから。」

明石「私のメルアドは masa-kashi@ masakashi-lawlaw.co.jp で、法律事務所の方は△△です。」

活也「早い内にメール出します……」

明石「それでは、次の打合わせの日程を決めましょう、例えば10月2日……8:35amから2時間、必要書類（「就業規則」・定年退職と退職金……）など持参して下さい。」
明石「空いています。その日程で大丈夫です。用意して来ます……本日はありがとうございます。」
明石「それから、食いついてくるかどうか分からないけど、記者会見をしますか？」
活也「やります。どこで。」
明石「明神の弁護士センターかどこかで……マスコミに知り合いいますか？」
活也「当たってみます。きょうは、もう1時間になりますから、このぐらいですね。」
——明石は頷《うなず》きながら、立ち上がりすぐ奥の部屋のオフィスのドアをノックし秘書の原月女史を呼ぶ。活也は女史の用意したペン皿に￥10,800を置き、差し出された領収書を受け取る、立ったままの明石——
明石「なるべく早く先の委任の件ですが、委任が決まり次第、早目に地位保全仮処分命令申立書を作成し、T地裁に提出しましょう。」
活也「はい。」（と言いながら、同時に他の弁護士とも会ってみて決めようとする腹積もりも持っていた……）
——起ち上がり打合わせ室を出る活也、隣室の小さなソファの置かれた待合い室まで見送る長身180cm細身の明石と固く握手しビルの4階の廊下に出る、その間際《まぎわ》に身長170cm余りの他の秘書義国《よしくに》女史（後で明石弁護士から氏の奥様だと教えられた）から挨拶され、エレヴェーターまで見送り。

義国《よしくに》女史「引き続き、よろしくお願いします。」

活也「こちらこそ、よろしく。」

——1階まで下りて人参ビルのガラス張りの自動ドアを抜けると、外は、もう秋風。

第2章　抗の公判

幻滅、活也は、盗用問題が俎上に乗れば、裁判でも対文科省への告発も成功し、自分は晴れて職場復帰出来るという幻想が滅したとき、どのように世を恨み、併せてどんなに多種多様な怨念を抱き、それを沸騰させるのか？　本章は、幻想、希望から絶望への変化、希望を支える友情を説く。

第１節　仮処分法廷準備

活也は、勝訴へ向けて、どんな希望を持って弁護士と打合わせし、法廷へ臨んだのか？当初の楠本弁護士の方針は、盗用問題を最初から本格的に争い、実質上の解雇理由となったその問題に対する活也の告発の正当性を立証するためには、本訴から入る、というものであった。同弁護士からは、仮処分を求める地位保全の公判では、盗用問題は、法廷外の問題とされてしまい、最初から和解の審議になってしまう、と諭された。

だから、２０１５年2月、明石弁護士の方針が失敗に帰したとき、未だ本訴に賭ける希望の火を燃やし続けていた。

1. 新弁護士選定

結局、活也は、前章で述べたように、弁護士を変更し、新しく32歳の若い明石正彦弁護士を選び委任する。

明石弁護士は、活也が、その変更決定より8ヶ月前の2014年1月25日に弁護士センターに行き、T市の無料30分相談で会ったことのある先生である。その時に、弟子のAの博士号審査に関わる村園大學による対Aの差別的処遇、特に前年2013年12月19日の合否判定におけるダブルスタンダードと活也に対する大學側の積年の冷遇について実情を訴えた。

2014年、金曜日の9月26日。活也は、毎回の飲尿によって19日以降の不眠を克服したばかりであった。9月22日の朝、明石弁護士の連絡先を、弟子のAから教えてもらい、8:30am過ぎにT市内の事務所での1時間¥10,800（内税、消費税8％込み）の飛び入りで26日の9:00amに相談するアポを秘書との電話を介してとった。明石弁護士が、かつて弟子のAに対する村園大からの虐めの件で、Aと活也にT市の無料相談に応じてくれた際、図らずも数年前、村園大から解雇処分をされた不知火教授の弁護をした法律事務所の一員であったことを二人とも知った。そこで、弁護士を明石氏に変更し、アポをとることになったのである。

楠本弁護士との委任契約の破棄については、さらに10日後の10月2日になった。同日、活也は明石弁護士と委任契約を結んだ後、ちょうど、11:00amに郵便局上の楠本法律事務所の木製のドアをノックした。楠本弁護士とは、訴状の打合わせをせず、活也は、親族の心理的な問題、家庭的事情もあるので、裁判をやらない、という嘘の口実で、委任契約を破棄した。違約金は取られなかった。もし、取られそうだったら、書類紛失・楽天的見通し・アドヴァイスが適切ではなく裏目に出ていること・打合わせが読み合わせに終わっていたこと・打合わせの復習その繰り返しが多すぎたこと・訴状原案を下書きして来るように言われたこと・仮処分裁判はやらないと言われたことなど述べるつもりだった。契約後は契約金を纏めて支払うので、各回毎には支払わないが、破棄したので、先日の相談料¥20,000×1.08を支払うと、すぐに、弁護士から、こう言われた。

楠本「感情的にではなく、理性的に物事を判断すること。」

活也「すみませんでした。ありがとうございます。」

――活也は、予め、明石弁護士等から、こういうケースでは、違約金は取られないであろう、と聞いていたが、楠本弁護士と、９月19日、降職処分直後、正式な委任契約を文書で結んでいたので、その破棄がトラブルになることを心配していた。身勝手かもしれないが、活也には、今まで労働運動支援の権威、楠本弁護士に支払ったのは「無駄金銭《がね》」だったと思われた。改めて左翼は共生志向でいい人という先入観だけはもう捨てようと思った。「全てを疑え」、人に拠る、と。

さて遡って９月26日、明石弁護士との委任契約について、アポの通り、8:30amに明石法律事務所のインターホンを押し、現れた秘書に案内されて打合わせ室に――

2. 地位保全を求めて

２０１４年9月19日の処分以降、活也は数日間で纏《まと》めた知人宛の檄「公平公正を求めて」（巻末付録：Ⅲ‐6呼びかけ参照）をメールのテストがてらもらった名刺にあるアドレス宛明石弁護士に記者会見用の要約と合わせて送信した。

それは、村園學園の盗用等悪事隠蔽《いんぺい》体質と理事長のそれに対する総理責任を追及し理事長・學長が、間接的公益通報者（活也）保護に徹する必要があること、A、B論文審査における「ダブルスタンダード」、審査の不適切性、活也に対する不当な村園學園の懲戒（降職＝実質上の解雇）の停止を求めるものであった。

懲戒降職理由の不当性と活也の言動の正当性は、教授会の議事録・録音を院生Aに渡した「秘密漏洩」についても成立する。この漏洩は、結果的に公益通報となり、監督官庁たる文科省の問い合わせを招いた。これは村園大學に不利益となったのではなく、自浄、正常化のための指導の一環であり、本學園の歓迎すべきことである。

活也は、このような檄を添付し、メールの本文には明石弁護士に委任料を、２０１４年10月に払い込むこと、正式に仮処分申立書作成をお願いすること、対楠本弁護士委任を解約すること等を書き、Wi-Fiで送信した。いよいよ、活也は「必殺仕置き人」的で即自的、感情的な自分に対して、その沸き上がる憎悪による殺意の愚行《ぐこう》を対自的、理性的に未然に防止し、深い胸に秘めるためにも、社会的公正や正義のためにも、怨霊の法廷劇場の幕を切って落とすことになった。

３．孤立無援

訴訟の２０１４年秋から２０１６年夏にかけての2年足らずの年月は、村園學園側から公判に出席した自己保身が強く損得の行動軸が太く正邪の行動軸のか細い人事課元部長の左右田久太郎、係長の平川周治、パワハラ窓口職員の千鳥蓮子と顧問弁護士原田一之介法律事務所居候弁の田原勇雄にとっては、勝敗が出世に多少関わるとはいえ、自分の懐《ふところ》が痛むわけでもない組織人、法廷出席時間も勤務時間となるサラリッドパーソンとしての短い2年、所詮《しょせん》、人事《ひとごと》のたかが2年。されど、活也とその里山家にとっては、長い2年であった。この間《かん》の勝敗を巡る心労、不安などの意識的なストレスとそれが及ぼす心身への無意識的ストレスは、家族、特に廣生の心に投影した。

村園學園側の公判に携わった職員連中にとっては、たかが2年であったろう。多くが村園大學出身であり、その不正を糺《ただ》す活也に共感してもいいはずなのに、彼／彼女らはただ、出廷と公判準備作業を、「慣痴点伏」思考、つまり自分の頭で考えず、人間的な正邪の判断もせず自己嫌悪も全くなく懐も痛まないので、ただ組織人的非主体的に自己保身のためだけの仕事としてロボットの石の心臓のような心で熟《こな》したに過ぎない。

確かに、悪いのはBの盗用論文に博士号を授与し、ちゃんと書かれたA論文を落としたダブルスタンダードの院教授会であり、そのことを知りながら、告発した活也に降職処分を下した理事会であり、活也の院教授資格を剥奪した院教授会であり、その決議に協力した教員であった。

その協力した教授の中には、薄っぺらなプライド＝既得の高い職位とカネに自己執着し続け、自分の妻の小説家として著名な兄（義弟）を村園學園の客員教授にさせることなどと引き換えにかつて良心的な労働組合員であり、さらに赤軍派として理想に燃えた全共闘であった過去を裏切り、自家撞着《じかどうちゃく》に陥った者もいた。

このような者にとって、全共闘運動は、戦後ＧＨＱの自虐史観とマスゴミの扇動が奏でたファッション音頭に浮かれたつかの間の武闘＝舞踏に過ぎなかったのだ。心の底を洗わなかったのか？　晩年に残る友は、低きに動く川の流れに乗って最終的に落ちる淵に落ち着いて棲み餌を共有する魚のようなもので、下る途中で毒饅頭に釣られるものもいるのが自然の流れなのである。

さて、付録巻末史料Ⅲ‐６の「呼びかけ」は、活也に和志が纏めさせた降格処分＝実質上の解雇の概略であり、次のＰＤＢを正さんとするものである。腐敗した學園には、社会的公平、Ｐ盗用・Ｄダブルスタンダード・Ｂ虐めを告発しても、自浄作用がなく、逆にそれらＰＤＢ告発を口実に、活也を実質上解雇した。かくして、活也は、Ｔ地裁に地位保全を求めて訴え、ＰＤＢを世に糺し、學園に対する復讐を果たさんとする。

和志は、活也に話を地位保全の仮処分を求めた約３ヶ月の円形テーブルの法廷に遡《さかのぼ》らせることにしよう。

第2節　攻戦、怨は破裂前夜

法廷は、Ｊ公正を規範にして、活也の降職処分の口実となった彼自身による院教授会の場でのＰ盗用の指摘、Ｄダブルスタンダードと B 虐めの告発について、Ｊ判断してくれるのだろうか？　活也は、法廷にどのような憎悪を村園學園から持ち込み、法廷でどのようにそれを募らせ、法廷からどのように村園學園周辺に持ち帰るのか？

活也よ、お前が丑の刻参りに至る怨念、それをエスカレートさせ、飽和状態にさせ、爆発前夜にさせてゆく法廷を巡る日常や家庭模様、職場等の人間関係、その真情を、ここに今一度告白してはくれぬか？　告白は、怨念を解《ほぐ》すばかりか、特に書き記すことを通した深い反省、魂の浄化、罪の許しに繋がる第一歩ではないか？　その告白、内省、後悔こそ、活也が「消えて喜ぶ者にお前のオールをまかせ」ず（中島みゆき）、お前のこれからの航海の「船を漕いで」ゆかせる原動力になるのではないか？　お前のオールで、〝I am Sailing♪〟（ロッド・ステュワート、ちなみに後の「シルクロード♪」と曲が似ている）。

１．法廷、訴訟指揮への怒り

法廷は、公平な裁きの根拠となるＢ論文の盗作を争点にしてくれるはずではなかったのか？　活也は、村大の不公平、同僚・知人から孤立する中で、一縷の頼みを法廷に託した。

次に、法廷闘争とそれを巡る、盗用を不問にして判決を下そうとする「平目（出世のために上司を気にして上ばかり見ている）裁判官」や活也の同僚とAからの裏切等、人間の悲喜劇・人形劇の概略を、活也に述べさせることにしよう。

（1）訴訟指揮善1悪3点

公判の訴訟指揮が活也に衝撃を与えたのは、次の悪（損）①②③の3点＋善（得）④の1点＝4点のクライマックスであった。

①（悪）秘密漏洩のみ焦点：「（秘密漏洩を）やってくれましたから。降格処分は、裁量の範囲内」（地位保全：川井裁判長）

②（悪）盗作不問：「法廷では、盗作問題は扱いません」（地位保全と本訴）

③（悪）これら①②によって「処分は裁量権の範囲内」（地位保全：川井）

④（善）合議制：「次回から、私の他2名の裁判官が加わる合議制にします。」（本訴第9回：木村）

上の悪①②③が、活也を希望の勝訴へと上る沢から滑落させ絶望の淵に落とし、〈世も末か〉と思わせ世を恨ませ、自暴自棄にさせた。そして、淵から這い上がろうともがかせ憎しみを募らせ、さらにその憎悪を降格処分の3人の当事者に対する殺意に変えさせることになる。

善④は、この殺意が半年前の2016年1月に丑の刻参りという演劇をもってカタルシスされた後、2016年7月に「地獄に仏」となる。訴訟指揮③、裁判長の「今後の裁判ですが、合議制にすることにします。その前に和解の成立も有り得ます」という交互面接のラウンドテーブル上の一言は、幽体離脱を経て、人生観を怨念から恩愛へシフトさせていた活也にとって、「渡りに舟」となった。

（２）民事訴訟、仮処分申立へ

これらの仮処分命令申立書・主張面、訴状・準備書面、求釈明の日程は、次のような活也と村園學園の紛争史となる。

地位保全の仮処分については、半年後に関西のＯ地裁に移動する川井季子《きこ》裁判長の下、盗用問題と処分手続きの違法性を不問にし、その和解を最初から前提にしたような地裁４階の円形テーブルの法廷に債権者、債務者双方が向き合ったり、裁判長と交互に面接したり、債務者側弁護士との電話会談でのみ交渉したりした。２０１４年末から翌年２月末まで、計４回の仮処分法廷に前後する債権者「仮処分申立書」、債務者「答弁書」、債権者「主張書面」、「債務者主張書面」を作成した。

學園側は、第１回目の開廷前に盗用について問合わせた文科省をうまく手懐《てなず》けることにうまうまと成功したので、４名揃って出てきたのは、第２、３回目だけであった。

活也は、地位保全の必要性を唱えんとして気合を入れて入廷したばかりだった。しかし、川井季子裁判官は、着席と同時にその冒頭で孫の債権者側を懲戒処分した「ヒ（秘密）」に関わる院議事録の漏洩と録音を大袈裟に「ひ（非 error）」であるかのように小声（早期和解に持込むためのマヌーヴァー）で非難する。活也に、後述する８カ条の事由＝「オコハフホコヒロ」の内の第7条の、懲戒事由「ヒ」（秘密漏洩）の議事録—録音をAに手渡したことについて聞き、しっかり反論させないまま、「やってくれましたから」と押さえつけ、和解の伏線を引いた。盗用や虐めなどについて、正義か不正か、理（道理）か非（非理）か、白か黒かを問い実質的審理の後にどちらかへの決着をしてもらえないのではないか、そういった不安を伴う悪い予感。川井裁判長曰く。

川井：盗用問題は扱わない、院教授会議事録のAへの漏洩があるので、処分は「裁量の範囲内」、ただし「70歳定年規程」があるので、相当の和解金で解決。

この訴訟指揮に対して、活也は焦燥し憎悪を募らせた。強い猫＝學園側と裁判長は、まるで活也＝生け捕りにした窮鼠が後述する懲戒事由書に怒り憎悪を募らせ焦る様子を片手《かたて》間《ま》に玩《もてあそ》びあしらった。

先に2014年9月19日の理事会懲戒降職学内通知の後に、その降職処分に後手で辻褄を合わせるための同年9月25日院教授会における教授不適格と同年10月10日院協議会の活也教授資格剥奪決議とが連動している。債権者側からの、その院協議会議事録の開示請求は、無視された。盗用という本質的問題を不問にした形式的な裁判が行われた。

仮処分を求めた公判、交互主張の方のクライマックス、和解成立は、先に暗示したように、幻の2015年3月20日になるはずだった。しかし、活也は、あえて迷ったあげく、2015年3月18日に、地位保全の仮処分を求めた公判の最終段階での金銭和解案を蹴って、自分の降職処分に対して名誉を挽回し、かつ村園大學を正常化するために、明石正彦弁護士を代理人としてT地裁に本訴を行った。

後に詳述するように、また第5回目の仮処分の公判がその本訴の翌々日の3月20日に控えており、そこで、川井季子裁判長が金銭的和解で最終決着を図ろうとしていたからである。かつまた、怨念が肉体化したような活也がかかる和解的な決着ではなく、勝訴し職場復帰することをこの時点では切望していたからである。このような活也にとって不本意な決着は、すでに川井裁判長が「実効性のために双方（學園と活也）に金銭的和解」を求めた2月25日の第3回地位保全請求公判から、容易に予想できたのである。第1回目の２０１４年12月8日以降、和解演出の丸テーブルを囲むスタイルでの地位保全の仮処分の公判の流れからも予想できたのである。

2．不服申立、仮処分

和志は、活也がどんな思いで、仮処分の地位保全を求めた訴えをT地裁に起こし、法廷劇を演じていったのか、詳《つまび》らかにしたい。公判の事務手続きや事実経過については、巻末の「史料」を参照することにして、本文では第1回法廷から、孫の心情と心象風景を復習《さら》うことにしよう。

合計4回の地位保全請求の仮処分（裁判長：川井季子）を巡る法廷は、最初に和解ありきの訴訟指揮に終始し、盗用問題不問・活也の秘密漏洩の問責・処分は裁量範囲内とし、問答無用、和解しなければ債権者活也に不利という事務手続き的で無内容なものに終わる。

第1回2014年12月8日、第2回2015年1月7日、第3回2015年2月2日、第4回2015年2月25日（2015年3月20日予定の第5回は取り下げにより催されなかった）の4回しか開かれなかったが、活也の希望は、失望へ、さらに絶望へと変わっていった。

活也は、仮処分の法廷でも、1974年秋までの5年間体験した1969年10・21国際反戦デイの刑事訴訟と同様の充実した内容を期待していた。この刑事法廷では、名裁判官の張本格一（日通事件判決後東京地裁から静岡に左遷、新左翼についてその血気盛んな心意気だけは買っていた）の訴訟指揮で充分な議論がなされた。

しかし、刑事裁判とは異なり、民事では、口角泡を飛ばす口頭弁論などは一切なくて、書面のみの、しかも事務処理的な拍子抜けのラウンドテーブルの交互面接が続行しただけであった。

2014年12月8日、第1回開廷の地裁玄関には、2015年から暴力団対策として始まった空港ロビー入口のボディチェックと同形の金属探知機ゲートは、まだ置かれていなかった。2015年以降もバッジを着けた法曹界や事務職員はこのゲートを潜《くぐ》らない。

活也は、1941年、日本にとっての73年前の開戦日同様、大きな試練の火蓋を切る劇的な日、些《いささ》かの試練の口火が点くと期待していた。だから、活也と明石弁護士の2人は未だ肩を並べて入館し、左脇のエレヴェーターに乗り、1:10pm 開廷のラウンドテーブルの置かれた部屋のある3階に向かった。3階でエレヴェーターを降りると、眼の前のヴェンチに村園學園側の人事課左右田久太郎・千鳥蓮子の２人が坐っていた。２人と活也とが軽く会釈。明石弁護士は、この２人には冷たくこの２人を避けるように両脇が法廷の廊下のヴェンチに移動。明石弁護士が掲示板で本日の活也の法廷を確認し、３１５号室前のヴェンチに移動、崎枝書記官が隣の広く長い北のＴ城側の事務室から移動し、３１５号室を内側から開け、債権者側の活也と明石弁護士、債務者側の村園學園人事課職員左右田・千鳥を誘引した。この初日に、村園學園顧問、新大阪の悪名高い原田一之介法律事務所の居候《いそ》弁《べん》、田原勇雄氏の姿はない。この代理人の欠席は、債務者側が反論権を放棄したことを意味する。

活也は、先述の通り、地位保全の必要性を唱えんとしたが、訴訟指揮は盗用に関わる正義か不正かを不問にする兆候を見せていた。

河島英五がこう謳《うた》っている。

「誤魔化さないで……天秤計りは重たい方に傾くに決まっているじゃあないか……」（♪「てんびんばかり」河島英五）

現に、この初回公判から、なんと債務者側弁護士も不在で、なおかつ実質的審理が行われていないのに、その場で、裁判長はいきなり和解を提案して来た。債務者に対する片方をラウンドテーブルから席払いした上での密室的な交互面接を行った。愕然とする孫、活也。刑事事件の公判は、口頭での審理が十分為されるのに、民事は違う。

活也には、かつてディメンジョンの大きな鳥の眼がなくて、同一行動を執《と》った新左翼が他の新左翼や日本共産党やその他のマルクス主義信奉者組織と同様、羊頭狗肉、つまり生産手段などの共有による階級なき平等、「自由な人間による主体的結合」等という「羊頭」ではなく、最終的にはプロレタリア独裁の固定的永続による「人間牧場」＝ファシズムという「狗肉」を販売する人類に対する犯罪未遂の予備軍だとはつゆ知らず、「若気の至り」で、1969年10・21新宿街頭での反戦ゲリラ闘争の刑事事件の集団的な被告になり、1974年初冬に執行猶予判決が下りるまでの約5年間、東京地裁に出廷したことがあった。その刑事裁判は、訴訟指揮で、公務執行妨害・往来妨害などに関わる原告側の検事の陳述にも被告側中核派學生7名（当初は12名、ML（マルクスレーニン主義）派の5名が法廷闘争から妥協的離脱）の陳述にも十分な時間をとった。活也にも長文の沖縄奪還闘争の道理を思う存分陳述させた。民事は、ほとんどが文章だけのやりとりで弁論がないのだとは知らなかったので、その失望は大きかった。

活也の心には、すでに読んでいたヴァーチャルな瀬木比呂志『絶望の裁判所』（講談社）で指摘されている「事件処理」的な公判、あるまじき「平目」裁判長の存在が、リアルになってきた。そして、2回目の2015年1月7日の公判でライヴに実感出来、第3回目の2015年2月25日に具体的な金額まで生々しく提示されそのゴール金銭和解に至る次のような筋道を既に予感できた。

活也〈職場復帰は、もう無理かもしれない……実質的審理、つまり盗用、手続き違背、虐め、懲戒事由の正当性と懲戒権濫用等についての審理が行われそうにもないのだか

ら〉

活也は、裁判長が債務者（村園學園）側の代理人弁護士の欠席を当然で良くあることのように容認し、電話会議で次回の法廷の期日を交渉し、２０１５年1月7日、1:10pm、開廷と決めた。その後、川井裁判長が先に席を立ち、皆と恭《うやうや》しくお辞儀をし合って隣の事務室への入り口ともなる奥の出口から後ろ姿を消した。かくして、ものの10分くらいの初回法廷は、閉じられた。先に債務者側がそそくさと去り、早々と明石弁護士が書類を鞄《かばん》に仕舞いキャスター（コロ）付きのキャリーバッグに括り付けた後、活也は早く戸締りをしたがっている活也の方には非好意的な崎枝書記官にもたついているのを断りながら、沢山の公判資料のバインダーをやっと黒い中くらいのサイズのリュックに詰め込んで弁護士と一緒に急ぎ退室した。その後、２階まで下り弁護士控え室内の中の警察署の取調べ室のように殺風景な灰色一色の小部屋の協議室に札の「空室」を「在室」にして入り、和解の可能性や翌年1月7日第2回法廷前の打合わせの期日を、もし村園側の答弁書が12月24日までにfaxで届いたら12月25日2:00pmに、もし届かなかったら、来年２０１５年１月５日2:30pmにすることに決めた。可能性は、1月5日の方が大きいと2人は思った。なぜなら、村園學園の理事会も顧問弁護士も共に、第1組合との交渉でも、前に不当解雇だと最高裁にも追認された馬場橋嘉喜《ばばはしよしき》教授の公判でも、全て回答や答弁をギリギリまで意図的に遅延させる傾向があるからである。

活也は、同室ドア内側で明石弁護士が書類を鞄に仕舞いキャリーバッグに括り付けた後、自分も忘れ物のないようチェックし、退室の後を追って今度は小さなエレヴェーターに乗って下り、1階の両脇が法廷になっている広い廊下を抜けて師走の玄関口に出た。活也にとっては、リュックの重さと風の湿度の高さが似ている。ふと、少年時に山の薪《たきぎ》を載せた背負子《しょいこ》を寒風にさらされながら担いだ感覚を呼び覚ました。半世紀以上前にそうしたのと同様に、両手でリュックと言う名の背負子の肩紐を握って歩いた。

活也「最高裁まで持込まれてしまうと5年くらい掛かりますかね。」

明石弁護士「5年?……そうですね、でも今は早くなっているから……」

〈明石弁護士には、川井裁判長のこの日の訴訟指揮から推測して、もうこの時点で、早期の仮処分の職場復帰が困難であること、だとすれば、和解が現実的な解決になることが分かっていたので、「5年?……」という濁った返事になったのであろう。〉

活也は、明石弁護士の法律事務所前まで、同氏を見送り、安売りの「かいぶつくん」という名の八百屋で、パイナップルを買い、明石元二郎や廣田弘毅の出た小學校旧正門横のNPOセンターの入っている青少年センターの1階の休憩所で遅い昼食のおにぎりを食べ、外出時にいつも持参している長男、鐘生《かねお》の持参しているポットの蓬《よもぎ》茶を飲み、再度カソリック教会に上がり、裁判の報告をもってお祈りに代えた。その後は、多幸銀本店前のバス停で多幸駅行きの百円バスに乗った。

３．公判を巡る心情

第１回仮処分公判後、活也はどのように怨念を蓄積しながら、日常生活を送っていったのか？　巻末公判史料は、淡々と事実経過を留めるが、本項ではその行間に隠されている心情、係争中の日常における心情について、活也の「尋性成仏」の志、昨日よりは今日、今日よりは明日、もっと増しな人間に成ろうとする修行の意志を明らかにしておこう。

（１）活也を鼓舞する赤穂浪士

第１回仮処分公判後、第２回まで、鳥の眼からはさして変化もない約１ヶ月が過ぎた。しかし活也には、その間に巡り来た日、12月14日は、虫の眼には大きな歴史上の出来事、エドウィン・フォックス処女航海と赤穂浪士の日（元禄15年旧暦、新暦では翌１７０３年１月30日、徳川綱吉の生類憐みの令は在任１６８５～１７０９年）を思い起こさせる日であった。

帆船エドウィン・フォックス号については、現在ＮＺのピクトンに停泊し白い屋根の下の博物館になっている。１５１年前の１８５３年のこの日は、エドウィンが10人の乗客と米・菜種・アマニ・べニバナを乗せ、カルカッタからケープタウン経由でロンドンに向かって処女航海の途についた日でもあった。エドウィンは、クリミア半島に軍人やナイチンゲールを英国の軍用船として運んだことも、紅茶や石炭を貿易船として運んだことあった。やがて英からＮＺへ生類を憐れみつつも、乳・卵・肉等を食すための牛・羊・豚・鶏やペットの犬・猫・小鳥を飼いながら航海で島流しの流刑移民等約１２０名位を約４ヶ月かけ何度も、繰り返し彼女一船に乗せることになる。

世界で9番目に古い帆船、エドウィン号、彼女は嵐や船医の刺殺や乗組員の暴動や寝心地・食事・鼠についての苦情等に遭いながらも、狐のように賢く海難事故や海賊から難を逃れたが、他の多くの帆船が長い航路の上陸寄港寸前に座礁し、海の藻屑となったそうである。だから、日本の台風の来る南島民同様、キウイも諦め易い。逆に、チャーチルのネヴァー、ネヴァー、ギヴアップもよく唱える。さてこの小村的運命共同体のエドウィン号から活也は、意見が違っても仲良くする〝Agree to disagree〟の精神を學んだ。この共生の精神は、一緒に雨で体を洗い、ケープ・タウン手前を過ぎて、北側から注ぐ日光で洗濯物や体を乾かすデッキ、その上の鶏小屋の三角屋根に取り付けた十字架の前で、毎日曜日にそれ専門に利を得る聖職者組織のない週毎ローテーションを熟《こな》したであろうアマチュアの俄《にわ》か牧師の聖書解説を聴きお祈りしギターの音に合わせて賛美歌を歌い軽食と船内で絞ったミルクのティーを飲み、夜は左右逆になった月を眺めながら、上陸後の各自の夢や苦情を語り合い、年長者が年下の者に教え教え合う100人の小さな村の中から生まれ育まれた。この多数のアングリカン等宗派を超えた船上の行事を通じて確立してゆく。生まれた子を祝し、高熱などで死んだ子を水葬し悼む。晴れた日には、みんなで洗濯し、楽器を奏でて歌う、雨の日には、読書、俄か家庭教師が船室で子供に教える。必要な日用品を船内の売店で買う。婦人はlace（レース）などを編む。DIYや家庭菜園等、キウイの自給文化、アマチュア生産者文化、柔軟で臨機応変ハンブルだけどアバウトな朝令暮改の政治・生活の原点は移民船にあった。

　具体的な港、リトルトン・ウェリントン・ネルソンなどへの着岸と航海の無事が乗船客の共通の目標＝希望＝光を共有していたこと、犬、猫、豚、羊を初めとする家畜が緩衝となったこと、これらのことが内輪喧嘩を食い止めたのだろう、と活也は思った。かつて、活也の居た大學院生寮では、日共vs.反日共やグループ対立の緩衝に猫のミーちゃんがなっていた。連合赤軍の榛名山のアジトに犬猫が居たら、少しは違っていたかもしれない、とも思った。そして、我が家に来て、昼は玄関の門の石柱の台座に寝そべり、夜は茶色い野鼠を捕獲してくれるunsung heroine（「縁の下の力持ち」）の野良猫にも感謝。同時に、赤穂浪士47人とも生身の人間、生類なのだから、綱吉を吉保が調略したスキャンダルについて長唄「朝妻船《あさづまふね》」＝「船中妓女《ぎじょ》の図」（活也の義母、宮前英湖が舞謡）で揶揄した廉《かど》で彼の逆鱗に触れ12年間もの流刑に処せられたと言われる英一蝶の三宅島流しのように、かつまたフォックス号乗船者のＮＺ流しのように、綱吉は義士47人を三宅島辺りの島に流してやれば良かったのに、とも思う。

　３１２年前に赤穂義士が虫の無念＝怨念を晴らした討ち入りの日、２０１４年午《うま》年の暮れ、12月14日（新暦では1月30日）はその先達《せんだつ》との共感を一入《ひとしお》感慨深いものにした。乃木さんも父から忠義のお手本として教えられた。活也は手作り仏壇に掌《たなごころ》を合わせ、乃木さんの志を偲んだ。この乃木精神が、退職通知書が与えた屈辱に耐えさせた。なんと皮肉なことには、村園幸四郎の教育方針は、乃木精神にみちている。

（2）村園學園建學の理想

村園學園創立者と乃木さんの教育方針における類似点を探してみよう。村園幸四郎作詞「村園學園校歌」「二、（建学の理想）……楠の木の……産学一如……理想の光 三、（建学の道義）世界を……道義に……照らし……破邪顕正……道義の光」

下線部分の學園の創立者、幸四郎の言葉に注目して、以下乃木さんの「世界精神と国家精神（の）両立」に同趣旨の言葉を探してみよう。

学習院長乃木希典は、生徒の「世界精神と国家精神（の）両立」に関わる質問にこう答えた。「両立する……世界精神を発揚せんとするには、まずは正しき国家精神を擁護熱愛せねばならない。各自の国家を完全な道義国として生長せしめることによって、始めて全人類も一大飛躍を生ずるのだ。日本国家を完全な道義国として生長せしめるためには……君臣一如の大精神を探求し、各個の品格を高め、破邪顕正……の大はい（大きな旗）を世界に擁立する大勇猛心を要する……日本に差し昇る道義の光輝をもって世界の闇を照らさしむというは最高最大の愛国心である。」（岡田幹彦『乃木希典：高貴なる明治』展転社、2001年 p.231）

校歌の楠は、楠正成の乃木さんの崇拝した南朝に関係があろう。村園家の養子になる前の生家、筑豊の福壺の庄屋であった山本家、もしくは婿入り養子先村園家の先祖平忠常、曽祖父桓武天皇に遡る家系の内、隠れ南朝大内氏と交流したであろう長野家（サヴァイヴァルのための戸籍ロンダリング）が南朝系天皇と接触した可能性がある。乃木さんの先祖佐々木家も隠れ南朝ではなかったか、楠正成を尊敬している。

「乃木は楠正成を深く崇敬した。乃木の一家をあげての尽忠報国は楠公を見習ったもの……楠公が正行と別れた桜井の駅には、今日乃木の筆になる「楠公父子決別之所」という大石碑が立っている。」「いたづらに立ち茂りなば楠の木もいかでかほりを世にとどむべき」「根も幹も枝ものこらず朽果てし楠の薫りの高くもあるかな」（歌乃木希典、岡田幹彦同上、p.247）

幸四郎は、生まれた明治四十年の四をとって、男５人兄弟の第四男なので幸四郎、明治の男。五歳のとき気高き明治とともに去りぬ乃木さんの武士道を大正で育み、天邪鬼のように終戦以降の昭和に村園學園に開花させたのであろう。

「日本にも戦前には「武士道」「教育勅語」という心の拠り所があっ（た）……私は武士道や教育勅語が悪かったのではなく、増上慢《ぞうじょうまん》に陥った日本人がこれを正しく守らなかった故に大失敗したのだと考えている。［村園幸四郎］」（村園治編『村園幸四郎の肖像』九州村園高等學園、１９９８年、p.115）必要な「修身教育［村園幸四郎］」。（同上、p.166）

彼は、右から左に極端にぶれ、戦中の軍国主義批判、自虐史観、戦後民主主義一辺倒になってしまった戦後（福間欣一）を嘆きつつも、心に秘めた乃木精神を表に出せないがゆえに、この校歌に託したのではなかったか。

（３）村園幸四郎の霊

村園學園創立者、幸四郎さんは、１９７４年11月14日夕方、電話中に突然脳溢血で他界、菩提寺は遠賀川沿い中間市浄土宗の光智院《こうちいん》、清楚なお墓は裏庭にある。2014年夏、付属校理事長のお孫さんの許しを得て、活也が廣生と墓参した時、2人には急に重い頭痛が訪れた。彼のやり残した無念、経営上悪の方向へ向かう懸念が重い。「道義の光」を持って、「破邪顕正」、そんなメッセージを受けたような気がした。

2014年11月14日（金）幸四郎さん四十周忌に、活也は、中津・山内教授が活也を院教授会議事妨害等で學園当局に訴えて以降始まった調査委員会で、活也が愚かにも2人切りの密室で、活也好みの体形（一種のハニートラップ）の人事課女性職員、千鳥蓮子に「ヒ：院議事録をAに漏洩」をTと共謀したAを庇って自白した後、署名を求められた。彼女が、人事課事務室に朱肉を借りに出た直後の5:05pm頃、人事課のその取調室の壁時計の秒針の手（second hand＝秒針、分針はminute hand）が中古車（secondhand car）のエンストのように数分ストップした。ポルターガイストである。後に、このことは「押印するな、『ヒ』の証拠になる、不利になる」という、幸四郎さんの警告であったように、活也には思えて仕方ない。お孫さんの「幸四郎追悼手記」によればちょうど、夕方彼が訃報を聞く直前が、祖父の他界時間帯であり、彼が自転車に乗っていた5:05pm頃である。彼は、魂をここに遺している。1978年のこの日は、妻幸子《さちこ》の里山家入籍の「いい遺志」の日でもあった。

活也には、以前から高田博厚（ロダンの弟子）作幸四郎ブロンズ像は、誰かの魂が入っている様に思われた。きっと、幸四郎さんは、2023年11月14日の五十回忌には、學園に戻って来て、秒針を止める等のポルターガイスト以上の何かの心霊現象で、キャンパスで霊力を示し正常化を促すであろう。

（４）退職通知書

さて、上記のような忠臣蔵の日の５日後、２０１４年12月19日（金）には、村園學園側は、理事長瀬川市之介名で、呼び出した活也に対して、人事課を通じて同日付の翌年、２０１５年３月31日付けでの、建學精神に反する退職通知書を手渡したので、活也と明石弁護士とは、この通知から退職日までに３ヶ月余りしかなく、通知は５ヶ月前という規程に反するものだ、という話をしたこともあった。そうこうするうちに、午《うま》は走行して去り、絶望の裁判所が待っている悲痛な未《ひつじ》年も走行して来ることになった。

４．民事（仮）法廷続行

２０１５年１月７日（水）、第２回仮処分の公判の日が来た。その準備、直前に、明神のカトリック教会、勝利の女神にお祈りすることによる心の準備、債権者としての「主張書面」作成などの打合わせ、それを巡る憎悪の蒸し返しとそれを諫める心の葛藤は、この第１回目と同様であった。

「絶望の裁判所」からの寒風が、年明けに刺すように冷たく、この日 1:10pm―T地裁のラウンドテーブルで皮膚感覚に吹き込み始めた。当日、暴力団の公判があることなどを警戒するという名目で裁判所の建物に寒風が入り込む玄関には、飛行場のゲートと同様の金属探知機が置かれ、和志の孫は検査を受けた。直前に打合わせして同行し、バーバリのマフラーを取りコートの襟《えり》を正した明石先生は、顔パス、弁護士バッジパスで、ゲートは潜《くぐ》らなかった。

この公判について、裁判長は、4月1日付け人事異動（O地裁に移籍）前に事務処理的決着を付けようとしたのであろう、交互面接に誘導する訴訟指揮を執った。和解について、席に明石弁護士と残った活也に裁判長が院資格が大學院決議で剥奪されているので職場復帰＝「継続任用は実効性がない」と小さい声で独り言のように述べ（和解誘導マヌーヴァー）、和解金について聞いた。最初から、正義を問わない事務処理的態度は、大声で明確に言えるものではない。活也は、〇〇万円を請求。

川井裁判長（大きな驚いた声で）「〇〇万円⁉　労働報酬のボーナスなど逸失利益に入れるのは、働いていないので無理です。」

明石「里山先生にも言いたいことが沢山おありです。」

続いて、活也が烈しく職場復帰を求める。裁判長は、明石弁護士に活也を諌めるように目配せした後、2人を退席させた。次に、學園債務者側の田原弁護士、左右田元人事部長と千鳥担当事務員を再度入室させ、密室で相談し始めた。続いて、債権者側の明石弁護士、活也を再々度、入室させた。

川井裁判長「大學側も和解。和解は付帯条件をつけないで可能か、〇〇万円は高すぎる。」

活也「満額が和解条件。付帯条件は付けない。」

明石「それ相当の金額が条件。」

川井裁判長「次回までに、妥協金額を考えて。継続任用は難しい。録音・議事録漏洩もあるので、地位保全、継続任用はこの時点で判決文に書けない。」

裁判長は、「ヒ」を針小棒大にし、Ｐ（盗用）＝棒大を針小にした。次に彼女は、再々度、學園側を入室させ、双方揃った席で、最後に次回までに提出して欲しい書類について、債権者側に尋ねた。そこで、活也は第一に、活也の院教授資格を剥奪した10月10日院協議会議事録の提出を學園側に請求した。第二に、Ｂが學会に投稿した全面的な盗用論文が、博士号申請エントリーの際の必要条件論文になっていることを裁判長にも確認してもらうために、エントリー必要論文を提出するように求めた。第三に、２０１４年９月30日の學長による文科省へのＢの盗用の有無について答申した書類の開示（本訴で９月）を求めた。予め、Ａが自分の弁護士高嶋純一郎経由で入手していた文科省への答申を送ってもらい、學長がＢの論文に盗用なしとし虚偽の返答をしていることを既に知っていたが、あえて學園側にその學園側の虚偽を主張させようとしたのである。活也は、この書類申請をしながら、向かいの壁際に敷かれて並んだ椅子に坐っている左右田元人事部長の顔を見た。第三番目の書類申請のときに、深刻な顔に変わった。おそらく、文科省による行政指導に至りかねない問合わせにうまく対処するように、學長・理事などの黒幕に言われており、これが将来學内理事で残るための試金石になっているからであろう、と活也は推測した。文科省の村園學園担当が、學園側と組んで、揉み消し工作をしている面も強いことは推測できたが、この時点でマスコミなどに騒ぎ立てられれば、早大小保方事件（小保方発見のスタップ細胞は既に２０１３年にハーバード大が単独特許出願。小保方論文だけが捏造）と同様、文科省も盗用博士論文再審査など行政指導に踏み切らざるをえない事態になりかねない、と左右田が思ったからかもしれない。

活也は、初めて細《ささ》やかに追う側に回った。今まで、追われてばかりいた。

出廷後、明石弁護士と活也は歩いて中央階段を３階から２階に降り、廊下を通って、東側の弁護士控室に入って、簡単に３回目２月２日、1:10pm からの裁判の準備の為に、明石法律事務所でも次回打合わせを、1月24日 2:00pm にすること、活也が和解金のことを考えておくこと、著作権一般に関する本を活也が用意することを決めた。明石弁護士から、注意事項として、活也は、訴訟指揮にクレームをつけ強引に実質審理を求めると裁判長の心象を害するから控えめにするよう、諭された。活也は、「善魔」（遠藤周作）。現実に妥協しなければならない盗用など不正を巡るその隠蔽や虐めなどの真実が法廷で明らかにされると思っていただけに、一緒に裁判官の事務処理的訴訟指揮に憤りを感じてくれない明石弁護士にもかなり不満があった。

５．盗用不問の民事（仮）法廷

２０１５年2月2日（月）1:10pm ～の仮処分第３回裁判は、和解とその金額一色のたった50分であった。次の第４回の日時と裁判長による双方の和解金額の事前調停が承諾されただけで、盗用問題や処分の差別性・不公平性は不問のままになった。

活也は、職場復帰について深い不安に苛《さいな》まれながら、いつものように、明石事務所のあるビルまで弁護士を送り、帰宅した。

＊日常と公判準備

遡って、この第３回仮処分申請公判準備、２０１５年1月24日（土）の打合わせの日の朝、活也は次男の廣生と水面川から仏峰川沿いに歩き、薬師堂で手を合わせ、自然農家にして遊吟詩人の原田さんの脇の道を上って江戸時代以降の地元の名士の吉田家墓地を経て山林を抜け、石英の白地蔵まで出た。地元の人の中には、祟《たた》られるからそこに行かないようにという人、何度もお参りする活也親子を亡霊に乗り移られているはずだと思って、じっと顔を覗き込むように見つめる老女も居る。

それは、悲劇の兄弟喧嘩の後、虫の息になった兄を殺《あや》めてしまったと思い込み自殺した弟の化身とも言うべき袈裟を着た僧侶の像である。活也は次男の廣生が、数年前にその兄弟の廃墟に埋もれうつ伏せになったこのお地蔵さんを掘り起こし、自宅から束子とバケツを持ってきて、山水を入れて、粘土を濯ぎ落として今のお姿にしたお像である。息を吹き返した兄はその後、精神病院に入った、と地元の人からお聞きした。ちょうど、連合赤軍の総括、リンチ事件に類似した経緯があるのかもしれない。活也は、廣生が叫ぶのを無理やり止めさせようとして暴力を振るうとき、「金持ち喧嘩せず」「短期は損気」「〈感情１秒〉、怪我一生」と唱え、この教訓、白地蔵を思い出すよう心掛けている。橵し易い活也と廣生は、山茶花の花弁を地蔵さんの前に自戒の念を込めて敷き詰めてお参りした。その後、活也はJRで明石弁護士事務所に向かった。

1月24日（土）2:00pm からの打合わせは、過密スケジュールで多忙な明石弁護士主導の短時間で濃密に行われた。

まず、活也が盗用の博士論文が著作権の引用における主と従（従たるべき引用部分の方が逆転して主になっていること）、引用符などで引用と主張とを峻別していないこと、引用対象の原典が明記されていないことなどを著作・引用に関する著書を持参して説明することから始まった。

そして、全体―関連―個の論理で複数の懲戒事由が一つでも事実無根や懲戒権濫用があれば、懲戒自体が無効になる、という論理のL館事件の大阪高裁判例（有料会員サイトから明石弁護士が検索）を1月27日にT地裁に提出すること、活也懲戒事由の8項目の吟味、70歳定年退職規程の解釈について、たとえ活也の准教授への降職が認められたとしても准教授が指導教授となり70歳が定年という規程が有効であること、準備書面に表し1月27日に提出すること、2014年9月25日院教授会での活也教授資格剥奪決議と10月10日院協議会のそれの連動に関わる、その院協議会議事録の開示などについて村園側弁護士が無視も含めて何らかの回答を「債務者主張書面（2）」であるであろう、その締切りの1月28日を待って、懲戒降職と連動させて院協議会が活也の院での指導資格を不適格としたことが不当であり、そもそも70歳が定年は絶対規程であることを唱え反論とすること、田原弁護士が主張書面を出して来れば、２月２日 1:10pm ～の第３回仮処分裁判の直前に打合せすること、新聞社に1月25日（月）に連絡してみること、村園から回答があるなしとＬ館事件の判例を1月27日の 2:00pm までに明石弁護士から活也にメールなどで連絡することなど決めた。

活也は、打合わせの途中で、秘密漏洩を活也の失点と認識している裁判長について、明石弁護士から一般的に裁判長というものは地位保全を決めたら、後に本訴判決でそうならなかった時に、汚点になるので、自己保身で地位保全はしないようにする傾向があることを何気なく言われたことばかりを耳に残していた。

２０１５年2月2日（月）12:30pm からの明石法律事務所での打合せで、先の院教授会と院協議会の連動や院生Ｂの博士号申請に必要な条件論文を求釈明でもとめているのに村園側が出して来ないことやＢの博士論文の盗用が非親告罪たる著作権32条の侵害に当たるという活也の意見を踏まえた盗用の再確認、70歳定年規程の絶対性の確認などをして、活也と明石弁護士はＴ地裁へ向かった。

第3章　本訴、人形劇

活也は、想定内の盗用不問、和解一辺倒の地位保全裁判が決裂した後に、どのように希望に満ちた本訴へ踏み切るのか？　それは、どのように絶望へと変わってゆくのか？　この変化を、同僚の先輩は、どのように見守り、支援してくれたのか？

本章は、その幻滅を追跡し、活也の折れそうな心を支えた友情とイエスへの祈りとを詳述する。

第1節　地位保全（仮処分申請）決裂

２０１５年2月20日、川井裁判長から明石弁護士法律事務所への電話での報告は、和解金について、定年規程附則があるので、退職70歳までの賞与抜きの給与の総計の半額と提示するものであり、金銭和解の理由として、①降職は「裁量の範囲内」、この①によって地位保全の仮処分は不可である、とする冷酷・理不尽なものであった。

活也側は、この報告に対して、以下のような作戦を立てた。川井裁判長は、①の理由から、第5回目の法廷で地位保全の仮処分は出さないので、本訴に悪影響を与える。だから、

２０１５年2月25日の電話会議ではあいまいにし、次回５回まで引き延ばし、本訴に５回目の直前までに入る。こちら側が、論争をして、明確に決裂し仮処分は出さないという判決が下りたら、本訴でこちら側の主張が出しにくくなる等から初め、以下7点を協議した。

1. 第4回目の2月25日には、決裂せず、和解を3月の第５回に引き延ばしてもらい、その間に3月早々、本訴、第５回目前までに地位保全仮処分申し立てを取り下げる。今後、ＡＢ論文評価におけるダブルスタンダードの是正を目標に。２０１４年12月の高嶋弁護士が活也に求めた情報公開上、正当な「秘密漏洩」であるとした上での詐欺的な「議事録などの情報の使用許諾書」の不当性について、対同Ｔ弁護士の訴訟など、いまさら蒸し返さない。
2. 連動：川井季子「実効性がない」「地位保全をしても」に関連。9月19日（対降職処分）と10月10日（院協議会での対活也教員資格剥奪）との連動性（明石「第５主張」。10月10日を「決議」したとする岩山學長を相手取った訴追については、本訴後、考える。
3. プレス発表のタイミング（cf. 退職金が出ないぞ、という脅し→學園弁護士側が、これ以上制裁させないはずなので心配無用、ただし慎重に）→本訴のときに発表
4. 労組加盟の効果
5. 本訴のタイミング（本訴の具体的プロセス）→3月に→仮処分申し立ての取り下げ
6. 本訴での金銭和解のイメージ（最低限の金額未満なら妥協せず）、だから和解は難

しいだろうと明石弁護士から伝えてもらう。

7．今回裁判所の金銭和解を一蹴した場合の心証やメリット・デメリット、今後の本訴への影響など。

その他、本訴に向けた準備として、2013年12月29日合否判定におけるダブルスタンダードを再確認し、2014年9月19日降職理事会決定↓9月25日院教授会↓10月10日院協議会院教授資格取り消し決議について、全ての理由が2014年3月12日に、中津・山内院教授から岩山学長宛てに出された上申書に淵源していることを再確認し、これら一連の策動が、対活也＋Aへの当局による偏見・不公平を底流にしていることも再確認した。また、8項目の降職事由の内「ヒ」：議事録・録音漏洩しかもっともらしい事由なし、大阪高裁L館判例では不当な事由を追加しただけで、処分無効となっていること等も再確認した。

実質上最終回となった民事第4回公判への出廷前の準備のため、明石事務所へ向かう途中、逓信の庭で、次の石碑の句を読んだ。

「この道を　ここにふみそめ　草のはな」（富安風生）

活也の本訴への道も踏み初められようとし、心ある草木も尋性成仏、人知れず命の限り生きて花開く。

2015年2月25日、11:00amからのT地裁315号室で、活也は、怒りの形相で、盗用を指摘したことについての実質審理がなされてなくて、村園學園に有利な判断材料が優先されていると裁判長に告げた。そして、大阪の田原弁護士と裁判長との電話会議を媒介にしても、作戦通り低金額の和解金にＯＫを出さず、和解成立を第５回公判まで延期させた。弁護士を含めて、村園側の出席者は無かった。

ちなみに、第４回公判後、本訴のタイミングでのプレス発表の準備をしていたが、その日の夜8:40pm、自宅に不審な来訪者、門の扉を開け放しで去った。

＊盗用の公益通報、盥回し

第４回公判直前の２０１５年２月23日付で、Ａと彼の弁護士とも組んで、対文科省「申立書」を作成、文科省内部通報人事課に同日午後電話し、大學院係りの担当に連絡をとったところ、この問題、外部公益通報窓口に電話してくれ、とのことであった。続いて、同じ外部公益通報窓口に電話したところ、担当が「著作権は親告罪、著作権関係は公益通報にならないので、相談の窓口ということになる」と言われたので、活也は「非親告罪です」と応答、すると同担当が「ここは相談しかできない。著作権のことは文化庁の著作権課に電話を」とのこと。結局、盥回しされたので、文化庁に電話したところ、若い女性「主従をはっきりさせ、引用符などで引用を明示しないと著作権違反、当該論文が盗作かどうかは、警察に刑事事件として訴えてみてください。わたしども文化庁の判断するところではありません」とのこと。結局、文科省外部公益通報は、著作権に関するものは取り扱わない行政になっていることが明らかになった。

盗用について、すでに村園の調査委員会も盗用なしと判定し、頼みの文科省も地裁も不問にする。活也は、怨念を募らせ、意地で本訴に賭けることにした。

しかし、この本訴についても、妻幸子が、金銭和解で決着し、早く廣生の面倒を見るようにと、家庭に不安材料を持ち込まぬようにと要望したので、夫婦の対立が平行線のまま続き、最終的な決断は幸子が根負けした3月7日頃になった。

第2節　民事本訴、前半戦

本節では、合計10回の本訴の法廷の内、2016年1月末の活也の心身に起こった幽体離脱以前の怨と抗の前半5回を活也に紹介させる。

本訴の法廷となった口頭弁論期日と弁論準備期日について、それらは第1回2015年5月18日に始まり、合議制提案の第9回2016年7月4日を経て、和解の第10回2016年8月23日に終わる、計10回ほど開かれた。

この内、第5回目、被告側は、山陽新幹線は運行していたにも拘わらず田原弁護士が住んでいる大阪でのその日の早朝の電車の人身事故という理由で、村園學園職員も含めて全員が欠席し、明け透《あす》けに侮《あなど》った態度、引き延ばし消耗意地悪作戦を示した。

これらの開廷の前後に作成されたのが原告側訴状・準備書面・証拠説明書である。これらに対する反論として、被告側は仮処分の弁論準備同様、この本訴でも原告側の反論準備をさせない意図で開廷直前、ギリギリに「答弁書」などを作成した。

活也は次につらつら列挙するように、前半5回怨讐の公判、２０１６年1月31日幽体離脱を経て、和解へシフトする後半5回の超恩讐の公判、計10回の各公判について、その前半の概略を淡々と次のように纏《まと》めた。

——この第2回公判の後、２０１５年7月25日の盛夏、夕刻に活也は、本記録小説の冒頭で述べたように自宅の庭に出て、職場復帰の祈願を大あれちの菊の句に託した。しかし、公判が進むに連れて、その祈願通りには行かず、公判は、やがて苦難の試練になって行く。

＊Aの裏切

第2回公判の後、院生Aに、活也は、メールで、T地裁の証言台に立ち、①N中津教授などからの院『紀要』不掲載等の虐め、②元指導していた久野教授からの虐め、③大學当局によるダブルスタンダードの容認と活也・Aの内部告発への報復を述べた福島洋介教授とAとの電話の録音についての説明等を頼んだ。すると、その日を境に、メールの返信は途絶えた。狡い。不利になる証拠は残さない。代わりに、Aは、電話を掛けてきて、証言は、勤務先との関係で、どうしても夏休み中の空いている日にしてくれと言い、必要な証拠は去年の秋に明石法律事務所に行き、全て手渡してあると言った。

Aは、その後、大倉大院博士後期に社会人枠で入學し、そちらで博士号を取る旨、連絡して来た。このような背景の後、活也は、明石弁護士との第3回公判直前の打合わせで、彼に対する思いの丈を顕《あら》わにした。

活也「A氏は、休暇中なら、証言台に立つと言っています。今、メールの返事は一切なく、わたしを半ば騙す形で院教授会録音を法的に大丈夫だと言い、パワハラ委員会に提出した彼の弁護士、高嶋純一郎氏を介して出したBの盗用の論証（Aの出身大學の教授の文科省宛の上申書）も『裁判になると尻込みます』と言って、提出出来ないと伝えて来ました。」

明石「Aさんは、法に触れるようなことはしていません。私には好意的ですが……証言は、タイミングを見て。福島教授との電話の録音については、名誉毀損にもなる可能性がありますから、里山先生が、教授の了承を得られませんか……」

活也「それは、無理です。明石先生からも文科省に上申書を書いていただけませんか……」

明石「行政よりも、まず、司法、裁判に勝つのが先決ですが……」

活也「Aのことですが、今後協力はしてくれないと思います。確かに、私を退職させた今年3月に、裁判に協力させまいとして、村園大院が彼を抱きこみ博士号を申請するように電話を彼に掛けて来た時、彼は義理立てして断りました。が、職場復帰したら私のところで博士号をとると言っていたのに、第1回目から傍聴に来ておられる彼の行き付けの理髪店の吉川さん夫妻から様子を聞いて、勝てないと思ったのでしょう、裏切って大倉大院博士後期に入學しています。」

明石「今、彼と離れるのはまずいですよ。」

活也「そう思います。大倉大の院への推薦状を私のほうから、書くべきかどうか、ずいぶん、迷いました。書けば、私の職場復帰を私自身が諦めたことになります。私の一人合点(A氏らに頼まれたわけではない)の悩みの結果、書かないことにしました……。

　個人的な心情からは、口のうまい自己中心的な善魔なので縁を切りたいと思っています……（ここで、明石弁護士は、顔色を変え始めた）……Aは、他大學就職などのために、私が推薦状を机で書いているときに、私が殺意を感じて見上げると、彼が2度ほど覗き込んで［いい暮らししやがって］というプロレタリア的な憎悪の目で私を見下ろしたことがあります。前、勤めていた会社でも同僚が会社に虐められて自殺したそうですが、ひょっとすると無理に正義を押し通させたのかもしれません。サドであり、院生Bの博論の盗用箇所をファミレスで整理しているときに居眠りを始めた社会人の友人に、私の目の前で、『また、爪楊枝を立てようか』と言ったことがあります。H元教授に師事していたとき、私の授業をとった際、セールス的トークがうまく、目元に怨念を湛《たた》えているので、気をつけていたのですが、H元教授の指導を断られて、私に指導教授を変えようとしたとき、軽率にも承諾したのです。H元教授が関東での學会に同行させた院生Bをホテルの一室に夜中に招き入れたのですが、それをBに頼まれてその部屋の前で見張っていたAをH教授が指導拒否したという話をAから聴き、新指導教授になることを了解したのです。併せて、後日、Aは、クリニックの「希死念慮」がある、という同年の2012年9月付けの精神科医診断を見せました。
私の弟も自殺しました。谷川雁と交流した作家、朝鮮で1927年に生まれ育ち戦中帰福した森崎和江さんも、弟健一と1953年に自殺によって死に別れ、深い喪失感を抱きながら、筑豊の女をテーマにした作品を世に出し続けました。種田山頭火も母親と弟が自殺しています。こういう事態を、誰かが手を差し伸べて招かないようにしたいとずっと思い、Aを受け入れることにしました。自分の生活を投げ打ってでもその必要があるという使命感から。私も、N中津達の異常なA虐めに連合赤軍のリンチ事件を思い出し、その人間的反省から、教育者としてAを守ろうと思ったのです。先生の出身大學の安田講堂には谷川雁の「連帯を求めて孤立を恐れず」が落書きされ、念仏的「自己否定」劇場が、1969年1月18~19日に催されました。その延長の「善魔」に気触《かぶ》れた學生が起こしたのがあさま山荘事件でした。虫の「自己否定」の論理は、善たるを思い込む魔王（「善魔」（遠藤周作））となり、「他者否定」となり、連赤の集団リンチに帰結しました。党派の独善大魔王同士は、凄惨な内ゲバに至り、今日に至っており、若気の新左翼の「ロマンチック」な相互洗脳から抜け出させたのは、現実の新しい家庭でした。この事件のABCDの問題点を見ていた人物がもしリーダーであったならば、残酷物語にはならなかったと思われます。
A：Alliance〈連赤＝武器〈京浜安保〉＋カネ〈赤軍〉の唯武器的野合）
B：Bully（組織的経営の欠如とリーダーのサイコパス的でヒステリックな性格、「総

括」という美辞麗句のＤＶ的リンチ）

Ｃ：Coaching（「愛と正義」〈鈴木〉の「善魔」〈遠藤〉大王による独善・独断的暴力的躾によるコーチングの放棄）

Ｄ：Dogmatism（閉鎖的な軍事的小国家が烏帽子山に出現、パースペクティヴの狭さ）

Ｅ：Empty（損切して「空」＝革命の人道的原点に帰れなかった）

教育者として、自殺の危険性のある學生・院生の処には、自分の生活を投げ打ってでも馳せ参じなければ、と思うようになりました。そして、医療保護や依存症患者の措置入院も社会秩序を保つために必要なときもあるが、治すのではなく神経を麻痺させ、自殺を誘発するＳＳＲＩ系の抗精神薬を飲まないように最初から注意しておくこと等も合わせて勉強しました。虫の「自己否定」の論理は、善たるを思い込む魔王となり、「他者否定」となり、連赤の集団リンチに帰結しました。党派の独善大魔王同士は、凄惨な内ゲバに至り、今日に至っており、若気の新左翼の「ロマンチック」な相互洗脳から抜け出させた「針の孔」は、残念ながら自立心（玄洋社の「独りでいても淋しくない」心）ではなく、現実の新しい家庭でした。さらに、洗脳不足や内ゲバを踏みとどまらせる恐怖心や有機農業運動、それに「魚の目」もありました。

その後、Ａは唐戸市の長府の乃木神社に参拝したと私に言いました。乃木さんの静子夫人のお姉さん（テイ）の夫が、私の姉の夫の祖父だということ（山崎新光『自動車に夢を賭けた男たち』風詠社、2014年P.9参照)、私が三島由紀夫と同様、崇拝していることをAには言ったことがあります。これで、私は、今回の不正追及から逃げられなくなったのです。

横山大観は、帝銀事件で濡れ衣を着せられた弟子を見捨てました。出身大學院では、指導教授に推薦を拒否された同僚の院生が憤死しました。こういう見てみぬふりや悲劇を繰り返してはならないと思ったのです。

乃木精神とは、武士道であり、この道を、「一所懸命」の有言実行の心がけと捉える。主君の「一所」・俸給の貸与という御恩に報い、生命尊重の倫理・正義感に則した忠義に基づいて言葉と実行したことに「懸命」に責任をとる、実行したことが、無辜《むこ》を犠牲にしたならば、命などの代償を差し出す。

乃木さんは、西南戦争で軍旗喪失後、生ける屍となっていたとき、立ち直らせようとした母の結婚の勧めを受け、薩摩の女、湯地静子を迎えました。出身の同じ長州からという声の大きい中、それは、薩摩こそが、この武士道の藩民性、生活に浸透した有言実行のミームを強く継承していると心得ていたからではないか。「自己否定とは死ぬことと見つけたり」等と軽口を叩いたから、もう突撃する以外なかったのです。「善磨大王」のAから、私は、一種の「マインドコントロール」によって、正義病に感染し、この弟子に服従していた側面がありました。自立していなかったのです。彼は、所詮、自分の利益しか考えない、独善的で自己中の人間でした。」

――ここまで、活也が話し終わると、明石弁護士は、沈黙したまま、活也をじっと長い間睨みすえていた。活也はこう読心した。

明石〈第1回法廷でも、弟子を庇って来たと言い、表向き弟子のためにという大義名分を今日まで翳《かざ》して来たのに、裏では逆に忌避して来たのか。たとえ裁判をやっても勝てると楽天的に思い込み、『行け行けドンドン』で2人で意気投合していたんじゃないか。負けそうになると、こう言う。信じられない人物だな。〉

活也「この裁判、敗北したら、私がAの指導を引き受けたこと自体、Aの不幸の始まりだった、ということになります。私の浅はかな承諾だったということにはならせたくない。明らかに、Aの山内預かりに対するAの謀反への報復として、中津＝山内のAの論文の院『紀要』の不掲載↓審査委員選定ネグレクトが始まったからです。

この虐めの経緯を明らかにすること、木村裁判長に理解してもらうことが、勝利への道に繋がります。今、われわれの団結が壊れること、own goal に繋がることは、避けなければなりません。」

Aが裏切った。まさに、和志が肉界のパラレルワールドの隠界に降霊した日（2015年7月25日）のことである。次章で詳細を述べるように、Aは自己保身からそうしたのである。活也が、Aに証言を懇願した直後から、いくら送信しても、それまで小まめに返信、かつ頻繁に自宅に電話してきていたAの態度が豹変し、一回の電話を除いて音信不通になったのである。

以下、法廷について、その前半の第3、4、5回を紹介し、このような活也の孤独感を共有しておきたい（合計10回の内の残る計7回の本訴の記録は、末尾「付録V．本訴」参照）。

＊訴訟指揮、和解に収斂

Ⅰ．第3回公判（2015年9月14日1:30～1:40pm、110法廷）論点（木村裁判長は、事務処理的な和解調停を目指して、原告側に不利な振り子を振って盗用問題と懲戒権濫用の切り離しを明言した前回とは逆に振って今回は被告側の非を糺《ただ》した）

1．答弁：

①木村裁判長「争点を明らかにしたい。」乙（村園大）＝被告側に、「懲戒解雇の正当性をどういう風に……たとえ盗作であっても……という発言がありましたが……処分の理由の有効性について被告側から……？」

②被告代理人田原弁護士「……（しばらく沈黙）検討します。」

③木村裁判長「虚偽の盗用（甲＝原告による院教授会でのBの盗用指摘は事実無根＝虚偽）という論拠を明らかにするように。」（この訴訟指揮＝発言は被告側に対する指示）

④木村裁判長「（被告は）解雇理由の論点を整理して」「10月30日までに提出するように。」

⑤田原弁護士「解雇ではアリマセン、降職デス。」と強調（↓軽い処罰だった、と言いたいのであろう）〈木村裁判長、ニヤリと笑う〉

⑥原告活也：「降職は実質上の解雇」（以下、活也は弁明し損なったが、当初2014年9月中に解雇と商學部などに話が来たらしく、久辺《きゅうへん》商學部長が、すぐに原告を授業担当（数回後期担当）から外した。心身ともに、原告は傷つけられた。）

2．今回の裁判後の課題：木村裁判長の「虚偽の盗用」の真意について、原告側明石弁護士が今までの記録から、活也は虚偽ではなく本当に「盗用」されていることを告発したことを検証、説得する必要あり。盗用と処分は密接不可分離。

3．出席：110法廷の外で、吉川夫妻と奥さんの妹さんと甥っ子さん、4人と会った。傍聴席：米田・大森両先生と広田くん（米田先生に師事）。村園大側は、人事課長（平川）と元人事部長（左右田）と人事の千鳥女史（村園學園創設者と同じ筑豊の出身で、心情的にはこちら側の味方？）が傍聴席に。田原弁護士も出廷。10分くらいで終了。

Ⅱ．第3回公判の準備

甲＝原告（代理人明石弁護士）は、9月11日に裁判長と乙（田原弁護士）に、「第2準備書面」を提出。「第2準備書面」には、①A＋活也を乙が虐《いじ》めた経緯とその証拠をあげた。②その経緯の結果、盗用に博士号授与、A氏に不合格の密室でのダブルスタンダードが生まれ、活也がその全容を、公平性を追求する観点から、院教授会録音・議事録をA氏に渡した。③それは、アカハラ防止委員会と文科省にしか公開されていない（closed な

disclosure)。④秘密漏洩を甲に対する処分理由にしているが、この盗用容認というコンプライアンス違反のほうが大きな罪であり、それを甲は院教授会で追及した、⑤そのことを処分理由にしているのは不当である。⑥理事長・學長も盗用と知りながら、それが學位授与になるのを黙認した。⑥乙は、盗用と処分を切り離そうとしているが、盗用の証拠を活也が教授会で配布したことを「議事妨害」として処分対象にした。だから、処分理由は盗用に関わる。

我が道も　枯葉に埋もる　秋近し

＊訴訟指揮、盗用と審理の切離し

Ⅰ．第4回公判（2015年11月9日 11:30am～110法廷）では木村裁判長：盗用と審理を切り離す訴訟指揮。被告村園も盗用との切り離し主張

1．明石弁護士の第4回法廷での最初の弁明の趣旨、以下①、②。

①明石弁護士「被告は、盗用と懲戒事由を切り離そうとしているが、論文審査の不公正の是正を原告は求めたものであり、切り離せない。」

②明石弁護士「被告側の原告に対する処分は、他の処分と比べても重すぎる。」

活也の119法廷での弁明の趣旨

活也「不公平な審査を正すための懲戒事由の行為を職責職務達成のためにわたしは行った。」「同一レヴェルで審査し両方落とすならまだしも、盗用の方を通すのは不正。」

＝活也「わたしの懲戒事由となった不公平性の告発などの動機と懲戒事由とは切り離せない。」

2．木村裁判長の趣旨：活也は、以下①、②、③、④と理解。

①裁判長の趣旨「懲戒対象となった事実の動機たる盗作の有無、論文審査の公平性についていては、大學が判断することであり、裁判所は関与しない。」ただし「動機について、原告が述べることは拒まない。」

②裁判長の趣旨「懲戒対象となった事実は、原告も認めており、そこは論争点にならない。」

③裁判長の趣旨「事実の上に立った懲戒の軽重＝懲戒権濫用が争点になる。」

④原告は、下記の懲戒事由８項目（オコハフホコヒロ）に関わる事実をほぼ認めている。

Ⅱ．**原告側主張**

①原告は、懲戒の降職が重いと主張（第３準備書面）→木村裁判長の心証の「濫用」とは、懲戒の軽重のこと？（活也は、軽重と理解）→軽重は、理事会サイドの当時商學部長で yes man 秋田氏の偽博士問題（『毎日新聞』も報道）に対する処罰なし＆酔っ払い運転による村園大生重症犯の蛭間氏に対する軽い２ヶ月停職や黒澤教授による大學内での掃除の女性に対する暴行事件に処罰なし、等の軽微な処罰に比して、不公平であり重すぎる。

②盗用という「動機」の切り離し問題、懲戒の軽重問題に対して、職務倫理の達成という観点、虐めという観点からどう反論するか

Ⅲ．**新方針：**＊第4回公判以降の新方針を、次のように決めた。盗用指摘は強調せず、職責職務から「B論文の瑕疵（引用符なし）」を指摘（第2事由公聴会と第5事由コピー）。「公平公正」は、とりあえず止める。比較せず、個別に問題点を指摘。院生B・院生A、それぞれの審査の問題点、Bへの博士号授与の問題点や外部審査委員制度の問題点に触れる、というものである。

①院生A、B個別審査の論理で（論文瑕疵を正した。不公平不公正・ダブルスタンダードは控えめに）。

②B論文に引用符なしは、指摘せざるをえなかった（著作権32条を前面に。動機＝職責職務〈いい加減な審査→懲戒事由第4項活也による審査結果に対する「不服申立て」〉）。懲戒に関わる教授会自治侵害、これは學校法93条の手続き違背。

③懲戒事由8項目：オ（脅し、駆引き〈盗用を告発が脅しに〉）、コ（公聴会での盗用告発）、ハ（ハラスメント委員会にAが訴えていると活也が院教授会で発言）、フ（活也がダブルスタンダード審査でAが落とされたことに対して不服申立て）、ホ（保管、Aのちゃんと書き上げた博士号請求論文の保管を当該部署などに依頼、不可に）、コ（コピー、博士号審査請求時に必要とされる論文になっていると思われる學会誌発表のBの盗用論文のコピーを院教授会で配布）、ヒ（秘密、院教授会録音・議事

録をAに漏洩)、ロ(録音の許可を院教授会で求めたこと)、懲戒事由8項目の一つ一つを撃破(cf. L館事件〈1つでも懲戒事由にならなければ、懲戒権の濫用になるという大阪高裁の判例〉)。

④軽重の問題(懲戒権濫用、降職は実質上の解雇で重すぎる、偽博士号取得、村園大學移籍の際に履歴に記入し大學パンフレットなどに公表しながら秋田教授に全く懲戒がなかったこと、飲酒運転で村園大學工學部4年生に大學傍で重症を負わせた蛭間助教授にたったの2ヶ月という夏休み期間中の停職という軽い処分と比較して、活也に対する降職処分は重きに失すること、瀬川市之介理事長が「どのくらいなら裁判に訴えないか?」と2014年7月11日の里山調査委員会の場で活也に聞いたのは、悪事隠蔽のために裁判に訴えられずに実質上の解雇を目論んだ上での質問だったのではないか)。

⑤中津・山内によるA&原告への虐め・報復を取り上げる(2012年8月の久野義元教授のBへのセクハラ以来の原告+Aへの虐め『紀要』から)。

⑥原告への虐め・隠蔽(過去に良心的な元院研究科長水野一夫文書を有印私文書偽造までして活也虐め)。

⑦村園學園の組織ぐるみの懲戒を取り上げる(教授会自治侵害の手続き違背學校教育法93条、瀬川理事長は私學法37条総裁責任を侵して活也を虐め、自己保身に汲々としてBへの著作権侵害的指導を放置、トップであるにも拘わらず中津・山内両教授・

岩山學長に追随、強力な事務局・体制派に追従、正義より安泰を期した)。

第5回公判(2015年12月24日11:30am～107法廷)

クリスマスイヴの日の11:30amからの公判、明石弁護士が懲戒事由8項目の不当性について弁論。被告、村園大側の原田一之介事務所の田原弁護士は欠席、左右田氏、人事課の千鳥女史も傍聴せず。大阪で人身事故という理由での欠席。原告のこちら側は、傍聴3人、被告側の傍聴ゼロ。

今後も、処分の軽重と懲戒事由が争点になる予定。大阪高裁L館事件判例の論理では、この8項目の内2個だけでも成立しなければ懲戒不当になる。

盗用問題との切り離しを、被告の村園學園が懸命に主張・努力し、木村裁判長も今のところ切り離すと明言しているので、筑後大の盗用指摘がT地裁とT高裁で審理された判例を証拠書類として、今回提出。その説明も明石弁護士からあった。

S活也がSG瀬川理事長が岩山元男學長からのBの博論に「引用符」あり、という虚偽報告に基づきSを懲戒しているので、無効という原告側の決め手(SGは盗用なしを大前提にSを懲戒、このSGの明言は、被告側準備書面の理事会議事録に掲載→被告のオウンゴール)になりそうな主張をしようとしたら、木村裁判長が、被告が出てきていないので、新しい争点は本日は控えて下さい、とのことであった。

被告側準備書面が公判2日前にいつもなっているので、期日を守るようにご指導を活也が裁判長にお願いした。

被告（村園大）側の準備書面（３）は、12日遅れで12月22日の夕方に、送信して来た。原告が11月9日の公判で重すぎる懲戒処分と比較して当局よりの教員だと軽すぎる例示で出した①ニセ博士＝履歴に懲戒なし、②飲酒事故犯（＝工學部4年生5ヶ月重症の加害）の教員にたった2ヶ月の停職の処分に対して、被告は①クレイトン大學博士号査証はその教員の過失、ＰｈＤは大學院教授採用の条件になっていない、②事故は、人工島の３児死亡事故の前であり、世間も厳しくなかったので、２ヶ月はちょうどいい、とその準備書面（３）で回答してきたが、これへの反論も次回に。

改めて、ＳＧ理事長(元松永電副社長)＝被告の回答が村園大を背負ったものであるので、勤務先を汚すような回答に、落胆。なんとかしないと村園大はダメになるのではないか。

以上の活也の焦燥、孤独感を共有してくれたのが心ある村大ＯＢであった。

第３節　祈り、友情と訴訟

活也は、仮処分から本訴に至る公判中、家庭内外勤務先内外の四面楚歌の中、ものごとを見るパースペクティヴの短長（時間軸）・狭広（空間軸）・少多（種間軸とマトリックス軸）の「幅」に関わる「鳥の眼」と「虫の眼」の間を揺れる複雑な懊悩を胸に、祈り、かつ友情・支援に救われた。

1．一心《いっしん》の祈り

公判の前に教会に寄る。活也は、遡って（仮）第1回の2014年12月8日の朝も、活也は、ピラトの判決から磔刑《たっけい》を経て復活するまでの15留をステンドグラスの物語を脳裡で復唱した後、白百合の匂いに心を清められながら、カセドラル7列目に座して、木彫のイエスに祈っていた。「我に力を、我が心に光を！」すると、作業服の青年が、後ろのドアから『聖書』を持って、前の祭壇まで、歩き出て、一心にお祈り。活也は、取材先の有機農家が連れていってくれた五島列島福江島の温泉で地元の小母さんが『聖書』を持参して建物に入っていったとき以来の連帯感を覚えた。ここにも祈る人、そして救われる人あり。活也は、悩める顔をしたこの青年に、ノートルダム清心の渡辺和子が良く語るエールを心で送った。

「神は力に余る試練をお与えになることはない。」（「コリント」10:13）

2階のチャペルの大きな重い扉を相次いで2枚押して、外へ出ると、活也は石段の手前のガラスケースに鎮座するノートルダムの「勝利の女神」像にも手を合わせた。

歩いて、明石法律事務所に行き、事務的な情報交換をして、事務所を10:40am に出発、重い資料を担いだ活也とエレヴェーター前で弁護士バッジを襟に付けたばかりの明石弁護士は、2人で師走の木枯らしに抗しながら急ぎ足で歩いて、T地裁へ向かった。

２．訴訟と友情

訴訟の行く末を案じて、２名の村園學園名誉教授、大森・米田さんや出身大學ＯＢや所属學会長やノンフィクション作家佐伯實生《じつお》等が、アドヴァイスし支援してくれた。

（仮）第１回目法廷から帰宅後、村園大學第一組合を結成し不正入試・水増し教員による補助金不正受給・不当人事などと30年余り闘った労務管理理論担当の元商學部教授で村園學園名誉教授の大森文蔵さんから電話が掛かって来た。

＊村園學園教授ＯＢ

大森文蔵「この前、電話で里山さんから教えてもらった『仮処分命令申立書』の『理由』中で、Ｂ氏の盗作の件が余り論証されていないように見受けられるけど、今日の法廷で、盗作そのものが少しは問題になった？」

活也「全然、それどころか、交互面接になって、川井裁判長に秘密漏洩について『やってくれましたから』と言われ、和解を暗示されたんですよ。」

大森「民事は、ラウンドテーブルでそうなるんですよ。盗作は、裁判長に面倒くさがられるんで、そこを説得しないといけない……」

活也「経営學部の尾高さんから読むように言われた瀬木比呂志の『絶望の裁判所』に事務処理的和解の話がありましたし、インターネットに平目裁判官の体験談も沢山、載ってますもんね……」

大森「息子さんが交通事故で亡くなった熊本の後輩の公判でも、裁判長は難しい事故の立証を避けて、和解に持ち込もうとしたので拒否したら、敗訴して、控訴審でも同じになった。判決には、負けると分かっていたんだろうね、良くやってくれたけど、後輩を担当する弁護士は来ずにその委任女性弁護士が来ていた。頭に来た後輩が履いている革靴を裁判長に投げたのに、うまく避《よ》けられて当たらず、問題にならなかったし、マスコミも取り上げなかった。加害者は、県会議員の関係者……」
活也「それは、ずいぶん気の毒なことになりましたね……」
大森「事故の立証と同じで、盗作問題も言い続け、分かり易く説得しないと、逃げられる恐れが強いね……」
活也「絶望的ですね。でも小保方事件もあって、文科省や世間の見方も盗作には厳しくなって来てますから……ＳＴＡＰ細胞自体は、あると思うんですけど、検証がミスリーディングですからね……お電話、有難うございます。」
大森「御免下さい。」
――このような話をして、活也は不安を募らせて電話を切った。
その後、すぐにシカゴに10年在住、シカゴの有名画廊に何点も作品が収蔵されているところの元芸術學部写真學科教授で村園學園名誉教授にして客家であり台湾出身（実家は台北、乃木さんの母寿子《ひさこ》の墓所近くの医院）の現役写真家でもある米田真二郎先生（実兄は著名な考古学者）から電話が掛かって来た。

米田真二郎「今日は、どうだった?」
活也「今、大森先生から電話をもらって、言ったことなんですけど、厭《いや》な気配《けはい》……裁判長はいきなり和解に持ち込もうとしています。法衣から出世欲・打算の心がチラチラ見え隠れ……」
米田「大きな運動、応援団も要るけれど、その質が問題。冷静に、冷静に、飽くまでも冷静に、客観的に……インターネットに筑後大學でも昇格人事で提出された准教授の論文の盗用を指摘した教授の解雇処分についての公判の話がでていたけど、筑後大に知り合いがいたら、調べて、証拠資料にして盗用を取り上げさせるようにするといい……」
活也「筑後大の情報ありがとうございます。その話、商學部の浅野守先生から聴いたことがあります。もう少し詳しく聴いてみて、明石弁護士にも連絡してみます。」
米田「盗用を裁判所が取り上げないとしたら、おかしいね。村園學園は、特にjusticeに反しているけど、九州全体がそうで、今は日本全体も間違って来ているようだね。」
活也「村園學園は、上層部が大學運営を私物化していますからね。これは、日本の私的で独善的な悪い方の義理人情の病巣を象徴していますね。盗用については、旧帝大はじめ九州全体がおかしいのですね。特に村大は……」
米田「ひどい大學で、もともと博士号なんか出せる水準の大學じゃなかった。先生の質も悪くて、大學院担当の教授の定年延長の目論見とyes manの新組織の院を設けて學内運営をコントロールしようとする総務の合田正義たちの目論見が一致して院が設置された。元々、正義から出発していないので、院生にとっても気の毒なんだね。」
活也「自分も、その目論見の一翼を担ったので、偉そうなことは言えませんが、盗作に限定すれば、添削が煩わしくて、自分の著書を丸写しさせた久野やそれを追認した村崎・山内・中津・高雄や岩山も腐食の連鎖の悪ですね。」
米田「彼らを憎んでいるか？　憎しみも戦いのバネだけど、それだけでは水準が低くなる。現在の日本の精神的荒廃にメスを入れること。高い次元で裁判闘争をするためにも、プラトンの正義・道徳論や国家論それに認識論、ＶＲ（Virtual Reality）の洞窟の男の影を実在とする認識等にも學ぶといい。本が、家にあるから貸します。」
活也「ありがとうございます。」
米田「この話、山内のＴ大學時代の先生だった友人や東京の出身大學から村園學園に来た先生方などにもしておくよ。里山さんもマスコミや文科省にも通報して、法廷外の法廷闘争を頑張ってみて……」
活也「考えてみます。親身になってアドヴァイスしていただき、ありがとうございます。」
――活也は、丁寧にお礼を言って、受話器を置いた。その次に、村園學園の元バスケット部監督で、監督時の特待生のバスケット部員への授業料還付金を遠征費やバスケット部費などに流用したことを横領だと學園側に見做され不当解雇された教授、その不当処分後、最高裁まで５年の裁判に耐えて村園學園に職場復帰した元健康スポーツセンターの教授、馬場橋先生に電話し、裁判の報告をした。

馬場橋先生（活也に裁判の経験談を交えて）「なぜ、里山先生が、懲戒事由に挙げられるような言動をしたのか、その根底に盗作問題がある。そこを明らかにしないと、懲戒権の濫用も証明できないから、負けますね。その『なぜ』を教授会の議事録や証言などで立証していくことです。」

活也「アドヴァイス、有難うございます。先生の裁判の訴状や証拠など一度見せてもらえませんか？」

馬場橋「いいですよ。一度お会いしましょう。家に公判資料が仕舞ってあるので、菅原の水の研究所の方に運んでおきますからそちらでどうですか？」

活也「はい。早いうちに、また電話したとき、アポをとらせて下さい。」

活也は、電話を終えるや、ＰＣ（Personal Computer）に向かい、大學院の先輩で田中正造に惹かれ渡良瀬川流域の足尾鉱毒事件に注目して産業公害論を展開し、かつ柏刈羽崎原発反対運動に身を投じた學青院大の益井一郎教授やその友人でかつて活也と川立市で有機農業運動をしたことのある大川周一さんにメールで裁判の報告をした。

活也は、家族にも夕食時にその大筋を若干説明し、妻幸子、次男廣生に次ぐ三番風呂に入り、玄洋社の頭山満が禊《みそぎ》を神仏への大きな祈願の前にしたように、かつまた西式健康法で教わったように、茹だった体に冷水を浴びせ、光岡八幡宮のご神木、蛸のように根をむき出しにした厳かな楠の前で奥聖翁が祈った時のようにこう唱えた。

活也〈「吾神とともにあり、吾神の中にあり、吾に光（力）を、さらなる光（力）を」［奥田聖光］〉

〈光るや克夜《かつや》、明かり灯《あか》りて、闇に勝て克て「道義の光」〉

活也は、いい湯加減の風呂から上がり、煎じた蓬に、これまた程好《ほどよ》い湯加減になるよう豆乳を注ぎながら、聖なる光を合成した詐欺師であるかもしれないとはいえ、憎めないいい加減な聖光さんの直観、それを信じて祈り、救われた人もいることなど思い、呪文のような「♪さらなる光（力）を」と唱え続けようと思った。

＊ノンフィクション作家、佐伯實生

遡って、２０１４年８月27日（水）付けの手紙で、別府在住の作家、佐伯實生《じつお》さんは、活也に今回の盗用に関する紛争について、盗用発覚を文科省や學園側が危惧し、活也の和解を提案するだろうと予想し、励ましてくれた。

佐伯「文部省はおだやかな手段、あなたと教授会と學校側に『和解』を提案するでしょう。その時は、少々腹が立っても、がまんして下さい。私の予想は当たります。」

この文面は、９月19日の村園學園による活也に対する降職処分となってズバリ的中はしなかった。しかし、この「和解」について、活也は何らかのそれの心の準備もしていた。その啓示的な「和解」の予感の風が我欲の理想的な職場復帰の願望を吹き倒そうとする。その風神が、活也の心を、理想と現実的な「和解」の間を動揺させ、弄《もてあそ》んだ。風神は、仮処分の公判で風袋の栓を少し捻《ひね》って動揺を助走させ、本訴の公判で栓を全開して動揺を止めさせ、現実という地面に活也の心を叩きつけた。

活也の司法に対する幻想が少しずつ消えたこと、この仮処分法廷の失望が、１年８ヶ月後の現実妥協的な和解を活也に準備させることになった。

ちなみに、活也は、佐伯さんから「イエスは伝道詐欺師」と言われ、イエスの奇跡を少し疑ったが、総合的なイエスの言葉、生き方、生涯を敬い、その詐欺伝道師の可能性は薄いと思った。そもそも、活也としては、鳳凰大の３人の福音研究会で信者から猿が人間に至る過渡期の骨は見付からない、というミッシング・リンクの話を聞いたこともあったので、ダーウィン進化論一辺倒ではなかった。ゼカリア・シッチンの古代宇宙飛行士説を参考にし、宇宙人＝神が、遺伝子組換えによって人間を創った可能性大とし、イエス＝奇跡を起こせる良い宇宙人＝良い神だとしていたからである。

この伝道詐欺師説は、唯物論的なクリスチャンにとっては、動揺を誘う残酷である。是々非々。佐伯さんが、米国の奥の院から明治天皇等に関わる田布施閥の陰謀の発覚をも唱えたり、ハーバード留學組フリーメーソンの山本五十六（かつて活也もmeme的な教育者としても尊敬した元帥、連合艦隊指令長官）が同じくハーバード留學組の永野修身《おさみ》と謀って、ルーズベルトと密通し、米参戦に誘導するために起こした真珠湾攻撃の愚劣な売国茶番劇を指摘した点は是である。

その翌、２０１５年末まで、佐伯さんとの日本の戦後史に関わる資料の提供・情報交換が毎月行われ、彼からは1年に2冊の自著（一万人の読者）の献本を受けた。惜しくも、活也が怨念に負けて、またその怨念による殺人を免れるために決行した丑の刻参りの１週間後、２０１６年1月25日に他界。

これらの支援者の愛情のみならず公判劇を見る眼差しは、活也に冷静な傍観者的姿勢、ヘーゲルの für uns（傍観者）的態度をとるよう促した。この孫は、第2幕で述べるように、やがて和志の居る隠界へと幽体離脱し、現実の当事者的愛憎、感情劇に対する傍観者的な姿勢を完成させるが、その前に、活也に自分を白けさせる目を養わせ、彼を救済したのは、２０１４年9月23日の志摩からくり人形の観劇であった。その観劇中、活也は知らず知らず自ずと追憶した自分の恋愛劇、その客観視を通して、公判や村園學園で現実に起こった事案・事事象を感情劇として傍観する目を養った。

本幕では冗長に述べたエスカレートする怨念が、第２幕で藁人形を作らせる過程を追っているが、次節では、その幕間《まくあい》に活也にこの丑の刻参りという呪いの擬似殺人事件という惨劇で済ませるようにさせたエピソード、即ち志摩人形の観劇、村園愛憎劇の憎悪の頂点におけるエピソードを、弁舌させることにしよう。

第４節　操り人形

何が、法廷を活也に劇場であるかのように、ちょっと白けて観劇させたのか？　この傍観者的態度が、活也を犯罪者にさせる憎悪から救った。和志もハラハラさせられたが、当初、２０１４年9月19日の処分等を注がれる油のようにして燃え盛り煮詰まる怨念が、活也をその薄っぺらな自尊感情から、ライヴの血飛沫《ちしぶき》を浴びる復讐仕置き人、つまりリアルな殺人者に仕立てそうであった。

お盆から1ヶ月余り後のその日、村園學園によるこの処分の言い渡しは、活也に自分が儀式を終えて腐って馬見川に投げ捨てられる茄子にされたかのような、そんな耐え難い屈辱を与えた。お盆が済んだ後に、それが炎天下で腐乱した姿を思い出したのだ。

活也〈自分は、牛馬に擬し、爪楊枝の脚を付けられて、筑豊のその川の土手の端に淋しく置かれ、死者の霊魂を迎え送る流し雛の船上の茄子にされた……良いか、覚えておけ……この恨み、晴らさでおくものかっ……地獄の底まで追いかけてやる。死んでも忘れないぞ、子々孫々、未来永劫《えいごう》、祟り抜いてやるぞっ……〉

活也は、空想上の「汝、殺すなかれ」（モーゼ）に鈍感で、可視的な教訓を与えるドラマ、例えば演劇でも見せない限り、屈辱を石に刻み、この言い渡しの生々しい映像を何度も、これでもかこれでもかと、アルバムを捲り返すようにフラッシュバックさせ、その戒めを破り、血染めの下手人になってしまいそうな男、執念深く恨みがましい人物である。

彼は、図らずもその演劇を、何かに引かれるように訪問した志摩市で観ることになる。

1．操り人形、人生劇場

活也は、なぜ紛争中に志摩市の天女町に居たのか？　その街で、人形劇、「からくり人形芝居」を見ながら、何を思い出し、それらをどのように、これからの人生観に投影するのか？

（1）舞台

2014年9月23日、活也は、JRで羽猫《はねこ》駅に向かいながら、木暮雪葉《こぐれゆきよ》の母親＝志摩八千代が、唐戸で俳人の主人と死別し、幼い雪葉だけ故人の母親と彼の妹の下に残して、一人郷里、志摩に戻ったシーンを想像していた。

雪葉は、その叔母さんを母親だと信じて育つが、高校入試の時、戸籍謄本を見て狼狽し、不安を祖母にぶつけ、初めて真相を知った。複雑な心境で、高校3年間を「時には母の無い子のように「黙って」壇ノ浦の「海を見つめていた」（寺山修司）。18歳で、太平洋岸の高知に出向き、同地の銭湯に隣が引くほどの受験勉強3ヶ月間に溜めた垢を落として、身軽に爽やかに挑んだのに、その高知大の農学部に落ち、育ての親の実の娘と息子（2人とも年下）の将来と金銭的負担を考え、早大入学を断念し、西の京にある短大へ進む。

その夏、自宅近くや小学校の校門で笑みを浮かべて見守っていた謎の婦人が自宅に登場する。祖母に実の母、志摩八千代だと教えられる。このもう一人の母は、その数ヶ月前、志摩茶の仕入れの仕事で当地に小倉から車で来たとき、交通事故を起こす。気絶しての入院中、目が覚めてからは「早く、我が子、雪ちゃんに生みの親だと言いたい」と思い続けた。母はその願いを、子はいつか生みのお母さんに会いたいという願いを叶えた一瞬であった。

この後、雪葉は親不孝にも、「良い人たち」ばかりの作る共産主義社会が人間牧場だとは知らず、平和公園へ向かう中核派の反戦の隊列に加わる。短大の学生部に呼び出され、補導担当の吉野先生に会うことになる。ファザコンから、雪葉は、妻子あるこのセクハラ的紳士に恋焦がれ、光の夕暮れの海辺で身を任す。さらに、その隊列に居た、解同《かいどう》の妻子ある中年男性にも同様になった。後者とのその関係は活也と恋愛中も変わらなかった。あたかも、一の坂川の雌蛍が四〜五匹の雄に乱舞させるかのように。良く言えば性の奔放さは、それによって人間関係を円滑にした縄文女子の名残なのかもしれない。

祖母の深い愛はあるものの、幼児期で見覚えの無い実父の夭折とその無常、それに幼少期の家庭の満たされぬ継母や継父との愛情と素直になれない親子関係が、男性と絶縁してしまうのではないか、という不安を与えたのであろうか、元々の性格に依るものなのか、それらの相互作用に依るものなのか、雪葉の貞操観念を希薄にさせ、身竿《みさお》（身が竿のように真っ直ぐ＝貞操）をひん曲げさせたのだ。Wi-Fi は、Wireless Fidelity（操）の略だそうだが、ワイヤの取れた凧が操を無くして何処かへ飛んでいった。きっとこの不安が１日にダブルデート、トリプルデートの過密スケジュールを立てさせたのだ。絶えず、その不安、恐怖が同時並行的に愛情保険を設けざるをえなくさせ、活也や高校時代からの彼氏等、第２、第３の男を控えさせ、これらが不安を増幅させ、浮気が浮気を呼ぶ悪循環を生ませることになったのであろう。活也は、それでもこの悪女が好きだった。可愛かった。純情でひたむきな恋、後には燃え上がった性愛が、もてぬ活也を「盲目」にさせ、1分でも長く狭い2人だけの空間を共有させたがった。

小窓のある屋根裏、3畳一間の、一の坂川（春は桜の、冬は雪の花、夏は源氏螢の花が舞う西都の「鴨川」）の側の寒い下宿で、角瓶を空け、留年中24歳にして震えながら遅い筆下ろしをしてもらってからというものは、性愛、肉欲と精神とがいや増しに螺旋状に増幅、炎上し、雪の日も雨の日も晴れても曇っても、せせらぎに耳を澄ましながら朝も昼も夕も「あなたは来ない♪」という歌の心に強く共感し、川を見下ろしながら、21歳の彼女をひたすら虚しく待った。男らしい父親のような大人になりたい、本命になりたいと祈るように願い、独り悶えた――

角瓶　　　　里山活也

角瓶の横に抹茶茶碗　静かな夜　酔えば　響く　川のせせらぎ
流れて　みんな何処かへ　いっちゃった
石油ストーブに　両手をかざし　めざしを裏返せば　めざしの煙一筋
「わたし、これ好きなんだ」
角瓶もう2センチ　酔えば　匂う　花のかぐわしさよ
追えば　くゆる煙　何処へか広がり　ただ　匂いばかり

鰯の油の染みた座布団に　丹前をひっかけ　ファットなあぐら
長い髪もいぶされて　妙に石油ストーブが明り　暖かい
唇に茶碗を当て　「わたし　この琥珀色好き」
角瓶もう４センチ　切れ長の目　いい気持ち
あの瞬間　目が輝き三日月になって　綻びながら
豊かな屋根裏部屋の黒い梁
「わたし長屋の　ジュリエットみたい」　角瓶もう６センチ
遺されたものは　去るものを追って　影は流れ
酔え　描く　河のしずけさ
河は海に注ぎ　黄緑色の大海原に
山ゆりのように白く　帆柱が揺れる
今夜も　河のように　静かな屋根裏部屋　白い歯がめざしを噛んで
「わたしそんなに　生に執着ないわ」
空っぽの屋根裏部屋　空っぽの角瓶

さて、羽猫《はねこ》駅で下車した活也は、嵯峨用水で、旭のシルエット、鳩の尾を飛び掛った猫が銜《くわ》えた影絵を思い出しながら、羽猫駅前の神社の両翼を付けた狛犬を擦り、志摩人形会館で櫨の実の和蝋燭づくりや志摩の楮《こうぞ》・三椏《みつまた》の和紙づくりを、一人「六根清浄♪」と唱えながら漉いて体験し、それらをリュックに収納した後に、造り酒屋の漆喰壁の下を歩いて、露店の道を通り抜け、境内に着いた。

活也は、有田産陶磁器の燈籠の影から、人混みの向こうに遠い舞台、童子が弁士を務める吉野桜が演目の八幡神社の舞台の志摩灯篭人形、藝題「母を奉じて吉野に遊ぶ」〈頼山陽〈書は和志の宮内串戸の里山の本家に遺る〉〉を、観劇する。

この燈籠は、1640年の頃、既に火入れした窯の火力を継続するために納屋の用材をもぎ取ってまで磁器の絵付けの柿の実の赤を日本で初めて生み出したという酒井田柿右衛門の初世、その先祖がこの地に在ったご縁で奉納されたものである。

舞台の人形は、久留米藩の、明和9年（1772年）頃から動くようになって、260年ばかり、伝統の人形劇である。さすが当藩は、幕末に東芝創立のからくり儀右衛門（田中久重）を生んだだけはある。

今日の舞台の背景幕は、村園學園芸術學部美術學科制作・寄贈の「遠景、芒洋吉野山桜」である。このご縁が、活也の胸に、望郷のような懐古と好奇心と予感を盛り上げ、帰郷させるかのように、彼を志摩の羽猫《はねこ》駅に誘い込んだのである。

その大和の山桜制作・奉納の経緯を、活也は、4日前の降職処分言い渡しの日に、衝撃的辞令を携えての里山研への帰路、村園幸四郎の銅像前で、奇しくも密かに同情を寄せてくれた図書館長にして当制作の指導者、気さくな中川喜八郎教授から、耳にしたのである。

こんなピンチに、学生時代の忘れえぬ女、雪葉の母親が生まれ育ったお寺のある郷里、志摩市天女の話をその地にリーダーとして出向いたばかりの同僚から聞こうとは、思いもしなかった。

法隆寺のように、釘・鎹《かすがい》を使わず、蔵から出した材で組む屋台、青木繁も挫折帰郷後に詠った櫨《はぜ》（恥）の街道の漆を塗った３層の屋台（depth 6m × width 14m × height 8m）。活也が見ている人形舞台とお子達は２階、左右の楽屋＝幕の裏にいて９本の繰り棒で人形を瞬間移動させる送り渡しなどウルトラ芸も交えて動かす「横遣い」も、素抜きの衣装を早変わりさせる裏方も２階、音響（唄・囃子《はやし》）は３階、全階、皆で息のあった志摩40人衆。

人形の切れ長の目のお面を見ていると、活也は同じような目元をしていた雪葉が動いているような錯覚のみならず、幸子の母親が磯子会館で舞った英一蝶「船中妓女《ぎじょ》の図」と長唄の浅妻船、落ちた平家の悲劇や、この図で一蝶が柳沢吉保の女性を使った政略を揶揄した廉《かど》によって三宅島に流されたこと、同じく木暮家の三重県英虞《あご》湾《わん》の先祖が同時期に島流しされたこと等を想起していた。１９６０年代から70年代初頭には、未だ戦前同様、赤穂浪士や特攻隊や義民等や樺美智子や山崎博昭や三島の自決（「先を越された」（滝田修））等の愛と義故の犠牲に胸打たれる風潮が残っていた。

観劇中、活也は手を掛けている神社の有田産陶磁器の燈籠の根本には罅《ひび》を見つけた。それを見下ろしたとき、活也はこの街に来て以来脳裏を離れない雪葉が、最初活也の下宿の机上に、「この空葉《うつわ》（器＝犠牲の犬の周囲に冠婚葬祭の四儀式の祝詞を入れる口）で、志摩茶を飲んでね」と記した書置きと抹茶とともに置いて行った小鹿田焼の青い茶碗、今も愛用しているかつて角瓶のウヰスキーを注いだ美しい茶碗で志摩の抹茶を点ててくれたこと、あの日ウヰスキーを注いだこと等を思い出していた。考えてみれば、無言のムードを大切にする雪葉は、このプレゼントで、本命を自分に決め、この茶碗で婚約したいという思いを表したかったのかもしれない等と、半世紀後の今になって思い至る。

そして、活也は、あのとき、子供が出来て、夫婦になっていたら、家庭は破綻、崩壊していたことだろう、とマイナスにも思考する。解同の男との唐戸での同棲は、未だ運動の一環だったとしても、DVを避けて、離れたときに、男が祖母に電話し警察を偽って、広島の居場所を聞き出し、連れて行かれたラヴホテルの一室に逃げ込んでラジオニュースで報道された。これ以降、雪葉の弟が当時教えてくれた所に依れば、名古屋、東京に移り、銀座のホステスになる過程で、名古屋場所の力士や不動産屋等、さんざん、男遍歴を重ねていた。彼女は、その後、縒りを戻そうとして、武蔵野の院生寮に居る活也に公衆電話から電話して来た。修士論文執筆に追われていた活也ではあったが、お互いが再会の約束をしようとしたところで、雪葉の10円玉が切れた。会いたい、次の電話を何日も待った。待つ内に、嫉妬に長年、身を焦がしてきた苦痛に、これからも耐えられそうにないような気もする。動揺し、再会について、活也は、逗子にいる1番上の姉、百合子に相談した。

百合子「縒りがもどっても、彼女、またいい男の所に行くわよ……」

この一言が、間もなく掛かって来た電話での再会の約束を拒んだ。活也は、迷いぬいたが、森田童子の「ぼくたちの失敗♪」のように落ちたり、心中したりするわけにはいかない。現実に生きるには、先が見えている魔性の女との美しい感情的な幻想から目を覚まさなければならなかった。その後、恋慕を心の底に沈降させた。時折、口ずさむこともあった、「いまでも好きさ、死ぬほどに♪」（「星影のワルツ」）と。

尚も観劇は、人形浄瑠璃の三味線と歌の曲に合わせて、活也に雪葉の仕草、言葉を回想させる。「激しい行為したことある？　光の海に、エリオット文學の専門家で學生部担当の紳士のような吉野先生に誘われて行った時……」「先生、研究室に呼んで、２人で出るとき、いきなりキスしたの。有り得ないこと……」「この春、先生、山陰の国立大に移ってからも、再会を期した手紙をくれるの……」「五島列島のクリスチャンの友人、高校時代に担任の先生の子どもが出来ちゃって中退し、その先生と結婚したの……」「保健の授業で習ったんだけど、胎内の赤ちゃんは良心的、母親が弱って来ると、自分の方が先に死ぬんだって……」「舗装してない道がいいね……」「金木犀、蕩けるようね……」「お婆ちゃんの郷里の英虞湾に行った帰り、途中下車して見た琵琶湖は淋しい所だった……」、「知床のユースホステルで京大生に誘われて夜の浜に一緒に出た時のこと、抵抗する素振りだけ見せたら、『来るってＯＫということ……』と言われた」話、デートの背景描写。詩人、雪葉の静かに抑揚を付けた朗読し囁く口元、情景を思い浮かべる瞳が活也の瞼に残像している。

赴任したばかり、チェルノブイリの原発が破裂する寸前の１９８６年春、弟銀磨《ぎんま》の妻、お婆ちゃん子の蝶理萩子《はぎこ》のその祖母の葬儀の後、篠栗霊場の高架線を列車が滑っているとき、「もう、雪葉はこの世にいないのかもしれない」と思い、その2ヶ月後、大待宵草《おおまつよいぐさ》（月見草は誤称）の咲く頃、母親に13年振りに電話した。

雪葉の母「今年の8月末が七回忌になります。月日が経《た》ちました……」

その夏七回忌に、活也は骨壺の蓋を開け、雪葉の骨を噛んだ。後追いの衝動は、帰路、夜行の電車内で花落ちるように涙を流させ、快速を待つ折尾駅で貨物列車が通過した時、レールの音を伴奏に次の「月見草」を活也に詩作させた。

月見草

里山活也

月のない夜の　　月見草。
匂いと音だけがあって　　漆黒が限りなく延びてゆく
鈍い　光さへない2本のレール　　力強くしなって　　枕木を次々に踏む音
おぼろげな　　貨物列車　　映像はつかめない
いま　　おまえの魂は　　梯子に足をかけるや　　コンテナに飛び乗って
いってしまえ　　いってしまえ
あの中にはごちゃまぜに　　積み上げられた　　白骨の夢ばかり
わんわ　　わんわと　　カルシウムの煙りをあげて
黄昏の国の今　空蝉の国の遠い日々　来世の国の輪ぐるまの夢に
つきることのない　お祭り　白い旅芸人の酒盛りばかり

　ごとん　ごとん　ゴーッ　シャン　シャン　シャン　シャン
引き裂かれて　飛び乗った　亡者たちの速い
夜汽車　馬車のような音を立てて
来てしまえば早すぎる　いつの日にか来る　旅だち
　ゆっくり　たちどまるもの
ざっと　いそぐもの
みんな凍って　寝静まったこの夜に
夢遊病の精は　国有鉄道の上に遊んで
宿命を　がり　がり噛んで呑んじまったか
　レールの誘う　骨の歌
肉づけされた亡霊たちの踊り　風景のない凍土
音と匂いばかりが　眼にしみて潤む
　開いた眼も　閉じた眼になるこの夜に
乙女たちの群れ　月見草の匂い
　もう響かない線路の　足許から伝わる冷え
身が傷み　凍えるか　快楽
お祭りは通り過ぎ　空蝉と黄昏のつながったこの夜に　ひとときの休息
　合掌する手も甘酸っぱくて　とろけてしまへ　月見草

活也は、骨壺を抱きしめた時、自己中心に〈やっと、雪葉を僕の胸で独占できる。雪葉が帰って来た〉という思いと、生きての再会の希望を喪失した深い悲しみ、他界後も、稲葉晃の歌詞のように、東京で髪の長い女性に会う度に、後ろを振り向いて来た自分が哀れにも思えた。未だ、そっくりな容貌の母親と胤《たね》違いの弟と、思い出を語りながら、供養することは出来る。

活也は、一の坂川の3畳1間の屋根裏部屋で、雪葉に「シャボン玉飛んだ♪」や「琵琶湖周遊の歌♪」や「500マイルも離れて♪」を聴いてもらったが、最後にも、1973年の嫉妬負けのこちらからの別れとそれからたった7年後1980年の死別とを予感し、夜更けのせせらぎを伴奏にして、しみじみと静かに歌ったのは、この曲だった。

「命短し　恋せよ　乙女♪」（ゴンドラの歌）

（2）くぐつ、胸葬

「面白うて、やがて悲しき」（芭蕉）傀儡《くぐつ》かな。

活也は、操《みさお》、動釣《あやつり》（文吊《あやつり》、綾取《あやとり》）、つまり行動を操作される志摩人形と同様に、自分も雪葉も、あの時の成長段階がもたらしたDNA的感情や社会生活によって、操作された人形であり、あれは悲恋劇だったのだと思う。人盛りに囲まれた舞台が人の世の悲しい無常を表し、観劇する参拝者も自分に投影し、自分の儚い人生の無常に思いを巡らせている。

活也は、観劇を中断する間際に、『恩讐の彼方に』の冒頭の市九郎が主人を討った直後、悪女のお弓と逃走資金を漁る一節を想い出していた。

「女の意志によって働く傀儡《かいらい》のように立ち上がると、座敷に置いてある桐の茶箪笥に手をかけた。そして、その真白い木目に、血に汚れた手形を付け……」

活也も、女の意思＝木暮雪葉の意思によって働く人形に似ていたのだとも、思う。イプセン『人形の家』でノラが自立するように、愛されたい病、可愛いだけの人形、リルケの捨てられるオルゴールから卒業したい。活也は、早く自主・独立していれば、外から暗示を与え、雪葉に、唐戸の実父の遺産を狙う悪い男に騙され、実父同様28歳で夭折するまでに流されていった男遍歴を中断するように出来たのかもしれない。

あの時の、恋心を再燃させる美しい人形浄瑠璃、音色。美しいが故に、今こそ活也の心に抱かれて以来、胸を切なく締め上げながら半世紀足らず棲み続けた雪葉、２０２９年には五十回忌を迎える純真だけれども多情多感な女、忘れ得ぬ瞳を胸葬して、彼女の母の郷里、志摩を去ろう。

「汝、汝の胸を、汝の（乱調の）墓場とせよ。」

雪葉一筋だったとはいえ、男の方も、雪葉を幸せには、出来なかったかもしれない。生活力有る貞淑な女性の已む無き「浅妻船」の恋は、揺れる船上の一朝の夢。性格が執こい男と生活力無き多情な女との「恋愛と結婚は別」、生活力有る貞淑な女性との「結婚と恋愛は別」。合性、性愛、身心、恋愛と結婚をめぐる時間と空間、肉体と精神、ＤＮＡ

とミーム・生い立ち、愛器知の不思議な組合せ。

活也は、志摩の天女で、この半世紀足らずの人形劇的な悲恋を胸葬することを通して、帰路の列車内で、今度はこの演劇、文学という仮想空間の力を借りて、憎き村園3者に手を掛けようとする自分を操作しようと思い始める。活也を救済する文學の力。

2. 文學、演劇

活也は、列車が久留米駅を通過し、筑後川を渡り始めたとき、本当の文學の力に目覚めた。市乃助ならぬ、菊池寛自身の慟哭、懺悔の傑作が、『恩讐の彼方に』だったのだ、と気付いた。

さらに、多幸駅で乗り換えの待ち時間を利用して、駅ビルの屋上から東の空も染める夕焼け雲の下の遠景に、藁火山《わらびやま》は見あたらねど、三山（楠林山《なんりんやま》、それに共命《ぐみょう》の双頭の鳶のように見える菊姫山《きくひめやま》・鹿嶽山《しかだけやま》）、特に最右端の楠林山のシルエットを認めた時、活也にはその山が、楠の自然林で村園大の大罪を裁く閻魔大王の棲む天であるかのように思えた。

同時に、この遠望中、分杉山《わかすぎやま》が目に入る。活也は、鉄路を変更し、旧産炭地、長崎街道・唐津街道と交錯する路線に乗る。その山の麓の霊場の遍路道沿いのブロンズの涅槃像の下には、市九郎が磁石に引き付けられるように迷い込み得度し了海になった大垣の浄願寺と同じ宗派の真言宗の納骨堂、杉蔵院星花殿《せいかでん》がある。その骨棚の一角には、丸に橘の家紋を付けた漆塗りの扉を開けると、２０１０年1月31日の弟の死後、一期一会で生きようと決意した時の死生観を持って、85万円で購入した家族４人の空の骨壺が待っているからである。また胸葬したばかりなのに、いやそれだからこそ、雪葉の七回忌に、種子島縁の本能寺と同じ宗派の小倉の日蓮宗本門で、「月見草」で詠ったように、その母と弟に構わず、彼女の砂っぽくザラザラしたチョークのような骨粉を食べた１９８６年8月末、その時の味覚を、拘って未練がましくも思い出したからである。雪葉と一緒に入るわけにはいかないが、その星花殿の自分の空壺を手にとって、活也は「ほらほら、これが僕の骨だよ」（中也）、そう言ってみようとして。

（１）教育者に

活也には、村園大に勤務してから、実感は伴わなかったが、教育者として、ゼミ生に対する好き嫌いの愛憎を超えて、「言うは易く、行うは難し」と常々自省しつつ念じて来たコーチングの「建限印個成（ケンゲンウンコセイ：建設的に限定的に印象的に個性に対応し成長を考えて指導）」と唱える念仏的姿勢があった。座右の銘＝「尋性成仏」、宿命、成長、実存に応じた「一所懸命」が人を救うという理念があった。

人は、無常に変化する社会生活の中で、それぞれのＤＮＡの継承による宿命的な脳の力や情報収集力や自分自身の理想像を達成しようとする成長段階・成長力に応じてしか、つまり愛器知の器、「感知転幅」の器量（空葉の大きさ）に応じてしか、その時々を生きていけない。

人が依存症や洗脳や自己催眠のせいで、どうしても悪癖や頑固な自分から脱皮できない場合に薬物療法ではない転地療法・音楽療法・温泉療法、家族関係や社会的生活環境の改善等が必要になる場合を除いて、個人の成長を期待出来る場合には、コーチングすることが大切になる。そのコーチングでは、頑固で尊大な上から目線のみではなく、その人の成長段階を共有し、その目線から社会生活を判断し、理想の方向へ共に一歩踏み出し、引っ張ってゆくこと、個人主義的な「俺様主義」に陥って、成長もその人の自己責任だとか、甘えさせてはいけないだとかと、突っぱねた冷たい姿勢は改めること。出発点の「尋生」「尋性」の尋さえなき者には、愛される喜び、オキシトシンを出し合う喜びをお互いに味わい、その味わいのためには利他が必要となり、利他＝愛を叶えるミッションに目覚めさせるようにさせること。

「後悔、先に立たず」とは言うが、汝後悔を許し成長し給え。この成長について、市九郎（後の了海）が陥ったお弓との追いはぎ強盗依存症等、快楽のドーパミンに負け依存症に陥っている場合は、個人的な反省を超えたコーチングや社会的生活環境的な改善方法が必要になる。そういう特殊なケースは別にして、個人的には、感知転幅、知を幅広く深く、発想を転換しつつ、「（尋）性成仏」「遍照金剛」。ゲーテが言うように、悩み成長しようとする志こそ、人を救済する。

（2）創作人形劇の主人公に

有言実行する者にとって、過去について、成長した現時点で、自ら突き止めた真実は、他ならぬ自らに対して最も残酷である。執拗に後を追いかけ付け回すあの未熟、若気の至り、この拭《ぬぐ》えぬ過去。振り返って、赤裸々にされたその正体は、今の自分に対して余りにも容赦なく無慈悲である。まして、命に関わる実行については、尚更そうである。

善意の没頭が、マルクス主義やヴァチカンの教義などの悪意の詐欺に引っ掛かっていたことを突き止めたときなど。

活也は、文学に救われた。活也にとって、自己正当化にはなるが、この血涙《けつるい》を癒すのが文學であり、演劇であり、妄想であり、一杯の酒である。文學など、これらは自らを追い込んだ場所と瞬時の心境、一所懸命を描き、自分史に刻み、再出発の原点を罪人の胸に確立させるものだからである。文學の力。ゲーテやドストエフスキーや永山則夫や連合赤軍の戦士たちがそうしたように。

（３）楠林山を舞台に

多幸駅から城戸杉蔵院駅で降り、紅葉し始めた境内を登り、自分のお墓参りを済ませて、同駅で乗り、戻った多幸駅で乗り換え、ＪＲ西山駅へ向かった。休日なので学生も教職員も疎らにしか乗車して来ない村園前駅。そのホームに、初夏までは、下校時間が同じ時には、長年車内で会話を交わし、英語のスピーチ教室でも馬頭琴の演奏会でも親しくしていた工学部教授の羽生渉さんが立っていて、会釈だけはしてくれたが、避けてホームを歩いて後ろの車両に乗った。いつもなら、人懐こい活也が、車両を移動しない。車外に黄昏の清明教の美術館を見上げながら、こう思う〈この人も当局に忖度し、処世の道を賢く選択し、自己保身から薄情になってしまった〉。

葡萄畑、ゴルフ場通過後、今度は車窓から最左端に移動した楠林山（後に現地で藁火山に変更）のシルエットを見上げる。その時、活也は処分に追い込み、羽生先生とも分断した岩山、山内、中津の三者を呪い、彼らに対するお裁きを天なるこの山に祈願し、丑の刻参り劇場の舞台をこの山に設定した。

　こうして、活也は、殺人を実現させないための、擬似殺人＝丑の刻参りのシナリオを書こうと思い始める。実際、さっぱりし竹を割ったような幸子とは真逆の夫活也は、粘着質で異常に執拗に人を恨み呪い抜き、悪を憎み、復讐に燃え続ける。活也は、２０１６年１月17日のその自ら演出した舞台での実演に至るまで、この1年3ヶ月間は、愚かなことだ、こんなことでは自分も家族も他人も幸福にはなれないと自戒しつつも、洗脳か宿命がそうさせるかのように、グーグル立体地図で三者の住居を下見したり、彼らの村園學園内の研究室、学部長室、学長室や駐車場を下見したり、通勤のルートを推測したりして、直接手を下して返り血を浴びながら惨殺する異常な計画を立てたり、残忍なサイコパスの殺し屋（蛇頭等のマフィアやヤクザ）等を雇おうと思ったり、殺害手段について、凶器（日本刀・槍・出刃包丁・鎌・鉈《なた》・鉞《まさかり》・丸ノコ・アイスピック・鉄パイプ・バール・ナイフ・剃刀《かみそり》・五寸釘を叩き付けた垂木・火炎放射器・チェーンソウ・スタンガン・弓矢・毒矢・火炎瓶・ガソリン……）・毒薬（研究室や家の台所に出入り可能な人物に渡りをつけて、電気ポットなどに盛る）・塩酸・熱湯・硫酸・スプレイ・交通事故・駅や研究室で追い込んだ上での飛び降り自殺の偽装・車への悪戯・保険金殺人を陰湿に教唆扇動（村園大ＯＢ職員等と結託し仕組む）・中国の秘境の辻に埋め鋸を置いて通行人に首を一漕ぎしてもらう・両手両足捥ぎ取って便の落ちる肥え壺のある座敷牢に幽閉する等々、あれこれと滑稽にも残酷極まりなく思案し、ありとあらゆる殺人現場と殺害方法を計画しそれらを練った。練れば、大声で叫んだ後のようにスッキリもしたが、やがて鶏の首を絞めた後血糊が付くように胸はベトベトして来た。両面の間を動揺する心の振り子。数日、罪悪感が胸に焦げ付いて残った。

　それでも、1年4ヶ月練りに練り上げたので、２０１６年1月17日未明に丑の刻参りを演ずるときとその後は、実際に殺人犯になったような戦慄を強く感じることになった。生々しく現場の情景を思い浮かべながら、それらを入念に練る度に、実際の決行を思い留まらせたのは、イエスでも仏様でも、敬愛する乃木さんでもなく、もう一つ練り上げた丑の刻参り＝血みどろの殺害の仮想劇の演出であり、密かに3体の藁人形を作っていく作業である。文學が活也を救った。

　以上、第1幕では、村園の愛憎劇、抗争の公判、怨念の累積を説明し、その浄化のために已む無く活也が見出した文學の力に触れた。和志は、活也に２０１６年1月31日、脳震《しん》盪《とう》↓幽体離脱以前の第5回までの抗の公判を彼が焦燥しつつ演じたT法廷を舞台とする怨讐劇を紹介させた。第5回以降の公判を巡る恩讐を超えた真相究明と和解へ向けた幻滅と希望の再点灯については、次の第2幕以降で紹介させることにしよう。本幕末尾の２０１4年9月23日の志摩人形観劇で、人生の理性的傍観者になり始めた活也を、次の第2幕の幽体離脱が最終的に、冷静で理知的な傍観者に成長させてゆく意義は大きい。

第2幕　隠《おん》の交《こう》——明暗、転

本幕冒頭では、前第1幕のテーマ、藁人形に結実する怨念、それを活也の胸に募らせた事柄や公判を巡る日常をお浚いすることから始める。

どうすれば、和志はABCからDへ至る活也を早く覚醒(D'⇩D''↓T)させられるのか?ここでABC↓Dとは、A苦痛(Agony)・B離反(Betray)・C騙し(Cheat)が醸成する怨霊と憎悪に取り付かれ、硬い蚕の繭に幽閉してしまい、3体のD藁人形(3 dirty Dolls made of straw)を作るに至ることである。覚醒させるとは、D'⇩D''↓Tつまり D'elusion(誤まった信念)からD''isillusion(覚醒、「価値自由」)を経て、愛のTruth(真実)へ至らせることである。

活也は、このD'(嘘)をT(真理)へ、ABCによる怨念を恩愛へ転換させる人生のビグイヴェント=幽体離脱後も、第3幕で公判和解結審後、大あれちの菊人形を神送りするまでは、公判の継続中だということもあって、恩怨《おんえん》を交互に迷走させ、人生の色を灰色にして耕やす。幽体離脱の効は、ゆっくり明暗を転じさせたことにある。

和志は、本幕では、活也を廣生による後頭部殴打という荒療治によって、幽体離脱させ、現世の人間のすぐ傍の感知不可の壁の中に異様な広がりをもってマトリックス的に実在する隠密の世界=隠界の玄関に接近させる。活也が、第1幕で紹介したように、長きに亘って心を憎悪と怨念の坩堝《るつぼ》にし、それを熱湯にして、憎悪する、村園有力者三名を丑の刻参りで葬り、その死体=藁人形を火葬してしまったので、すぐ傍の至近距離に在りながら出入の容易ならざるご先祖のいる他界=隠界=黄泉の国を知らしめ、生ある現世の尊さを教え、憎悪で現世を汚さぬよう「尋性成仏」させるためである。

　この隠の第２幕は、２０１６年１月～２０１６年６月の６ヶ月間の活也の軌跡を追体験する。

第1章　荒の怨霊

音、戦える調べ、中島みゆきが歌う自作『宙船♪《そらふね》』の戦闘モードが、活也を踊らせる。ＡＢＣ（苦反騙）が、いかに1に怨念、2にストレスを累積させ、3に腸内悪玉菌を増殖させ、それらが怨霊を飽和させ、殺意に染まらせるか？

本章では、先ずは前幕末で観劇され、活也の藁人形儀式のヒントになった、志摩人形劇を受け、活也人形の胸中のストレス・怨恨の累積をお浚いし、それらが心臓器を沸騰せさる様子を実況中継する。

何がストレス以外の切っ掛けになって、活也の怨恨を殺人という大事に至らせず、藁人形の火葬という小事で鎮めさせたのか？

第1節　怨霊招来、因縁

怨霊は悪い邂逅、特に邪悪な魂との触れ合いから招かれるのだろうか？　そのようにして呼び寄せられる怨霊は、悪魔を喜ばせ、十字架に祈るような悟りによって追放されるのであろうか？　人形活也も出遭った相手が怨霊を招くようなことを生涯において度々、反省もなく繰り返して来たので、和志は活也に被害者面だけで、想念を終始させたくはないが、活也とＡ相原との出遭いと活也の活動家時代のスティグマの間には、どうも前世の因縁くさいものがあった。

ちなみに、ストレスチェックについて、米ホームズ博士等の日常生活でのその強度調査におけるその基準値では、配偶者との死に別れを１００とすると、活也の社会的変化に当たる「解雇」はその約半分の47、「退職」は45、「上司とのトラブル」は23であり、私的な家庭的変化に当たる「自分の病気あるいはケガ」は53、「家族の病気」は44だそうである。中野信子によれば、このストレスに対する耐性ホルモンは人種民族によって異なるので、この数値もその分泌量の少ない日本人には、文化も違うので即当てはまらないであろう。隠界に居るのに、和志にも未だに分からないが、これらのストレスが腸内悪玉菌を増殖させ、悪霊を呼び込むように思う。

１．Ａの里山ゼミ入門とスティグマ

活也は、なぜＡをゼミに受け入れたのか？　末尾付録Ⅰ・第２図Ａの解説になるが、Ａからの里山ゼミ入門の要請について、活也は愚かにも「英語が大學院の水準に達していること」だけ（後に英語の原書が読めないことが判明、しかしＢ盗用指摘ゆえの当局による弾圧からの保護を優先して、活也はＡの在籍を存続させざるをえなかった）を条件に、即答でこのゼミ移籍を承諾。この出会いと即答が、「運の尽き」であった。

しかも、情けが仇《あだ》に。Aとしては、結果的には、里山ゼミに移籍し、虐めについてT弁護士（活也がAに渡した教授会議事録を活也を騙して學園との交渉に利用）まで大學院生割引の税込み25万円も払って雇い、対B馬森《ばしん》のAに不利なダブルスタンダードとAの博士号申請論文の再審査を求めて村園學園と交渉したにも拘わらず、念願の博士号を取得できなかった。だから、BとC張花唱のその取得よりも1年遅れたであろうとはいえ、辛抱し従順に1年間研究科長で有力者のY山内統男教授預かりのままにしておいたほうが良かったのかもしれない。結果オーライにはならなかった。

和志には、情動的で浅薄な判断であったように見えるが、活也は、健気《けなげ》にもAの正義感・虐められる等の個人的事情と活也の虐め一般に対する怒りからそう意思決定したのである。また、「熟慮断行」を心掛けつつも、スピードが問われるときもあり、いくら自分の仕事や日常生活の雑事に追われていても、人を救うタイミングを逸したならば、「後悔先立たず」、取り返しのつかないことになることもあるのだ、と常々思っていたことも災いしたのである。過去のあの時点、約2年半前、２０１０年1月31日に弟を自死に至らせる不眠やパキシルなどSSRI系の抗鬱剤を断薬させられなかったという自責の念。あの時、２００１年3月26日、活也への姉の静かな声での電話直後、介護疲れや夫の浮気等で追い詰められたその姉を当日の失踪から救えなかったという後悔。これらの内面的事情、自死のサインを見逃すなという教訓が、Aを里山ゼミに入門させることになったのである。

初めの方の事情は、Aの後述するような正義感（B防衛）と指導教授H等からの虐めに対する医師の「希死念慮」の恐れという診断である。活也は、その診断書を見て、連赤（連合赤軍）の虐めを思い出していた。活也には、１９６９年10・21反戦新宿デモで留置され板橋の志村署で友人になった弘前大の赤軍派のＵ（当逮捕時は第４インターと行動。出所後は、静岡でバー・バロン経営。もし、冷たい飲み物がカンジタ菌を増やすこと、それがリンチに関係していたことを事前に知っていたら、Ｕはバーではなく居酒屋を開いたかもしれない）が、後の１９７２年２月に幸いにも永田洋子《ひろこ》（連合赤軍頭目）の毒牙にかからず生き残り、軽井沢駅で異臭を伴って逮捕されたこと、それ以前に永田等に忖度《そんたく》して、榛名山アジトでＵの子を宿す恋人に手をかけた（Ｙも同様に我子を宿すＫにそうした）という衝撃が深いスティグマ（傷跡）になっていた。

それからというもの、「おれは、嫉妬心・征服欲など虐めに結実した醜悪な個人的感情を共産主義革命などの大義名分で美化した永田になってはいないか」と自問し、脱リンチ・脱内ゲバを目指して、小集団内の虐めについても心理學的社会學的歴史的な分析、目的と戦略戦術に関わる思考の幅等からの分析を怠ることなく約40年余り持続していた。許せない永田。許せない自分。それは、不幸な自分。

虐めについては、さらにまた、活也は、解同（部落解放同盟）の特異な活動家個人Ｉによる、解同も決して認めることはない（後に相談したところ明らかに運動方針や糾弾闘争からも逸脱しているとのこと。一般的な親の暴力の連鎖であろうか？　大多数は差別されたが故に心優しい）行き過ぎの熱心さ余りの強引な１９７１年夏の体罰のせいで、毎冬を後遺症の痛みとともに過ごしていた。解同と中核派がN大から活也の大學に組織拡張のために派遣して来た活動家Iが当時の短い間だけ心を寄せていた人を使って喫茶店などで、活也を運動に勧誘していた。誘いに乗らず、主として毎月の自分の東京地裁での審議の準備や三里塚闘争の支援と『資本論』研究と将来の経済的生活のための學業に専念していた。身体を張った全共闘運動はせずに、身の安全な解放運動に、アイドル同盟Iの美貌に惹かれてハーレム的集合に参加した女子學生たちにも可なりの抵抗感があった。このように、運動を支持はすれども、隊列には不参加。さらに、活也は、自分の1969年10・21国際反戦デイに関わる毎月の裁判闘争の仲間のN大全共闘のTから、IがN大学園闘争で逮捕、警察署で取調べ中に仲間を売った話を聞いていた。親しみを込めて、活也がIに自分がTと同じ10・21公判グループであり、毎月1回東京地裁出廷のための打合わせで会っている、と告げたが、Iはその自分のゲロ（自供）＝裏切り＝弱みが、解同支援運動の女性活動家に知られたらどうしようか、という不安を去来させるようになって、口封じを思案していたのであろう。このゲロの話は、Iからの暴行直前にTから聴いたものであった。親しくなるために、醜聞を知りながらの浅薄な発言が、逆効果になった。「口は災いの元」。結局、このN大から活也の大學に組織拡張のために派遣されて来た同盟の左利きの活動家Iは、「差別された人のことなんて考えていないんだろう」と言いながら、活也の右耳の上を十数回に亘って、爪のある5本指の第二関節をぶつける拳骨で殴打することになった。Iの恨み。活也は、Iがその口封じのための脅しで殴打し、自分に恐怖心を与えたことなど見抜いた。この殴打のせいで、毎冬Ｉに殴打された右側頭部が痛んだ。かつて催涙ガスにかぶれた胸の湿疹の痒みにも襲われた。これらの被害者としての虐められた怒りに加えて、加害者としての兎・猫・犬・蛇・蝉等をいたぶったことや小學校４年生のとき、風呂に入れず臭かった女児に「臭い」と言ったこと、弟を「焼を入れる」と称して虐待したことなどを、いつまでも反省していたからである。

このように、常日頃虐める人間にだけは、これ以上なりたくない、と思い続けていた。かくして、虐められているＡを、里山ゼミに入門させないことは、さらなる虐めではないか、傍観することは、虐めに協力することになるのではないか、と自問し、かつＡの煽《おだ》てとセールストークに感情的に乗せられて、彼を入門させることになったのである。

２．許せなかったセクハラ＝パワハラ

Ａの里山ゼミ入門の大きな理由になったＡの勇気ある正義感による追及、その対象となったＨのパワハラ＝セクハラとは、どのようなものだったのか？

（１）パワハラ

既に述べたように、２０１２年９月末、Ａは里山研究室来訪のその月に、同じくＨゼミ生であった中国人留學院両名、Ｂ馬森《ばしん》、Ｃ陳花唱《かしょう》とともに、３人揃って、Ｙ山内大學院経済ビジネス研究科長に一時預かり（同年11月頃に農學のＭ村崎由《むらさきよし》教授ゼミに正式に移籍）となったばかりであったが、Ｙの専門は統計學であり、Ａの専門の中小企業経営論（Ｈは

中小企業診断士）とは異なる、という理由であった。

その一時預かりの契機は、既に、第1幕の弁護士相談の件《くだり》でも述べたように、1ヶ月前の2012年の8月下旬、関東での上述のA、B、C3人の院ゼミ生を連れ立ってのH教授の學会出張に際に、4人揃って同宿したホテルでのセクハラ的な、Hの部屋でのB1人だけ呼んだ上での夜のベッドに胡坐《あぐら》をかいた浴衣姿でのHによる、椅子に着席したBに対する個人指導にあり、さらに同3人がその指導の行き過ぎを學内セクハラ委員会とYに向けて涙ながらに訴えたことにあった。

同出張中のセクハラ事件当日、その事前、お昼に上野公園で、泣き腫らしているBから、Hが職権を濫用《らんよう》しBをHの一室に当夜、来るように呼び出していることをAとCが、聞いた。Bの中国人の主人も電話でB本人から相談を受けて、「呼び出しには応じるだけ、応じ、言い寄られたら、すぐ退室するように」と応えたとのこともあって、3人は示しあわせて、Aの勇気ある提案どおり、Bは、何かHから行為があったら、Hの部屋から悲鳴を上げること、部屋に鍵を掛けさせないこと、A、C2人が、対BのHによる個人指導中、救出に備えてHの部屋の前に待機すること等の作戦を練ることとなった。結果的に、Bによれば、口頭でも挙動でも性的な交渉は一切なかったが、現実に実行されたこのA、Cの友情と勇季の待機をHが知るところとなり、9月夏休み明けから、Bには優しいままだったのに、A、C、とりわけAに対する態度を、豹変させる。

Aは、単独でも、この急変と前年の沖縄での學会への随行の際のレンタカー内での、博士号授与・大學への就職と引き換えのHによる「実弾（金銭）要求」と公的出張旅費不正受給請求とを合わせて、村園大セクハラ委員会に訴えていた。

（2）Hのセクハラ的余罪

Hには、セクハラ的余罪があった。それらは、活也が院生や同僚から聴くところによれば、台湾からの修士課程留學院生D独葉に、1人を研究室での書写指導の際、Dに不本意なハグを繰り返したこと、風邪で休んでいる一人住まいの學部ゼミ生O沖野さんの寝室に入ったこと、彼女の両親がはるばる郷里から出向いて大學にクレームをつけたこと等である。

活也が思うに、Hは代替療法の力に預かり、活動的で英雄色好み的なところあり。2002年活也の飲酒授業事件の頃、胃癌が下顎の骨癌に転移し、国立病院に入院手術後、退院し、8月末、2ヶ月の停職処分後學園復帰した活也に会った際、口から黒酢の匂いをさせたので、活也は、Hが抗癌剤などの慣行療法ではなく、身体をアルカリ化させる代替療法を心掛けていることを察知した。副業の中小企業診断のお得意さんからその代替療法を學んだのかもしれない。敵ながら、天晴《あっぱ》れ。〝Weller than well.〟（このwellの比較級は、文法的に正しいbetterではないので、誤用に見えるが、語呂合わせで使用可だと思われる。）今は、病気前よりも活力・精力を漲《みなぎ》らせている。

村園學園大學院修士課程で學び旧帝大の博士後期課程を終了した地域の元百貨店協会事務局長の岬氏は、したたかにもHの米カリフォルニア大（教育学部のみ）修士号（MBA）

疑惑でHを強請《ゆす》り、村園大大學院非常勤講師に着いた。かつて地方の百貨店協会事務局長であった岬氏には、公費でのイタリア研修旅行引率者の地位を当時中小企業診断士1本で活躍していたHに奪われたことへの遺恨があった。

その引率の地位の簒奪《さんだつ》は、岬氏によればHが妻子ある旅行団長鈴島礼司《すずしまれいじ》（流通政策研究所長兼室見大教授、後にL大學長）に女性を紹介するという謀略によって行われたそうである。海千山（河）千、老獪な人心掌握。他の室見大同僚等からの又聞き、風聞《ふうぶん》によれば、活也も多々世話になったし憎めない人物ではるが、電球のような頭皮にも表現されている精力絶倫（研究などのヴァイタリティにも結実）の鈴島教授（岬氏を活也に紹介）は、ゼミ生への卑劣なセクハラを同僚の麻生教授（父親は警察官僚及びT市長歴任、本人も地方の有力者）のマスコミ封じ込めと斡旋などによって、三百万の慰謝料のみで無罪放免してもらい、新學科増設のL大學長に移籍したとのことでもあった。

このような、Hのセクハラは未だしも、活也には、Aと同様、中国人留學生Bへの論文指導、日本語を直す心労・手間隙を省くために、HがBの博士号請求論文に自分の本の各章各節を書写させていたこと、それを研究科が盗用ではないと言い張り、博士号授与の段取りをし、反対にちゃんとCS（Customer Satisfaction: 顧客満足）＝ES（Employee Satisfaction: 従業員満足）の観点から博士号請求論文を執筆した論文を院『紀要』に載せないなどの差別をした大學当局を許せなかった。

３．Ａのルサンチマンressentiment、殺気

鳥肌の立つこと、３回。活也の直観は、身の危険を感じた。Ａは、活也に、研究室の机で就職のための推薦状を、大學宛２回、高校宛１回書かせ、活也の頭上から、その内容を覗いたとき、憎悪のエンコードされたビームを放った。そのビームは、次のようにデコードされた。

Ａ〈いい暮らし、しやがって〉

その殺気、ルサンチマンは、小學校低學年の児童にして、母純子の弟の新妻の間男が裏手から作業服を整えながら逃亡するのを目撃した後に、その義理の若き叔母さんから、感じたビームと同じものであった。その夫の叔父さんとお婆さんが山仕事に出かけて留守中の出来事である。

裏の畑に立った叔母さんは、小さな鍬を体の背後に後ろ手で隠し、美しく柔和《にゅうわ》に微笑んで、「活ちゃん」と呼びかけた。その後ろ手に力が入り、顔が般若に急変し、殺意に活也は射られた。

活也〈鍬が右手で体の前に出かかった。打ち揚げられ、打ち下ろされようとしている〉

そのとき、お婆さんが、鶏小屋に向かう庭の坂道を上り、戻って来た。この後、活也は、卵を頂いて自転車に乗り、南天の大きな木の前で、お婆さんと嫁が話をしているのを見ながら、お暇《いとま》した。

帰宅後、しばらくして、活也はこのことを自分の母に告げた。嫁は、結婚後、十月十日

経たずに子を生んだ。母純子から、活也の告げ口を聴いていた彼の父（和志の息子作太郎）は、母の弟に質《ただ》した。婚前交渉はなし。作太郎が、嫁に糺すと、嫁は正直に、河川工事のために村に上がってきた間男と結婚前から恋仲であったことを話した。この後、嫁は赤ん坊を抱いて、母純子の実家を去り、再婚した。

頭上から覗き込んだAは、活也が顔の頬を右に回し斜めに見上げたとき、恰《あたか》もこのときの鍬を持ち上げているような殺気だった目元を見せた。ゾーッとした。戦慄、不愉快な気分。内心、疫病神Aから縁を切り早く離れようと思った。

Aは、怨念が過剰に強く、金持ちや自分の意に反する者に悉く殺意を抱く。和志が降臨する2ヶ月と1週間前の2015年5月18日、活也は本訴初公判開始前のT地裁の廊下で、これから傍聴席に座る皆様に、このこと（Aの恐ろしいルサンチマン）は周知した。ただ、純粋な正義感だけで、恐怖心からAに學位を与える闘争をしたのではなく、學位を与えて、早くAから遠ざかろうとした、という半面を仄《ほの》めかした。

活也「Aさんは、自分が恨んだ人に対して、〈すぐ死んで欲しい〉と思う人です。わたしは、そのように行き過ぎたことは思いませんが……」

返事に窮する面々。Aに告げ口される危険性もあった。あの新妻の般若の面と覗き込んだAのルサンチマンの面が、フラッシュバックして来た。早く、厄除けし南天（難を転させなければならない。

深層心理の鏡は、活也の面をAの面に映し出していたのである。この脱Aの焦燥は、活也の脱皮へのそれであった。

　７月の降臨後、途中から和志が禁《いさ》めたにも拘わらず、活也は振り切って、その８ヶ月後の翌年１月に、似たもの同士、瓜二つ、Ａのダブルであるかのように、藁人形を拵《こしら》え藁火山に登る。この裁判が判事の盗用を不問にするという方針によって順調に進まぬことに対する苛立ち、蒸し返す屈辱の場面……が、活也に３悪人に対する殺意の炎を燃え立たせた。いずれにしても、殺人に至らなかったのは、和志の制御と丑の刻参りという藁火山劇場のお蔭である。不幸中の幸い。

　小説を書くことや自作自演の演劇に自分を登場させること、映画『おろち』や藤田まことの『必殺仕置き人』に自分を投影して観劇することは、浄化になる。多くの演劇が、多くの命を救ってきた。『無知の涙』の永山則夫も、殺《や》る前に、演劇を知っていれば、事件を自ら未然に防止できたのかもしれない。

第２節　ストレス

　活也を、内外間の不安の増幅、すなわち内なる二男の統合失調症とそれに追い討ちを掛けた外なる前節のＡと同僚との人間関係、前幕の村園からの処分、公判、体調不良、本節の家族・兄弟内の葛藤等の相互に増幅する内憂外患＝ストレスが苦しめ、一時不眠に追いやったり、自暴自棄にさせたり、恨む対象に殺意を抱かせたりした。これら次節で述べる藁人形火葬に至らしめるストレスについて、述べることにしよう。

1．夫婦間の葛藤

2015年7月26日（日）夕飯が済み、廣生が風呂に入っているとき、妻幸子は、台所のガスを点《つ》け、蓬《よもぎ》を煎じながら、中国内偵の深谷義治さんが、恩給もなく99歳で、亡命者扱いで亡くなったことに触れ、「うちは、まだ、年金も出るから」と一言。夫活也は、幸子に感謝。この心境に、夫婦が達するには、長く思える葛藤《かっとう》が続いた。

「心中の賊を破るは難し。」

和志は、この時点で、孫の活也が自分にとっては未来の2015年3月仮処分申立ての交互面接公判が決裂したことを知らないものとして、記録を進めていくことを読者もご了解していただきたい。約2年前、2013年11月、幸子は、活也にこう言った。

幸子「活也さん、いくら正義でも調子のいいAさんと一緒に大學に楯突《たてつ》くのは止めて。

あの飲酒授業のときも痛い目にあったじゃないの」

その後も、弟子の院生A（相原）一人からの口達者な電話があるたびに、村園大學との力関係で劣勢に立っている活也の地位を心配し、それを脅かされる不安から、學位を取ろうとするAの強引さを非難し続けていた。

さらに、孫の妻、幸子は2014年9月19日、降職処分が下りて以来の既得権喪失、逸《いっ》失利益《しつりえき》に対する恋々《れんれん》とした未練、さらに廣生の入院や1年余りに亘っている裁判等によるストレス、後悔・恐怖・怨念から、66歳過ぎの初老になった活也がストレスによる脳の炎症で不眠症、鬱に陥っていた年明けの２０１６年1月9日も、幸子は自分の義弟蝶理銀磨のように鬱から自死に至るのを恐れ、すぐに自分の義兄神楽、義姉峰津梅子に「活也さんの様子が可笑しい」と電話を掛けた。幸子は、言うまいと心がけながらも蒸し返し愚痴をこぼしていた。愚痴、家族内、夫婦間の口論は、お互いの苛立ちを今更ながら増幅させた。

幸子「相原（A）さんと、乃木さん崇拝で意気投合し、それはいいけど、大學院のこともイケイケドンドンで調子を合わせて、突っ走って、わたしの忠告を聞かなかったから、こんなことになったのよ。」

その幸子の悔しさは、活也のほうが、強く持っていて反復したものでもあった。

活也〈「正義は勝つ」のだろうか？　悪の組織の力のほうが負けないのではないだろうか……しまった……しまった……〉

その振幅を、教授から64歳定年の准教授への降職による、すでに２０１４年8月に活也が准教授の定年を過ぎていることを口実にした２０１５年3月31日付の早期退職強要に対する怒りと後悔の蒸し返しが、拡げ増幅させていた。大學院教授のままであれば既得権益として、70歳になる２０１９年8月の翌２０２０年3月31日まで研究・教育者として勤務でき高額な給与ももらえ累積できたのに……。逸失利益への未練が再来したのだ。

繰り返される〈しまった……生涯のあるべき自己犠牲とはいえ……しまった……やはりしまった〉、その反復、反芻《はんすう》。時が経《た》つにつれ、この後悔、動揺が老夫婦を襲いお互いがお互いの後悔を、繰り返させ増幅させていった。活也は、また、夜中に何らかの関連する夢に冷や汗をかいて起き上がる。玄海の漣《さざなみ》のように反復されるこの所作《しょさ》。それと同時に去来する、「ヒ秘密漏洩《ろうえい》」についての恐怖、録音・議事録をA君に渡したこと、Aの代理人高嶋純一郎弁護士にその使用を許諾したことに対する強い後悔と葛藤。この1年4ヶ月に亘って増幅する反復のサイン・カーヴが活也を覚醒させ、周期的に不眠症、焦燥、鬱《うつ》に陥らせた。

この不眠の初体験は、14年前の、活也52歳の2002年4月13日（土）の「飲酒授業」事件の時であった。幸子は、いつも活也をこう諭《さと》す。

幸子「痛い目にあったじゃないの。2002年4月13日のことは、特に5月の連休中、各紙やTVニュースやワイドショーを賑わせ、街頭や新幹線の電光掲示板にまで載り、ビートたけしの番組でもパロられる寸前まで行き、新聞記者が自宅前にカメラを持って屯《たむろ》し、一般民も押しかけ、沖縄ナンバーなど沢山の車が自宅周辺を行き交い、電車内でも座席にわたしたち家族を見に来たり、近所でも嘲笑されて肩身の狭い思いをしたのに……今でも、デジタル・タトゥーになって、インターネットに2chやザックザックの記事等が残っているのよ……」

実は、活也はたけしがバイク事故を自殺願望で起こしたときのように、院里山ゼミ生も出席したT県有機農業研究会の打ち上げ懇親会で、その1年前、2001年3月31日の一番上の姉、百合子の失踪を思い出し、泣けてきて、自分もお姉ちゃんのいる天国に行きたいと思い、洗面器一杯、人の流して捨てた合鴨酒を飲んだからグデングデンに酔い潰れたのだ。それにしても、尋常な酔い方ではなかったので、今でもイタリアで中川財務大臣がされたように、睡眠薬か何か大学当局の回し者に入れられたのか、とも疑《うたぐ》るのであった。いずれにしても、授業を取り上げられたので、当時博士号を活也のゼミで取る予定だった院ゼミ生には済まなかった。

さて、２０１６年新春、今回の不眠も、活也が夜間のこの商學部二部の授業の前に飲酒した事件後の不眠に酷似していた。どちらも失敗に対する後悔の蒸し返しが誘ったものであった。さらに、14年前の飲酒当日その後、スケジュール通りの授業に向かう導線から転《てん》轍《てつ》しなかったことに対する後悔、転轍してタクシーに乗って帰宅する導線を走れなかったことなどについての後悔と激痩《や》せに重なり酷似していた。活也のこの飲酒授業事件からの再起にも、妻幸子の力添えがあった。あのとき、幸子の夫、活也は、上のようにマスメディア・屋外電光掲示板・新幹線内掲示ニュース・ワイドショーなどで報道されたあげく、同年5月末から7月末まで、停職２ヶ月の処分になった。数年、活也の胸の深い裂傷は、塞がらず疼いた。

活也は、２００2年当時、軽い訓戒を期待して、院生4人、研究生1人の指導や學部學生の授業を続行できると思っていたので、停職の上、院生・研究生の指導教授の任の強制的剥奪、學部の1年間授業停止が追加制裁されたことはショックであった。なおかつ他の yes man の先生が酔って4年生を撥《は》ねたにも拘わらず、同じ停職、しかも夏休み中の２ヶ月で終わり、翌年助教授から教授にまで昇格し、大學院・學部とも追加制裁はなかったので、人によって懲罰の異なるその不公平性に被害者意識を持った。しかし、今は村園學園の伝統的なこの不公平的meme（文化遺伝子）を弁《わきま》えた現実妥協的な振る舞いをせずに酔って夜間の授業をしたこと、過剰な制裁を恨んだこと、何よりも受け持っていた院生・研究生に迷惑をかけたことを反省している。それに、当時、新築1号館建設のゼネコンからのキックバックを巡る、文部族の代議士を巻き込んだ贈収賄・山分けを突《つつ》いていたので、飲酒事件前年から「脇を固めろ」と良心の組合派から忠告を受けていたのだ。

さて、その事件から12年後、今から1年前の今回の降職処分についての幸子の諦観《ていかん》、妻の許しが、活也には有難かった。幸子は、まるでマリアさま、『罪と罰』のソーニャのように、愛器を深く大きくし人間的に成長し、変化していた。もともとさっぱりした幸子ならず、執こい活也をも、長い葛藤、その反復増幅の面倒さが、やがて諦めの境地に導き、鬱の袋小路から死に「限りなく」近づく最悪の境遇に至らせなかった。命を執拗《しつよう》に得んとするものは失い……しかし、撃墜王、エースの条件は、「疲労困憊《こんぱい》し、死んだ方がましだ」と思い、朦朧《もうろう》としてもなお最後まで生き抜こうとする強い意思にある（「光とともに」）とも言う。

2. 肉親からも孤立、珍客と里山家累代の気質

２０１６年１月10日、弟の七回忌も近いこの日、朝の散歩をした者も買物をした者も早

めに帰り、里山家が廣生を除いて在宅し、活也が、弁護士の所にその日の夕方持参する公判準備資料を整理しながら煎じた蓬を飲んでいたちょうど10:00am頃、玄関からのめったにない「こんにちは」の声。開けると、兄の里山神楽《かぐら》が立っていた。幸子は、自分が1日前に電話で活也の怨念に満ちた形相や精神的に危険な様子を自分の義姉、義兄に伝えたので心配して観に来てくれたのだとすぐ察した。このことに気付いたとはいえ、活也は兄の突然の訪問に驚愕《きょうがく》した。

活也と幸子は、神楽兄を中に通して、地元で評判の製造販売老舗《しにせ》という説明を聞きながら、もみじ饅頭を、内心〈甘いものやグルテンは体に悪いな、砂糖抜きの饅頭はないのか……もし、癌の芽があったら増殖させるな、スカグル・フリー（Sugar free/Casein free/Gluten free）……言おうか言うまいか、兄の家では未だに合成界面活性剤で食器洗いしているから、言っても駄目……角がたつから止そう……ひょっとしたら兄も甘いものは避けたいのかもしれないが……世の中には「アヴァリン（誰もが反対の意見なのにお互いを気遣ってその賛成の意見に同調し行動）」が多過ぎる……〉などと思いながら、仕方なく受け取った。

活也は、明石弁護士に電話し、晩方《ばんがた》の今年の方針（特に2015年秋インターネット公表のB博論と2014年2月審査時点のB博論との対比、照合によって盗用を明示する方針）についての相談を心を痛めながらキャンセルした。神楽兄は幸子に、体から水分の無くなる奇病、尿崩症の薬を、冷蔵庫に入れてもらい、小さな食卓に着いた。活也がいくら尿崩症の妙薬が尿であり、ミネラルであり、断食だと言っても、神楽兄はそれをオカルト扱いである。常識的で頑固。山人である。広い意見を摂取し器を大きくできる海人ではない。

幸子は、健康志向の活也の気持ちを察しながらも、包装紙を破り、蓋を開けて紙箱をテーブルに置き、焙《ほう》じ茶を出し、買ったばかりのブランド「関孫六」の包丁で饅頭を綺麗に2つに分け、その半分だけを活也の祖母五十回忌記念の従兄弟作の茶托《ちゃたく》に盛り、特別に活也の前に出した。活也が飲み始めた鹿児島産茶葉広島焙煎のお茶とが座の緊張を解《ほぐ》す中、対話の口火は兄が切った。

神楽兄「時間と金《かね》のこれからも掛かる裁判はもう止めるほうがいい……」

――すると、2階から大學院中退、受験予備校講師志望で教育TV漬けの長男鐘生が下りて来て、神楽伯父さんに挨拶し、3個饅頭を取ってすぐに上がっていった――

活也「……職場復帰して、弟子の相原に博士号を取らせる職務が自分にはあった。ただ、英語はできないが、鍛えようと思った。」

神楽「その院生……英語は學者になる必須事項、それに活也を降職に追い込んだ男。活也も軽率。」

活也「盗用の方が博士号授与されて、ちゃんと書いた方が落とされたので、相原も文句を村園大に言わざるをえなかったし、指導教員の自分を突き上げたのにも一理ある。裁判は続けざるをえない。」

神楽「最初から、その院生を預からなければ良かった。村園側、向こうは組織、これからさらに一年以上も続けるのは大変……」
活也「教育者銀磨《ぎんま》のこともあって、相原くんの指導教授になろうとした。ただ、先祖の守護霊が教えるのか、彼の雰囲気について、引っ掛かる気持ちが初対面であり、その後何回か、ゾッとする戦慄・恐怖が、研究室で推薦状を書いているのを上から覗き込まれた時に走ったことがあった。しかし、道理で動かざるを得なかったし、裁判もそうなんだ。」
神楽「いや、気持ちを切り替えて、家族第一で再出発したほうがいい。」
活也「自分は、負けるが勝ち、を選べない。お婆ちゃんがお父さんに、戦中内地に引き揚げマラリアで亡くなった一雄叔父さんが、記念碑に戦死者として名前が出るようにしてくれ、と頼んでいるのに、親父は見栄で、はしたないと思い権利意識もなくて江田島に叔父さんの名簿を見せてもらいに行かなかった。お婆さんは無念だったと思う。」
神楽「争いを止めるのも一つの選択……」
活也「結局、奴隷根性じゃないか。裁判は面倒くさいと思うからじゃない。それに、新聞にでも載ったらどうしよう、と思うからじゃない。親父が口ぐせにしていたように『一概には言えん』。」
神楽「人それぞれじゃが、無難に生きたほうがええ……」
——気まずい雰囲気。活也は、夫の活也が不眠に陥っていると告げた幸子の緊急電話連絡を受けて、兄が未明の4:00am頃、広島県の西部山間部の真綿村を出て、料金を払い高速道を飛ばして来てくれたこと、そしてまた兄が弟銀磨の轍《てつ》を踏みそうな自分のことを思って、いつもの1か10か、〝All or Nothing〟の2択から、「負けるが勝ち」を選んで、そう言ってくれているのは有難かった。

話は、真綿村の出雲神楽の舞について、声が面に篭って聞きづらく、内容が児童には説明不足で分かりにくいこと、出雲なら二礼四拍一礼だったはずなのに、どうして二礼三拍一礼なのか、真綿村ならではの固有の神楽はないのか、伝統なら他の市町村でも継承しているので、むしろ、縄文から続く音、せせらぎの小川・川・滝、さえずりの小鳥、鳴き声の梟・かじか・蛙、光の源氏蛍、食べ物の魚、山椒魚・鮎・ウグイ・鯊《はぜ》（ギギ）を守り、萱の木・銀杏・万古渓・岩倉・梅の水・水晶・霊泉・山の岩場の古代斎場址等の自然や文化遺跡を守った方がいいし、何よりも実家の傍に立てられたソフトバンクの電波塔の撤去運動が神楽より優先事項ではないか等々と話は尽きなかった。

活也「神楽は、縄文人を大陸や半島から日本に来て支配した者たちの物語、古事記・日本書紀の神話から生まれたものじゃから、神楽より多神教の自然崇拝が大切じゃないかのう」

特に、大萱の樹について、活也は神楽や神社の建物より、真綿村の木霊、大地の生命の象徴であるこの神木を大切にすべきだ、自然崇拝の縄文信仰、神木の祟りを周知すべきだと強調した。真綿村の、その霊力、聖地、例えば宮島の弥山の見える勝成山の高く広い岩場の祭祀址や沈降した盆地、真綿村を囲む山々の切り立つ丘の上の道祖神・落ちない岩倉・霊泉・淵・谷間の清流・万古渓山頂の山の神・浅原（↑麻原）の大麻……であると強調した。

その証左として、この大萱の樹及びその前の広場における不浄を村人が働いた後には、事故死・交通事故・負傷・殺害等の祟りが続いた。活也が覚えているだけでも、次のような事例を挙げられる。不浄としては、萱の樹広場＝境内における家畜病院の建設と院内における牛馬の屠殺、素戔嗚《すさのお》的乱暴としては萱と両立していた榎の伐採、大きな真綿神社の建物（ご神体は蚕のような石、女性神と思われる。八幡宮は男性神）に過ぎないインフラだけの保護のための萱の樹の大きな枝の伐採、樹木同士合い呼応していた銀杏の樹の伐採、萱の樹に撒きついた蛇の象徴たる大きなカズラの切断、別の地、岩清水八幡迫での男性神の八幡宮建て替えのため、境内の山の杉のご神木の10本以上の大木を伐採（江戸時代なら処刑）、非礼としては、萱の樹に毎年奉納していたしめ縄の行事の廃止等が挙げられる。

この不浄・非礼の後に、周辺住民の異常な事故（榎伐採者の大けが・屠殺を視た少年の病死・毎春の野犬屠殺とその犬肉の竹藪での解体を視た婦人がノイローゼに、堤防修理の土方の７人の殺傷・ガソリンスタンド中山家のおじさんの原動機付自転車ＢＳでプロパン配達中の交通事故死その兄の精神病院入院と甥の事故死、奈良先生の駅での交通事故死・女傘職人の子が大川に流される・小坪医院での看護師の不審死・藤原家長男小瀬川ダム交通事故死、祭り最終日の５人死亡の交通事故、里山家の自死・失踪、野中家の自死、西村家の長男広島大生不慮の事故死（2階から転落）、田平家の丸鋸による指切断後の心臓発作、江波家のバリウムが胃で固まった医療ミスによる死亡……）を招いた祟りを列挙することが出来る。

　真綿村の萱の樹にお祈りし、田吾作筋は、この聖地から脱出すべきではないか？　地域住民に木霊に対する信仰心が薄い。水面大社も神殿ではなく、依り代のある、広場に降臨。森羅万象に神宿る古代の神道に無知。これだけ、木霊に不敬をしてきたので救えない。縁起が悪い。それとも、すでにある3Gに続いて5Gの電波塔を建てたりするなど不浄を今後せず、厚く敬うべきか？

――このように、活也は兄神楽に縷々《るる》述べた。それにしても、各々、我の強い「里山家は、先祖代々争いが絶えない」（吉澤順行和尚）。

　活也が、諭しても、頑固な神楽兄は、愛器知が浅小狭で出雲神楽一筋、他のノイズには、耳を貸さない。「みんな違って、みんないい［金子みすゞ］」という大日如来か愛器知が深大広のオーケストラの指揮者のようなジェネラルマネジャー的器量はない。偏屈を糾し普遍へ至る遍照を浴びながらの、お遍路が足りず、真綿村から余り外へ出たことがない。多数の道を想像する文殊の知恵、利他と利己のバランスをとった多様な生き方を設定し、選択する緻密《ちみつ》さが足りない。この長男たる兄は、酉《とり》年で朝早くから夜遅くまでバタバタとクロスを張る腕のいい職人であり、小さい頃から面を彫り、いまは能面をプロ並に彫れるほど手先が器用な趣味人だが、幼くして祖母・伯母から形式的な長男の自覚を促され、その長男製造的洗脳によって形式的な面で拘束され、その蛸壷から出て来られない。そうして、本来の長男としての内容、大日如来的な指揮をとり兄弟姉妹が励まし合おう、受け入れ愛し合おうとする共生の魂を持てず、競争心、自己保身で萎縮《いしゅく》し形式的な見栄と外聞重視で包容力のとても貧しい人間になった。「ええかっこしい」。少年時代から子供らしい自由奔放さがなく、絶えず他者から自分を観て顔の表情まで取り繕っていた。「『生きてる』って言って見ろ（泉谷しげる）」。里山家の冷酷さ、無教養が山人にした。物理的にも、真綿村での生活が１００％近く、行動半径もほとんど県内で狭い。一度でも、数年、多様な意見を耳にせざるを得ない東京に出たら、違ったかもしれない。また、形式的に冠婚葬祭を取り仕切り、そこには温もりがない。先祖の霊を体験していない。「死者は生き残ったものが覚えていて欲しいと生前に思ったから法事をやる」のだそうだ。法事に、降霊している、という霊感がない。実際、兄は、全てにプラス志向の「引き寄せの法則」を持って神仏を心底信じ委《ゆだ》ねることが出来ず、悲観的閉鎖的排除的保守的で、理想は『樅の木は残った』のように、味方であっても切り捨てる風をして、誤解されても耐えてポーカーフェイスを決め込み、家を守ること。しかし、兄の切り捨て、排除、その狭量には、原作と異なって深い愛情に根ざした深謀遠慮がない。その上、上から目線で長男風を吹かし、兄弟姉妹に物事を強制する。共生なき強制。悲劇である。これが一因となって里山兄弟姉妹の２人を失踪・自死させた。その犠牲の後も、兄は変わらない。

活也も含めて、里山兄弟姉妹は冷たい。そして森羅万象を受け入れる寛《ひろ》く深い愛がない、器量が小さい、知が狭い。対話して「ホウレンソウ（報告連絡相談）」には「おひたし（怒らない否定しない助ける指示する）」のコーチング的態度でもって相手との妥協点を探すことができない、人徳がない。一旦他人志向で物事を考えるゆとりがない、包容力がない、自立していない、人間の美醜の本性を併せ呑んだ上で人を許さないから、他者の大小の厭なところばかりに眼が行き、他者の全人格まで否定してしまったり、他者に飲み込まれてしまう。したがって、我が子や兄弟姉妹も含めて人を育てるためのコーチング「ケンゲンウンコセイ」（本間正人）が出来ない。この欠点を2人の兄から継いだ銀磨は兄弟最大の犠牲者であった。活也も神楽の影響から早く抜け出すべきであった。

このような狭量が兄弟の共通点であるにしても、弟の活也は、一歩でも原田甲斐に近づき、イエスの愛を信じ、隣人を愛して、「引き寄せ」の法則を信じ、楽天的に夢を持ち、前向きに行き、霊能者亀井戸の吉澤順行さんに大學の先生になれると言われ、諦めかけていたのを頑張って、36歳にしてそうなったのとは対照的だ。

虫の現実追従型、魚の現実調和型、鳥の理想型の生き方の内、中間のファジーな魚型の「靭」をフレッキシブルに選べない兄。兄が複雑で面倒かもしれないけど柔軟な1から10までの10択を設定しないこと、活也が降職処分に至った経緯や訴訟の準備、その進展等は一切訊かず、5歳上からの目線で忠告して来ることに抵抗していた。訴訟を続行せず家庭円満に過ごす10か、継続をしてノイローゼになって自殺する単純で短絡的な1か、どちらかの2択。愛情の乏しい冷たい家庭に育った者が設定する2択。しかし、1の敗訴と10の職場復帰の間には、和解という選択もあるのだ。神楽は、弟から観ても、父指物師《さしものし》の手伝いや般若の木彫りなど抜群の芸術的才能があり、孤独に物づくりするときは活き活きとしていた。しかし、他人の眼を気にし過ぎ、自意識過剰で、公に出た子供会などでは発言を控え、目立たぬように、自分の本心を隠し、鎧《よろい》を着て自己防衛するタイプの慎重で口を閉ざし一人ぼっちで苦悩する内向的な性格の持ち主であった。弟に次いで危ないのは兄の方である。人との親近感についても、器量が狭く我執の自己保身を精神の核にして、疎遠の1か親密の10かしかなく、〝Agrre to Disagree〟の10通りの融通が利かない。最後まで、「連帯を求め」人の愛情を信じることができる人間は、10択を設定できるはずなのだ。活也が自分が近親憎悪している兄、酷似していて自死に至った弟銀磨、これら職人気質の3兄弟を相対化しなければ、里山家の家族的 meme を克服できない。長い兄弟の付き合いを突き放して反省、総括、観察すれば、兄が3人の中で一番の潔癖な職人的孤高の気質で、人に甘えない。人に借りを作るのを忌み嫌い、人の好意を無にする。

「人の優しさの上に、胡坐《あぐら》を掻《か》くな」（神楽）

神楽は、人と人のネットワークを広げない。人を許さない、口を閉ざし、許さず恨む。

「神楽のところには、人が集まらん。この金銭《かね》を分けるから、食堂ででも残りの兄弟姉妹で会食しなさい。」（子里山作太郎）

活也は、兄神楽が、生真面目《きまじめ》、純真。汚い人間を嫌って「空の青、海の青にも、染まず」「漂《ただよ》う［牧水］」白鳥で、我執の脱却すべき小綺麗なプライドの箱、正義の蚕の殻や亀の甲《こう》羅《ら》に閉じ籠《こ》もり、ときどき人の支援、善意にまで敵意を示し噛み付き、人をその良心の欠片《かけら》を信じて、10択を設定しよう、ディアローグしよう、コミュニケーションに最善を尽くそうと努力することもせずに、孤立し人の世を恨んで来た人格を持っていることに気付くことが出来た。活也は、兄について冷たい2択の人格的欠陥にたいする深い自戒の念を込めて、こう詠《うた》った。

壱《いち》か十　白鳥、蚕（ときどき噛み付き亀）恨み節《ぶし》

活也は、このとき、喉まで出掛かった、次の言葉を飲み込んだ。

〈神楽兄さんは、今まで利他的な大義に生きることがなかったじゃないか〉

そして、同時にこう思うと、気まずい雰囲気になった。

〈結局、裁判を継続せずして負けることを勧める兄神楽と二姉萩子・梅子の本性は、陰で邪悪に向けてブツブツ悪口を言うなど小児病的に穴《けつ》をまくって憤懣《ふんまん》やるかたなく怒り「狂」うけれど、その正しい裁判などの対邪悪の闘い方を放棄する男や女、そもそも人のために命を投げ打つことの決してない人物、貧富の経済的格差・差別・抑圧に対しては他人事のように思って怒らず、プロレタリア独裁＝人間牧場という陥穽はあるにしても一度も末弟蝶理《ちょうり》銀磨、二男の弟活也のように、その格差・矛盾を幻想とはいえ何とか解決しようとするマルクス主義に気触《かぶ》れることは通過儀礼的にさえ一度もない人物だということ。〉

幸子「せっかく、義兄《おにい》さんがいらしたので、お昼を国民宿舎木綿山《ゆうまやま》の展望レストランでどう？　浮動寺や鐘崎の方にも車で連れて行ってもらいましょうか。」

神楽「九州道の清水ICを下りたら水面大社という標示もあった。歴史の古い所、気分転換に、行ってみようか。」

活也（階段下まで歩き2階を向いて）「鐘生《かねお》も、行かんか」

鐘生「留守番しとく」

鐘生は、胃腸をストレスでカンジタ菌によるカビだらけにし、それら悪玉菌が餌＝食料を大量に欲しがるが故のギャル曽根並の大食漢になり、胃腸に大食ゆえのリーキーガットができ、この炎症が冷たいものを欲しがらせ、さらにカンジタ菌を増殖させるという悪循環に陥っている。活也は鐘生の大学院での挫折、自信喪失、帰郷、閉じ篭もりもこの腸内の悪玉菌に関係があるのかもしれない、と思う。さらに飛躍して、寒中や山林アジトでの連赤虐殺もこの悪玉菌が関係するのでは、とも思う。"A man is what he eats." つくづく食や気分・運動・環境などによる腸内環境の改善が大切だと思う。

こうして神楽兄は、ドライヴし鐘生を除く弟夫婦と昼食を摂った後、早々に帰って行った。裁判継続の有無については平行線であったものの、神楽は活也に、お前のことを思っている兄が居るぞ、と伝えれば、少しは活也のためになるだろう、そう思ったのか、現場の仕事も急いでいたが来訪したようである。活也には、ありがた迷惑であった。

＊体調不良
遡って退職後の2015年5月18日の本訴第1回公判で、人事課職員、平川周治の露骨

に見せた〈まだ生きていやがる〉という残念がる顔。「人の不幸は蜜の味」。活也が２０１４年９月以降、15kgばかりやせ細ったので、学内でもストレスから胃癌になっているのではないか、という風評があったそうである。実際、活也は錆び痰を８ヶ月も吐き続けていたので、本人も肺癌の可能性が強いと思っていた。

あんたの残酷な期待に反して、10倍返しで生き抜いてやろうではないか。恨み返しの遍照金剛、六根清浄だ。それでも、錆び痰は活也を苛み続ける。

――以上縷々述べたような身心のストレスが活也に藁人形を作らせる。痛風＋肋間《ろっかん》神経痛＋錆び痰、脱力感、わだかまり、モヤモヤ、男性更年期障害・不定愁訴・不安・挫折感・不平不満・焦燥・窮地・進退窮まる・ノイローゼ（神経症）：公判で盗用を扱わないこと、そのことによる焦燥感、Ａの裏切、因縁・孤立・薬・支援者の抗がん剤、愛しているものが毒牙にかかる無念、このようなストレスで腸内に悪玉菌を増やし窮鼠となった活也は、正月に藁人形を銜《くわ》えて丑の刻に参る。

第2章　荒の藁人形（音、宙船）

活也をその内外のいかなる魔が、丑の刻参り＝藁火山の藁人形火葬に誘導するか？　怨は、いかに、いつになったら恩に転じるのか？

第１節　藁火山《わらびやま》の藁人形

活也は、どうして３体の藁人形を編むに至るのか？　その編成の動力となる怨念・苦汁を、累積させ多重債権的で重厚長大なものにしたのか？　どうして、恩愛・安楽を自ら、つかの間の吹けば飛ぶような軽薄短小なものにしてしまうのか？

言わば、既述のＡＢＣ↓Ｄ、つまりAgony・ache：苦痛：歯痛・痛風・男性更年期障害・肺癌恐怖、肋間神経痛＋錆び痰とBetray：裏切・離反、裁判官の裏切（公判で盗用を扱わない）・Ａ等の裏切、Cheat：活也の盗用告発に対する院教授会の誤魔化し・虐め、さらにそのことをパワハラとして訴えた委員会の圧殺、活也が院教授会議事録をＡに渡したことについての策略的自白誘導、これらＡＢ起因のノイローゼ（神経症）がCurse：呪いを生み、これらＡＢＣがDoll made of straw 作りに帰結する。

ABによって、高く積み上がって厚くなり偏執《へんしゅう》された魔の累怨Cが、殺意となり破裂しそうになる。それを、未遂に食い止めたのが、C呪いの藁人形、丑の刻参りであった。

本節では、その危機、公判中という悪いときに、病気など悪い魔が積み重なっていったこと、それら数多《あまた》の内憂外患、八方塞《ふさが》りの概略を、今一度、述べておくことにしよう。

1．活也、敵を人形に仕立てて

活也の内憂・外患の魔は、半ば彼の心身を喪失させた。内憂については、第1に外患たる実質上の解雇と公判を巡っての職場の人間関係と公判を止めさせせようとする兄弟姉妹・家庭との人間関係の縺《もつ》れが生じていたこと、裁判闘争中のストレス、特に盗用問題を不問にするという訴訟指揮、既述のAからの証言拒否、この2015年7月25日に遡るAからの裏切、同じく同僚R蝋山久共のその拒否や岬の通信拒否があったこと、第2に活也自らの心身について、身体的に錆び痰が1年4ヶ月続き、それから肺癌を連想した故の恐怖があったこと、口内炎等に苛まれていたこと、第3に二男廣生が向精神薬（オランザピン）による器物損壊現場で現行犯逮捕され保護入院に至ったこと、それ以前にも自宅内で向精神薬（リスパダール）による眼を剥《む》き出した凄まじい形相を見せて大音量で絶叫したり、そうしながら後述するように内外に乱暴狼藉《ろうぜき》を働いたこと。

要するに、裁判を巡る家庭の不和・不協和音と二男廣生の入院等の内憂が外患の四面楚歌に追い討ちを掛けた。このような内憂外患による不調が、逆に腸内に増殖させせた悪玉菌の指令で脳内のストレスを増幅させ、活也に３人への剛情で執拗な憎悪、殺意に繋がる。

　上の第３の内憂となった廣生の狼藉は、文字通り狼の褥《しとね》のように、破損・投擲した数々のものを散乱させ、活也と幸子の心も乱した。廣生に、魔物が乗り移って、彼を「狂人」にした。彼は、毒を盛られたと言って作り立ての蕎麦を汁毎、庭に投げ捨てたり、食べている最中のまだ熱いご飯や味噌汁をドンブリ毎床に叩きつけたりした。さらに大切な本を破り捨て、瀬戸物やドア・ガラス戸・書棚のガラス・タンス・テーブル・水道の蛇口等などの備品やＴＶ・ラジオ・ＰＣ・ファンヒーター・電気ヒーター・電気炬燵・電気釜等の家電を破壊したり、便器や風呂場の排水溝にソックス・剃刀・歯磨き粉・歯ブラシ・板切れ・新聞紙・乾電池・ビニール袋・果物・野菜等々あらゆるものを落として詰まらせたりした。対外的にも散歩中、同様に絶叫しつつ、近所の黒いポメラニアンに吠えられたのにフェンスを蹴って歪ませたり、酒屋の倉庫の板を叩いたり、車道に出て走行中の自動車を追いかけたリ、車のドアを蹴ったり、驚いて停車した車のドアを太鼓のように握り拳で叩き捲くり、凸凹にしたり、２階の自室や他の部屋から近所の庭や屋根や道路へ大きな画板や本や小型ＴＶやプラスティックの破片等を投擲《とうてき》した。

　これらの内、最大のものは２０１５年11月13日の金曜日の医療保護入院に至った際の、廣生の拳が凹ませた２台の乗用車のボディーの損傷であった。活也は、このような迷惑を掛け申し訳ないと思い加害責任に気を悪くしていた。これに付随して移住すべき人里離れたる民家を探すことや地下防音室建設の頓挫等に疲れていた。

これら内憂と第1幕で述べた博士論文を巡るダブルスタンダード・文書改竄や虐め等の大學にあるまじき理不尽、それらを追及したが故の孤立無援、さらに性格的な被害妄想、これらの外患・孤立が相乗作用し悪霊となって渦巻いた。活也は深夜、自分の内憂外患によって増幅させた憎悪を、偏執狂的に、山内・中津・岩山の3人に集中させ、鬼気迫る形相で3体の藁人形をその藁1本1本に呪詛を浸潤させながら、拵えた。

さらに、悪乗りして呪詛の山頂から村園學園へ向けて、折紙で3人に危害を及ぼす貧乏神飛行機ならぬ紙の神飛行機を3機拵え、その右翼にはそれぞれ極細の筆で呪詛の⑪を真ん中に内・岩・中津がルーレット様の模様を刻印した。左翼には、それぞれ呪山内・呪中津・呪岩山と描いた。善の神様が紙の上（机上）だけに居て、実践の舞台上には悪魔の3機（鬼）。

2016年1月16日（土）、半月の夜。活也は、今宵、どのような思いを持って、拵えた藁人形をリュックに隠し持ち、それを背負い、ライト装着の河鹿《かじか》ちゃん（マウンテンバイク、活也は父作太郎がにわか騎主となる草競馬を子供用自転車で観戦したとき、その河原で河鹿蛙が鳴いていたので、自転車を子馬に見立て、河鹿ちゃんと呼ぶようになった）に乗って、それら3体＋3機と共に村園學園に向かい、麓に村園學園を見下ろす楠林山を目指したのか？　そして、登山途中、行き先を急遽変更して、藁火山に縦走したのか？

わたしは、焦った。何とか、この情けない擬似殺人を止めさせなければ。しかし、叶わず、藁人形事件に至り、わたしは霊力の力不足を痛感した。今後、何か危険だが、活也を愛に目覚めさせる、よほどのイヴェントが必要なのではないだろうか？

2．藁火山へ

活也は、精神的にも追い詰められていた。アルバムをめくり返すように、屈辱シーンを反芻し、眼に焼き付け、増幅して、我が孫は、被害妄想・憎悪に脳髄を占領され、怨霊の化身となり、殺意を抱き、八墓村のさもしい主人公のように成り果てた。脳神経を怨みの染料で一色にされた。わたしのＤＮＡにも関わる活也本人の不徳、性格、カンジタ菌的体質、未熟さ＝未自立と追い込まれた境遇と要領の悪さがそうさせた。

（1）往路は丑への血路

憎悪の往路がいよいよ開始、２０１6年1月16日（土）10:30pm。活也は、就寝した家族に気付かれないように静かに、黒いマフラーを巻き、黒いＧパンを履き、ベージュの厚手のシャツを着て襷を掛け、白いジャンパーを羽織り、白いニット帽を被り、夜な夜な作成していた藁人形、これら3体と呪い神（紙）飛行機3機の入ったビニール袋を収納していた白いテント生地《きじ》のリュックを背負う。この予め用意していたリュックには、さらに盗用証明タイムカプセル・小さい鑿《のみ》・五寸釘・天日塩の小袋・乳酸菌ＬＧ21の容器に入れたお神酒《みき》・サーモスの水筒・移植鏝《ごて》・電気コンロの鍋や薬缶を支える丸い形状の金輪（頭に被り蝋燭立てにする五徳の代用）・頭に釘抜き用の割れ目の入った金槌《かなづち》・登山用ナイフとＢの村園學園ネット公開の博士論文の要旨の用紙・呪う3氏名を書した短冊・蝋燭・線香・

マッチとをビニール袋に包《くる》んで収納済みである。背負ったまま、活也は裏戸を開け、上弦の半月の薄明かりに照らされている外へ出た。

すると、白山地蔵尊縁《ゆかり》の戦国時代に白山の局《つぼね》の死霊《しりょう》に取り付かれた菊姫（後に楠林山城主の妻）が母親の喉元に噛み付いて話さなかった大屋敷址の傍の苺の温室の明かりが眼に入る。

まるで、活也は、この局の生霊《いきりょう》のように憎みぬいた3人、これら3者をまとめて同時に惨殺する現場へ向かう下手人であるかのように、肩は怒らせているが、ゆっくり抜き足差し足、音を発《た》てずに、ガレージへ向かい、河鹿ちゃんに乗って、田園の自宅を離れた。

すぐに、西の夜空に傾いた白い朧《おぼろ》な月光が、長く細い橋の腹に、もう一つの並行する支流の横石川を迎え入れて幅を広くしたばかりの水面川の漣《さざなみ》、その凹凸のある水面に燻《いぶ》し銀のように揺らめきを反射している。活也は、その橋に平行に架けられた歩道橋を左岸へ渡った。橋桁や欄干は、修理中でペンキの臭い。川下、西北の高宮籬《まがき》（神籬《ひもろぎ》）から左岸の川沿いに市役所方向に向かう一台の車の眩《まぶ》しいライトが通り過ぎるのを待って、二車線の高宮道の向こう側の縁石と水田兼大豆畑の上の白いフェンスとに守られた長い歩道に渡った。

左手に、川と川の間を一直線に走る中州、その緑の竹林に休む鷺の白い綿帽子のような群集を見ながら、数百メートル進む。幅広い白鷺橋を渡り、直角に右折し、水面川支流の夏は、川岸に鹿の子百合の咲く仏峰《ふつみね》川を南へ上って観音堂の大楠まで走った。

水面川　畔に刈られし　鹿の子百合　花咲かしめむ　命枯るとも（ヒント栗原貞子「生

ましめんかな」）

かつてその根本に掌《てのひら》サイズの精巧な藁人形が置かれ、嫉妬されすでに呪い殺されたかもしれない白いワンピース姿の美しい女性の写真が置き去りにされており、それを見た廣生が急に泣き出したことがあった。活也は、河鹿の右ハンドルを離した右手で、観音様に対するよりも半ばこの醜い嫉妬に占領された女性＝俄《にわ》か人形師と意を通じ、半ば木霊の偉大さに敬意を表しつつこの大楠を拝んだ。良くない怨霊が、活也の生霊と共鳴し合い、活也に集《たか》ったようだ。偏頭痛。

河鹿で走りすぎる観音堂。その奥には、夏に鹿の子百合の群生する道。そこから見える牛小屋で一頭の黒和牛を飼う老農夫、吉田智大《ともひろ》さんから、水面市の西、殿峰山《とのみやま》の頂の平智《ひらとも》（平智盛）様の祠《ほこら》（参り墓）のことを耳にし、秋に登り、１００ｍばかり北に智盛を埋葬したと思われる円墳（埋め墓：約３ｍの竹が奥まで入った）を見つけたことがあった。

ちなみに、廣生と活也は、散歩中、智大さんから出征の前、赤紙が来てから毎朝夕、平智さまに登って、生還と必勝を祈願した、という話、さらに北支《ほくし》からシベリアに行き、平智さまのお陰で舞鶴港に戻って来れた話を聞いたことがある。話しをしたご縁で、このいずれは肉牛としてトラックに乗せられる黒毛和牛の牛小屋に、自宅の庭のギシギシ（酸葉《すいば》）・大あれちの菊・背高泡立草《せいたかあわだちそう》・紫カタバミ・蓬を自転車に積んで行くようになった。ちなみに、智大爺さんに拠れば、平智盛さまは壇ノ浦で碇を錘に沈んだことになっているが、海中でそれを手放し、義経方の卑怯な弓矢に撃たれ流されていた船頭と門司の布刈《めかり》の裏手に上陸、豊前へ英彦山へと逃げ、水面氏に招待され、修験者に扮して、この地に吉田と改名して身を隠し、金鉱発見と採掘に協力したそうである。水面市には、古代から四方の山の高いところに村を守る大石積みの山の神が祀られ、その周辺の樫の原生林と原野は入会地（コモンズ）で、原野には牛馬の餌にする茅・雑草が生えていたこと等教えてもらった。活也の祖母方にも、壇ノ浦まで行けず、零《こぼ》れた平家の落人を自宅に匿《かくま》ったという伝説があり、かつまた平家＝海人が参り墓・埋め墓を設ける通り、平智さまも祀られた祠とは別に100m尾根伝いに石室があると思われる等、あれやこれや智大爺さんには親近感を覚えていた。

この平智さまがご縁で親しくなった和牛も智大さんも、今この時間には、牛小屋や家の奥でお休みのことだろう。活也は、この農家の牛小屋の横を今、藁人形を入れたリュックを背負い、河鹿に乗って丑の刻参りをする自分が少し哀れに思えた。生きて、自宅の庭の酸葉《は》を食み、いずれ屠殺される和牛、丑の刻参りで打ち付ける藁人形を持った自分。

さて、神仏宿り海風山風に清められる水面市は、コの字の開く北に海と島、コの字を形作る三方、南と東と西に連山、そのコの字が囲み山水と溜め池の雨水を集めても遅い水面川水系、用水路、湿地に広がる水田、畑と行く筋もの小山。海の幸、山の幸、田園の恵み。西の連山に古代の横穴・円墳・前方後円墳・石室と平安時代以降昭和に至るまでの墓所が集中しているように見受けられる。

その水面市の西方浄土、河鹿が走る次の山襞《やまひだ》には、奥に廃屋がある。活也の脳裡には、かつてこの廃屋の庭の椿の花を周囲に敷き詰め、よく廣生と拝んだことのある白地蔵のことが浮かんだ。観音堂の奥には、８年前に活也と廣生が、うつ伏せた細長い石を抱き起こしバケツの水と束子《たわし》で泥を落とすと、眉間《みけん》を斬られた石英作りの作・建立ともに不明の白地蔵の姿が露出してきたことがあった。

多幸市街からこの地に移住した兄弟が、20年くらい前に、泥酔し殴り合いの喧嘩の末に、弟が仮死状態になったのを見た兄が自死。復活した弟が発狂し直行したのか、逮捕後措置入院になったのか、親族によって、４連山を海岸べりの道や２つの峠で越えた東隣りの町の精神病院に入ったままになったそうである。このような惨劇を、二人は近くの牛乳宅配センターの主人と建設業者（兼業農家）から教えてもらい、「近づかないほうがいい」と言われたことがあった。この呪われた凄惨な兄弟の廃屋の西の山襞には、山林墓地と細長い滝（妙見の滝、貝原益軒『筑後風土記』の瀧口の横長の滝に継ぐ、水面市内第三の滝）が控えている。

いや増しに、不安と恐怖感に襲われる。次の山襞には、原田さんの古民家レストランＭ。青い宝石、川蝉がその前を流れる水面すれすれに水平飛行する仏峰川。

濁流に　跳ぶ宝石か　川蝉一羽

薬師堂、道路脇の榎の古木伐採に異を唱えながらも、果たせず嘆き癌で死亡した村の世話役の家。丘の古墳群、かつて炭坑掘削用資材置き場になっていた柿木の聳える畑、その奥には、戦中に掘られた仏峰炭鉱の坑道に村で殺された子供の人骨の埋まっているような予感。この穴の近くの梅林の小川沿いに、メタセコイアの黒っぽい珪化木。持ち帰りペチカで燃すと、家中に液状化してブスブスとセルロイドが不完全燃焼するような悪臭が漂ったことがある。

その林が続く山肌を登ると、南西に数十㎞延びる福壺断層が1万年以上前の大地震で沈降し、造形した窪みが開け、そこにはモンゴル草原のゲルのような大きな貯水タンクが構えられている。その上の反対側の集落に下りる尾根には、黒尊《くろすみ》さまと呼ばれる唐の黒蛇の神様が鎮座している。150年前に祀られ、向こうの竹山集落で流行った疫病を治めたそうである。

一瞬一度だけ、この黒尊に上る道から外れて、林の奥に入り、人の来ない炭焼き窯の址の残る樫の木が疎《まば》らな開けた明るい斜面に出たとき、前を登ってゆく廣生の後頭部をまざまざと山藤の太い蔓の杖で一撃して斃《たお》し、戦時中の低質な仏峰炭坑祉に、死体を隠そうと本気で思い描いた。そして、自分の狂気、その気味悪さに戦慄したことがあった。

活也〈廣生さえ、居なければ平和なのに……滅相もない。〉

活也はこんな山陰でのかつての活也が活也を戦慄させる妄想を思い出しながら河鹿を走らせる。この山陰には、また狸・野兎・猪が棲《す》み、享保年間からの墓地、最近、平地に建設された共同納骨堂以来、参る村人の絶えた苔むす墓が林立している。その怨霊が、さらに活也に集《たか》った。

裏山に　打ち捨てられし　墓石群　骨ぞ飛びゆき　銘は苔生《む》す

活也は、今度は、集った怨霊を量子力學的推進力にして、一気に仏峰台団地の坂を三叉路まで上った。左上の竹林は、修円寺の裏山。その林に、女性の下の病を治す粟島明神と鹿の子百合の咲く段々の丘。ここに、明治初期の廃仏毀釈の暴挙によるものか、首なしの薬師地蔵。活也は、パキシルだったのだろうか、SSRI系の抗鬱剤を飲んで、２０１０年1月31日に、踏み切りで轢死した弟のことを二重写しにして、このトルソの苔むす石像を人知れず抱きしめたことがあった。

悔やみても　命返らぬ　弟の　トルソの薬師　兄が摩《さす》らむ

その三叉路を右折したバイクは、しばらく南へ向かって上り、仏峰貯水池入り口へ向かって下る。

下り坂なのに、河鹿のペダルが妙に重くなり、亡霊のすすり泣く声が聞こえるような雰囲気がして、身の毛が弥《よ》立《だっ》た。江戸末期に、孕ませた侍に裏切られ、胎児とともに試し斬りにあった娘の茶屋址が、ほど近くある。

さらに、貯水池の歩道を走ると、左手に陶土陶石の出る黄白色の尾根、窯で焼かれた陶土の粉のように茶色い地肌、10基ばかり、古代に捕食用に子供を入牢させていたかのような横穴古墳群。既に山々の木々は伐採され、これらを整地せんとしている。禿山にして、自然を破壊し、公害源になる利権がらみのソーラー建設が進行中。

活也は、猪・野兎は、どこへ行ったのだろうか等と、気を痛めながらバイクで進行。湖底に沈んだ竹山橋の上に架かる新竹山橋の欄干の上には、ずぶ濡れで坐るセーラー服姿の女子の気配を感じ、鳥肌が立った。壇ノ浦、平家の亡霊に取り囲まれた耳無し芳一のようだ。

水底に橋を遺して村消ゆる。水引けば、かつて村あり、名残橋《なごりはし》。

姫蛍　谷間に降るや　夏の雪

生霊で脳神経が冴《さ》える我が身に死霊が集合する。恐ろしいことばかり、思い出しながら、近年殺人事件のあった仏峰村に差し掛かる。村のY宅でY、F、Xの3人が酩酊し、口論の末、YがFの頭に木刀を振り下ろした。動脈から噴水のように血が噴出す。

約100年前、1919年に発行された菊池寛『恩讐の彼方に』の主人公、市九郎のように、血を見て激昂したFがY家台所の出刃包丁を取り、Yの左胸を突き刺した半正当防衛的殺人。Yの方が活也には、旗本の主人、中川三郎兵衛に思える。血を自らの頭部からも噴出して顔に浴び、Yの左胸からも衣服に浴びたFは、Y宅をズボンまで鮮血で染め、畳の上に赤黒い足跡を残しながら玄関を素足で飛び出し、庭から郵便ポストの置いてある門を左に出て逃げ走った。が、意識を失い路上に倒れた。

最澄さんの頃の延暦年間に円墳の洞穴の奥に建立された仏峰不動尊に村の衆が集まり、四方の峰には石仏や弘法大師の土人形や山ノ神や墓石が座し、山肌には仏峰神社、谷には曹洞宗仏峰、その裏山の丘には薄が原の広場に、恋の岬土人形の可愛い修行僧、空海さんの太子堂と十三石仏群、向かいの山頂には石の清楚な観音像、奥の火葬場への畑の上の竹藪には行き倒れた修験者の石碑があり、四方からの平安と祈りに守られているはずなのに、村の長老格には、水面神社、戦国武将水面一族の末裔がいてしっかりした村の仏教文化も伝統的に定着していたはずなのに、この惨事。事件直後、この長老が、仏峰神社の本殿の両横に、塩を盛り、翌年の成人の日には、本殿に若者を集めて、村の平安を祈祷した。

Ｆは、了海となって後に出家、青の洞門を掘り抜いた市九郎のように、これから罪を償うのだろうか……活也は、ＴＶのニュースでも放映されたこの事件当時白かったが黒褐色に塗り替えられたガードレールから横に入った赤茶色い倉庫の横の倒れたＦが発見された路地に眼をやりながら、以前、活也は、その業に落ち殺人犯になってしまった裁判中のＦが、先ほど前を通り過ぎた薬師堂で、木彫の灯明に優しくふっくらした頬で微笑みかける薬壺を抱えた薬師如来に、一心に祈っている後ろ姿を見かけたことがあった。頑強で太く大きな体躯。もし、活也のように小男であるならば、現場から逃避し、罪を侵さずに済んでいたかもしれないと思った。

その目撃の後散歩から帰宅した時、ただ一人活也の瞼《まぶた》には、今見たばかりの後姿、そのＦの影が漆黒の洞窟で岩肌に削り鑿《はつ》を当てその頭を鎚で叩く了海の後姿と重なった。まるで、自分が中川三郎兵衛の一子、仇討ちの成人、実乃助になったように、市九郎＝了海を、先ほど薬師堂で見たかのように思ったのである。

事件後、先述のように村の世話役の古老Ｋさんが、仏峰神社殿前の社殿における雪の積った日の、村の若者を集め古式に則った成人式をもって村の再出発の儀式等に代えたことも、思い出した。

活也も、市九郎的なＦの再出発を祈って、当時、次の詩を詠った。

――JUPITERは恩讐の彼方に　　　里山活也

ほら、JUPITERを村人が歌っている。
早まってはなりません。
逃げても、この小さな村へ、帰って来いよ。
依存症と優しくつきあい、優しく別れられるように。
わたしたちとサヴァイヴァルできる道を探っていこう。
君の怒りや悲しみは、私たち村人のもの。
――いま、朝露に濡れた金木犀の向こうに
　明けの明星が越前海月のように息づいている。
この匂い、空気と朝露が地元にある限り、
生物は育ち、わたしたちも、君も呼吸することができる。
わたしたちは、君と一緒のわたしたち。
かけがえのない君を、きみを待ってるよ。
排除ではなく、友愛の心で。
恥を忍んで、わたしたちのところへ、
社会へ、戻っておいで。

湖で禊をし、口を漱ぎ、
坂の上のお不動さま、
丘のお大師さま、
山頂の観音さまにもう一度手を合わせ、
木星はみえないけれど、
この金星の下の神社で拍手を打ったら、
戻って来いよ。
恩讐の彼方のこの村に。
おまえも、JUPITERを口ずさみながら。
（JUPITER：吉元由美作詞、Holst作曲）――

活也は、激昂し、「過剰反応」して取り返しのつかないことをした馬鹿なFと自分が瓜二つではないか、とも思う。去年、活也が誤嚥で甲高い声の咳をしたら、廣生が向精神薬オランザピンの副作用であろうか、怒って、活也のＳＯＮＹのいい音色のラジカセと椅子を床に投げつけて破壊したとき、活也は、つい命よりモノが大事のような倹約・もったいない病ゆえに、廣生を咄嗟《とっさ》に打ち殺したくなったではないか。活也の前頭葉が危機一髪で抑制してくれて、かろうじて廣生の命、大切、もうあるがままで諦めよう、と思い直させ、我が子殺しを未遂にさせ、難を逃れさせてくれた。ああ何度、活也は我が子を殺《あや》めようとしたことか。こういう怒りが三百回、報復体罰が二十九回続くと、ハインリッヒの法則で活也は、廣生を本当に殺すかもしれない。

「カキクケコ（過剰反応するな・気分転換・腐るな前向きに［ＳＯＮＹの小松万豊《かずとよ》］〈苦情は後に〉・喧嘩セズ・交渉上手）。」四方から集落を囲んで守護する山頂の仏神さえ、仏峰殺人事件を防ぐことが出来なかった。実《げ》に、激情抑制機能を有す前頭葉のシナプスを麻痺させる酒と向精神薬の魔力とは恐ろしいものなり。

　この竹山村と仏峰村の救いは、その他に池の小島にある行き倒れ行者の塚、行脚の僧の墓所、延暦年間の古墳洞窟の仏峰不動尊であり、５００ｍばかり奥の平安時代末期の木彫の阿弥陀様であり、小高い丘の上の弘法大師像であり、先述の村を四方から守る仏峰神社上の山の小さな観音石仏である。穢れ多くとも、禊あり。信仰心は、復元力（Resilience）に通ず。禍の前の福よりも、もっと福を！

　活也は、明るい気持で、仏峰村の峠を越えた。そこには、南朝八咫烏《やたがらす》神社の竜神姫の廟がある。美しい彼女は、一緒になることを誓い合った六部《りくぶ》が、勧進帳を諸国に届けている間に、神主である父親によって、程近い村の豪族と政略結婚させられた。後に、六部が戻り、この話を聴き、嘆きつつ去っていったことを人づてに聴いて竜神池（伝：自室で化身を解いて人間から竜に戻っていた妻〈cf. つう〉が、夫〈cf. 与ひょう〉に覗き禁止令を出していたのに破られ、その竜の姿のまま昇天した池［小山の上の妻のブロンズ像の記］）に入水《じゅすい》した。相思相愛だったのには間違いはなかろうが、活也には、自分の生まれ故郷で、六部が各村々の若衆《わかしゅう》宿に泊まり、乱交していたという言い伝えを耳にしていたので、純真で美しくも悲惨な「誤解」をした姫が哀れでならなかった。

その廟からJRの線路に向かって一気に下ると、ぼんやりと今から向かう楠林山のシルエットが月に浮かんでいる。右隣に併せて菊姫山《きくひめやま》、鹿嶽山《しかだけやま》の二山＝産土の三角山が見える。予定を進路変更して、儀式を執り行うことになる藁《わら》火《び》山《やま》はこれら三山の陰《かげ》に隠れている。幾霊もが打ち重なったので偏頭痛に苛まれた。怨霊の代表者として、今から楠林山へ向かうのだ。

坂道を下り切ったら、その線路沿いの旧国道を西へ。東F病院、郵便局横、健康保険創始者の碑を左手後方に飛ばしながら、円墳石室（石は150基ばかりの鳶葬《しそう》ともいうべき鳥葬《ちょうそう》の石積古墳群のある近海の島からのもの、江戸時代に李氏朝鮮使節団宿泊の島）の地蔵尊を拝んだ。その向こうでは、こんな夜更けにもチェーン店の饂飩屋やコンビニの眩しい明かり。側溝からは、愛嬌のある穴熊がゆっくり出てきて、のそのそ歩く。

右手の山肌には、刀傷の致命傷を負った童女の身代わりになって癒し回復させた地蔵のある長光寺。彼女は、自分の農家に迷い込んだ鷹を追い払い負傷させてしまったので、狩りに来た原黒の家臣に袈裟懸けで肩を斬られた。瀕死の重傷から救われるように祈る母親の願いをこの身代わり地蔵が我が身に引き受けたのである。石には魂があり、人の情け、祈りを入魂し、より一層豊で重厚になるものである。仏師の刻んだ石仏においては尚更のこと。原黒家、何様だと思っているのか？「元を辿れば、草の露」（一茶）

そんな言葉で説明すれば長くなるストーリーを凝縮した一瞬の想像＝映像をチラッと思い浮かべながら、走る。

夜更けなのに、白い杖を突いた小父さん。彼に注意して駐車場に入る車。西に向かうに連れて、交通量が多くなる。すると、西の方角から、来るパトカーが、現場へ向かう活也には、自分を警戒しているように思える。

早くも、廣生とJRでの通院中、たびたびお参りした小烏神社・諏訪神社や長門所縁《ゆかり》の浄土宗のお寺の近く。そして、多数の鯉と亀の泳ぐ川に渡されたひとまる橋に差し掛かった。廣生が今夜も入院している三掘《みほり》病院の手前である。

その橋の歩道の半ばまでやって来て、活也は、羨ましそうに、幸せそうな歯医者さんの煉瓦の家から洩れる明かりを見ている自分を相対化した。さらに、川下《かわしも》の流水に赤く点滅しながら揺れる信号の影を見下ろしたとき、活也の心も点滅した。「この橋を渡るべきか、渡らざるべきか？」

活也は、河鹿を降りて、畦川の河口までの流れを追いながら、薄白い三掘《みほり》病院の林、病院から忍び寄る、薬害を告発する暗い怨霊を肌に感じた。これらの悪霊とともに、向かっている楠林山を、恰も3体の藁人形を化身とする3者を殺害する現場であるかのように想い、引き返そうか、「今なら、殺人は未遂のままで済む」とも思い迷う。しかし、活也は、いま殺人劇の創作、演出をヴァーチャル的に実行しておかなければ、怨念の強い自分が、危険人物であり愚かにも「リアルに血染めの下手人になってしまうのではないか」との思いも過《よ》ぎった。

　後方、この水の流れの上、安土桃山時代からの太閤の井戸から下った街道沿いには、鎌倉時代に横恋慕した主君一条の策謀によって多幸の街に刀を探し求めさせられ、叶わず刺客に追い詰められ浜辺にて自害せざるをえなかった米一丸の母堂の慰霊堂もある。

　活也《お労《いた》しやご母堂様。理不尽だけれども、米一丸様は、駿河の地頭の京都の一条氏に妻を寝取られても逆らわないほうが……長いものには巻かれて、生き抜くほうが、良かったのに……》

　活也が、眼差しを河口から、直下に戻すと、月光のように白い街灯の映し出すバイクのハンドルと頭と背中のリュックの影。夢幻。流れの影が自分で、橋の上の肉体が幻か。ほんの瞬時にすぎない迷いがスローモーションのように長く感じられ、もう迷い疲れた。朦朧としながらも、点滅する赤い色から、先ほど通り過ぎた村の殺人劇、その血しぶき、鮮血を連想して、廣生と同じようなこの愚者は、「引き返すわけにはいかない」と、思った。殺人せぬための自作自演の殺人劇。

　――孫の活也のＤＮＡには脱帽。いやはや、里山家は少なくとも和志の代までは、比較的爽やかで、ここまで粘着質の恨みを持つものはいなかった。和志の妻、菊も恨みは強い方だったが、ここまでの執念深さはなかった。わが子、作太郎の妻、純子もさっぱりした性格。人間の性格は、ＤＮＡと社会環境、meme（文化遺伝子）の総合（アンサンブル）。そうとなれば、田吾作爺が、強引に丑の刻参りを強情な活也に止めさせるわけにはどうしてもできないのかもしれない――

振り返ると、月は向かうべき西の方角に傾いていた。活也は、河鹿に飛び乗った。もう、東には振り向かない。閻魔様を中央にした十王の石像と行方不明の姉に首を傾げた姿が似ている観音像などの並ぶ一角と廣生が入院している三掘《みほり》病院の医王門（石炭王Hが江戸薩摩藩邸から移築）との間の旧国道を通り過ぎる。早く、廣生を退院させ、自分も怨霊を払い、公判も終え、家族幸せになりたい。

自分は、その幸福への道から外れないためにも、馬鹿で無駄な丑の刻参りをしなければならない。「行かせて下され、ご先祖さま。」そう決断すると、緊張感がほぐれ、眠くなってきた。足だけがペダルを回転させ、頭の方は回転しない。そこから先の葬儀場・スーパー・冷凍ラーメンの自動販売機前を通過し、ゼミ生の毛糸店・知人の自然食品店や名所旧跡などのエピソードを思い起こすこともなく、急ピッチで河鹿を走らせる。

楠林山を含む三山のシルエットが徐々に大きくなる頃、中津の宇都宮一族末裔の開業したヘリポート付き大病院（向精神薬が自死させた永田元国会議員の父の経営。一族には松田聖子）の前を、先ほどの原黒家との因縁を想起しながら通り過ぎる。

とうとう村園大前駅に着いた。午前0時。オレンジ色に染まる村園キャンパスには妖気が漂っている。悔しさに頭は再び冴え、走馬灯のように、學園内での出来事が脳裡を巡る。この恨み晴らさでおくものか。

その理不尽によって、未熟者、正直者の活也の心は、無私の原田甲斐なら制御できる怨念・怒りなどに「八墓村」風に毒された。馬鹿をみたのか。活也には、人間の醜さに対する痴、無知による自業自得だという自覚はあった。それでも感情的にはこの屈辱感を度々蒸し返し３体の藁《わら》人形の映像を繰り返し再現して来たし、それからも長年執拗にそれを脳内で再現していった。この時も、山内、岩山、中津の３体の藁人形を脳内で再現した。それらを、磔刑《たっけい》に処し、呪《のろ》い殺そうとした。

活也は、和志と同様、血統は茨城のアテルイ縄文一族（アイヌというのは、司馬遼太郎『空海の風景』の誤報）でありながら、家系は齋部《いんべ》の藤原氏であり、道真ほどではないにしても無実の者の有理な生霊を飛ばすことのできるのを、知っている。

活也は、かつて13年以上前に和志が助けた６階の研究室に魂を戻し、消灯未遂に追い込んだ有力者達の映像を脳内に再現する。

河鹿で走りながら、悪事を働いて来た教職員に呪いを掛ける。「Go to Hell ♪」特に、藁人形の一体となっている學長。理不尽な降格処分の通知書を手渡した岩山元男の挙動と顔が再現する。「屈辱」

彼に対する怨念が再来し、燃え盛る。活也は、駅からマウンテンバイクで５分足らずの彼の一人住まいの自宅前まで行く。要職の準備か、明かりが点いている。郵便受け横の石の表札前にバイクを停め、リュックから藁人形を取り出し、握りつぶした右手を未だ明かりの点いている二階の窓に向かって差し上げ、自分の怨霊に重く取り付かれて、呪詛《じゅそ》。志村けんの「大丈夫だぁ♪」調で、「呪い殺せェ、God damn you! Go to hell!」と憎悪に満ちた呪文を黙読し、右拳を氷を割るためにアイスピックで突き刺すかのように歯を喰いしばって力の限り2度振りかざし振り下ろした。

すると、小綺麗にしたこの家の植え込みに、一寸の虫を踏み潰し殺虫剤も撒きそうな男なのに、そうしないという良い行いをしているのだろうか、蜘蛛の糸が半月に光っているのが目に入った。小さな青い蜘蛛がその上に糸渡りし巣作りをしている。活也は、健気な子蜘蛛の生活のための営みを見て、非生産的な呪詛を半ば恥じた。

活也は、赴任した当初、岩山家族とは村園學園と国道を隔てた職員住宅に同じく暮らす間柄であり、家族ぐるみで仲良くした彼の奥さんや息子や娘の笑顔を思い出した。上昇志向・権力志向の強いこのずる賢い男が、しばらく家族と別居中だと聞いたとき、活也は、さもありなんと思ったことがあるのも、思い出した。

岩山宅を早々に去り、活也は、引き返して、JRの踏切を越え、村園大の正門前から、ロダンに學んだ彫刻家の手によるブロンズの村園幸四郎像に深々と会釈した。午前0時20分。

光るや克夜《かつや》、明かり灯《あか》りて、闇に勝て克て「道義の光」

2016年1月17日、活也は国道を渡り、国道に沿って東に引き返し、赴任時に住んだことのある學園の教員住宅近くを走り、国道から村園學園の傍を通りT湾に注ぐ示現《じげん》川沿いの道路に下り、葬儀屋横を上流に上り、活也の長男鐘生も通學した小學校や公民館を経由し、民家から離れ、楠林口の暗闇の道を上る。

戦国時代に豊前による楠林攻略の際の夥《おびただ》しい屍が埋められた小高い丘陵。この戦《いくさ》が、赤くした滝、その川下に兵《つわもの》どもの供養のために建てられ、今尚、住職家族全員が憑依されるという神仏習合の鷲津権現寺。

村園學園の傍を通りT湾に注ぐ示現川上流の水源となり、外気より温かい溜め池で、両手だけ禊をし、口を漱《すす》ぐ。

「この恨み晴らさでおくものか。」

活也は、山道沿いの古池の堤で、ライト付の白いバンドを頭に掛け、白いジャンパーを脱ぎ白いセーターの襷と黒い運動靴の紐を締め直した後、元の服装に戻し、河鹿に戻ってハンドルのライトも点けて乗り、急坂になった山道を駆け上がる。水飲み場で、喉を潤し、そこから、少しバイクを押し、尾根の三叉路で、左に向きを変え、また乗って下る。すぐに、落ち葉の積る道は、登山客が真っ直ぐ進む広い道と右に進む細い道に分かれる。活也は、ハンドルを右に切る。河鹿のタイヤでカサコソと音を立てながら、樹齢３００年以上と思われる楠の原生林を通る。激しい頭痛。首の無い亡者とすれ違う。斜面を転落しそうになる。初めて、戦国時代の戦死者に不謹慎だと気付き、河鹿を降り、靴も靴下も脱いだが、冷たいので、勘弁してもらい履き直した。

そういえば、被爆者の骨がそのまま埋められた広島の平和公園。電車を降りたら、夏以外の季節でも、活也は原爆ドームの傍からは、素足になる。神聖な砂浜でも、同じように素足になる。

鳥肌を立てながら、足許に冷たさを感じつつ、河鹿を突いて、暗がりの中、心細くも、やっと、山の反対側の岩の前に回る。すると、微かな音を立てて、3頭の瓜坊が道を横切っていった。ストレスによる脳の炎症が幻覚・幻聴を生ませるのか、大岩に苔の造形なのか、戦国時代の山城の武者らしき立体的亡霊が懐中電灯に浮かび上がった。仁王立ちになって、「活也、つまらないことは、止めてしまえ」と、諫めるような声が聞こえている。百鬼夜行。怨念が恐怖に勝つ。

活也の足は、鉛のように重くなり、屏風岩の前を横切れない。どうしても、強い風圧に押し返されて、活也は、1:40am、懐中電灯で足許を照らし、河鹿に乗って、河鹿の明かりを頼りに、8合目まで来た楠林山を途中まで引き返した。

先ほどの三叉路まで下りて、今度は藁火山へ縦走し始めた。醗酵した楠などの落ち葉の芳香に混じって、猪の糞と思しき匂いもする。西に傾き半月はときどき雲隠れして、やがて遠くに隠れた。風吹く真っ暗闇。

下り坂で、尾根の小道を小さく青白いぼんやりとした首のない武者の群れが駆け上って来る。心細いし、怖い。総毛立つ。それでも、怨念が奮い立つ。

活也〈幻覚?「幽霊の正体見たり、枯尾花《かれおばな》」いや、長年の風評でも有名な戦国武者の亡霊に間違いない。〉

しかし、それらは徐々に大きくなり、先頭が活也の前で止まり、体毎《からだごと》呻いたとき、活也は反射的に鳥肌を立てた。急ブレーキをかけたが、山道の大石に河鹿の前輪がぶつかり、河鹿毎、その反動で投げ出された。亡者の群れは消えた。

転倒した際に、道の斜面に鋭く尖って覗いている石が活也の身体を庇った左の掌《てのひら》を刺し、なおかつ道端の大きな石が彼の左即頭部に当った。今度は、活也が呻き、しばらく痛みが引くのを待つ。

「藁火山の神さま、どうか善なるこちらの呪いに力を、更なる力を……」

やがて、立ち直った活也は、河鹿のハンドルの懐中電灯を括りつけ直し、鉢巻ライトも頭から外してハンドルに括りつけて、坂を下りきると、今度は、比較的平坦な薄ケ原《すすき》の尾根伝いに、ゆっくり前進。またしても、見えざるを心眼で見れば、猪に跨る武者（騎猪兵―活也）も足軽もいる、首の無い武者の数々の群れ、生臭い気配、特に古い炭窯址では、それら蒼白く透明な未練の数々と肘《ひじ》触れ合うような悪寒を感じつつも共鳴しながら走る。

闇（病み）の夜（世）に　無（夢）念が駆ける　枯野かな
半月の残照とT市街の電気に薄く明かる小高い藁火山の頂《いただき》への木立のないなだらかな道を河鹿で軽々と駆け上がる。樹木のない広い円陣の見晴らしの良い山頂からは、多幸市の夜景とすぐ下のお寺の明かり。

活也は、最初、古代に多幸湾に浮かぶ島から受信し、菅原へ送信する狼煙《のろし》を焚いたと言われる場所を、呪いの信号の発信基地にしようとした。しかし、蝋燭の明かりが、市街から見られては、消防署が心配することになるかもしれない。

そこで、再び河鹿に乗り、近くに狸の糞の溜まった１本の高い合歓《ねむ》の木まで下った。渇いた喉を持参したサーモスの枇杷茶で潤す。落ち葉を掻き分け、その木の傍の低い櫨《はぜ》の木の下に藁人形3体を置き、名札をそれぞれに付けた。

村園學園から受けた理不尽な仕打ちによって、未熟者、正直者の活也の心は、『樅の木は残った』の主人公、無私の原田甲斐なら制御できる怨念・怒りなどに「八墓村」風に毒された。馬鹿をみたのか。活也には、人間の醜さに対する痴、無知による自業自得だという自覚はあった。それでも感情的にはこの屈辱感を度々蒸し返し3体の藁人形の映像を繰り返し再現して来たし、それからも長年執拗にそれを脳内で再現していった。

この時は、逆に実在する3体の藁人形から、山内、岩山、中津の憎たらしい顔を脳内で再現した。それらを、磔刑《たっけい》に処し、呪《のろ》い殺す時が来た。

（2）火葬

活也は、リュックから呪いの品々を取り出した。先ずは初めに、移植鏝で大きな合歓の木の横の小さな櫨《はぜ》の木の下に風除けの穴を掘り、その周りを燃え移らないように注意しながら薄《すすき》で井形に囲み、根本を照らす1本の蝋燭を穴底に立て火を灯した。さらに、その木の裏にも穴を掘り、Bの盗用記録等を封入したタイムカプセル3本を埋める。

iherb のメラトニンの空容器のカプセルには、縮小コピーしたBの博士号授与に至る無念の「呼びかけ」（付録巻末史料Ⅲ‐6参照）の要約、2014年2月審査時点の原稿となるBの審査論文の盗用証拠書類と2015年11月インターネット1年以上遅れ初公開後の盗用揉み消し失敗後の論文13頁目の縮小印刷用紙とリポジトリの http を記した用紙を封入した。また、後世の學生宛てに、全共闘運動が正義と反戦の文化運動であり、職を賭しての盗用告発がこの魂、「連帯を求めて、孤立を恐れ」（谷川雁）ぬ心を持続し開花させたものであることを述べ、ＧＨＱの目論見どおり、「今だけ、カネだけ、自分だけ」（藤原直哉）の個人主義者に成り下がった日本人総体の劣化を三島由紀夫のように嘆いた遺言も封入した。

活也は、カプセルを投入した穴に土を掛け、石を置きながら、その作業が犬の遠吠えのようで、社会的地位を守った憎き3者に負けているようにも思え、自分を卑下する気持にもなった。しかし、負けてはならぬ、仇討ちをやり遂げるぞ、この「必殺仕置き人」的演技はカタルシスのためにも抜きには出来ない等と自分に気合いを入れた。そして、先ほどリュックから引っ張り出した電気コンロの3つの細長い穴に三脚を差し込んで鍋を支える丸い台を代用品とした五徳に、残る3本の蝋燭を縛りつけ、それらに火を点け、冠《かむ》った。

かくして、鼻毛を切るときに使う丸鏡を胸に装着したとき、緊張の余り、下腹部が寒々として絞られ気分が悪くなった。さらに、犯罪者のように尿意ならぬ事前の糞意《ふんい》を催して来た。緊張で顆粒球が増え、腸内に悪玉菌が繁殖したようだ、いやその逆でこれらが増えたから緊張したのか、相乗作用か。いずれにしても、「小便一町糞八町飯三町」、気は焦る。丑の刻は過ぎているが、生理現象第一。

活也〈幼児被爆して晩年お腹から出したチューブを肛門にせざるを得なかった親戚もいるのだ。〉

しかたなく、火を消した五徳を頭から外して置き、道の下まで下りて、移植鏝で穴を掘り用を足した。ペーパーもブッシュマン・フレンドの葉もないので、焚き上げて裁判闘争勝利を祈願する予定であった紙、つまり審査委員の署名と捺印のあるBの博士論文要旨の印刷紙で拭き、懐中電灯に湯気を浮かべるものの詰った穴を移植鏝で埋め、上に枯葉を掛けた。

再び、櫨の木の根元の儀式の定位置に戻り、五徳を冠る。藁人形に貼り付けた名札が赤く染まっている。先ほど庇った左手は、軍手を染めるまでに流血していたのだ。左の赤い軍手を見て、久しぶりに活也は茶色い錆び痰を右の白い軍手に吐いた。

午前2時、丑の時参り。ジャンパーを脱ぎ、上半身白装束ならぬ白いセーターに襷掛け姿の活也は、リュックから取り出した五寸釘と金鎚で、合歓の木の横の櫨の木の根本のこれら3体の藁人形を、充血してひん剥《む》いた眼で3体の一体一体を念入りに鋭く睨むと、迷いが生じ、それらは蝋燭の明かりを下から受けた十字架上のイエスと盗賊の2人のようにも見えた。しかしながら、それらは別物である。

活也は、和志と同様、前述のように生霊を飛ばすことのできるのを、知っている。

＊呪詛、怨霊吐き出し

活也は、憎き3体に対して、棘棘《とげとげ》しい形相。充血してひん剥《む》いた眼でそれら一体一体を鋭く睨みながら腹の底から、一声「死ねー、死ねーっ」と「狂った」ように金切り声で絶叫し、悪態を吐《つ》いた。

活也〈ぶち殺すぞ……今こそ、思い知れ……よくも、腐った茄子のように投げ捨ててくれたな。お前らこそ、死ねぇ……死ねぇっ……〉

釘を辺りの谷に、櫨の根元にカーンカーンと藁人形を打ちつけながら、憎悪一心に叩き付ける自分の浅ましくおぞましい、身の毛の弥立《よだ》つような光景。釘を打ちつける音を、辺りの谷に、こう木霊《こだま》させる。志村けんの「大丈夫だ、大丈夫だ♪」音頭の抑揚が響き渡る。

〝God damn you!〟（コンコンコーン♪）〝Go to hell!〟（コンコンコーン♪）

――了海の他愛のはつり鑿の音とは真逆の我執の呪いの鎚音、呪詛と打音の不協和音。

活也は、鳥居峠の茶屋で休んだ旅の夫婦を薮原の宿の入り口で殺めた直後の市九郎のように、「急に人を殺した恐怖を感じ」た。

青の洞門を掘り進む善美の了海さんではなく、大垣の真言宗浄願寺でその法名《ほうみょう》をいただく前の浅草の旗本中川邸の市九郎、しかもいま自分が脇差で主人中川三郎兵衛の横腹を薙いだばかりの下手人、それから3年近くも、悪事を面白がった醜悪な市九郎になってしまった。

いままさに、愛孫は、醜悪な形相をしており、見るに堪えかねる。ああ、我が孫、活也が憎悪を一心に叩き付ける浅ましくおぞましい光景。人殺しの罪に恐怖を感じているのに、胸の中のもう一人の執拗で残虐な人物が、それでもお仕舞いにせず、これからナイフまで取り出し、猟奇的に死体を切り裂き刻《きざ》もうとしている。市九郎もしなかった、凄惨に人を殺める姿。あるいは、抱き合いむせび泣くはずの実之助がシナリオから大きく外れて、岩佐又兵衛の義経の母が惨殺される屈折した画のように、了海を仇討ちし、執拗にこの高僧の五体をバラバラに切り離したような姿。そこには、本懐を遂げた赤穂浪士のような爽やかさはない。認知的不協和が残る……

しかし、その迷いを振り払うように、次は1機ずつ、村園學園を目掛けて、〝Go to hell!!〟（ビュンビュンビューン♪）と呪文を唱え、不協和音を発しながら、3機の貧乏神飛行機を河鹿に括りつけた点けっ放しのライトに照らさせた。

そのとき、この和志の祈願が叶ったか、この辺りでは珍しくも驚いた鹿（江戸時代、李氏朝鮮使節団に楠林山の鹿肉を相の島で献上）の笛を吹くような鳴き声が、一陣の風に乗り、合歓の小枝の揺れる清音とともに届き、活也を急に恥ずかしくさせ、活也を正気に戻させた。上には、市街の反対側に満天の星。

この正気は、生来の彼自身の臆病な性格なのか、幸い活也を殺人罪に怖気《おじけ》づかせるやら、これでは、皮肉にもAのルサンチマンと同じじゃないかと反省させるやら、木の根の損傷が心配にさせるやら、十字架を連想させるやらで、3体には躊躇い傷を付けるに終わらせた。

本当のところ、活也は3体に止めを刺し、なお続けて息の根の全くしない襤褸《ぼろ》藁《わら》に帰るまで、手ごたえ存分にあり、呪詛よ叶えと気が済むまで、執拗に何度も何度も打ちつけるつもりであった。

さらに、執拗に入念に丑三つ時に、農家からもらった凹んで婉曲している古く細い砥石で入念に研ぎ終わった登山ナイフを手探りしてリュックの底から取り出し、もはや磔刑にあって絶命した３つの十字架を切り刻んでやっと復讐を終えるつもりだった。

　これらを、幸い活也は思い留まってくれた。しかし、最後の仇をするかしないか、迷う。活也は、止せばいいのに、憎さ余って、３つの死体を先ほどのまだ湯気の漏れ匂い立つ香水の野壺のところに持参しようかと思う。それとも、寒いのでこれらの３遺体を、ボヘミアン・グローブの悪魔儀式のクライマックスで燃やされる梟のよう、荼毘《だび》に付し、暖を取ろうかとも思う。……山火事を恐れもした……

　このように、３遺体の処理、遺体遺棄の場所を探して、散々迷っていた。すると、活也は彼の目に、細く短い蝋燭が最後の広く長い炎で、周囲の薄と合歓の木と櫨の木を照らしているのが入るや、やはり火葬決行に意思の天秤が傾いた。緊張する中で、活也は、了海さんを思い出す。

　活也〈この蝋燭1本は、自分の醜悪な呪詛と３人の死体の火葬のために怨念の一生を終えさせられる。青の洞門を照らした恩愛の蝋燭や松明は、多くの命のために燃え尽きたのに……〉

　活也は、かくして割れ目の入った金槌で五寸釘を上から力一杯引き抜き、それらの道具をリュックに仕舞った。残された足元には３遺体と小道具。

　活也は、お参りを終え、達成感を抱くことは出来たけれども、何だか自分に罪悪感を覚えた。活也は、櫨の木の根本の先ほどの蝋燭の穴の周辺を綺麗にし、山火事に気をつけて、その1本で、掻き集めた枯葉の上に投げ落とした3本の藁人形を荼毘に付した。こう、呟きながら。

活也〈よくも、わしをfire（解雇）してくれたな〉

なぜだか、集めた落ち葉は燃えるのに、遺体は生焼き、半分くらいしか燃えない。サーモスをちゃんと閉めていなかったのか、少し湿気を含んでいる。

残る半分……活也は大人気ない。死者を冒涜して、わざわざ下りて行って、落ち葉を掻き分け、未だ臭う柔らかい物の中に、移植鏝で「大丈夫だ♪」音頭の拍子を取り、こう叫びながら、儀式を終え半火傷して痛そうなアヴァターの3人のご遺体を捻じ込み、周りの土や小石を掛け、こう唱えた。

「糞食らえー、糞食らえ♪」（ザック、ザック、ザック♪）

糞葬、不協和音を葬送曲とする葬儀。小児病的糞尿攻撃である。活也は悪たれてダメ押しの尿まで絞り出して掛け、携行ヘッドライトに湯気が斜めに白く明かり、その射光から外の広い暗闇には悪臭を立ち昇らせた。糞尿葬。

活也は、糞尿フェチのヒットラーではあるまいし、幼少期から、気に食わないことを強要されそうになると、神経が緊張し、糞意を催しながら反抗し、強要する人に対して、その人の家の前を指差して、よく「あそこに、うんこするぞ」と脅していた。

未だに、故郷の語り草になっている、和志の嫁に赤恥を掻かせた実話。お医者が、注射する、と予告したとき、本当に診察室から医院の前まで駆けて出て、うんこして、家まで逃げたこともあった。この手の仇をなす癖、性格は、一生変わらない、直らない、情けない。「分かっちゃいるけど、止められない。」（植木等）

合歓の木の横の櫨の木に戻った活也は、カプセルとは別にして３つの半分の遺灰を移植鏝に掬い、また糞穴に行き、そこに撒いて埋めた。泥沼に咲く蓮の花、この藁と糞尿の泥の火葬場、糞葬場には、姥百合が咲くかもしれない。少なくとも、合歓と櫨の木の肥やしにはなってくれるだろう。

かくして、メタヴァース（metaverse：メタユニヴァース、インターネット上の仮想現実的３次元的空間）内的な仇討ち、丑の刻参りを終えた活也は、颯爽とではなく殺傷で汚れて河鹿まで戻る。仲間を埋めて現場を去る連赤の森恒夫のように。

五徳、消していた蝋燭、移植鏝などを既に先ほど殺人の証拠隠滅のために釘と金槌を入れたリュックに仕舞い込み、再び手袋をはめて、大きく冷たい夜気を吸い込んだ。吸い込めば、緊迫の中の自噴による悪玉菌増殖によるものか、自糞の悪臭が鼻孔に侵入した。活也は、漂うこの残り香を暗闇に置いて、明かりを再点灯し、ぐるりと１８０度回転した河鹿に飛び乗った。やれやれ、心は迷走しているが、火葬・糞葬の一仕事をして、やっと下山へ。

（３）復路は午《うま》への復元

２０１６年１月17日（土）2:30am、下山開始。活也は、図らずも予定していた楠林山頂ではなく藁火山の２本の大小・高低の木の下を折り返し地点とする復路に就いた。

ペダルを漕ぎ始めた。走らせて下りながら、活也には、自分の手・顔・腕・衣服……など、全身が後ろめたい返り血を浴びているような気がして来た。

活也〈「櫨＝恥」。ぼくは、とうとう下手人、主人を殺めた市九郎になってしまった……そんな気がする。櫨は、縄文の頃からその皮や実や樹液や根や形状が小鳥や人間や鹿の餌・葛や野葡萄や蜘蛛の添え木・漆・木蝋・染料・紅葉・薪《たきぎ》・土壌保全効果・光合成効果を世に与え施しているのに、いま自分は「はじの国」（青木繁）、筑紫の国で3人の命を奪い取る下手人になってしまった。〉

人殺し活也。実際に、尾根で転倒したときに身体を支えた左手から出た血液と喉から出た錆び痰で白い軍手は染まり汚れ、ハンドルは未だベトベトしていた。面倒だが、急ブレーキをかけ、軍手を脱いで、水筒の枇杷茶を右手に掛けて濯ぐ。傷口が沁みる。余り、血を拭えない。活也は、濯ぎながら、カラヴァッジオの湯船でのリストカット自殺を描いた絵画を思い出す。

帰路の河鹿の騎手は、走りながら葛藤し、頭脳にフォグを立ち込めさせた。昨夜から未明にかけての、半月の見え隠れし晴れたり曇ったりする天気のように、活也の心は拭えず、蟠《わだかま》ったまま。本懐を遂げたはずなのに、誠に、スッキリしない。遣《や》っちまった猟奇殺人、その罪を犯したような錯覚、罪悪感 guilty conscience、疚《やま》しさ。

復讐の達成感は、仄かにあるのに、晴れ晴れしくもない。半ば、心は霧に霞むように曇っている。討ち入りを成し遂げた直後の赤穂浪士の中にも、活也には、吉良の最期や彼の家人《かじん》を想い、自分のような気持ちになった者がいたやもしれないように思えた。ＴＶの「必殺仕置き人」の藤田まことのようなヒーローになるはずだったのに自分は森恒夫になった……半月は、活也の気分のようにとっくの昔に西の空に沈んでいる。心のように、山は曇り、放射冷却で冷え、藁火山に鉢巻ヘッドライトとマウンテンバイクが円柱形に浮かび上がらせる朝霧が出てきた。五里霧中。

下山したら、どこかでせめて、もう少し両手だけでも濯ぎたい。霊園に向かう山道が交錯している地蔵堂の近くまで下っても、未だ河鹿のハンドルが、仏にしたばかりの不浄の３人の血で汚れているようだ。ただ、飛び出して、繁みに隠れ、こちらを振り向いた子狐に救われた。

自分は、思慮浅く「狐尾《きつねお》を濡らす」如く、失敗した、猪突してきた自分は、狐疑《こぎ》を要したのだ、逡巡を「面倒だ。えい、遣っちまえ」という短気、で払うせっかちを損気にした生涯だった、そう活也は思う。

割り切れない複雑な心境。達成感と後悔の念が錯綜し、かつまた刑罰を予感するような不安、孤独感、恐怖もあった。地軸は太陽の光へ地球を向かわせているが、心は月のように闇へ向かう。ただ、自分は今日の復讐劇が無ければ、あの３人を実際に殺めたに違いないと思い、演劇の力、文學の力を再認識もした。

「文學は飢えた子の前で、何になるのか」（サルトル）

たしかに、餓死直前の子には、肉体的に水や食べ物が必要だが、精神的に文學は死を痛み、想いを分かつことはできる。もし、飢えを生き抜いたならば、その子に知を提供できる。飢えさせた黒幕を暴《あば》き、また断食の健康効果を知らせ、餓死から逃れる術をアドヴァイスできる。

彼は、ひたすら償いの行を求めて、西国へ歩く了海こと、市九郎のように山を下った。主君の腹を薙いだ後に、お弓に唆《そその》かされて金品目当てで数多の殺人を繰り返し、やがてその強盗家業に快楽を覚え、依存症に陥った後、若い夫婦を殺めた後に、改心し、お寺に駆け込んだ市九郎と自分とを、活也は合わせ鏡にした。

山道を下り切ると、そこは繊月旅館。その西向きの窓ガラスに村園學園やT湾周辺のオレンジ色の街灯が映り、下手人の寒い心を癒す。病院やリハビリや神社のある住宅街の急坂を下りきると、のんびりほのぼのとした清音が聞こえ、一層山上のイヴェントが恥ずかしくなった。

初夏には蛍の舞う、その冬の澄んだ流れに、蝮《まむし》に噛まれる心配もなく萱や薄の藪を掻き分けてコンクリートの護岸まで下りた。思いっきり存分に両手を洗いたかったが、水面まで手が届かなかった。ふらついた。朦朧として来た。亡霊との対峙、殺人による疲れも出ている。

活也は、昨夜登ろうとした楠林山の麓に走り、深夜でも車通りの多い国道に出た。今まで暗い山道、薄暗い通りを走って来たので、明反応のせいか、眩しい。明るい歩道を東へ向かう。ガーデニングの店を過ぎ、口をも漱ぐために、最澄の火の向こうの唐津街道の太閼水まで行こうとして走った。しかし途中、マリア観音像の祠に差し掛かるや、河鹿を止め、その脇を流れる、楠林山水源の小川で汚れている手を清めることになった。まだ、左手から血は少しずつにじみでているものの、その水は、洗礼の如く怨念の熱気を冷ました。

そこで、活也は、ハンドルの向きを左に切り、往路の旧国道へ出た。人丸神社の下を通りながら、琵琶湖の朝妻で身を落とした平家の落人を想い出し感傷的になる。宮崎に盲《めしい》にされて落ちた父平景清に再会出来ず、病死した旭（丸＋日＝日と丸〈九〉＝人丸）姫の無念、遺した想いを偲ぶ。車の排気ガスに、過敏な目が沁み、喉が痛む。

東へ、東へ、火の出る方へ走ると、大きな工場からこんな朝早くパンを焼く酵母のいい匂い。気の張りが緩み、昨夜、自宅を出てから、初めて食欲が出てきた。無意識に、軍手を嵌めたままの右手を白いジャンパーのポケットの中に突っ込むと、13年余り前、父の火葬場で拾った榎の実。歩道に止まって、鼻腔に甘い香りを吸い込んで溜めたまま、軍手を脱ぎ、胡麻のように硬く小さくなった実を人掴みし、口の中へ。

そこへ、未明のパトカー。思わず、警察官の運転手に会釈し、ガリガリと硬い種まで噛み砕きながら、自首したいような、隠れたいような気持ち。夜勤の帰りだと好意的に思われたのか、職質は免れた。

さらに、東へ。清行川《きよゆきがわ》に架かる橋を渡りながら、数年前、救助のために、その河口の急流に飛び込んで、落命された若いお父さんに、心で合掌した。以前より、数多く流れに呑まれる海水浴客多く、この犠牲以降、この海辺は遊泳禁止になった。

活也は、その橋上でまた、かつて家族で海水浴に行く途中、江ノ島電鉄のような2車両の電車から、可愛い時計台を松林の中に見上げたことを思い出した。いま、その時計台のすぐ南側の西の2号棟に廣生が入院している。この年老いた父は、自分に大いに責任があるだろうに、我が子さえ、厄介者払いし、救おうとしないのか？　精神科医の処方のままに薬害を調べもせずに長年飲ませ続け、悪化させたのは自分自身ではないのか？

脳霧《のうむ》、朦朧としウトウトしながら、足だけがペダルを漕いで直進していると、昼間のように明るくなる。トウトウ、廣生のいる病院の皓々《こうこう》と照らされた医王門の前を通り過ぎる。

活也〈早く、退院させよう。〉

再び微睡《まどろ》みながら、昨夜通った橋を逆進し切ったとき、今度は西2号棟にできるだけ接近したくなり、かなりの遠回りになるのを覚悟した上で、左にハンドルを切って、川の右岸を下る。高い松の木々に遮られて、時計台は見えないが、今日17日から退院の交渉に入ることを中の我が患者に誓う。急カーヴを右に曲がると、２００７年に初めて退院した廣生を幸子と迎えて寛いだ海岸に出た。漁港の明かり。4:00am、冬の夜明け前は、暗く寒い。風も冷たい。少し解いていた黒いマフラーを締める。

広い海の上に数少ない星明かり。ＮＺ南島、良き羊飼いの家の教会の青い湖、そこから程近いMt.クックの麓の谷の山小屋から一人抜け出して、ゴーっという谷を吹き貫《ぬ》ける風の音を聞きながら見上げた真夏の夜空の満点の星を思い出す。上弦の半月の残照が、鳶の群れによる鳥葬と海から風雨による風葬の石積み古墳の相の島を、シルエットにする。

活也〈きょうの火葬は、自分の怨霊の葬送……葬送には、火水木土、鳥風体胸—葬……がある。レジリエンスのために、自分で自分を葬るのは、転葬とでも言うのか？
いま、無に帰るために必要なのはそれだ。〉

海沿いの松林を抜け、秋分の西日が長く照らす「光の道」へと右折し、石畳の参道手前を左折、万葉歌碑まで走る。陰って、星が消えた星が丘。暗闇でも目に入って来た社宅の屋根に固定されたチンパンジー２頭の置物を出没している山猿と誤解し、苦笑い。家並みの玄関の灯、荒ら地《じ》山の麓の団地を抜け、金比羅神社の眼下に田畑の広がる地域、「荒ら地」という名の丘に出る。「荒ら地」には、今はロゼッタになっているであろうが、夏は感慨深く林立する大あれちの菊が良く似合う（cf.「富士には月見草が……」太宰治）。丘を上る神社の参道の入口の横の偲ぶ丘には戦没者慰霊碑、「平和の礎」さらにその上には、お夏大明神と大師堂と納骨堂。

活也は、かつてお夏のミヒサベ＝年貢米算定の悲話を卵形の大明神の前の看板を読んだ。お夏は、江戸の飢饉の際、荒れ地故に一層不作になったので、年貢米の勘定を原黒藩の役人の前で鯖を読み、寒村、荒れ地の住民を餓死から命がけで救った。原黒家の荒政《こうせい》である。お夏さんの辞世の句、みひさべ。

「幾千代に　希望ある身の　幸捨てて　むらびと救う　夏の箕ひとり」

活也は、お夏さんに手を合わせるために、そのお堂前に河鹿を止めようとしたが、家路を急いだ。南の細長い塩の採れた入り江の長い林と２つの丸い山とに隠れた白石浜には、協力して海岸線で重い石を運び、力尽きる地点まで漁場《りょうば》を拡張することは出来たが、原黒家の手で波飛沫《しぶき》となってしまった六人士、逃散・間引きの絶えない漁村を救った半農半漁の義民の歌碑がある。

「骨くだく　思いもしぶきと　消へさりぬ　白石浜の　今日の夕映え」（六人士）

活也〈藁火山のような殺人劇には半ば「もう懲りた」、これからはお夏さんや六人士のように「亡己《もうこ》利他」で生きていきたい〉

そう思えばこそ、封建時代とはいえ、原黒家の残忍な刑罰は失政を隠す自己保身だとも思う。ちゃんと、漁民同士、農民同士、共生出来るように区割り、自然農法などの農業指導をすべきだったのだ。これら合計7人の斬首された良民よ、原黒を祟れ。

活也も高校時代に読み感動した遠藤周作の『沈黙』、そのモデルとなった主人公ロドリゴの上陸した大島のシルエットも丘の上から見える。戦国原黒家の始祖は、浅はかなキリシタン。同家が、日本を植民地化しよとする内実悪魔教のイエズス会と組んで、関が原後九州を占領し、全国を平定しようとして準備していたこととロドリゴは関係しているのかもしれない。ロドリゴは大島の北海岸から密入国した、と言われているが、同家と内通していた可能性もある。島の北西の三浦洞窟で密かに布教しており、今もそのとき刻まれた十字架が石仏の下の石面に遺されている。

この始祖は、青の洞門が突き抜ける耶馬溪を通って流れ落ちる山国川の河口に建つ中津城でも謀りごと、和睦の空手形で誘《おび》き寄せておいた宇都宮家（元国会議員宇都宮徳馬や暗殺されたと言われる沙也加や前述のようにその母松田聖子や向精神薬のせいで自殺した永田議員やその実父へリポート付大病院長がその末裔、ただし同家筋がファイザーと組んだのは大失態）を惨殺。合元寺《ごうがんじ》に逃げたこの名門をも惨殺。その白壁は何度、漆喰を塗り重ねても、赤く染まったので、ベンガラを塗ったとか、原黒始祖が祟りを恐れ、城の奥に宇都宮の亡霊を封じ込めたとかの伝承も残る。同始祖は、国替《くにがえ》された小倉からさらに隣の西方へ移封される時にも、蔵米を残さなかったとして、小笠原家からも疎まれ、未だにその怨みは北九州市の住民に継承されているとのこと。

活也は、ゴチャゴチャと昔日を思い出し、そこに遊ぶ性格で、授業中も塩野七生のように、多くを先生の一言から連想し、授業そっちのけでああでもないこうでもないと考えていたが、この時も、合元寺に思いを馳せた。ブリュッセルのグランパ（ＰＤＣＡサイクルを定規・金槌・ペンで伝授する絵画が残る）近くのと同形の小便小僧が駅前にある町で、オベリスクが近くに聳える売春の『す、め』のフリーメーソン福沢諭吉生家訪問後、活也が足を踏み入れたその合元寺には、「明日、地球が亡ぶとも、僕は林檎の木を植える」（ルター）という墨書された掲示板があった。活也は、そのとき、なぜだか〈逆だろう、シジフォスのように、不条理を喜びとして受け入れ、明日亡ぶからこそ、植えるんだろう〉と思ったこと、「瑠璃色の地球♪」の歌声を耳に、今から死ぬがゆえに華々しく血飛沫を上げた宇都宮家、この松田聖子のご先祖の無念を共にしたこと等を思い出していた。

さて、海辺の水銀灯を左に、荒れ地を挟む山影を右に進み、荒れ地を背後にし、高い用水路を潜り、急坂を下りると、木造長屋風の小さな乗馬クラブに差し掛かった。ここは、アポカリプスの馬を思い、度々廣生と自転車に乗って、万葉山の勝田峠を越えて、我が家の庭の人参畑の人参を馬にやりに来る所だ。薄明かりの中、活也を覚えている赤い馬〈茶色い馬〉や白馬が立ったまま休んでいたが、「ヒヒヒーン♪」と小声で鳴いて迎えてくれた。活也〈ごめんね、今日は人参が無い〉。

北東＝丑の方角に、藁火山、その南＝午の方角に、この乗馬クラブ。里山家は、代々炭団屋に売るための炭窯を持っていたが、その昔、冬の高値で売らんとして、山に保管していた炭が台風で流された後、農作業で酷使し活也の父少年作太郎が乗馬し、頬摺りしていた愛馬を死なせてしまった。それ以来、馬を大事にするよう、言い伝えた。丑の刻に殺人を犯した者が、目の前の馬に優しく迎え入れられた。

さて、その馬小屋の斜め下のお地蔵さんの前で、活也は、河鹿のハンドルに掛けたリュックのチャックを開き、お茶を飲むためにポットをとり出した。そのとき、電気コンロの付随品の五徳が一緒に引き出されて、草地に落ちた。活也が、それを拾う際、馬子であり炭焼きを業としていた和志は、「馬耳東風」「馬の耳に念仏」で頑固な活也に、何とか利他心に関わる五徳の意味、「恩良恭倹譲」（儒教の5つの徳目）と「知信仁勇厳」（兵家《へいか》）とを想起させ、かつ「塞翁が午《うま》」という故事や赤羽末吉の描いた絵本のスーホの白い馬や傘地蔵にも想いを馳せさせた。赤馬の方が、活也のお茶の湯気に気付き嘶《いなな》く。その声が、モンゴル草原の馬頭琴の1曲を連想させた。そして、こう閃《ひらめ》かせた……

活也〈尖った怨みという名の「牛」の角、覗いた縦線を切り取ったら平らな頭の「午」になる。蒙昧《もうまい》「モウ」（丑の声）懲りた（蒙己利他《もうこりた》）、日々「ヒン」（午の声）行方正。「午を牛という」者に対する「怨みに報《むく》ゆるに徳を以ってす」〉

活也は、そんなことを思わせられながら、花梨も一緒に煎じた枇杷茶を飲み終えると、微かな馬糞の匂いを後に、泉水址（義経と分かれた後、下って来た際に静御前も使った湧き水）を通り、古代に開墾残土を盛り上げたものらしい平家の墓標や織り姫神社祉説もある百塔を控える古墳群を通り抜けた。

通り抜けながら、活也は、壇ノ浦で禁じ手の船頭撃ちをやったので、姑息な男だとずっと嫌っていた義経にも色んな面があること、奥州藤原で兄の軍勢に囲まれ、最期を遂げたとき、この禁じ手を心で詫びたのかもしれない、と思った。一つの嫌なことで、その人を一生憎みぬいてはいけないのだと思い始めた。

＊イエスも了海と同じ人殺し？

活也の想像は、さらに、飛躍して、先ほどの馬、馬の流された競秀峰の山国川、牛馬も人も流されないようにと青の洞門を掘った了海さんにも思いを馳せた。今、擬似的にとはいえ、藁火山で3人の人を殺してきた自分が、罪滅ぼしをしたいと思う。そうすると、我田引水、不謹慎にも、ひょっとしたら市九郎のように、イエスも空白の30年に人を殺したか、人を自分のように強く憎んだのかもしれない、マグダラのマリアとの間に子を為すような人間臭いところもあるので、カラバッジョのように罪を犯したのかもしれない、そう思った。邪推は広がり、妻帯し性に正直だった親鸞も「悪人」と言い、それで殺人をかつて犯した自分を表現し、もしくは北面の武士として人を殺めた先祖を表現したのでは、だからそのような自分も阿弥陀様によって「往生を遂」げさせてもらえるのだと祈るように願ったのではいないかと思う。さらにさらに、同様に子を為した釈迦も娼婦と戯れたゴッホも、滅相も無いが有り得る話として、人知れず人を殺した暗い過去を背負って生き、罪滅ぼしに偉業を果たしたのではないかと穿った見方をした。

　このように、邪推、妄想を展開させながら、活也は、沖縄戦での同郷の戦死者を鎮魂し、合わせて男女和合、子安と平和を祈願する観音様、真上の真赤な男根が両脇を飾るミニチュアの守礼の門を目指した。この鳥居のような門の前の四つ角を右折すると、江戸時代に孤児院となって最近まで住職も居た円通寺。1年8ヶ月前、活也は廣生と訪れて、私生児や捨て子の声が爽やかな初夏の風に乗って聞こえて来そうな境内を歩いた。

鶯も　泣くや打ち逝く　円通寺

その真言宗の寺の廃墟の手前の神功皇后出港寄港の碑を左手に見ながら、坂道を上る。

いよいよ、万葉山の勝田峠を越え、下っては万葉の道を横切る。

防人《さきもり》の　こころ通いぬ　古き道

やがて、菊姫の怨霊を鎮めた八幡神社に通ずる道も横切り、5:00am、橋を渡り、水面川の右岸沿いに上り、丑の刻参りから生還する。活也には、この仕方なくいま演じて来た人形劇によって、自分は現実の殺人劇から免れた、という一件落着した安堵感があった。疲労困憊。

　裏の倉庫に河鹿ちゃんを入れ、裏戸を開けると、夜中に活也の不在に気付き、１週間前に神楽義兄さんに来てもらったばかりなのに、絶望の余り、消灯でも計りはしないかと心配し続け、近辺を探したり、捜索願いの１１０番通報を考えたりし続けた幸子が迷いの寝床から起き出して来て、迎えてくれた。ホッとした様子。活也も裏のお勝手口で、お夏さんより年上の幸子を、笑顔でマリア様に再会するような気持で見上げながら、天日塩をリュックと両肩に撒いてもらい、体内も清めるためにその天日塩を口に入れ、黒い運動靴を脱いだ。

　活也は、幸子に心配させたことを心の中で謝り、リュックを置き、着替え、幸子の用意してくれたお風呂に入り、出た後すぐに寝床に潜り込みたかったけれど、不在の廣生の部屋に行き、芸術短大時代に描かれたセザンヌ風の瓶や林檎の静物画を見て、近日中に退院させようと思った。鐘生の鼾も聞いて、家族と生きていこう、生きていけると思い、幸せを感じた。

　その後、明かりを点けた居間で、活也は山形県寒河江卯月製麺の蕎麦粉を溶いて食べ、味噌汁を飲みながら、正直に丑の刻参りを告げる。すると、活也の怨み節の性格を熟知している嫁の幸子は、さもありなん、仕方がない。という感想と馬鹿な演技の実行力と異常な執念・病的性格に開いた口が塞がらない、という感想など混入した複雑な表情を見せた。

第3章　幽体離脱

和志は隠界から、他の霊が人間のすぐ側にあること、異次元が存在することを活也に知らしむるためにも、かつまたその認知によって親子関係を変えさせるためにも彼を幽体離脱させる。彼はこの人生一大事件によって、どのように心を転換させるのか？　和志の期待通り、彼は運転免許証を取得したり、金接《きんつ》ぎをしたりと、生活を変化させる。本章では、隠界を「知」り、隠界まで「幅」を広げ、生活を「転」換させる活也に自分の体験を語らせる。

第1節　廣生退院

活也は、丑の刻参りで仇討ちを遂げた後に、家族そろって幸せになろう、それが一番という思いから、入院予定3ヶ月を待たず早く廣生を退院させることにした。幸福と不幸は、「糾《あざな》える縄の如し」。それは、思ったように幸福を齎《もたら》すのだろうか？

活也は、藁火山からの帰路、三堀病院の医王門で誓ったように、その10日後の2016年1月27日に廣生を退院させた。その後は、⤵希望⬇失望⬇絶望⤴の循環であった。

１．三堀病院の処方、変更

患者とその家族を絶望の渕へ攻め込むのが向精神薬である。活也は、今回の廣生の入院中、この二男を、弟のように踏み切りでの自殺を誘導したSSRI系の抗鬱剤（鬱はストレス等による脳の炎症）の犠牲者にしてはならないと思った。また事件自体のfake説もあるが、廣生から、早く米コロンバインでの銃乱射事件の犯人や秋葉原の無差別殺人事件等に追いやった向精神薬の薬害から解放しようと思った。セロトニン調節のパキシル等SSRI系抗欝剤やオランザピン等（人を襲いたくさせる薬、それにリスパダール等ナチが開発した自白剤から生まれた叫ばせる薬等）の向精神薬が関与していることを、愚かにもやっと突き止めたからである。

そこで、廣生の2番目の主治医の永友純也医師と相談し、今回の入院中、運動・作業中心の非薬物療法を提案した。しかし、薬物療法は必要という治療方針は変えてもらえなかった。その代わりに、多剤多量処方を単剤少量処方に変えてもらった。

投与量について、永友医師は、その時、村井医師以来廣生の飲み続けているオランザピン10㎎／錠は、クロルプロマジンに換算すると４００㎎分に相当する。クロルプロマジンは、１０００㎎でやっと大量処方になるので、廣生の飲んでいる10㎎／錠は大量とは言えない、と説明した。リスパダールは断薬してもらった。

その時、活也は、このオランザピンが暴力を誘発する、と言った。そして、永友医師の勧めで、進化したとされる第2世代向精神薬のオランザピンを第１世代と第２世代の中間に出てきたゾテピン（ロドピン）2錠合計10㎎（2錠×5㎎／錠）に変更してもらった。

このように、少しは療法が改善したのは、4年くらい前に主治医を現在の永友医師に村井医師から換えてもらった成果である。8年前、措置入院させられた廣生が、初めて、向精神薬を多剤大量処方された時、アカシジアでパーキンソン症状が出て、体中が震え、その後廊下で歩きながら脱糞するので、看護師に何度も薬物療法の善処を訴えたところ、「村井先生は、学会出張中であり、看護師としては、医師の方針通り動かざるをえません」とのことであった（この時点で、「疑義照会」（薬について薬剤師に相談し、医師に薬を変えてもらったりすること）をすれば良かった）。その後も、何度、訴えても同じ多くの薬を多投されたので、弁護士にかけあってもらって、やっと改善させた。学会から帰って来た村井医師と面談し、震えで死ぬかと思った、と活也が言ったら、次の一言で済まされた。

村井医師「あっ、廣生さんには、セロクエール等の薬が合わなかったのですね。それでは、薬を変えてみましょう。」

その後、薬はオランザピンに変わった。活也は、T市の医療過誤の告発ボランティアの会などに加盟し、裁判の準備をし、弁護士にも動いてもらった。その記憶も病院側に真新しかったせいか、5～6回目の医療保護入院中、村井先生不在の際に、新しく診療した永友先生の方から、「担当はわたしが続けましょうか」と言っていただき、活也の方からも、望んでいたことなので「御願いします」と返事をし、幸いやっと主治医交代とあいなったのである。

　その後も、村井医師は、他の自分の患者に多剤大量処方を続けているようだ。廣生が、入院中、友人になった村井医師担当の２人の患者から、活也が同席した診断待合室で、話しを聞くと、依然として多剤大量処方は変わらず、向精神薬を中心に睡眠薬や持病の治療薬を含めて２人とも、製薬会社から同医師がキック・バックを得ているのであろうか、９～10種類以上の薬の処方をされているとのことであった。数年経って２人とも話す口がシドロモドロで呂律《ろれつ》が回らなくなり、活也を睨んで避けるようになった。薬は、腸内に悪玉菌を増やし、脳に悪影響を及ぼすだけでなく、脳のシナプスを化学的に溶かすに違いなく、人を廃人にしてゆく。本当は、村井の藁人形を作るべきだったのかもしれない。

　残念ながら、永友医師も含めて、内海聡《さとる》医師指摘の通り、現在の医師は大抵が間違った医学を大學で教えられ（洗脳）、国家試験もその教育に沿わないと合格しないので、対処療法の薬物療法で患者を自殺に追い込んだり、症状を悪化させたりしている。ルドルフ・シュタイナーが言うように、現代の医学は、死んだ体しか解剖できない。人間を生きた心身総合的な霊的な存在と見るのではなく、分析対象の物理的化学的な物体としか見れない。

　ＤＳＭ（Diagnostics and Stastical Manual of Mental Disorder）という権威ある統計分析・診断方法等を丸のみして日本の精神科医は診断・処方する。この米精神医学会の１９５２年初版、２０１３年第5版のＤＳＭ＝「精神疾患の診断・統計マニュアル」自体が誤ったセロトニン説・ドーパミン説に基づいていることが、近年明らかになって来た。ＤＳＭは、向精神薬という覚醒剤のアンフェタミンに似た亀の甲の化学物質が、覚醒剤同様、前頭葉、側頭葉のシナプスを溶かすことさえ知らない。それこそが、主反応として暴力的犯罪者を生む元凶になる。

ＤＳＭも現代医学の所産である。現代医学は、特に、ロックフェラー医学研究等は、ナチ的優生保護・人口削減・人間牧場の建設の手段として位置づけられており、ロスチャイルドなどと組み、これら財閥がカネとメディアを押さえて、権威を施した医学研究機関・医学教育機関の構成員をタヴィストック研究所などの開発した方法を利用して、長年洗脳して来たので、この権威から自由になることは難しい。例えば、ロスチャイルド銀行とも言うべき株式会社、日本銀行の１０００円札の肖像になった野口英世は、自ら開発した黄《おう》熱《ねっ》病のワクチンを打って黄熱病になり、死んでいくとき、〈ああ、これで楽になれる〉と言ったという。それは、ロックフェラー財団の強制から逃れて自由になれるという悲しい安堵のひとことだったのではないか。さらに、火野葦平の甥で、アフガニスタンに五庄屋物語の浮羽の大石堰に学んで用水路（水利権侵害説あり）を開いたペシャワール会の偉人中村哲医師が大牟田診療所時代に相談には自分も欝になるほどの多くの時間を良心的に割いた良い人だけれども、結局薬物療法を処し、「タミフルはいい薬」と言う等、九大医学部で洗脳された例もある。

繰り返しになるが、中村医師は、誠実な方で、出来るだけ非薬物療法を心掛けた。患者の悩みに長時間耳を傾け、相談に乗り、あるべき処方を熟慮した。ところが、薬物療法以外には保険の点数がなかなか上がらない。公立病院だから、出来たことで、私立病院では営利志向なので、無理だったかもしれない。中村医師は、前述のように患者の鬱と向き合う内に暗い気持ちになり、趣味の蝶を探しに行ったアフガニスタンで、井戸を掘り用水路を拓く医師になった。

１００人１００様の医師あり。中村医師のように、教育機関に洗脳され、その洗脳に気づかず善意で投与するような正義感の強い正邪軸の強い医師、利害得失の軸が太く、薬害を知っていて、向精神薬をビッグファーマに買収されて投与するサイコパス的医師。

そこまで酷くないにしても、震えなどのアカシジアを抑えるアキネトン（ビペリデン）等も含めて多剤多量処方を廣生に施した村井医師より、遥かに良心的な永友医師も、現代医学に洗脳され、誤ったドーパミン説・セロトニンＤＭＳ説による化学的薬物療法を続行した。廣生には、村井医師同様、第２世代向精神薬、オランザピン（ジプレキサ）・リスパダール（どちらも脳卒中を起こし易い）等や睡眠導入剤のプロチゾラムや尿酸値を抑制するアロプリノールを続けて、廣生に投与していた。入院中、活也が、リウマチには駄目だが、重曹（炭酸水素ナトリウム）が通風、尿酸値過多に効くことも、体をアルカリ化し癌を治すイタリアのシモンチーニ医師の重曹療法も、体内善玉菌が精神に良い影響を及ぼすことも、小腸内造血作用の千島学説もご存知なかったし、シナプス溶融説にも眉唾の仕草をなさった。重曹や味噌汁は安すぎて、病院経営に役立たない。

活也は、〈先生には、自分があるのですか、自分が自分自身の生き方をしているのですか？〉と問いかけたかった。現代医学に洗脳されたエリート１００人の薬品投与より、浜六郎のような異端の医師1人の非薬物療法（温泉療法・音楽療法等）が、愛の処方だと言いたかった。

2．破壊、破滅願望

1月27日に廣生は、母幸子の温かい手料理に満足し、退院を嬉しく思う半面、昨年11月に、吠えた犬に逆上して近所のアルミのフェンスを蹴って壊し、路上駐車の車のボディーを太鼓のように握りこぶしで叩いて凹ませて、親から半強制的に任意入院させられ恨みを残し遺したままであった。

入院中から恨み続けていたのだろう。廣生は「お父さん、お母さんが会いに来るわけがない」と看護師さんに言って、活也と幸子が面会に何度言っても会わなかった。2人は、蜜柑・バナナ（生ものは原則禁止だが許可）・せんべい等の食べ物や着替え・日用品等の差し入れだけ受け取った。永友先生は、この面会拒否に触れ、カプグラ（知人が別人に入れ代わっているという妄想）を持ち始めたので、他人だと思って攻撃する危険性が出て来た、と退院直前の保護者面談で話してくれた。

それらの恨みが、廣生にわざと親が困るような反抗的態度をとらせ、それに過剰反応してヒステリックに声を荒げて非難する活也に対する暴力や仕事の妨害、近所や自宅のモノを含む器物損壊・大声にエスカレートさせた。

これらの自暴自棄的で刹那的な「今だけ、気分（カネ）だけ、自分だけ」（オリジナル・

藤原直哉）の暴力行為の数々は、後述することにして、退院後数日間の様子を反省しておこう。

　翌1月28日、ガラス戸破壊、隣の田んぼの石垣に丼茶碗を投げ下ろして粉砕、テーブルをひっくり返し、椅子を床に何度も叩きつけて、へし折る。水屋箪笥の陶器・ガラスコップ・霧島切子を破壊する。

　廣生は、些細なことを自分が思うように出来なかったり、注意され非難されて自尊心を傷つけられたり、ムシャクシャしたり、登場する怪物・人物などの幻覚幻聴に挑発されたりすると、その時々の怒り・復讐の感情を抑制できず、醜悪な悪魔が乗り移った餓鬼のようになって、モノに当たる、ぶち壊す。それを、何度も繰り返し、平静になり善美の天子が乗り移った仏様のようになって、「スミマセン」と謝り、ＰＣやラジオやＴＶや衣類……が使えなくなったのを後悔しても、次の瞬間、些細な気に食わぬことが起こると、同じ破壊行為を繰り返す。理性が失われ、抑制出来ないので反省の積み上げが出来ない。

　活也は、これも、向精神薬で前頭葉・側頭葉のシナプスが溶けて欠損しているせいか、と思う。思っても、モノが壊れると、モノが可哀想、もったいないと思い、情けなくなり、経済的損失と後片付けの面倒くささもあって、つい報復したくなったり、「お前なんか死んじまえ」と言ってしまう。その後、餓鬼⇳仏の曼荼羅ルーレットを回し、冷静になって、何遍もこう言い、何遍もこう聞く。

　活也「一時の感情を抑制して、良くせいよ。家庭みんなで、翼成、幸せになろよう、よーくせい、よーくせい！」

廣生「さっきはご免なさい。すいませんでしたー、すいませんでしたー。」

そう反省した直後に、また怒鳴る、壊す。廣生に破壊行為と怒声を何度も繰り返されると、今度は、自分の方が、「九百九十九割《くひゃくくじゅく》りて死なまし」と思い、我が子に次いで自暴自棄になる。

それにしても、人は怒って感情を抑えられなくなると、どうしてモノに当たり、モノを壊すのだろうか？　感情の酔いが覚め、少し理性的になれば、「短気は損気」だったと思えるのに、ガラス窓を割れば寒くなるし、ネズミや蚊やゴキブリや泥棒も入るし、陶器を割れば、後で飲み物食べ物が盛れなくなるのに、ラジオを壊せば音楽や物語やニュースが聞けなくなるのに、今度不便で不自由で楽しめなくなったり苦労したりするのは自分なのに。これは、一つには、怒鳴る行為と同様に、わがままを通し、口で反論するより、注意した相手に、勿体無いからもう注意するのは止めようと諦めさせようとしているのか？自暴自棄の自傷・他傷の自殺的願望なのか？　ビルゲイツのように支配欲、独占欲から空威張りして「煮て食おうが焼いて食おうが俺様次第」と言わんばかりに処分権を誇示するサド的虐待行為なのか、それとも、乗り移った悪魔を体から吐き出し、払い出し、悪魔祓いをしようとしているのか？　はっきり分からない。いずれにしても、薄っぺらな自尊感情から生まれる行為であることに、「間違いない」（長井秀和）。怒ったら8ないの「アヤコワアサナケ」（愛器知、憎まず／破らない／壊さない／割らない／暴れない／叫ばない

／投げない／蹴らない。後述の「サカナ……」と屋上屋となる）を心掛けよう。

さて、1月29日もこの調子で、廣生は水面川向こうの道路まで飛び出して出て、車を怒鳴りながら追いかける、本を破り捨てる、ＰＣ・ラジオ・ポータブルＴＶ・電気釜を投げ下ろして破壊。その形相と音響に興奮した活也が過剰反応。

幸子「警察。警察に電話」

1月30日、廣生が、自分の干されたばかりの濡れた衣類と長いホース・じょうろ・書籍・大便を金木犀の木・柿の木の高い枝に投げ上げる。

1月31日、次節の活也が幽体離脱する直前の廣生は、こうであった。鐘生兄のファンヒーターを1階の床に投げ下ろす、冷蔵庫・洗濯機を拳・足で殴り・蹴り凹ませる、風呂場の下水溝にソックス・石鹸・歯ブラシ・剃刀を落とし込む。「悲しいとき♪（廣生がモノを壊す）ときー♪」

頭に来た活也は、感情的に廣生の抹消を図り、さらに悪化するばかりで、治るはずもないのに、廣生を再入院させようか、と思い悩む。結局、絶望の余り、思いつめて衝動的に親子心中も考え始める。

活也〈希望がない。このままでは、廣生を自分が殺してしまう。たった2週間前の丑の刻に、あの山内・中津・岩山を、藁火山で五寸釘を心臓に刺して叩き込み、呪いながら殺害したばかりじゃないか。俺は、お弓の傀儡《かいらい》（＝くぐつ＝人形）になり、「信濃から木曾へかかる鳥居峠」の茶屋で見た旅人に山賊行為、強盗強殺を働く市九郎のように快楽依存症的殺人鬼になってしまったのか……

廣生をもう一度、入れざるをえないのかもしれん。長い間の闇のトンネル、その出口、光が見えん。それとも、家族で心中するか？　神仏に拝んでも、イエスの名を呼んでも、ご先祖にお願いしても、助けてくれない。〉

和志は、この直後、次節で述べるように、活也の背後の隠界から、その御先祖代表として、廣生を助け、家族皆を助けるためにも、「転」、変わるべき活也の荒療治によって、天界へ誘導する。

＊暴力行為・怒鳴り声

最初の廣生の入院から8年6ヶ月の間、乱暴狼藉を廣生に起こさせた張本人は、向精神薬である。薬を「憎んで」廣生を「憎まず」。その「医原病」（イリッチ）薬害、副反応、及び退薬症状は、「ゼンキュウショウカイ（前急消回→前兆気⇓急性期⇓消耗期⇓回復期）」の中の「キユウ」＝急性期に酷く、廣生本人も苦痛であろうが、活也と幸子を絶望に追いやった。親は、廣生の消耗期には、廣生に同情、回復期には、お互いに希望を持ち、前兆期には時々大声になりモノを投げたりしてもすぐ止めるので、本格的長期的な陽性症状がいつ出るかいつ来るか、それとももうこのまま治るのか等と動揺しつつ不安であった。「ゼンキュウショウカイ」は、親にとって、「ドウゼツドウキ（動絶同希→動揺⇓絶望⇓同情⇓希望）」である。

絶望期に活也は、ゴッホの弟テオへの手紙、「(サンレミの精神病院に) 今度、入って来た患者は、目の前のものを片っ端から壊す。悲しい」と綴った気持ちを共有した。

また、親の絶望期の本人の上の陽性症状たる破壊行為は、本人が地上から自分を消し去りたいとねがっているように思えた。「九百九十九割りて、死なまし」(石川啄木『一握の砂』) という自滅願望を想起させた。

精神病的な依存症的繰り返し行動に基づくそれらには、主に14種あった。これらは、「サカナト、ヤケドサ、ナオス、コタツ↓叫ぶ・掛ける・殴る・逃走する、破る・蹴る・怒鳴る・叫ぶ、投げ捨てる・追いかける・捨てる、壊す・叩く・詰まらす」(前述の「アヤコワ……」の屋上屋) である。繰り返し行動なので、「ヤ破る」シリーズの時は、それが続き、「ナ投げ捨てる」シリーズの時も同様であり、各シリーズのどれが来るかは、切れた時に身近にそれがあるかどうかなどケースバイケースで時と場合によった。

特に、「壊す (自作絵画・窓ガラス・家具・電気製品)」、「掛ける (悪戯電話)」、「破る (自作デッサン・本・新聞・雑誌・書類)」、「叩く (塀・車)」、「蹴る (車・フェンス)」、「追いかける (車・自転車・人)」は、活也の過剰反応と相乗・増幅し、8回の入院の原因になった。その内、「叩く」「蹴る」の5〜6回の他害は、医療保護入院に帰結した。親告罪たる器物損壊を起こした際、警察の担当者が、有難いことに被害者に統合失調症への理解を求め、被害届を出さずに金銭解決だけの和解をお願いしてくれた。被害者も被害届は出さないままにしてくれた。しかし、時効の切れる加害後1年間、活也は、不安であった。

事件後、しばらくして、姉から「まあ、他人のものを壊した時の保険に入っとらんかったんねえ」と言われたので、コープの共済保険など調べると、共栄火災の傷害保険に廣生が数十年加入しているのが分かり、交渉。最初、故意に壊したものは対象外と保険会社の担当者から言われたので、廣生の病状を告げると、損害賠償金が出ることになった。損壊した器物の写真、納品・請求・領収書、場合によっては被害者の証言が必要ということであった。幸い、壊れたフェンス本体は、10万円の新品を取り付けた業者からもらって、自宅の倉庫に保管していた。再度、頭を下げて、同業者に書類を再発行して揃えてもらった。走行中に壊した車の方は、修理工場に、東京海上と共栄が直接交渉し保険会社同士半々で弁償してくれた。

このように不幸中の金銭的な幸運も長年の廣生の薬害との闘病中にはあった。廣生が、その薬害主反応の頂点に達したというより、和志がさせたのが、次節の活也の後頭部殴打であった。親子が、子の退院後、険悪な敵対関係に入った最大長期の原因、薬害と中期のその暴力行為や直近の症状は、本節で終える。次に親子が、死闘を演じた幽体離脱について、述べることにしよう。

第2節　解脱、臨死体験

和志の目論み通り、活也の人生一大事件は、幽体離脱の日、この愛孫を解脱させ得るだろうか？　隠界を知り、活也はどのように心を変え、意識を進化させ、死生観をどのように変化させたか？

１．解脱は離脱

殴打事件はどのようにして発生し、これを契機にした幽体離脱はどのように活也を解脱、成長させていったか？

（１）乱暴狼藉

前節で述べたように、破壊魔＝抹殺大魔王に変身した廣生は、２０１６年1月31日夕方近く、お風呂の洗い場の下水溝に石鹸・歯ブラシ・剃刀を落とし込む。悲鳴を上げて制止する活也。懐中電灯で照らしながらトングでそれらを摘み上げようとするが、うまくいかない。詰まったものを押し出す太いワイヤを取りに外へ出ようとして、風呂場から居間に入って、ブツブツ文句を言い、廣生に凄まじい形相をしながら、ガラス戸に手を掛けたところ……彗星が飛ぶ、眼から火花、鳶鉋傷《とびかんなきず》が飛ぶ、鑿の切り口が飛ぶ。

活也の左後頭部目掛けて、魔の薬、止めた後も体内に残存し、かつ脳のシナプスを８年間溶かして来たオランザピンが廣生の左鉄拳を飛ばさせた。それは、とうとう、向精神薬の副作用、いや主反応が人身攻撃に至らせた一瞬である。吐き気に襲われた活也は、風呂場横のトイレに向かった。脱衣場まで来たところで、倒れた。脳震盪《のうしんとう》。酸素が「量子脳」（ロジャー・ペンローズ）に届かない。

和志の荒療治が、このチャンスを逃さず始まる。

（2）体葬、金粉水蒸気遊泳

和志は、活也の飲酒事件報道後の自殺未遂の村園大6号館で、飛び降りようとした窓の背後から引っ張ったこともあった。少年時代に広島宇品の川、御幸橋《みゆきばし》下流で瀬戸内海に向かって右足を被爆者の亡霊が川底に斜めに引っ張った時、その見えざる手を払ったこともあった。

活也にとっては、その時の感触であろう。和志は、今度は床下から吹き上げる上昇水流に両脚を持ち上げ、胴体も超高速で浮かび上がらせ、霊《ひ》＝魂が幽界という名の他界へ向かって、その水流の門を入り、止まっていた肉体から離脱して自由になり、無数の水塵の玉が舞い上がるように高く高く速く速く螺旋浮遊している。活也が、仮初《かりそめ》の体葬をし、人＝霊止《ひと》が止まり木の体を少しだけ葬った瞬間である。

活也を、和志は臨死させた。本人に、これをもはや誤作動の脳神経の悪戯《いたずら》だとは思わせまい。正に神様仏様の力を借りた、隠界の和志の誘導で、活也の魂を彼の夢中の幻界《げんかい》の霧の微細な水蒸気の黄金色に光る一粒一粒が蝶のように、あるいは受胎直前の精子に戻り、卵子に戻ったかのように、螺旋状に神様の眼にも留まらぬ超高速でグルグルと舞い、上空へ上空へと抜け出させ、霧中を螺旋状に宇宙へ上昇させている。いわば、活也に自分を〝体葬〟させつつある。大量のドーパミンが出たらしく、活也は、囲炉裏端でいい女といい肴でいい酒を飲んで良い酔い方をした時よりも、通常のオーガスムスよりも、もっともっと気持ちいい恍惚感に浸り笹百合の花粉のような芳香に満たされながら、急浮上する。「遍照金剛《へんじょうこんごう》♪」、換言すれば、帰朝後の空海洞窟修行の地、浮動寺奥の院が近いせいではなかろうが、21ｇの金粉水蒸気が、「遍照金剛♪遍照金剛♪……」と唱えるリズムに乗り、螺旋状の渦となって、活也の魂を浮上、遊泳させつつある。

captiveされていた肉体から魂がfreeに。逆円錐形の頂点に当たる水底の自分の死体を魂が離れて水中の螺旋状の渦に乗ってちょうど砂時計の砂が逆上するようにグルグルと上昇する。つまり、この幽体離脱によって、和志は、活也を地上から客観的に見れば上空へと、この孫を彼にとって主観的には水滴の渦に乗らせて、空の海＝天海の海底へと巻き上げさせた。円錐の大きな円を周回している最中に、その上空（＝主観的海底）から、地上を見下ろさせた。活也も、自分が二重に存在している、つまり地上のお風呂場に居る体と空の海底に居る魂に分かれて存在していることを自覚している。この時、活也は、現世の自宅の玄関を裸足で飛び出し、田園を縫う水面川のサイクリングロードを河口の沓浜方向へ小走りに逃走する和志の曾孫《ひまご》＝廣生を見下ろし、一人現世に未練を残し叫んでもいた。

活也「廣生……廣生……」

活也の魂が上昇水蒸気流に乗ってさらに高く昇ると、廣生は、米粒のように、さらにキルリアン写真のオーラ＝金粉のように小さな粒子になる。上り詰めた天海で、魂は遊泳し、その視界は西の志摩へ、胸葬の天女八幡宮の境内へ、一転戻って未来の杉蔵院星花殿の活也の骨壷へ、中ほどの村園大へ、火葬の藁火山へ、東へ戻って水面市へ、体葬の里山宅へと展開する。その活也の魂の伏角《ふっかく》（俯角《ふかく》）が西向きの水平から垂直に大きくなるに連れて、タイムマシーンに乗っているかのように、その過去の胸葬をしている活也、火葬している活也、未来の活也のお骨参りをしている幸子の合掌、体葬している活也の動作が遡って、また未来に下って再現される。大所高所から、過去と未来の活動が観劇される。粒子と波動に乗る金剛粉の魂は、揺蕩《たゆた》いながら３次元の時空を超える。

　こうして、とうとう幽界の玄関（ポータル・サイト）まで、活也の魂は吹きあがって来た。和志は、筑前と廣生ばかり見下ろしている活也に伏角ゼロ、仰角《ぎょうかく》ゼロにさせて前方を見させ、幽界に仮入門させ茜色《あかねいろ》の雲海のように水平に波打つ通路をその玄関まで泳がせた。そこでこの時、心配の余り突如登場した活也の母親純子と一緒に和志は、「廣生ちゃんと鐘ちゃんのところに戻りなさい」と諫め、活也を門まで金粉水流で磁石にくっ付けるように元の入門した処へ跳ね返した。

（３）復活

　活也は、好々爺が翳した両手から放たれた逆水流に押し戻されて、自分の肉体へ向かって螺旋沈降する。逆戻り渦で急降下しつつ、左に目に入る萱の若木（古里の大萱の木のどんぐりのような種を埋め、自宅の庭に生やした小木）と右の自分の亡骸とのどちらに入り込むか迷った。瞬時にYの字の三叉路の死と生とを左右に分ける道は、明瞭ではなく朦朧としていた。和紙一重の軽い隔たりしかない。左の若木を選択して入魂していたら、今日の現世界の活也はいない。かろうじて、右の死体に戻る。不思議な夢や現《うつつ》、人の五感で知られざる95％の世界。
「ウーン、ウーン」と気の毒に誰か（活也の肉体）が魘《うな》されている。雑煮の錆び痰の混じった反吐の匂い。「お父さん、お父さん」と呼びかけ誰かが魘されている活也の左後頭部を氷で冷やし（温めるべき（安保徹））、掛けた毛布を捲《めく》って右手で背中を擦《さす》っている。和志は、活也の21ｇの金粒の魂を活也の肉体の中の心臓に戻した。活也は夢から醒める。
幸子「お父さん、目が覚めた。救急車、呼ぼうか？　まっ白い顔になって、痙攣《けいれん》を起こすようにして吐いたから、呼ぶかどうか迷ってたの。大丈夫？」
――活也は、反吐から顔を離して――
活也「うーん……ちょっと眩暈《めまい》……大丈夫。呼べば、（廣生が）アッチコッチ（＝「措置入院」）〈傷害は非親告罪〉か、ホゴ（＝「医療保護入院」）になる……『任意』は退院したばかりだからムリ……水、頂戴。廣生は？　廣生は？」
幸子「真っ青な顔になって、壁の模写したかさ地蔵の絵、スーホの白い馬の絵を微塵に破り捨てながら、わたしもハッとさせられ、悲しくなって、反省したけど、ポツっと独り言みたいに、『次は、生まれてきたくないとよ』『幻覚とも思えないのが出てきて、虐めるとよ』『肉体という箱の中に、別のもう一つの悪霊が入っとって、その声が聞こえて、自分を動かしとおとよ』って言って、裸足で飛び出して駆けて行った……5～6分くらい前だったけど。お父さんが死ぬ、と思い恐くなったのね……これからは、家を壊す象さんを扱うように、廣生ちゃんを見ないと……」

活也は、腕を立てて上半身を起こしながら、泣き出しそうになった。今、先祖に会い、多生の縁を思ったばかりに、「次は、生まれて来たくない」という言葉を息子から聞くとは。

活也〈廣生の精神分裂病のこと、気持ちを親なのに全く理解して来なかったし、理解しようともして来なかったのではないか……ああ、自分は正義だけれども、藁火山の丑の刻参りの恨み返しを3人から被ったのかもしれない……〉

活也は、背中をお風呂場の細長い壁に持たれ掛けた。尚も、頭を冷やそうとする幸子を制止して——

活也「炎症は、血流が治すから、冷やせば逆効果。有難う。」

活也は、廣生が海に飛び込むのを恐れて、鐘生にすぐ追いかけるように大声で頼んだ。しかし、自分の部屋に閉じこもった鐘生の返事はない。

活也「お母さん、自転車で下の浮動寺まで行って、『遍照金剛』のお遍路道を探して……」

幸子「そっちじゃなくて、屏風滝の蜜柑山や浮動寺の方を探してみる……お父さんが大丈夫なら……」

活也「俺は、すぐに沓浜に行ってみるから、そうしてみて……」

活也は、幸子が持って来てくれた水を飲んだ後、まるで身体と精神が組み戻され合わされるのを待つかのように目を瞑って、しばらく大きく息をし続けた。体調が回復したら、右手を床につけてゆっくり立ち上がった。幸子は、先に、自分の電動自転車で探しに出た。

第３節　愛の追跡、再会

和志は、活也が金粉に乗って浮上する最中に彼に廣生の下界の逃走劇を見させた。その活也が観た劇の現実性真実性は、活也が廣生と再会することによって実証され、隠界・他界の真実性を知らしむることになる。走れ、活也、愛と解脱のために。

１．追跡劇

活也は反吐の付いたセーターの上にジャンパーを羽織った。着衣しながら、沓浜海岸には左岸に天童よしみも会員だったラッキー乗馬クラブも繁盛していることを想起し、２週間前に藁人形を入れた呪いのリュックの底に廣生の素足の傷による破傷風予防のための今度はマキュロン消毒薬やガーゼを置いて、お勝手口から出た。河鹿に跨《また》ろうとしたが、前輪タイヤの空気が、ムシ（短く切る前に回虫に似ているから？）の劣化かパンクのせいか、抜けている。空気入れを使っていると、目から火花パチパチ、後頭部は腫れてズキンズキン。後輪の前で、下ろしたリュックには、走っている最中に空気が抜けることを危惧して、そのポンプを長刀のように差し込んだ。

すぐに、川沿いの自転車道を走った。独りでに、唄が聞こえる。

「僕は走っているだろう、君と走っているだろう、あいだにどんな距離があっても……

僕は生きているだろう、君と生きているだろう♪」（中島みゆき『荒野より』）

この歌で鼓舞されながらも、もしや廣生が浮かんで流れているのではないかと、左水面を、かつ右岸の水田や細い用水路・山道・墓場を時々見下ろし、正面では夕食前の糖尿病対策の散歩を楽しむ村人とすれ違いながら、河口へ下る。やはり、時々停輪しポンプを押す。さらに、漕ぎながら、この身に今し方起こった奇跡を回想する。

焦れば焦るほど、耳空には、加古隆のＮＨＫで放送された「パリは燃えているか♪」が、切迫感を奏で、また焦る。しかし、さっきの臨死体験の眺望で見下ろした廣生、その駆けてゆく姿が短期の短気を沈め、長期の根気を呼び覚ました。幽体離脱は、活也史「愛器知」史を大きく転換させた……

活也〈それにしても、あの時会った懐かしい好々爺は誰だったのだろう……「生まれて来た時は裸」と言うが、その裸さえない、エーテルの金の無数の玉。あれは、幽体離脱だっのかもしれない……

あの感じ、似てるなあ……中三の秋、仏王寺山の頂の石仏近くで、上ってぶら下がり掴まっていた杉の枝が折れて、足から落下し一瞬気絶したときの気持。高三の夏、涼を取りながら受験勉強するために、鎮守の森の小高い八幡宮境内で持ち運んだ小テーブルから立ち上がったとき、貧血で左横に倒れ込み、かなりの間気絶し、自分の唸り声で目を覚ますまでの一時《ひととき》の感じと似てるなあ……何処か、Google 地図を見てるように、屋根の上からさらに地球を上空へと抜き取られた魂、意識が、宝珠山の隕石が恰も超高速で落下するように死体になっている肉体＝煩悩に着地し戻る感じ。無とは、肉体から離れた魂のことか？　先の浮遊。すぐ上に隠れた広く深い宇宙がある。人間が、肉眼で見ている宇宙は、浜の真砂の一粒に過ぎない。〉

——和志は、活也が、このように慌《あわただ》しい最中、しみじみと新たな和志に述懐するように、無の新境地に入ったことがコーチング好々爺の一族への業績となったことを、それが延《ひ》いては世のためにもなるであろうことが嬉しい。活也は、ポータルサイトを潜り抜けて和志の隠界には、入って来なかったが、かなり近い渡り通路までは離脱した。

さて、活也はこのような離脱の成果４つを曼荼羅のように脳裡に描きながら、笹川良一「水五則」の記されたB＆Gのプールの上手の海難事故のお地蔵さんのところまで進んだ。活也は、「忙中閑あり」河鹿に空気を注《つ》ぐついでに下りてお参りし、祈った。胸にグサッと突き刺さった「次は生まれて来たくない」という廣生の独り言を幾度も反復し、反省し涙をひとりでに流しながら、祈りはきっと叶うと信じて……

活也〈描く絵画の色調が写実の色彩の美しい青から、妖怪の登場する黒茶色に激変したのは、大麻が流行した時期、それを吸って統合失調症も悪化を加速度化したのだろうか。それとも、NZで打たせた破傷風ワクチンのせいなのか。親が過敏で神経質だからか……

もし、廣生がこの冬の沓浜の海に飛び込んでいたら、どうかどうかわたしともども助けてやって下さい。お地蔵様、お地蔵様、お願いします。〉

活也は、無我夢中で目を左右へ泳がせ我が子を探しながら、河鹿で水面川を下る。音声付きの走馬灯のように、中耳炎になったときの悲鳴、お兄さんの熱心すぎる数学指南から逃げ出した姿、「お母さんは僕のお母さんだ」と言って頬を摺り寄せた顔、肩車した廣生が住宅街の道を選ぶのに、活也の首筋の後ろから活也の左右の耳を自分の左右の両手で摘んで方向指示器か手綱のように操作した時の感触、家族揃った食卓でのひょうきんな仕草、2階の兄を階段下から片言で一所懸命呼ぶ声と姿、立川市、ラマーズ呼吸法の助産師、三森礼子さんに取り上げてもらった時の感動、丹前から夕方の上空を見上げて「つき、つき」と言った姿、アジアの祭典＝ヨカトピアで鐘生と一緒に象に乗ってワクワクしている顔、その他歌声・描いた絵画の色彩……を回想する。祈るように「生きていて欲しい」、そう願う。

河鹿は、やっと水面川の河口が見える松原橋の道の駅寄りの袂を通過、曇ってはいるが西北の明るい黄色に染まっている空一面の海岸上空に鳥の群れ。不吉な予感。しかし、その群れに近づき、鳴き声が聞こえるようになると、童謡を思い出し、親が子を呼んで鳴く気持は、七つの子持ちの鳥も人間も同じだと思い親近感を覚える。

沓浜海岸に着くや、河鹿を乗り捨て、リュックから抜き出した空気入れだけその傍らに置いて、再度リュックを背負う。高い所から海原を観察しようとして、屋上の北斗の水汲みを模《かたど》ったモニュメントまで走りあがり、鐘の紐を力一杯揺すった。

両目で隠れる太陽を凝視《みつめ》たら、深紅の日の丸が8つに分裂して写ったネガフィルムの中に模様を描いていた。大声で何度も、廣生を呼んでみる。そして、活也は周囲の子供連れの親やカップルに、「恰幅のいい、30代の裸足の男の子はいませんでしたか？」と尋ね回った。目立つだろうに、首を傾《かし》げられる。

活也は、いつもならアーシングのために運動靴を脱いで歩く砂浜にそのまま入った。乗馬クラブの白い馬とすれ違う。馬の蹄《ひづめ》の跡。海辺には、海水が溶かす馬糞とその湯気、匂い。

樫の原生林を背後にした海の戸の神社の境内で竹内宿禰がＵＦＯに乗船したのか、その折に脱いだ沓が置き去りにされていた木沓の先端のような高い丘に続く沓浜を、活也は廣生を呼び、海ばかりに目をやりながら駆ける。

息が切れて、活也は砂浜に座り込む。沈む太陽の残像、夕陽に合掌した後、一心に名を叫ぶ。寒い日没を経て、やがて残照も心もとなくなって来るだろう。夕闇が迫る。波は荒れる。焦燥感で胸が高鳴る。

２．再会

背後の鳥が一直線に長く停まっている防風のフェンス＝木の柵、松林、枯れた浜木綿、夏には紫の花を付ける野草が生い茂った段丘の窪みから、自分を呼ぶ声。

廣生「お父さん、お父さん」

その廣生の安堵の表情の上に烏が立体映像になった。再会は、悲観的な活也には、奇跡のように思われた。やはり、不思議な世界は見えないけれど実在する。廣生は、ここに来ていたのだ。幽体離脱したとき、見下ろした廣生の姿は、幻ではなかった。

振り向くや、歓喜の声で「廣生ちゃん、廣生ちゃん」と叫びながら、立ち上がり、血みどろの両足に砂をこびり付けて、走り来る廣生の胸に足を縺《もつ》れさせながら小柄な活也は、飛び込んだ。苦しみと不安の谷底が深ければ深いほど歓びと安堵の山頂は高い。

幻覚に　自虐で叫ぶ　うつむきの　吾子の眼濡れて　父の眼啓く

活也は、何があっても〈この息子を守っていこう〉と思い、今度は自分の方から、廣生を強く抱きしめた。その夕暮れの砂浜の親子像は、ナチから愛児をその体全体に両腕と胸で覆い被さって、守り抜こうとするブロンズ像の母親のようであった。

活也は、すぐに直近の現実に戻り、破傷風を心配して、廣生の足を冷たい波に洗わせ、坐らせた。その場で、リュックから取り出した消毒薬を脱脂綿で塗った。活也は、自分の靴下を脱いで、履かせながら、幸子と留守番中の鐘生に電話し、吉報《きっぽう》を送った。幸子は、ものの半時もたっていないのに、一日千秋の待ち時間があった、そう言った。幸子は、蜜柑山から移動し、もしやもしやと探していた浮動寺のお遍路道を下り、長い石段の下の山門の下に停めていた電動自転車に乗って沓浜に今から向かうと言う。3人とも、命が儲かって、多幸である。

沓浜海岸、地軸は左巻きに東へ向かって逆「の」の字に回転し、太陽を沈ませ、活也親子のお互いの抱き合う身体を夕闇に包ませるが、二人の心は光へ向かう。

「大丈夫だ♪」God bless you（志村けん）チャンチャンチャーンの手拍子。記念に、海辺の白い貝殻を拾った。二人の、独善的で閉じた殻が開き、父は深刻な幻覚幻聴から来る我が子の苦痛を理解し、二度と「今度は生まれて来たくない」と言わせるものか、そう心に誓った。

活也は、やっといつもの通り、靴跡で砂浜を汚さぬように、体の交流電気を放電するように、廣生には窮屈な運動靴を脱いで冷たいけど廣生同様、素足で海辺を歩く。河口の鍵をかけ忘れたマウンテンバイクに戻ると、活也は空気入れをリュックに再収納して、宵闇の中、川沿いを上る。こちらをライトで照らす電動自転車。嬉しそうな破顔の幸子は、廣生のサンダルを用意してくれていたが、廣生を幸子の電動自転車の後ろに乗せ、活也はそれを漕ぎ、幸子は河鹿に乗って、家路を急いだ。

帰宅し、電話番・留守番中心配していた鐘生と帰宅した３人、計４人が鐘生がペチカで沸騰させた蓬茶で乾杯。幸子のリクエストに応えて、廣生が「幸せになろうよ♪」〈長渕剛〈廣生と同じ村大ＯＢ〉〉を歌った。しばらくは、今世で一緒に暮らしてゆける。

３．幽体離脱のエフィカシー（効果）

この臨死体験は、大変な「里山家の変」なる、精神構造の革命を齎《もたら》した。この「変」を契機に、活也は魂21ｇの金剛粒子が３世に亘り永遠に不壊《ふえ》であること、魂の洗脳から自由になるべきことを知った。そして、親子関係を変えてゆく。

（1） 4つの自由

その自由について、活也は「愛器知」史を内省し4つのcaptive（自縄自縛）からイエスや了海さんの愛の世界へと大脱走する。つまり①現世の肉体、②現世界の時空、③現世の唯物論、④現世の狭い料簡からfree（自由）になることによって湧き出てくるアガペー（高次元の愛）を知ることとなった。

活也〈①captiveされていた肉体が無になり、魂がfreeになったので、肉体から湧き出る欲を相対化することが出来、あらためて「知足」を学んだ。2016年1月31日、あの時点で他界していたら、残された家族は、悲惨でも遺された金品を使いながら生きていってくれることであろう。頭の中の心身二元論のみならず、実在論的に肉体という現世界の借り物の箱の中の自意識を、相対化出来、突き放すことが出来るようになった。

尾崎放哉の句、「淋しい体から爪が生えてくる」風に、外から自分を観察するように成れた。ハンサムでもない自分が、女性を美醜上位で評価してきたことを恥じるようになった。十牛の第8図、「人牛倶忘」の心境に近い。自由とは神様と一体になることだと思う。

②現世界の時空というマトリックスを超えて、現世界と隠界との間の他のマトリックス内の渡り廊下まで行くことによって、隠界を予感することが出来、先祖らしき好々爺とお母さんに出会い、ご先祖と繋がっていること、自分とは何か、先祖から継承す

る魂のアイデンティティが大切なことを知った。また、自分を経た子孫の魂の尊さを知った。この②は、究極的に①と同じものである。

③現世についての目に見える唯物論（マルクス）だけによる理解、洗脳（常識・医學・歴史・文化・思想）を超えた量子力学的な心霊的理解をすることが出来、祈りや愛が叶うことを実感出来るようになった。

④これら①②③を通して、洗脳に依る現世の狭い料簡、つまり自分の今までの体験・歴史観・世界観や我欲（「薄っぺらなプライド」）から生まれる戦術的生活感などを突き放し相対化出来、深く広い愛を持とうと努力し、愛器知を膨張するようになった。具体的には、①にも関わるが、廣生の今日の下水溝への投げ捨てや破壊行為、破り捨てに対する自分の報復・殺意が物欲、物や事への執着から生れていて、人命第一の大切な道から逸脱していることを自覚するようにもなった。祖母（菊）の「ご開山聖人（親鸞）は、便所に落ちたご飯粒さえ拾うて食べなされた」という刷り込みもあって、活也はものを壊したり、捨てたりした廣生に倹約、もったいない病、好かれたい病から報復して来た自分を反省した。廣生の命、第一、あるがままに。〉

　これら4つの自由は、現世の命の儚さ、尊さを教え、この新たな死生観から、活也の精神を競争志向から協調・協力志向へと成長させた。相互利己利他のEfficacy（エフィカシー）を以って、親子も含めて触れ合う人同士、互い敵に塩を送り、切磋琢磨しより高く成長しようと志す人物に変えた。

（２）第５の自由、外からの目

これら４つの変化＝効果に、もう一つ加えるとすれば、それは自分の身体から離れて自分を見聞きする感覚が研ぎ澄まされたことである。別言すれば、真実性のある幻覚幻聴を体得した。

幽体離脱で、地上から客観的に見れば上空へと、主観的には水滴の渦に乗って、空の海＝天海の海底へと巻き上げられた、その時、上空（＝主観的海底）から、地上を見下ろして以来、バス・電車・自転車・自動車・飛行機・ヘリコプター・鳥・星・月・太陽等実在しない乗り物内や空の飛行物体内等からの展望の推測が、幻覚のように生々しくなっている。

体葬の翌日、活也が机の前に座し、上記のように昨日の不思議な体験、隠界への浮遊を認めていると、小さな蝿が目の前のＰＣの画面に止まった。「生きとし生けるもの」への新しい眼差《まなざし》。

活也〈私たちの糞尿を食べて、変態を遂げてきた蝿。蝿の羽が美しい、前足で、頭を猫がそうするように拭いている動作。豚のように綺麗好き。ゴキブリの羽の光沢も美しい？　既成の概念、洗脳された思想、縄文に帰ろう。美しいものを見失うな、見損なうな。こんな想いで眺めていると、飛んだ飛んだ、蝿が、零戦のように、目の前を飛び回って上空へ、消えた。〉

第４節　試練、志向

和志は、解脱したつもりになった活也を廣生の破壊行為等の再試練を与えて揶揄《からか》ってみたくなった。活也は、その試練（ordeal）を超えられるのだろうか？

１．創意、打開と不条理

活也は和志の与えた試練を、さすが創意工夫をして超えて行く。活也は、こう思い、自分を変える。目的を達成できない結果の失敗は、そもそも闇の先入観と発想や手段としてのやり方が失敗している場合が多い。同じ失敗を同じやり方で繰り返すわけにはいかない。活也は、こうして自分を転換させ、廣生を暴力行為に終始させるこの誤ったやり方を見直し、光へ向かって再出発する。

（１）空葉《うつわ》（＝器）破損

幽体離脱後悟ったつもりの聖人君主に再試練のときは、すぐやって来た。２０１６年２月４日、廣生が、食べ物を庭の畑に投げ捨てるので活也に注意され、気にくわず、あの忘れえぬ女《ひと》所縁の小鹿田（恩他）焼き、青い空葉（古代では椨・笹・サルトリイバラ等の丸めた葉の空間に食べ物等を載せたことによる、当初「うつは」）の抹茶茶碗を床板に落とすように軽く叩きつけて、３つに割ったときのことである。

家族の再生を沓浜海岸で誓ったはずなのに、活也は恋人の仇を討つかの如く、感情的に廣生に反撃に出ようとした。が、かろうじて「命第一」という戒めと理性的な「裸⇓無」の幽体離脱経験と株で1750万円摩《す》った経験から諦め、自分を抑えることが出来た。

しかし、活也はシジフォスのオリンポス山頂での繰り返し繰り返し岩が神によって落とされるように反復される破壊行為と修復に失望し、お手上げだと思った。高知大受験の旅先で発症した息子が、粘菌の絵を破った後、その子を精神病院に送る直前の南方熊楠のように迷った。仕事を選ぶか、息子をとるか?

活也は、廣生をとった。和志の試練に、一先ず勝った。壊れた器の大きな破片は、倉庫の片隅にお蔵入り。これ以降、現状打開の抜本的改革を志して、活也は、技術と日常生活の関係や自分の思考方法について見直してゆく。

（2）父母会、洗脳

活也は、家族内で悶々としたままではいけないと思い、同じような悩みを抱えている患者の家族会に出席することにした。

その主たる内容は、家族二十数名が、医師・薬剤師・理学療法師・精神保健福祉師・臨床心理師・看護師の入った5班に分かれ、各テーブルで患者の病状や家族の対応をブレインストーミング風に話し、班の司会役の看護師が問題点や解決策をKJ法的に要約し、その後全体で報告し合い、もう一度問題点や解決策を考えるというものであった。その他、病院内の作業療法室、デイケア室等の見学と説明、バスに乗車して出向いた病院外の食堂・

花の温室・ブーケづくりのワークショップ等の見学と説明もあった。

活也は、テーブルで前述の薬害と減薬とそれをやりにくくする保険点数制度の改善の必要性を訴えたが、医師も看護師も根本的で大きな問題は避けた。さらに、薬害について、薬事典やグーグル検索で、肉親の患者が服用している向精神薬とその副作用を調査研究している家族も見当たらず、主治医任せであった。「知ろうとしないから素人だ」(宗像久男)。また、遠方から親戚・近所に近くの病院では知られてしまうので通院している、という家族の話しを聞き、イタリア等先進国の脱病院、ノーマライゼーションを訴えたが、他の家族からも「日本はそこまでいっていない」と諦め、現状の中での自尊感情で「恥」を隠すための遠方通院に賛同していた。「兄弟にも娘の統合失調症のことは話していない」という発言には、活也は悲しくなってしまった。また、農家の70代後半の主婦が、せっかく農作業を手伝いに来てくれた親戚に対して、通院中の息子が被害妄想から「おまえら、財産を狙って来たのか」等と発言し、親戚との人間関係が壊れていった話し等聞き、先ずは肉親・一族の相互理解が必要であり、見栄張って分断され反目し、戦前には強かった「家」を壊すな、「一皮剥い」ても「他人」になるな。「兄弟は他人の始まり」でも終いには兄弟に帰れ。食料難・災害等で困ったとき助け合えるのはＤＮＡを継承した肉親なのだから、と一人思ったりもした。

活也にしては、珍しく、現代医療に洗脳されていて改めない面々に嫌気がさして、途中で欠席し、二度と家族会には出まいと思った。愛は未だ浅いままだった。

（3）転、運転免許証

活也は、廣生が近所での散歩中、残留になっているオランザピンやリスパダールの主反応で暴力を振るい器物損壊している現状を創意工夫して、技術的にも打開してゆく方法を考えあぐねた。

かくして、近所を歩くと問題を起こす廣生を気分転換させるために、車で海や山や神社仏閣教会、名所旧跡に気軽にドライヴし連れてゆこうと考えて、２０１６年2月中旬からごみ焼却場の向こうの水面自動車学校に通い始めた。

高齢なので、長い月日が必要になると言われながらも、約4ヶ月余りかけて、6月30日に自動車免許を取得出来た。車両感覚が悪く、縦列駐車で失敗したことが、学校合格延期の原因であった。その他には、半農半Xで農業をやりたい、と事務室の担当に告げたので、話しが合いそうだと言うので、自衛隊ＯＢの兼業農家の大島氏を教習教官に就けられたことも延期の理由である。無口の肉体派の説明不足の教官で、基礎的な説明が教習中になくて、行けとかブレーキを踏めとか等、進行方向の指示、踏切前の左右確認等、現場だけでの緊急的な注意事項だけ面倒くさそうに口述しただけである。自動車の運転席の機器の名称や機能の説明もなかった。お蔭で、免許取得後、レンタカーVitsで夜自動車返却に行く途中、ライトの点けかたが分からず、狼狽したことがあったし、自動車購入後、雨の日のフロントガラスの曇りの取り方も分からず、危険な目に合ったし、チャイルドロックが分からず、廣生が走行中後部ドアを空けたり、信号待ちしている時、車外に飛び出して、後続車の運転手を威嚇したり車のボディをボコボコにしたり、蹴ったり、唾をかけたりするハプニングを技術的には防止出来なかった。

教官大島氏は、人気のない人で、他の教習生も教官を変えてもらったりしていたらしくて、数回、紹介してくれた事務の女性が、教官を交代させましょうか、と聞いて来た。教習場で車に同乗して来た縁もあり、交代させてもらいたかったが、大島氏が傷つくだろうと思い、最後まで大島氏のままに終わった。安全に関わることには、「嫌われたくない病」を克服し、自立し毅然とした態度をとるべきだったのだ。一つの判断ミス、実行力不足が、やがて大きな失敗に繋がってゆく。

いずれにしても、活也は兎に角、２０１６年６月14日の免許証取得後、６月28日に昆ちゃんのミゼットで有名だったダイハツの中古車 Cocoa を購入する。小さくて、自分の未熟な運転技術向きのスズキアルトＳは、試乗してみて、曲がり角でハンドルの反応が気のせいか、遅いように思われた。後述のように、その新天地へ門出するダイハツ車を祝うかのような７月４日の第９回公判における盗用問題審議の可能性の示唆、８月23日の公判における和解終審が活也を待っている。活也が、幸子の心配する中、Cocoa を購入して、それを一番喜んだのは、幸い廣生であった。

購入の際、車のディーラーが兼ねている自動車保険代理店業務の保険契約で、販売担当が運転しますかという意図で「廣生さんは車に乗られますか」と表現したので、活也が同乗するという意図で「はい、乗ります」と答えたものだから、保険金が随分高くなってしまった。さらに、購入直後、カーポートでバックした際、ブレーキに踏み変えるべきところを慌ててアクセルを踏み続け、石垣にぶつけ、リアの排気口を壊した。これを保険全額保険で修理してしまった。保険での修理は保険点数を大分引かれ、高齢ゆえに次回更新までに外で交通事故でも起こせば、場合によっては更新不可になるといった説明もなかったからである。活也は、これまで複数から情報を収集すれば、最初の情報提供者が気分を害するという配慮から失敗して来たが、自立したはずなのに、また同じ轍を踏んだ。

2. 金接《きんつ》ぎ

7月に入って季節外れの鶯の鳴き声のする朝、幸子・廣生・活也は、沓浜海岸に行った帰り道に、ゴミ焼却場の燃えないゴミを出しに行くことになった。倉庫に置いた、あの小鹿田焼の割れ茶碗と同じく廣生の割ったガラス・陶器・電気器具・椅子をCocoaに載せて持って行くことになった。

2016年7月1日午前、その5ヶ月前に廣生と歓喜の再会が出来た海岸に、今度は車で来ていることが、家族には不思議だった。裸足で歩いていて、廣生がヒトデを採って来た。砂浜に置くと、未だ動いている。その橙色の模様を見ていて活也は、金接ぎの話しを思い出した。

NZオークランドのパーネルの丘を登ったブレゼリン教会で、日本人の牧師、大佛《おさらぎ》さんが自分の接いだ金接ぎの皿を見せながら、これが壊れた人間関係の修復を象徴する、と説明してくれたことがあった。浮気した父と若い頃、反目したこの牧師さんが、離日した後に、その父親が日本に残った母親から聞き出して送って来た手紙に、自分とキウイとの婚約を祝し、体に気をつけミッションを果たすように、というメッセージを添えて、家宝の金接ぎ平皿を送って来てくれたというお話しであった。

その黄色っぽいヒトデは活也にこの話しを思い出させた。車の後ろに積んだあの青い空《うつ》葉《わ》を蕎麦粉と漆を練った接着剤で蘇生させよう、と思いつかさせた。志摩抹茶の小鹿田焼の茶碗、壊れたとてそれで飲むのを止めちゃうわけにはいかない。

すると、杉林から時鳥《ほととぎす》の鳴き声。「廣ちゃん、描《か》けたか、描けたか……♪」（時鳥）。鶯の巣に托卵《たくらん》を企むこの鳥を活也は、初めて、受け容れることが出来た。悪鳥も生態系の一環。

３人は車に帰り、原黒松原を抜け、ラウンドアバウトを右へ、約５０００年前の貝塚跡に差し掛かる。活也は、縄文土器に漆で金接ぎしてあるものが、他所で出土した話しを思い出した。「遍照金剛」。金粉の粒子と波動が前世・現世（今世）・来世の３世を接続する。

車は、焼却場で青い破片だけを後ろの i-Herb の箱に残して、今度は真言宗木綿山《ゆうまやま》に向かう。水面自動車学校を過ぎ、峠に向かっていると、「陶器教室、炎の空葉」の木の看板を目にした。活也は、通り過ぎたのでひき返し、〈ここに金接ぎを頼んでみよう〉と思う。

下手糞な運転で、丘の木造の教室へ向かって祖神の並ぶ小道を車で上り、すぐ先が草の茂るダートなので、Uターンしようとする。Cocoa が教室に、ぶつかりそうで、もたもたしていると、中年女性が案じて、大きな目を見張って陽の当たるその教室から出て来た。活也は、幸子の顔色を窺う。嫉妬。何とか、切り返すと、活也の目に「金接ぎ、前より美しく」のキャッチフレーズ。運転席から、思わず尋ねた。

活也「金接ぎ、お願いできますか？」

塾長「して差し上げられますけど、今月末に金粉が納品されてから、金接ぎ教室を開きますから、いらっしゃいませんか？」

小女性が膨《ふく》よかで妖艶なので、気にいったけれど、気が気ではなく、活也が幸子の顔色をもう一度窺う。幸子も先生が小粋なので、気にいったけれど、廣生の容態のことを心配した。

活也は、生徒には成れないので即断で、先生に破片を出し、住所氏名電話番号を書いて、修復をお願いした。ついでに、金粉が来てからになるので、来月初めになるけど、お電話します、との答えだった。

「炎の空葉《うつわ》」の由縁を聞いてみたら、「水面氏の家紋、楢の葉（空葉、少弐と戦うために多々良川に向かう足利尊氏に楢の葉で包んだお結びを託した）と陶器の器を掛けた」、さらに自分の名前、三船笹葉子《さよこ》の葉と笹舟の笹の葉の舟の空間とを盛り込み、入魂する陶器という受け皿を連想して欲しいとのことであった。彼女によれば、古代では、広葉の上の空間に食べ物を盛ったので、それがうつ（空）の葉で「うつは」＝うつわとなったそうである。

車は、Uターンして、峠を上り、「海境の　ひかりに聳ちて　青き嶺」（岸原清行）の句碑のある木綿山の不動瀧に廣生が打たれた後に、種田山頭火も歩きながら「鉄鉢の中へも霞」と詠んだ波濤の海岸へ下り、帰宅。

活也は、２０１２年の『カキテ、ＮＺ紀行』を書棚から引っ張り出した。自作の次の和歌の下に大佛さんのあの日の英語の説教が書き写されていた。

われ（我、分れ、割れ）たるは　われたるままに　金《きん》接《つ》ぎの
　一片《ひとひら》の皿に　いのち流るる

（ヒント：「小さきは小さきままに　折れたるは折れたるままに　コスモスの咲く」昇知三郎）

"KINTSUGI, It is rather to celebrate and emphasize the seams as beauty and it becomes Even more worthy.
And we got the INSPIRATION from that concept as it is very Biblical.
Our weaknesses and brokenness are changed into God's blessings and glory and it can also bring reconciliation or restoration." (Osaragi〈大佛〉George)
seam（継ぎ目）reconciliation（和解）

この覚書の余白に、活也は、７月１日の夜の雨音を聞きながら、『邪宗門』『我が心は石にあらず』等とともに学生時代に読んだ、心身を壊す主人公、正木典膳の葛藤を表現した髙橋和巳の『悲の器』を思い出し、次の句を追筆した。

壊れても　壊れても接げ　喜《き》のうつわ

活也は、ここに熊楠とは違って、息子を選ぶ決意を表明した。さらに、カミュの『シジフォスの神話』を思い出し、こう付け足した。

落とされても　落とされても登れ　岩を持て（オリンポス山へ）

割れ（我）は、「明日地球が亡ぶ」けふにこそ、「林檎の木を植え」（ルター）

活也は、金接ぎのように、廣生との敵対関係を修復しよう、と思った。翌朝、倉庫の中の数々の廣生の絵画を抜き出して、鑑賞してその変遷を見た。

青の瓶とテーブルクロスの写実的な静物画、黄色い大きな丸い太陽を背景にした川沿いの街並みの風景画、赤と白のコントラストの牛の頭蓋骨、キュビズムの裸婦像、メキシコ風の婦人画、いきなり黒い怪物の登場する気味の悪い絵画……この怪物画から、廣生は長く悪魔を幻覚で見続け、吠える彼らの声、幻聴に怯えて来たのだ。何年も前に、廣生が「お前もなってみろ、ゲチゲラ（怪物）を見てみろ、聴いてみろ」と言ったことがあるのを、活也は、この絵を見ながら思い出した。

この絵画の後に、投薬が拍車を掛け、『一握の砂』の「クヒヤククジフク（九百九十九）」個の器を割るような自滅願望が出て来たのだ。あの青い器は、それで割れ、親がそれを理解し、金接ぎで子との人間関係を修復してゆくのだ。

青い「悲の器」が喜の器になって、廣生と活也の掌に戻って来たのは、2016年8月7日、七夕発祥の地、天の小川の流れる中ノ島のお祭りの日であった。

割れたるは　割れたるままに　金接《きんつ》ぎの　一片《ひとひら》の碗に　銀河流るる

前よりも美しくなった青の器を持って、車に乗って、炎の空葉から2人で帰宅する道中、活也は、今一度殴打した二男への報復と3悪人へのそれとの違いはどこにあるのかと問い、報復本能＝生存本能という点では変わりないこと、あおり運転への報復と違わないこと、ただ丑の刻参りには正義の報復があったところが違うこと等をその答えにした。

「柔能《よ》く剛を制す」

「悪人」を「悪人」のままに　抱《だ》き抱《かか》え　善魔《ぜんま》猛省　爺の花咲け

「悪人」は「悪人」のままに　「善人」は「善人」のままに　「人牛倶忘」　蓮開く池道を歩いて、偏人（偏向的人間＝山人）から遍人（普遍的人間＝海人）になろう！

活也は、それからはNudge（ナッジ）行動経済学者のセイラーとサンスティーンが言う「象を扱うように」、母象が子を「そっと後押し」するように、廣生が十牛図の第5図「牧牛」のように感情を飼い慣らすことができるように、神経を逆撫でしないように、Sludge（スラッジ）、悪いナッジ、上から目線の強制を慎むことを心掛けるようになった。〈ケンゲンウンコセイ：建設・限定・印象・個性・成長〉（コーチング用語）で廣生を諭すようになった。

幽体離脱なくして、この悟りは開かれなかった。半年たったのにまだ、後頭部は痺《しび》れ時々疼《うず》いているけれど、この苦痛はかえって気を楽にした。

3．公判、淡々と

公判では、村園學園による活也に対する長年の虐め、その処置のための私文書偽造、処罰の不均衡、Bの論文の盗用の実態と詳細な証拠、AとBに適用されたダブルスタンダード、処分事由8項目に至る正当な理由、正当な行為と背景……を準備書面で明らかにし、繰り返し述べた。

しかし、第8回の公判までは、依然として盗用問題不問・ダブルスタンダード不問の訴訟指揮が続行した。

和志の計画通り、幽体離脱以前なら、この横着な訴訟指揮に怒り、焦燥感を募らせた活也が、成行きに任せるように、それこそ法廷から離脱し、天井から自分達を見下ろしているように静観出来、冷静沈着に対応出来るまでに成長していた。

活也は、「空々《うつうつ》寂々《じゃくじゃく》」、法廷で利害得失で東奔西走する関係者を白けて観察出来るようになっていた。交互面接の待ち時間でも、瞑想して「遍照金剛」と唱え、金粉に照らされた1月31日の大事件を思い出したりもした。帰路、車中で遍を真ん中に、すぐ上に「一」、横に「路」、下に「照」、左横に「普」を置き「遍」を共有させた、一遍・遍路・遍照・普遍等という2字熟語の図を思い描いたりした。扁〈片方だけの編戸＝偏り〉を遍路（道を歩くこと）によってバランスをとって、普遍性のあるものに成長させること等、思い出した。道を歩いて、偏人（偏向的人間＝山人）から遍人（普遍的人間＝海人）になろう！と自分に言い聞かせた。

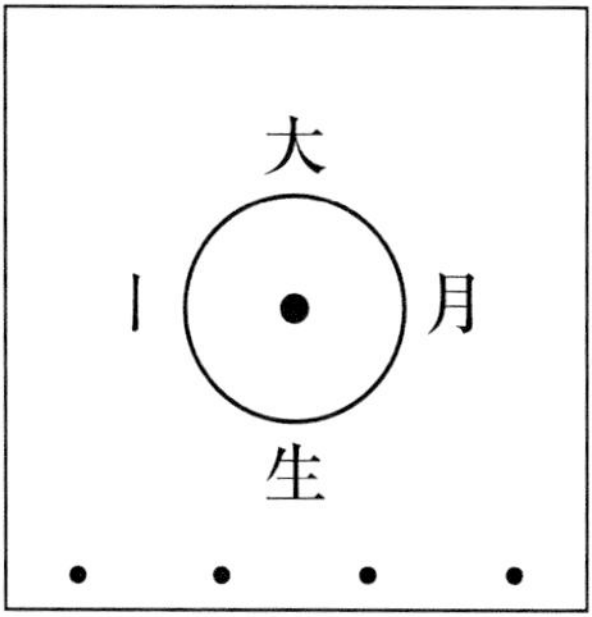

また、別の法廷の待ち時間に、Ｔ地裁の廊下のベンチで、これと同様、⊙＝「日」を真ん中に置き、大日＋明＋星＋旧を描いてみた。法廷の「大」は判事、「⊙」はテーブル、「月」は被告、「生」は傍聴人、｜は原告の配置になっている曼荼羅が生まれた。⊙は「器」であり、阿弥陀如来大＋⊙で「愛」の大日如来、明と星は明るい「知」の文殊菩薩、|⊙は「温故知新」。····は自然の然で天への祈り。活也は、⊙となり大日となって、この曼荼羅舞台のオブザーヴァーになりたいと思った。

この瞑想で、諦観を活也が持つ頃、裁判官は迷走し、次の第３幕で述べる第９回法廷では、盗用問題を扱わざるを得なくなったのだろうか、大きく訴訟指揮を「合議制」にギアチェンジして行く。

第3幕　恩《おん》の光《こう》——名案、展

活也は、和志が隠界から、もはやショック療法を与えたり誘導しなくても、幽体離脱という隠界の玄関口へ至る「転」通過儀礼を経たので、自己を好「転」、明「転」させ、「知」を霊界へも「展」開し、3V（大野尚）、つまり洞門の出口＝夢（Vision）＝目標を目指して、隠界と現世の松明のような「恩の光」＝船（Vessel）＝手段＝道具・機械を頼りに、この第3幕で槌を鑿に当てて岩を削り洞門を穿つ道程＝航路（Voyage）を前進しつつ、自らの魂を救済することが出来るのではないか？　活也は、3Vそれぞれに亘って、絶えず名案（idea）を閃かせるべく直観力を磨き工夫し、いかにその「名案」を元により良い夢を描き、航海の仕事をこなし、手段を選び、その過程でより良い人との出逢いを通じて現世の人生を活き活き豊かに、霊界を含む多種多様に「展」開すること、大あれちの菊を花開かせることが出来るか？

　この愛孫は、第1幕の抗争の怨讐を沸騰させて、第2幕第1章で藁人形を火葬したので、和志が続く第2幕第2章で、わざと廣生からのショックな殴打という荒療治をして幽体離脱させ、見えぬ隠界の存在、無の境地を悟らせ、重厚なプライドを持てるように誘導した。彼は、この悟りと第1幕の操り人形からの解放、了海さんの「爪の垢を煎じて呑み」ながら、自我意識の確立志向でもある「（尋）性成仏」の苦行によって、「恩讐の彼方に」行こうとしているのではないか？　呪いの五寸釘を祈りの鑿に、復讐の金槌を恩愛の鉄鎚《かなづち》に好「転」させ、生まれ変わり、新たな人生を「展」開しようとしているのではないか？

　この延長線上に、自然に癒された活也が、どのように大あれちの菊人形を作り、それを水葬し、絵本作家として再出発するか、その恩愛の明命と光《こう》、恩幸の劇が第3幕の主題である。この恩の第3幕は、2016年7月~11月の5ヶ月間の活也の軌跡を追体験する

第2幕で幽体離脱した後、自ら愛器知をより深く広くジャンプ台に上った愛孫活也は、どんな気持ちで、了海さんが急流（瀬）に築かんとした青の洞門（橋頭堡）に立つのだろうか？

「身を捨ててこそ浮かぶ瀬もあれ」（『仮名草紙』所収）。

本第3幕で、和志は、いかに孫に「身を捨て」させ、彼をこの高台（堡塁《ほうるい》）上から多生を控えた現世の空へ、未知の世界へ、限りなく深く大きく広く飛翔させることができるだろうか？

第1章　幸の家庭、効の公判

活也は、抗の公判で荒れた家庭をどのように再建してゆくのか？　身近な自然が、その再生に寄与したのではないか？

和志は、活也を、この公判を巡る藁人形の火葬、幽体離脱による体葬を通して、大あれちの菊のように、自立させ祈り拡げさせ、大日如来や自立のイエスに帰依させ遅咲きのゆるりと高く白い光を放射する日輪の花にすることが出来た。

しかし、彼は迷走している。半面、今尚、活也は職への未練は残している。盗用を告発し原告になるように自分が自分を追いやった失敗を悔いている。半面、退職後の家庭生活を楽しんでいる。

不覚こそ　命救いし　文殊堂

公判は、天にいる和志の配剤になった。捨てて勝たせた。職は捨てたけれど、自立の心と幸子・廣生・鐘生との公判前より円《まろ》やかな家族関係は活也に勝ち取らせることが出来た。ラッキョの皮のように、腹を括《くく》ってこれらの虚飾を剥《む》いて捨てていくと、最後に残って食い物になる芯は、家族愛。それを育むこと、家族の絆を強くすることが、美空ひばりが「柔♪」で歌い上げたように捨て身で己に勝つことだった。それでも、公判前と同様、孫は、二面性を持ち続けて、それをうじうじ楽しんでいる。一面は不幸を探して慰めるさもしさ、反面は不幸に共感する人情。

そして、鳥やUFOの眼から言えば、日本の神仏とキリスト教等全ての神の習合、霊的世界を試練を通して教えることが出来た。少し、イエスが日蓮宗同様、人間、個人の主体性を訴えるのに対して、日本の神仏が、自然、自らの身心、他者に生かされていることを教えるなど、ニュアンスの違いはあるにしても。全ての宗教の神は、青森の縄文人の宇宙服の遮光器土偶や進化論のミッシングリンクが示すように、宇宙人であり、人間はその宇宙人と猿の遺伝子組換えの所産であろう。

本章では、活也が行動で完全勝訴への未練を断った和解、清々しい研究室撤収、東帰行、再出発と自然回帰について紹介する。

第1節　効の公判、和解

訴訟は、準備期間は別にして、本訴の法廷開演から1年2ヶ月足らず、仮処分中立のそれから約1年8ヶ月で終演を迎えようとする。

1. 合議制、大転換の訴訟指揮

木村裁判長「今後の裁判ですが、**合議制**にすることにします。その前に**和解**の成立も有り得ます。」

これは、第9回公判（「V-2本訴レポート（本）第9回公判」参照）に於いて、最初に活也＝原告側のみが、面談した際に、裁判長が彼なりの迷走の後に採った大転換の訴訟指揮である。

2016年7月4日のこの公判で、喜ばしいことには、「次回から、もう2人裁判長が加わって、3人の合議制にします。」と言い始めた。活也は、この激変の理由について、当初、自分が諦めて可愛らしくなったからだろうか、と考えた。次に、裁判長が小保方事件でもマスコミや文科省等が問題視し始めた盗用問題とそれに大きく関わる懲戒権の濫用とを、おそらく俎上に乗せざるを得なくなったものと判断したからだろうかと考えた。それ以外にも、合議制を提案して来た理由について、活也は、大森さんが教え子の県会議員に頼んだのかなと思ったり、この急変は自分が中野正剛・廣田弘毅等の故人の顕彰にも出席している玄洋社の現役の大物と相談した成果なのであろうかとか、Aが文科省にT高嶋弁護士を通じて公益通報をした成果やある地元の市会議員を通じて国会議員と相談した成果なのであろうかとか、また可能性は村園が広告スポンサーになっているが故に薄いが、活也が明石弁護士の「先ずは、勝訴が先決」という方針から断念したT市弁護士会館プレス発表で作った記者会見リストに沿って順番に連絡（船瀬俊介勧告）して、各新聞社・TVに情報提供し（記事にはならなかった）、担当記者と面接した成果なのであろうかとか、T市教職員労組や高校教員組合にそうしたり、『週間金曜日』等ミニコミや有名評論家に情報提供し、かつ東京の労組やインターネットの大學雇用問題サイトに投稿したり、村園の元第一組合の主要メンバーに逐次連絡した成果なのであろうかとか、奏効の理由をあれこれと尋ねた。

活也は、幽体離脱で少しは悟って来たのに、意地と正義感から、完全勝訴の可能性に賭けて、即座に、合議制をお願いしようとしたが、幸運にも、その場では明石弁護士が敏捷に、それでは考える時間を下さい、と言って活也を制止した。

活也が退廷し、次に村園＝被告側が面談している間に、待ち時間の廊下で明石弁護士は、彼もまた早く和解させたいがために、「新たに加わる2人の裁判官がいい人とは限りませんよ。ギャンブル性が高い」と語りかけ、盗用問題が俎上に上ることを期待し合議制に賭けた活也を諫めた。大きな意思決定前の瞬間、迷い＝動揺が凝縮した思考時間。活也は、合議制以降の勝訴の希望を持ったが、そうなっても馬場橋教授のサークル費流用を口実にした解雇撤回公判が最高裁判決までの5年間続行し、さらに嫌がらせで職場復帰が延期された前例にあるように、村園は、控訴するであろう。だから、もう3年くらい中ぶらりんにされる危険性もあるし、廣生の具合や幸子の心労、健康第一なのに、藁人形火葬の前後、ストレスに弱くて、体重が15kg減って自分の喉から2年近く錆び痰が出て、肺癌の恐れがあったことも想起された。要するに、活也は疲れていたし、幽体離脱後人生観を「転」じ、抗争よりも家庭の和を優先したいと思ったのだ。

2．和解へ

活也は、半ば「渡りに船」、第9回公判の訴訟指揮、「今後……合議制……その前に和解……」という言葉の「和解」に第9・10回と逡巡しつつも飛びつくことになってしまった。活也は、定年規程の70歳まで勤務した場合の逸失利益など報告し、盗用と懲戒との切離しは理不尽であると述べ、善なるが故の相当金を求め、閉廷。

続く第10回公判（2016年8月23日）では、第9回公判まっ最中の打合わせを同義反復するかのようなやりとりがあった（以下は、付録Ⅴ－2（本）第10回公判P433に照応）。

活也「和解か、最高裁まで5年裁判に突き進むか、悩ましいところです。天変地異を考えたり、家族のことを考えると、和解となるのですが、未だ悩んでいます。」

明石弁護士「前回言った通り、ギャンブル性が高い。合議審に入って来る2人の裁判官がいい人とは限りませんよ。今日の条件は良いはずですから、和解した方がいいですよ。」

その問答の結果、金銭和解が成立することになった。

村木裁判長「被告側が解決金○○○円を出します……払い込みは1ヶ月から1ヶ月半で。」

原告「ありがとうございます。」

木村裁判長「よく、がんばられましたね。」

〜〜〜以上列挙した、約1年半に亘る計10回の公判、それに準備期間も含めてその心情を活也が吐露している約半年に亘る仮処分命令申立の公判と合わせて約２年の歳月、さらにこれらの訴訟を予感しながら正道を進むか邪道に逸れるかと葛藤した博士論文審査とその後の活也に対する調査委員会から懲戒処分までの約1年、これらを合わせて約３年に亘る対立・抗争が、一段落した。各回の公判の間が長すぎるし、裁判長が訴状・答弁書・準備書面など熟読してくれれば、３年も掛からなかったはずである（以下は、「付録Ｖ－３準備書面」Ｐ４３４〜４３５に照応した内容）。

実質上の勝訴になったのは、２０１６年７月第９回目公判で、原告側準備書面に目を通した木村裁判長が、①懲戒８項目の内、第７項目目の院生Ａに秘密を漏らした点以外は理由にならないこと、②降職処分は重すぎること、③盗用に関する証拠を村園大側に強制執行的に出させるかどうか２名の裁判長が９月から加わり、３名の合議審に入ること、以上３点に対して、第10回目の８月23日公判で、村園大側が和解をつきつけたことによるものであった。

この勝因は、①の秘密漏洩がなければ、もっと有利であった。

70歳定年規程と有力者からの里山と院生Ａへのパワハラなどにあり、パワハラについては、当時院研究科長の村上先生が２００２年に書かれた里山を院授業に復帰させようとしたＮ理事長宛上申書を村園大の悪い有力者が改竄・偽造して真逆のものに書き換えた有印私文書偽造を証拠資料に提示したことなどをタイミング良く公判の終盤に提出し、密室での組織的集団的な里山降職画策立証の伏線とすることが出来たことにあると思われる。

その他、降職根拠について、準備書面の通り、すべてが中津下書き、山内推敲の2014年3月12日の上申書通りになっていたこと、2014年1月8日の議事録・録音の情報漏洩について、その目的が、ダブルスタンダード（盗用に関わる著作権32条違反）を是正させ公平な審査要求のため真相を対文科省申入れ・パワハラ委員会で明らかにするための院生A+里山の共同作業であったこと、有利にも、就業規程に漏洩の注意なし（憲法31条罪刑法定主義）、クローズドな情報公開・説明責任・盗作論証（ダブルスタンダード、A氏へのパワハラとセット）であったことなどをもって反論したことにある。

降職処分決定に至る手続きや2014年9月の商學部授業のはく奪手続きについての違背、つまり學校教育法93条（教授会自治、2015年3月まで有効）違反、憲法23条學問の自由違反も論証した。

ダブルスタンダードの背景に、対A氏と里山への一体となったパワハラも準備書面で、論証した。対Aについては、ⓐ2013年12月19日院教授会でのダブルスタンダード（盗作B氏の論文は合格、A氏のは不合格）、ⓑ2014年1月6日A氏によるこのパワハラの訴えを2014年3月にパワハラなしの結論、ⓒ2014年3月31日、中津が対A退學処分提案、2013年11月AのD論の審査委員をなかなか決めなかった、ⓓ2012年12月～中津がAの投稿論文を掲載拒否、2012年9月—H教授（久野教授）からのアカハラ以降なかなか里山へと指導教授変更遅延。対里山への組織的集団的パワハラについては、

ⓐ文科省問い合わせに対する報復、ⓑ坊主＋袈裟で、２０１３年２月14日Ｈ教授依願退職への報復、ⓒ当局に２００２年に反旗を翻した里山に対する飲酒事件後の執拗なパワハラ（村上一夫商學研究科長の私文書に対する偽造、同時期停職処分中の里山研究室への無断侵入）、ⓓ里山郵便物（２０１５年２月10日郵便局窓口、２月12日受付印）についての不信（２月16日 3:00pm 着という虚偽）など証拠を提示した。また、パワハラとして、２０１４年10月10日の対里山大學院教授資格剝奪が９月19日の降職処分と連動していることも立証した。

この８月23日、第10回公判直後、活也は、地裁２階の弁護士控え室で明石弁護士と打合わせ。①必要経費の清算、②弁護の成功報酬、③院生Ａとの人間関係などについて相談し、明石弁護士を事務所まで送り、入り口で、原月・義国秘書に深謝して、辞した。

３．蟠《わだかま》り、忸怩《じくじ》たる思い

活也は、各支援者に最高裁まで闘い抜くと大見えを切っていただけに、和解したことを、申しわけないと思った。

その罪悪感・孤独感は、内ゲバが怖くて、ちゃんと全共闘や新左翼と対峙《たいじ》した上でのスッキリした理論的位置づけとその思想的な決別とをしないままに、ファジーに党派の活動から手を引いた時の40年余り前の中多半端な挫折《ざせつ》感に似ていた。粋《いき》がった決意の割に短いはずのこの年月は、然《さ》れど活也にとって、主観的には味方の家族、支援者、敵の村園學園、理事、教員などとの間の好悪を伴《ともな》って連綿と続いた長い2年であった。債務者・被告側は、裁判長の提案する開廷期日について、出廷の都合が悪いという口実で開廷日を最大限延ばしたがゆえに長引いたものであった。長い葛藤の末の卑小感を伴う終結ではあった。

この日、8月23日の空は晴れていたけれど、この公判の決着の後、活也の心は、肩の荷を降ろしてホッとした軽やかさと敵前逃亡した後ろめたさとを交錯させ、またすぐに結果を携帯で知らせた家族の幸子・廣生・鐘生の喜ぶ顔と支援してくれた大森・米田両先生の悲しむ顔を交錯させて、晴れたり降ったりして抱くべきスカッとした爽快感に恵まれなかった。

活也は、割り切れぬ思いを胸に、明石弁護士事務所を後にして、カソリック教会へ行った。2階の1つ目の重いドア、2つ目の軽いドアを開け、書庫から『聖書』を借り左手に抱えて、誰一人いないカセドラルの壁際から光を差し込ませているイエスの道行きのステンドグラスを第1留から第15留まで追った。しかし、今まで確認して来たように、鶏が鳴く前にペテロ（＝ペトロ）に予言通り三度に亘って自分を知らない人だと言われた第4留は、活也には見つけることが出来なかった。第4留を、公判の後半、活也はイエスが信仰と自立を教えたクライマックスだと思うようになっていた。

14留しかなく福音書により忠実とも言われる「フランシスコ会によるローマのコロッセオでの十字架の道行き」（wikipedia）には、第4留がある。

「1．イエス、ゲッセマネの丘で祈る

2. イエス、イスカリオテのユダに裏切られる
3. イエス、サンヘドリンで有罪判決を受ける
4. ペトロ、三度イエスを否定する
5. ユダヤ人、イエスの十字架刑を要求する
6. イエス、ローマ兵によって紫の衣を着せられ、茨の冠を載せられる
7. イエス、十字架を背負う
8. キレネ人シモン、イエスの代わりに十字架を背負う
9. イエス、婦人たちと出逢う
10. イエス、十字架に掛けられる
11. イエス、犯罪人に語りかける
12. イエス、母マリアに語りかける
13. イエス、十字架上で息を引き取る
14. イエス、埋葬される」（wikipedia）

壁際から光を背に、活也は長椅子に坐り、左手の懐かしいマタイ伝第5章を開き、山上の垂訓を探し、次の第10節を読み上げようとして、活也はなぜか感極まった。

「義のために迫害されてきた人たちは、さいわいである、天国は彼らのものである(Blessed are those who are persecuted for righteousness、sake, for theirs is the kingdom of heaven)。」

十字架に向かって編んだ親指と人差し指にイエスとの共鳴が溢れさせた雫が落ちる。閉じた眼から、止めどなく頬を伝う泪。いま、イエスがここに降りている。体を震わせる嗚咽の後、平常心に戻った活也は、眼を開け、イエス像を敬虔《けいけん》に見上げ、今日までの公判の試練、受苦を通じて、自立への丘を上らせたもう恩寵に深々と頭を垂れ、活也は、こう心の中で叫んだ。

活也〈イエス、あなたこそ「義のために迫害され」十字架に架けられたのではありませんか。〉

彼はここで、次のような遠藤周作の「イエスの道行」の解釈を思い出していた。

「罪人として拷問の末汚れにまみれ、自分を磔（はりつけ）る十字架を背負い、しかも衆人から激しい罵声を浴びつけられる姿が歴史上もっともみじめな、しかし美しい人間であるとしている。誰にも認められず、汚く惨めな自分をどこまでも無限に傍らにいて見守る人、それがキリストであるとしている。この特徴的なキリスト教解釈は高い評価と共に、異端であるとも見做されることもある。」（傍線は里山、「遠藤周作」〈wikipedia〉）

活也は、２００８年3月末、パーミイ（パーマストンノース、ＮＺ）滞在中、イースターの十字架の後に続きながら、涙が止まらなかった日のことを思い出した。正義のイエスはマジョリティに虐待された。しかし、時を超えて、十字架のイエスに共感する人々がいる。ちなみに、活也と同様周作にとってもイエスは人間イエスである。

活也は、頬と両手を拭い、『聖書』を戻し、前より軽やかな2つのドアを開け、出掛けに、「勝利の女神像」にも笑みを浮かべて手を合わせ、石段を下りながら、生き抜いた自分を祝福し次の一節を再び思い出した。

「神は力に余る試練をお与えになることはない。」（「コリント」10:13）

帰宅後、活也は、先ずは妻子ともども喜んだ。そして、1階の乃木さんを祀る神棚に手を合わせ、2階の板の間のカラーボード最上段にあって自由に浮遊する和志が止まる仏壇的空間の鈴《りん》を鳴らし協和音を棚に響かせながら俄《にわ》かに祀ったアイヌのニポポ像（後に佐伯〈塞鬼《さいき》〉の先祖が司馬遼太郎のアイヌ説に反して縄文人であることを知り、ニポポ像撤去）に手を合わせ裁判の終結を報告した。さらに、2階の南側の網戸を開け、この地の山河に守られ癒されて、今日の日が迎えられた、という思いを胸に、里の許斐山《このみやま》に手を合わせた。

明日、活也は仏峰川沿いの地の神の和歌神社と黒尊《くろすみ》さまと阿弥陀堂、それに浮動寺に行き、戦勝報告をし、早い内にCocoaではなく、河鹿で30分の光岡八幡境内の必勝祈願したご神木の蛸ちゃん8本足楠に西日が差す昼過ぎにお礼参りをし、その自転車でさらに30分、入れる円墳洞窟のある名残《なごり》の集落、その西側の樫の里山の自由が丘のカソリック教会、この2つの池を縫って設計された大理石版の1留から15留に至るまで、ゆっくりイエスと共に、賛美歌「いつくしみ深き……♪」を歌いながら、池に鴨やカイツブリの浮かぶ夕方の木漏れ日の中、厚い落ち葉の山道を踏みしめながら、自立のお礼参りをし、蝮に気をつけながら道行の最後の谷のルルドの泉の洞窟のマリアに祈りを捧げるのだそうである。

1階に降りるや否や、活也はさらに妻の幸子から彼女の兄の留守録に結果を伝えたことや彼女の横浜に居る姉に電話したところ同慶してくれた旨を聞き、祝福した。

その直後、活也は、支援し続けてくれた大森・米田元村園大教授に電話し、裁判終焉の報で失望させてしまった。大森教授は、定年までの5年間の教授給や年金など「得《う》べかりし利益（逸失利益）」に迫れなかったことは、金・銀メダルではなく、銅メダルを得たことになるが、家族のことなど個人的な事情もあるので、私はこれ以上のことは言えない、と結ばれた。活也は申し訳ないと思った。

その後も、活也はPCに向かい、研究・學会運営・奥様の看病など忙殺の日々の中、2年に亘って活也を宥《なだ》め励まし、活也に被害の実体験のある民事裁判について親身なアドヴァイスを公判中寄せ続けた無我教授に、かなりの長文で、和解の状況とその後ろめたさや懲戒に至る非現実的で理想を求めた頑固一徹で善魔的な言動を時代遅れのドンキホーテに喩《たと》え認《したた》めたメールを送信した。

すぐに来た返事は、労《ねぎら》い、「訴訟の意義」ありとされ、「事実上の勝訴」＝和解を「同慶」とされていた。そして、こう結ばれていた。「一見ドンキホーテと思われようが、やるべき時はきちんとやる、これが「人の生」ではないかと思います。」

活也は、立派な人だと思い、心の中で手を合わせた。

活也は、次に同じく長文で、大學院時代のOBの先輩、反原発の旗手、恬淡磊落《てんたんらいらく》な益井教授にも、合議審に突き進まず、日和《ひよ》って全共闘運動の自己否定の延長戦を完遂できずみっともなく自滅したこと、敵前逃亡、凄惨な連赤榛名山同様の内ゲバに慄《おのの》き新左翼の運動から身を引いたときに似た割り切れなさがあること、ただやっと高齢にして自立したことを、メールで報告し、和歌で結んだ。

自己否定　独りに成れど　ゴルゴタの　道行く丘に　二羽とりの声

すると、現役活動家兼研究者らしく、間髪を入れず、返事が来た。

「和解……に至るまで……悩み、苦労された……でも……よかった……この種の訴訟では完全勝利ということは……ほとんどない……和解は……「みっともない」ことではありません……妥協してもいいと思います……戦う姿勢を本気で貫いたからこそ……妥協してきたわけです……心残りはあるかと思いますが、勝利的和解で決着したことをもって、これからの生き方を充実させていくことを考えて下さい。よくぞ不正を働く大學当局……を相手に戦いを挑んだものだ、と自分を褒めてやっていいと思います……まあ、少し骨休みをして活力を養って下さい。」

活也は、全共闘の闘魂を高齢になって尚遺したこの人に、限りなく励まされた。自分の大學の全共闘はファッションにすぎなかった。かつての友人、自己保身に徹す葛藤なき人物にとって活也は「招かれざる客」だと思い、孤立していたから、なおさらそうであった。自立したはずではあるが、連帯のエールは、嬉しい。

この先輩へのメール発信のすぐ後に、活也はこの公判よりも15年も前に義のために研究機関を解雇され民事裁判を体験し、活也に「気長にやること。和解を早まらぬこと。組織の方は、意地悪に引き延ばすから……」と忠告してくれた學部の出身大學時代の友人、丹波洋平（明智光秀家老の子孫）にメールで今日の報告を長文でなした。後日、体験者らしく、荷を降ろした解放感を共有してくれた。

かつて帰郷した丹波を、活也は多幸駅構内改札口横の大きな極彩色の多幸人形の卑弥呼像の前で待ち合わせ、出迎えたことがあった。白髪、良い年の取り方をしている。自宅で昼飯のさんま・つけものと食後のスイカを食べた。その後、丹波は、自分の体験に照らして、こう語りかけてくれた。

「途中で、自己中の相原君から逃げ切るべきだった、しまった、と今は思っているでしょう……年金が出ているなら、気楽に、長期戦で裁判をやって……全共闘の価値観は今は変化しているから、柔軟に……」

活也は、丹波に続いて短文で、一本木な大浦、尾上、大學の春藤ゼミの先輩、田守、垣内、出身大學元教授の大島、そのご縁で繋がる他大學の現役教授の遠野、活也のかつて所属した學会の杉尾教授や村園學園の数々の声無き支援者に同じくメールでの連絡をした。元の同志は、皆、損得と正邪の2軸のバランスのとれる現実妥協的な大人になっていた。村園學園の支援者への報告に対して、彼らは、短文で労ってくれ、學園の反動化の実情を伝えてくれた。彼らは、學園を私物化し教授会自治を侵害し不正悪行《あくぎょう》を続ける理事会・學長など執行部の転覆の一助になるはずだった活也の完全勝訴を期待していただけに、かなり失望したことであろう。

一通り、メールでの友人・知人への報告を済ませた後、活也は、自分の飲酒授業事件の際、停職２ヶ月の後、当局に楯突いてすぐに自分を院授業に復帰させようとしと努力し、その報復で yes man なら勤められた73～4歳になる2～3年前に退職させられた元院商學部研究科長の村上一夫元教授に、無念の手紙を書いた。

翌８月24日（水）の朝早く、夢で自由が丘のカソリック教会の15留路《どめみち》の家の道行きを追体験し、マリアさまの前で蝮に噛まれたところで眼が覚めた。

蓬のお茶を点て、2階のニポポ像に供え、大池の傍の公園よりも少し高い道路の電信柱に大半が包装ビニールやプラスティックトレイのゴミ袋を出した。豆乳ヨーグルト・納豆・大根下ろし・味噌汁・玄米ご飯の朝食を囲んだ。

早《はや》、午前9時半、その後意を決して、支援者の中で、誰よりも最高裁までの徹底抗戦を体調不良を克服して鬼神のように活也に呼びかけ、励まし続けて来た写真家、米田元村園大教授に電話した。生憎《あいにく》、半ば幸いにも、先生は徹夜でのシカゴの写真集と写真學の執筆の後、夜が明けてからの就寝故《ゆえ》に、「昨日、和解」の一言を奥様に伝言した。すぐに、睡眠不足の米田先生から電話、活也は和解を心痛め謝りながら説明した。

先生は、責めず、裁判は終わったけど、今回の盗用隠蔽、不正の問題は、一村園大の問題に留まらず、九州の問題であり、ルース・ベネディクトが『菊と刀』（活也にとっては、自虐史観的著作。ベネディクト女史は日本に来ていない）で言ったような日本全体の問題でもあり、これで終わらせず、小説にして、世に問うように、と励まして下さった。そして、9月7日にT市明神のビルのレストランで昼ごはんを食べながら、大森先生・広田くんと4人で今回の公判の反省をすることにしよう、と誘って下さった。それは、4人の時間が取れたので実現した。戦いに生き残った者同士の骨が、中也の言うように、食堂に坐った。

4人で和解について話している間、活也は公判がまだ盗用問題不問で絶望的であった頃、別府から公判の功・和解を予測し、エールを送ってくれた作家のことを思い出していた。佐伯「文部省はおだやかな手段、あなたと教授会と學校側に『和解』を提案するでしょう。その時は、少々腹が立っても、がまんして下さい。私の予想は当たります。」

的中はしなかったが、この「和解」について、孫は何らかのそれの心の準備もしていた。啓示的な「和解」の予感。活也は、居直ることも必要だと思うようになってくれた。なぜか心穏やかな終結を迎えてくれた。和志は、生命第一、家族第一、和解という現実妥協的な生き方こそが最善の道だったのだと活也を思わせるに至った。

第2節　家庭第一、バイオフェリア

オキシトシンを出し合って、寛ぎ、平安にし、癒し、相談し合い、外が暑い夏には、日陰の涼を、外が寒い冬には囲炉裏の暖を施す家という箱の中の家族、人体という箱の中の魂。

活也は、かつて外面《そとづら》ばかりが良くて、家庭では自我を通し、独裁的な内面《うちづら》の悪い父親であったが、今回の公判、村園學園でのトラブルや幽体離脱を経て、どのような人物に転じてゆくのか？

一見平和な空、長閑《のどか》な風景を飛ぶ小鳥は、この長閑で表面的な人間関係が、嵐という試練の危機、利害関係や風評によって崩れ落ち吹き飛ばされた時、急いで回帰してきた巣、一度は壊れ金接ぎを施された巣、それは家庭、家族であった。嵐、勤務先の悪、そこからの仕打ち、そこで自分から去る多くの同僚、「大人しく言うようにしないと、退職金も出なくなるぞ」という陰謀、Aの裏切り、さらに廣生の「きちがい」の噂で挨拶しても無視し関わってくれないコミュニティ、体調不良等々の台風をその心身に覚え、活也が社会的孤立の中で戻って来たのはネスト＝家庭、そのかけがえのない温もりであり、一番大切にすべきは愛の巣なのだ、そう悟った。そしてまた、精神面における、自然からの癒し＝バイオフェリアと縄文の無垢な心への回帰が、この家族を救済するヴェクトルになった。活也を救済したヴェクトルは、もう一つ、ゴルゴタの丘を上るイエス像、ゴーギャンにサーベルで耳を斬られ、弟テオに拳銃で胸を撃たれるゴッホ像、その厚いプライド、深い愛であった。

1．癒されて、浮動寺

和解、8月23日の翌日、活也は、裁判を続行できなかったという罪の意識を持ったまま、回復期の廣生とCocoaではなく河鹿に乗って浮動寺に、戦勝報告に出かけた。後述するように、本堂の五仏の内、真ん中の大日如来をじっと拝むために。釈迦牟尼から大日如来に。公判の前半、一筋に尊顔が弟銀磨に似た釈迦牟尼に帰依していたが、自立しようとしでき掛かった後半からは、ジェネラルマネジャーとして、周りに気配りする大きな器の大日如来に帰依するようになったからである。

「大きな器を持つことは幸せの必要条件」（大谷暢順）

奥の院に上る途中、石段の側溝に光る水が流れている。

潺《せせらぎ》を　奏でて独り　山の水

奥の院の手前の石段の踊り場まで上ると、活也は廣生と2人で孤高の樅の木を抱きしめ、仰いだ。青い空に伸びるこの樹は、大あれちの菊と相似形であり、その父である。原田甲斐（山本周五郎『樅の木は残った』の主人公。モデルは仙台藩の伊達政宗の隠し子）、現実妥協的で、大日如来のようなあなたを活也は、忘れない。

鳥の眼を持った仙台藩家老甲斐は、藩を取り潰しせんとする幕府の悪老中酒井がまずは「分断統治」し、分断された両派（兵部vs.安芸）をさらに分断させているのを見抜き、酒井と密約（藩の半分を得る）した叔父の兵部に懐柔されたふりをして、酒井家に密偵を送り、この密約に加担する自分の家来をも惚《とぼ》けて欺き、悪評に耐え、両派によるお家騒動がお家取り潰しに誘導されぬよう、最善策を練る。しかし、酒井の画策通り、虫の眼しか持たぬ安芸派が分断＝内紛（酒井の仙台藩取り潰しの口実）について、直訴せんと江戸に上る。甲斐は安芸を追って上り、善老中の久世に酒井と兵部の密約証文を見せる。評定の場を酒井邸に移した酒井の陰謀を見抜き、酒井に不意打ちされるや、甲斐は既に討たれた安芸の脇差を抜き、自らの血でそれを染め上げ、自分の乱心で殺傷事件が生じたことにした。そして、絶命寸前に久世から仙台藩安堵の評定決着を聞く。

屹立する縦（甲斐）に成れず、公ではなく、私から三人を殺害し、公判を捨て曲がったあれちの菊＝活也の心のもやもやは晴れない。それを晴らした儀礼の式場は、２ヶ月あまり後の11月７日、研究室撤収、東帰行の列車が出るＪＲ村大駅前になる。ここで、躁鬱気味の活也は、小躍りしそうな爽快の躁になった。不思議なことに、終審の８月23日以降、修身の成果か、重曹の成果か、就寝中、時々咳き込んで２年近く吐いていた錆び痰が終身続くのではなく、出て来なくなっていた。そのことも爽快感を高めた。病気は気（ストレス）から。

さて、文殊堂で祈り、等身２倍大の石のボケ封じ観音の手に我が手を合わせた……「かんのんさまはどうしてこんなにしずかなの　かなしみにたえた人だから……」（相田みつを）。その後、２人はコンクリートの護摩堂へ。正面に、毎年お不動さん前の窪地で火渡りのある４月28日だけご開帳される木彫の弘法大師作不動明王は厨子の中。左手の梁に、「我執《がしゅう》」を脱却すべき「無我」の書。次に、活也は廣生と靴を脱いで浮動寺の古い木造の本堂の太い垂木の格子から明かりの差す座敷に座り、木彫の五仏、その内ことさら、鐘生《かねお》や自分の弟銀磨に似た釈迦如来の振りかざした右掌《てのひら》、愛着と他力本願の心の領域から我が左掌を独り静かに合わせた。

掌に触れて　涙溢るる　釈迦如来

光沢を放つ釈迦如来の右手は、世紀を超えて何人の訪問客が、祈り、祈り、そして祈り、左手を合わせるのを、しっかりと受け止め、これからも受け止め続け、助けるのだろうか。未熟者の活也は、あの一月末の離脱前までは、中央の大日如来の左に座すこの釈迦牟尼仏(聖者、釈迦)に祈りを託していた。近い、体葬(幽体離脱)後には、大日如来が近い。

活也はいよいよ、堂内の霊気全てを吸い込み、如来の前に進む。そして、愛器知を深く大きく広くすることを誓う。

「気が付いたときが1年生」とはいえ、いい歳をしている活也が自分を突き放し、我執《がしゅう》を少し逃れて自立し、これら五仏の真ん中の「無我」のジェネラルマネジャー、気配りの大日如来を崇拝するようになるには、Ordeal(煉獄《れんごく》)の本訴を行脚《あんぎゃ》、つまりゴルゴタの丘を上る行脚と荒療治幽体離脱を待たねばならなかった。活也は、次に本堂の脇のお大師堂で杉の線香を鼻孔《びこう》に含み、赤い小さな鯉が群れ、錦鯉がゆっくり泳ぐ本堂の池の水が排水口へ流れ落ちる先の寺の湧き水の蛇口に向かった。

クラスターも小さく少し炭酸を含んでいるのか細かく泡立ち、すぐ尿意を促す円《まろ》やかな水面一の名水である。本堂に向かって右手の大師堂側の数片の紅葉の鮮やかな渋柿の下の古井戸から中型電動ポンプで屏風山の中まで、水圧を高くするために、汲み上げ直方体の大きな水槽に溜めた水を塩ビパイプでそのモーターの処の蛇口まで引き下ろしたものであろう。活也は、イソップの牛の大きな形状を真似《まね》てお腹《なか》を吸った空気で膨《ふく》らませた蛙のように、パンクしそうになるほど欲張ってお腹を水を呑めるだけ呑んで膨らませた。今日は、河鹿で来て長い参道の石段の門の下にそれを置いているので、重くなるペットボトルに汲むのは帰りにして、釣瓶《つるべ》の井戸の前を横切って奥の院に続く山道の石段に進んだ。沢蟹《さわがに》は希にしか出ないが、その多くが棲む大きい赤蟹は谷間の山水と木漏れ日に鮮やかに光りながら横歩きする急勾配の石段の路。涅槃《ねはん》の石仏、千手《せんじゅ》観音、馬頭観音、阿弥陀、薬師如来、大日如来……帰朝後この地の洞窟で修行と布教を兼ねて空海がお結び型の岩に深く刻んだと伝承されている梵字《ぼんじ》を拝んだ。蜩《ひぐらし》の似合う寺。

活也は、和志が降臨したちょうど1年余り前の晩夏に親子で当寺を訪れた日を回想した。〜〜〜当時、鼓膜を波動させた。山肌から谷に木霊《こだま》して協奏する熊蝉と油蝉の声、恋の焦燥の声。活也は、その時、廣生に「『閑《しずか》さや、岩に沁《し》み入る、蝉の声』、芭蕉の句だよ」と教えながら、独り思い巡らせこの句を主君を忍ぶ蝉の唄だと思い、「少年愛の美學」風にこう解釈していた。

しずかさや　芭蕉の下に　藤堂《とど》の影　蝉の滴《しずく》や　主が沁みて

蝉とは蝉吟《せんぎん》（＝主君の藤堂良忠、１６４２年〜１６６６年5月28日）のことで、岩とは美少年芭蕉の菊のお花のこと。蝉吟の吟は、良忠が學んだ貞門派（松永貞徳）の俳諧の師、北村季吟に由来する。19〜23歳まで若き忍者芭蕉は2歳上の主君と句で交流するばかりか、きっと同性の深い少年愛、友情で交流したに違いない。蝉吟の根が割りこんで拵《こしら》えた芭蕉の岩の輝《ひび》には、蝉の吸った塩《しょっ》ぱい樹液が沁み込んでいく。蝉の声は、芭蕉のそこに痛みを走らせた。だから、この句は夏蝉の異性を求めて騒がしいばかりの鳴き声によって、芭蕉が想起した哀悼歌。青年芭蕉が無常観を自らに沁み込ませる契機となった25歳での彼氏のその夭折《ようせつ》、蝉のように短い命。高野山に自らその抜け殻《がら》を納骨し、枯野の「一所不在」の諜報《ちょうほう》の「旅を住処《すみか》」となす自らの夢を見させ、これら仏教的忍者的な人生圧縮の俳諧《はいかい》の路、その生き様《ざま》へと自らを誘っていった蝉吟の生死、蝉吟とのひと夏の悦楽。この陶酔の秘め事を想い出させられた上で彼氏との心身不二、ともに歌い上げた肉体的精神的追悼歌である。

夏が去り、晩秋、そして冬の夜、火鉢に手を翳《かざ》して蝉吟《せんぎん》の数え25歳の早世を悼む芭蕉の目にも泪。

「埋もれ火も　消ゆや（夜）泪の煮ゆる音」（芭蕉）

これは、娘さんを失った友人宛の白紙の手紙の末尾に記された一句。他者との共鳴共感が深い悲しみをより深くし、亡き者をより強く偲ばせ、お線香の煙の揺らぎのように、共に零《こぼ》す泪が、隠界に居る亡き者の霊魂に繋がって行く流れ、その蛇行する水路になり、真の供養となる。お互いの魂と霊魂が水路で繋がり、せせらぎのように美しく協和音を奏でる。これが、本当の内面のお葬式だ。芭蕉は、真実の深い人。これは、芳村思風が言うように、芭蕉の「同悲同苦」の真の供養の句である。ここにも、芭蕉は蝉吟の面影を偲んでいる。

　忍者の泣き虫、芭蕉。次の句の「天の川」とは、佐渡の金山に幽閉される奴隷となった江戸の罪人と分かつ「同悲同苦」の泪の川のことであろう。

「荒海や　佐渡に横たう　天の川」

そもそも、『奥の細道』は「鳥啼き、魚の眼は泪」、水に泳がされる忍者、芭蕉という魚の悲哀、泪から始まる。～～～

ちなみに、以上の浮動寺の回想に続いて、活也は芭蕉から乃木さんを偲ぶ。芭蕉の「埋もれ火」の泪に深く感銘した自らも幼少の無人《なきと》時代からよく泣いた泣人《なきと》とあだ名を頂き生涯泪もろかった乃木希典は、台湾から引き揚げ那須野に休んで、日露戦争前夜に詠んだ次の句に、埋もれ火を燃やし続ける那須の野木＝埋れ木という自らを石黒宛にこう詠んだ。

「埋木《うもれぎ》の　花咲く身には　あらねども　高麗《こま》もろこしの　春ぞ待たるゝ」

〈この句は、野木が性的にも敬愛する明治天皇に届く。〉

芭蕉と乃木さん（活也の姉、峰津梅子を通じた遠い縁戚。梅子の主人峰津太刀雄《みねづたちお》の祖父の弟の妻が乃木希典の妻、湯地静子の姉）のＬＧＢＴＱに関わる回想のようなどぎつく生々しい想像と名句の深読みをしながら、活也は廣生とともに、まだ綺麗《きれい》に咲き残る晩夏の遅咲きの紫陽花《あじさい》に迎えられ、谷間の樅《もみ》の樹にパワーを頂き、最後の石段を軽々と浮き上がるように昇らせてもらい奥の院の寺門のような宿坊を潜らせて頂いた。

　帰朝後、空海が修業した岩窟の波切不動尊《なみきりふどうそん》の掘られた奥の院。院の波切の瓦の海の向こうに杉帆柱、長身の榊《さかき》の樹の葉が涼風を受ける。

吹き抜けて　木の葉ひらひら　奥の院

勝訴的和解のお礼参りの後、石仏群のミニ四国八十八か所、活也は二人で、Via Dolorosa（イエスの苦難の道）を想起しながら、ミニお遍路をした。昭和60年7月作の水子地蔵がいた。

生きたらば　三十路《みそじ》を足せる　地蔵尊

弟の消灯から満6年、数えで7年、この三十路は、活也にとって、七歳《ななとせ》でもある。お地蔵さんの前で、活也が合掌《がっしょう》しているとき、二男がふと呟《つぶや》いた。

廣生「お父さん、裁判終わって、ほっとしたね。」

活也「そうだね……」

活也は、無言の内に1年前に、我に力を下さい、と裁判の必勝祈願を奥の院でしたことを懐かしく思い出した。そして、これからはいつも微笑む力を、廣生にも家族にも心配させぬ笑顔を、南無大師遍照金剛、六根清浄《ろっこんしょうじょう》、ドッコイショと唱えながら、いま上った道を奥の院から下り、花を枯れ残した瑞々《みずみず》しい肉厚の葉が水脈が良いのだろう少し谷間に緑の光沢を放っている季節はずれの秋の紫陽花の咲く分かれ道をお稲荷《いなり》さんを仰ぐ向きに廣生を先に促《うなが》して左に折れ、並ぶ石仏、ミニ遍路、弘法大師と同行二人、イエスと同行二人。北九州市のご一行が願《がん》をかけられた延命地蔵の鈴を鳴らし、杉並木の大日如来仏に改めて合掌し、お構いなく歩む廣生を追いかけ、苦行中の廣生に一寸《ちょっと》似ていて内面の違う弘法大師のちょっと睥睨《へいげい》しているような大きな石像にも廣生と手を合わせ、水を一口しか飲まなかったせいか、誘ったが同行しない廣生に、そこで待っているように一言告げて、その裏の萩の茂《しげ》みの奥へ分け入り、名残の藪《やぶ》蚊に左手親指と首筋と左耳たぶを刺されながら、文學青年にして関根正二と並ぶ夭折《ようせつ》の画家、母たまが女中奉公したご縁で森鷗外に名付けてもらった画家、村山槐多《かいた》の合掌する『尿《いばり》する裸僧』と修行中の空海を重ねながら、右手だけで拝礼し左手で抓《つま》んで、俄《にわ》か雨かと狼狽《ろうばい》する団子《だんご》虫目掛けて意地悪《いじわる》に放尿した。

活也〈7ヶ月前の1月末日、この僧の黄色いオーラと同じ色の、金粉の龍に自分は、螺旋状に巻き上げられた。〉

絵画の裸僧は、お布施を頂く木のお鉢《はち》を足元に滝壺《たきつぼ》のように設置し、音を立てながら目掛けていたから、並々と有難く滝壺の香水を毎回全量頂きながら、野の修行をしていたのだろう。放《はな》ち終わって、振り向き、お大師の前で待っている廣生を見た瞬間、若いころにはなかった残尿が左太ももにスーッと左膝《ひざ》小僧の手前まで伝わった。よく振り払っておけば良かった。

　2人は、所々躑躅《つつじ》の「狂い」咲きした石仏群の石段を急降下し、石仏の道を壹千巻の般若心経の写経を発起し一文字一文字一心経の念を込め5年をかけて完成しそれを全て納めて、戦友と中国人とを供養する屋根蓋付き壷様の塔、表が金文字で刻印された心持ち高い石塔、「般若心経壹千巻写経納塔」。その裏が長文の堪え難き「慙愧《ざんき》」の墨文字の筆跡の碑の背後に廣生と同行した。この道中の六角様《よう》の石塔の裏面には、墨字で願主の中村氏の筆跡で、「戦後平和な今日において」振り返りて思う「痛恨の極み」がこう刻まれている。

2. 自虐史観　浮動寺

「大東亜共栄の理想のもと正義の戦いと信じて北支の戦線に赴き……戦闘に従った其《そ》の間、戦陣に斃《たお》れた……友を……荼毘《だび》に付した。其の紅蓮《ぐれん》の焔《ほのお》は我が心に焼き付いて消えず其の白煙の余臭は鼻に残って去ることがない。我が瀕死《ひんし》の重症を負い終戦の後は極寒《ごっかん》の地で虜囚《りょしゅう》の苦しみを得たが何の償《つぐな》いになろうか……戦いは侵略であって如何に中国の民衆を苦しめたか……此の浮動寺の聖地の一隅《いちぐう》に塔を建立して心経《しんぎょう》千巻の写経を納め戦いに死んだ友縁《えにし》の友の冥福を祈り戦禍に逝った中国民衆の霊を慰め恒久の平和を祈念する……昭和61年中秋、願主中村隆次」

(1) 反共の共生、洗脳 free

このごろやっと活也は、唯物論の非科學性や主義主張＝イズムの洗脳から解放され(brainwash free)、『価値自由』とは幽体離脱的「人牛倶忘」(十牛図の第8図、無)のことなりと悟った。このようにして、魂の不滅を信じ始めた活也は、マッカーサー以来のWGIP (War Guilt Information Program) の洗脳洪水が結実した全共闘のクリスチャン的な罪の意識による「自己否定」、アジア人に対する「血債」(荒)の思想と気脈を通じこれらの延長線上の目前の慟哭《どうこく》の石碑銘に手を翳《かざ》し、これを大きな声で、途中大きな樫の木の丸太に腰掛け、いつの間にか蒼い小粒の実を付けた渋柿をスケッチし始めた廣生に、無理やり強引に聞かせようと全文朗読し、独り言でこう唱えた。

活也〈中村さん、虫の眼からはとても重い体験をなさった中村隆次さん、確かに、世界史の裏のハザールマフィアに誘導され軍国主義教育に洗脳された戦時中の愚考、７３１部隊や三光作戦や軍隊の統率から外れたチンピラ等の反省すべき残虐性、またロジスティクスの不備による日本軍内の餓死者や沖縄戦最中での島民に対する集団自決の強制や若い下級兵による自分たちの艦船の自爆に至らせた軍隊内の彼らにとって耐え兼ねた非人道的パワハラ等々、無謀で非人間的な側面も多々ありました。しかし、海軍は売国奴だったにしても、乃木さんの日本帝国陸軍が、裏のハザールマフィアの陰謀＝「ニンジンセンキン（人人洗金：人間牧場・人口調節・洗脳・金融）」の一環としてのアジアの「人間牧場」化に抵抗した側面もあるのではないですか。「人間牧場」開設者の世界史の裏のハザールマフィアが策謀したロシア軍による敦化事件（日満パルプ事件）や米軍による東京大空襲・広島長崎原爆投下等、被害者的側面もあります。魚の眼から見れば、あの戦争の「大東亜共栄の理想」には、当地の玄洋社が唱えたように、あなたがアングロサクソンによる植民地化を食い止めるための大きな現実的側面も確かにあったのではないですか？　鳥の眼から見れば、中村さんが世界人間牧場化に抗した面も自己肯定しなければならないのではありませんか？　鳥の眼から言えば、ハザールマフィアの「ニンジンセンキン」に抗し、所詮彼ら悪魔の手のひらで踊らされた悲話とはいえ、『大東亜共栄圏』の大義名分の下、アジアを解放しようとしたのが、日本帝国陸軍であった、そういう善的側面もあるのではありませんか？〉

正しい情報を得ようにも、日本人が誇れる１７００冊余りの本をナチ以上に焚書したＧ

HQの御用學者やマスコミが歪めた虫けら的偽情報しか入手できず、これらのWGIP的な洗脳洪水に中村さんも汚染されてしまい、鳥の眼を持たぬまま一生を終え、brainwash freeに至れず、本当の自分をこの世で演出できなければ、それは余りにも惨めではありませぬか。しかし、この供養塔は、虫のものとはいえ、反戦の金字塔であり、その壹千巻の写経と金銭を使っての塔の建立、その思いの実践こそ尊い。人を殺《あや》めていなければ、その時、あの時、かの時、入力された情報を咀嚼し「熟慮」し、自分の頭で加工した情報を出力し「断行」したことは、許されてもいいのではないでしょうか。中村隆次さんも許されていいのです。

活也は、ひどく全共闘の「自己否定」イズムや、羊頭狗肉の共産主義思想に騙された青春を挫折感とともに悔いたが、半面、この「若気の至り」、精一杯その時若い命を燃焼したこと、命を懸けたことだけは、自分を評価して上げたいように思った。それが文學だ。幸い、共産主義社会＝人間牧場の遥かに手前までしか新左翼の運動は進んでいないが、自分がこの誤まった旗を振ったとはいえ、差別と抑圧なき社会、反戦を唱えたことだけは評価して上げてもいいのではないか、中村さんのこの句の反戦と同様に。いま、老兵による反共の再生全共闘（全国共闘会議）が必要なのではないか、等々と思い自分を庇ってもみた。

こう納経塔にブツブツと呼びかけながら、活也は、廣生の丸太の近くの引き倒された直方体の石柱に腰掛け、息子のすぐ上の青空に高々と伸びた樫の樹林の葉陰、話し合って空の領域を棲み分けていてジグソウパズルの雲のように敷き詰められたそれらの葉影を見上げながら、独り言の続きを今度は、声にせず、考えた。

活也〈陸軍のアジア解放の志は良いとしても、ただ、海軍、特にハーバード留学組の山本五十六、米内光政や恩師（武笠博松《ぶりゅうはくしょう》）の恩師、赤木幸重《あかぎゆきしげ》や京大組の近衛文麿など敗戦革命派が、鳥の眼を持ち財力資力構想力を伴って戦争をオレンジ計画どおりに進めたユダヤ閨閥と通じ、その上の13貴族にアジアの金収集のために操られていたのが大東亜戦争であった。三ケ根山は、陸軍の崇高な英霊、その怨霊を封じ込めるためのものだった。〉

（2）９００年の光、調和波動

この8月24日のミニ遍路の終盤、里山親子は、来ると決まって路傍に石仏が並ぶ短い尾根の崎に進み、千年前の風化したとはいえ刻まれた「阿弥陀」の文字が判読でき、阿弥陀如座像と頭と胴体から発する2つの光背の太い輪郭もくっきり鮮明な阿弥陀経石《きょうせき》の前に跪《ひざまず》き、その阿弥陀如来坐像の両掌の「説法印」、人差し指と親指に電気を走らせ残る３本指を天空に立てた「印」から光となって放たれ送信されている高い調和波動を、自分の両手に、瞑想しながら受信する。幽体離脱以降、活也に備わった不思議な受信力。

この「印」は、「阿弥陀経を持たず、読誦《どくじゅ》することがなくても、正しい道理に生きることができたものが、西方浄土に招かれることを約束する」（『水面遺産：文化遺産編』p.34）。阿弥陀と活也も読める経石の銘文には、「元永二年」すなわち１１１９年に建立とある。

活也は、石に約９００年前に描かれた「説法（転法輪）印」が阿弥陀の広い両手からその癒《いや》しとインスピレーションを吹き込んで来るのを感じた。次に、瞑想《めいそう》の矛先を里山作太郎、和志の長男の死後生まれた次男の息子作太郎、即ち活也の父に向け、父が感嘆した菅原道真の句（「心さへ、真の道に従へば、祈らずとても、神は微笑む」［道真］）を借用して、生前畏れ多くもこう自分の墓石に刻んだのを想起していた。活也にとって、親ながらBの盗用と二重写しになる恥ずかしい剽窃《ひょうせつ》である。

「心さへ、真の道に従へば、祈らずとても、作は微笑む」

この墓碑は、２００１年11月29日の作太郎のお通夜の席で、和志の男児の初孫、作太郎の長男、里山神楽が兄弟姉妹、そのパートナーの了解を得て、死後数ヶ月して、同じ墓所に深く埋められた。代わりに、平凡な墓が備え付けられた。それはともかく、活也は、瞑想の矛先を、さらに自分の公判に向け、公判を和解で終わらせ裏切り者になったとはいえ、「正しい道理に生き」「義に飢え」た自己に恥《はじ》はあれども半ば満足していた。廣生もすぐに先ほどのように渋柿を眺《なが》めるのを止めて、いつものように経石から受信している父の背後に黙って立った。

阿弥陀経石の東下には、夏の燻《いぶ》した銀のような水面川の川面《かわも》、その向こうに世界遺産登録運動中の水津宮＝水面大社、南の彼方《かなた》には海に浮かぶ山林のような筑前中ノ島、天津宮。約25年前ゼミ生と泊まった活け作りの舟盛《ふなもり》の民宿で廣生もお寝小《ねしょ》したことのある島。水面市が、その登録を目指す遺跡群の一つ、中ノ島。その神三女心をそれぞれ祀る、「神宿る島」神祀《かみとし》島の空津宮、水津宮＝水面大社と並ぶそれらの中間の天津宮に七夕姫鎮座します中ノ島。

活也は、逆日ユ（日本↓イスラエル）同祖を信じており、これらの神々を日本の神＝元祖ヤーべの神だとしている。逆に言えば、古代モーゼの神は、縄文の神の変容であり、日本神話にもかろうじて、その縄文の神は残った、と考えている。

3．中ノ島と『沈黙』

日本の神の島、筑前中ノ島には、高校のときに読んだ遠藤周作の『沈黙』の主人公ロドリゴ（本名はシシリヤ生まれのキャラ・ジョゼッペ）など総勢10人が１６４３年、新旧暦は分からないが6月27日にフェレイラ神父（棄教後の日本名沢野忠庵）を探して上陸したこと、中ノ島では港から徒歩40分の灯台手前の風が強く通る５ｍの三浦洞窟で布教し、その洞窟内の石仏の下に今尚彫られた十字架が遺されていること、もしかしたら燈台近くに言葉の違う島民に布教するために体験學習的な「イエスの道行」、八十八箇所巡りに擬した14留の跡が遺されているかもしれぬこと、布教中密告され、原黒藩によって、長崎奉行所へ護送されたことなどに思いを馳《は》せた。新潮社の文庫本ではないハードカヴァーの『沈黙』の「あとがき」で遠藤周作が述べたように、その後、キャラは長崎奉行所から江戸小石川に転送され、その牢で穴吊りに遭い、元クリスチャンの井上筑後守の訊問を受けて改修した。10人の内のアロヨやカッソラも転向。

ロドリゴのこの棄教は、イエスの「踏みなさい」という許しを得た後の表面的転向、内面的な真のクリスチャン、命は宝のイエスの信徒への成長、ゴルゴタの丘への自立への路を上るイエス、第4留の鶏が鳴く前に3度イエスを知らないというペテロの許された裏切りを通したペテロ自身の人間を知る過程、ペテロと人間イエスの自立に通じる。小説の最後に、ロドリゴが踏絵を踏むと鶏が鳴く。遠藤周作は、キャラが、岡田（本名は岡本）三右衛門と改名、キリシタン屋敷に住み日本人妻（映画、篠田正浩監督『沈黙』では岩下志摩）との間に子を儲け、上陸から42年、1685年84歳で天寿を全うしたことを知り、キャラのこのような魂の軌跡を通して、日本人的な自分の信仰、自らの信仰に纏《まつわ》わる動揺を描いた。

活也は、中ノ島を遠望できるここ浮動寺で圧縮ミニ遍路をしながら、生々しく一瞬の映像を脳裏に映し、その映像にこう語らせた。ロドリゴは江戸小石川で逆さ吊りに遭って意識を失い幽体離脱したのではないか、自分の逆さまの肉体を見ると同時に「あの人」＝イエスに出会ったのではないか、現われた「善魔」ならざるイエスが、ちょうどヤーベの神がアブラハムに声をかけ、彼が晩年にＤＮＡ的に儲けることの出来た一人息子イサクに手をかけるのを危機一髪で制止するために現われたように、キャラの信仰を重い試練を経て確め、無駄な殉教寸前のところに現われ、「キャラ、キャラ、踏みなさい。」と本当に声をかけたのではないか？「神は、その人にその人を超える試練はお与えにならない。」

活也は、再び回想し物思いの矛先を自分の終わった公判に向け、院教授会が２０１３年12月にちゃんと論文を書いた弟子Aの方に博士号を授与せず、盗作の院生Bに授与するように動き出したことに対して、翌２０１４年1月、「不服申し立て」をしないのか、と弟子Aが実質上、活也を責めたことを、まるで踏み絵を踏まぬように語り掛けられたかのように思い出していた。

活也〈もし、あのとき「不服申し立て」をせず、ことを起さなければどんなにか楽だっただろう。忸怩《じくじ》たる思いの和解……しかし、結果的にも踏まなくて良かった。〉

活也親子は、同床異夢とあるように同行異夢で、河口の玄界灘を共に見納めて、踏む音がするたびに樫の落ち葉のいい醗酵《はっこう》臭を嗅ぎながら、魂の石塔の表面に再び出て、両脇の石仏に癒されながら、晩夏の候、アーチになったチラホラ狂い咲きの高い躑躅《つつじ》並木を潜り、左下の白い陶石を見せるかなり幅が広くなった坂道に出た。未だ蒼い痩身のもみじの下には歴代のお坊さんのものであろうか、古いお墓、先ほどの名水を蓄えているのであろう樹脂の立方体のタンク。4月28日に毎年護摩焚き供養が行われる不動明王の上、１００年前に建立された美人の平和観音像の上の1箇所崩れている崖の林間道を下って、浮動寺境内に戻った。

再び、本堂の横の池の傍に出て来た。蛇口に出てくる美しい波動、霊験灼《あらたか》な山水を大き目のペットボトルに親子で1本ずつ汲んで、お不動尊を仰《あお》ぐ細い打たせの滝の下に廣生を立たせ、再び行をさせた。千両、廣生の体が跳《は》ねる水しぶきで色鮮やかになる赤帽、赤涎《よだれ》掛け、我が児の健やかなるを願う地蔵菩薩。
今までの裁判のこと、家族とのこと、自分の名誉のことは、遠い日の滝行のような試練であった。
活也は、二男の真上のお不動さんにも光、パワーを下さるようにと祈願した。光は、室戸岬で苦行中の空海の体内にも入った。
活也〈バランス、「虫―魚―鳥の目［伊藤］」のバランスをとり、正しい判断ができる力、
われに笑顔を。〉
廣生は、滝行の後、昔のような絵を浮動寺の石段で休んだ時に描いた。蓬《よもぎ》を摘みながら参道を下り、親子はそれぞれの河鹿に乗って帰宅した。自宅では、浮動寺の聖水で蓬のお茶を点てて呑んだ。
その後は、庭のCocoaの脇を歩いて再び外出。散歩、黄金の早稲の稲穂の数々の畦に横線に連なる鮮烈な毒の花、曼殊沙華《まんじゅしゃげ》の蒼い蕾……活也は、かつて若後家になった祖母（純子の母）を偲んで詠ったことがあった。
夕暮れに　なお赤々と　身悶えて　燃え尽き果つか　彼岸花一人
活也は、いつものように東の青空の連峰を視野に入れ、台風前の九州ならではの早稲の刈取りの大方終わったばかりで五位鷺《ごいさぎ》が蛙や蛇を飲み込むのに忙しい田園をゆっくり、舗装していない農道を走るコンバインなど畦道に下りて避けながら、「ジュピター♪」を赤蜻蛉が飛ぶリズムに合わせるかのように歌う廣生と散策した。活也は、「夕焼け小焼けの

赤蜻……♪」とお返しに口ずさんでいると脳裡に浮かんできた思い出を廣生に話した。
活也「父さん、思い出したよ。餓鬼の頃、10月初旬に純子婆ちゃんが実家の稲刈りの手伝いにお父さんを連れて行ってね。今、稲の匂いを嗅いで楽しみのお昼時を思い出したよ。冬寒い田舎の山ん中の村なので鷺はいないんだ。庭の鶏《とり》のために落穂を拾い、蝗《いなご》を捕まえて遊んで、揺り籠の他所の家の子をあやしながら、楽しみの昼食を待ったもんだ。」
廣生「食べ物のメニューは？」
活也「その時、囲炉裏の火で煤だらけになった薬缶から注がれるハブ草入りの自家製田舎番茶と大きな蝿が集《たか》ろうとする黄な粉のお結びや煮しめや沢庵・梅干、それに無花果・富有柿を純子婆ちゃんのお母さん、婆ちゃんの弟、近所の赤ん坊を連れてきた小母さん達と囲んだんだよ。」
廣生「美味しそう。今飛んでる蜻蛉《とんぼ》は？」
活也「今考えたんだけど、小さな昆虫が刈ったときに飛び立ったのだろうね、虫を狙って、座って食べている子供の目線に赤蜻蛉が群れて飛んでいたね。」
廣生「『負われて』じゃなくて、坐って……」
活也「一句生まれそう、えーと……」
稲刈るぞ　虫も狩り獲《と》れ　赤蜻蛉《あかとんぼ》
活也は、自分と同様、争いもあり、自分とは違って精力絶倫故に奥様に実家に逃げ帰られたという逸話を遺した小林一茶流に、60年前のお昼時の光景をそう詠んだ。今、歩いているると、二人の目に小さな虫が入り込もうとしている。よく見れば、ここにも小さな昆虫が空に舞っている。郷里には、今は、祖母も母も鶏も現世には居ないし、囲炉裏ももう無い。しかし、活也には妻と廣生と鐘生が居る。そして、これらのご先祖は、活也の自宅2階のカラーボード最上段に手作りで急拵《きゅうごしら》えしたアイヌのニポポ夫婦の彫り物を仏とする仏壇に舞い降りてくれる。

帰宅後、廣生も活也も歩きながら話した黄な粉を、幸子に棚から探し出してもらって、それを玄米ご飯に掛けて食べ、沢庵を切ってもらって食べ、いつもの梅干・納豆はそれだけを食べて、夕餉とした。

このような、ゆったりした家族の団欒、ドライヴ、サイクリング、散歩が9月、10月の2ヶ月余り天から里山家に与えられた。途中、9月5日から11月7日までの里山研究室の後片付けが日程に入り込んだが、活也は、それよりもこれらの家族といる、お互いがオキシトシンを出し合い癒やし合う時間を大切にした。

第2章　東帰行、さらば村園

２０１６年11月７日（月）、村園學園からの撤収の日を、世評での敗残兵でもあり、道徳上の凱旋《がいせん》兵でもある活也はどんな万感を持って迎え、ＪＲで東へと去ってゆくのか？その時間的空間的な物理的距離は短くとも、心理的距離は広がって行く。さらば、村園學園舞台、大學人形劇場。チェルノブイリ原発暴走の１９８６年に赴任して以来、ちょうど30年の教育・運営・研究に関わる年月をどのように振り返るのか？

就職時はこれらのバランスをうまくとっていたのに、勤続半ば以降は初心を忘れ、教育よりも研究に、また「善魔」となって派閥抗争に拘泥した悪人でもあり、反面詰め込みなく「価値」自由の観点から物事を自分の頭で考えるようにさせ、その考えを卒論等の作文で表現出来るように指導して来た善人、ロスチャイルド閨閥などに関わる幅広い異説を紹介して来た善人でもあった。

第１節　研究室撤収

霜月７日早《はや》10:45amに、長月５日から始めた里山研究室の片付けを終えた。活也は、村園を敬遠し遠方へ離れたい気持半分、愛着半分を胸にしていた。離反と愛着は、学生指導、特にゼミ生への未熟な指導の後悔等、複雑な心境を生んでいた。しかし、その複雑さをかき消すかのような爽快感も抱いた。部屋一杯に積み上げた、万巻《ばんかん》の書物を詰めたダンボールの小山を見上げた時、この地での30年間の印象深い過去が走馬灯のように廻り、活也は万感の思いを胸に込み上げた。その胸では、怨念の霧が、藁火山で区切りや和解という風に吹き晴らされているのを自覚した。そして、活也はこの撤収完了で、去り行く前に、深呼吸をして、ドアノブに手をかけた。

やっと第1幕で述懐したような村園伏魔殿での人形劇に幕を下ろし、30年間を清算出来た。この日の清算式は、絵本作家としての再出発のための、教員としての活也の卒業式典でもあった。本節では、その式次第を記しておこう。

1．最終日、研究室

２０１６年11月７日、村園の秋の大學祭の後片付けが終わる中、2:00pmまでの予定を３時間余り繰り上げることが出来た。

活也は、５ヶ月前の２０１６年６月中旬に高齢で免許を取得し、６月末にミラCocoaを購入したばかりで、運転技術、特に車両感覚に乏しく、交通量の多い多幸市内に侵入できず、村園學園にも愛車では来られなかった。それに、逆恨みによる學園内駐車中の車への悪戯も心配だったので、ＪＲで通った。だから、先生方や学生に譲った残りの持ち帰れない私物、特に本が沢山置き去りにされた。

30年間の思い出や反省やこれからのゼミＯＢ／ＯＧ生への責務は、来る日も来る日も、ＪＲの車窓から見慣れた景色を眺めたり、研究室内でそれらの段ボールの山を築きながら、繰り返したり、あれこれ考えたりした。

最後に、活也は14年余りも前に、自分が飛び降りる寸前に背後から和志によって引き倒されたことのある窓辺に寄り、拝んでくれた。活也が、２００２年4月13日（土）の飲酒授業をマスコミにわざと教材『クライシスコミュニケーション』のヴィデオ通り、大きく報道され、不安と恥と虐めから神経衰弱（脳の炎症）と不眠症に陥り、朦朧とする中、消灯から防衛したことと、和志が隠界からフリーエネルギー的な手を差し出して、守ってそれを未遂にしたこと、その瞬間を覚えていてくれたのだ。そのヴィデオは、皮肉にも活也が村園当局に「謝・原・再・現・責―クライシスコミュニケーション記者会見（シャゲンサイゲンセキ：謝罪表明・原因究明・再発防止策・現状説明・責任表明）という語呂を説明しつつ、推薦したものであった。村園は、この順で報道機関を呼び、記者会見を行った。

活也は、こんな些細なことで、世間体と不安から睡眠がとれなかった自分、薄っぺらなプライドで生きていた過去の自分を哀れに思った。「憂しとみし世ぞいまは恋しき」。図らずも、和志誘導の人物を大きくした幽体離脱に活也はしみじみと感謝している。ちなみに、その窓の下は、向かいの教室で経営哲学学会が開かれているとき、建物建築基礎工事のクレーンから作業員が落下し他界した現場でもあった。当局は、この時も救急車の警笛音のピーポーコールを立てさせずに呼び、病院に搬送したようである。その犠牲者の自縛霊よりも和志の霊力の方が勝っていたようじゃ。

お祈りが終わると、活也は、研究室備品のラップトップPCを持参し、商學部事務主任に手渡した後、彼から研究室をチェックされた。その直後、10:45am、鍵・IDを商學部事務主任に手渡し里山研究室を完全に撤収。活也は、1970年12月24日、1年2ヶ月3日棲み慣れた巣鴨プリズンの独房を最後に眺めたように、しみじみと研究室を見渡した。主任曰く、「今後は、関係が断たれます。」「ただ、研究室に荷物のお忘れなどあったら、私方に連絡下さい」と。陰謀の巣窟、本部、特に人事課は、學祭明けのその日、活也が「全て明石弁護士を通すように」と釘を刺したせいか、呼び出すことはなかった。

2. 東帰行

活也は研究室を完全に引き払い、ロダンに師事した高田博厚作の村園學園創立者、村園幸四郎先生の銅像に深々と参拝した。そのとき。活也は秒針が止まった日のことを想起した。2年足らず前、幸四郎さんの命日、2014年11月14日に、「ヒ」(院議事録のAへの漏洩)をS懲戒委の特別調査で自白したこと、その日は2014年9月19日の当局の懲戒宣告よりも2ヶ月近く後であること、したがってこの懲戒事由「ヒ」が前付けであることを再認識した。悔しさを蒸し返したが、活也は幸四郎像に癒されて、30年の學園生活にピリオッドを打った。晴れた夕暮れのJR村園大駅前で、息急《いきせ》き切って改札口を駆け込み階段を転げ落ちそうに下りて間に合った鈍行のドアの開いた車両に､重いガラクタとノート・本を詰めこんだバックパックを肩から下ろし空中でひき廻し東へ向かう電車の床にドスンと落とし込み、その身を乗り込ませんとして、ホームを力強く蹴った。

金鵄《きんし》勲章のような教授職も蹴り落とした。清々しい。初冬の流れる薄い雲、澄んだ外氣。スカッと爽やかな車内。村園大前駅 11:06am 発の電車の最後部の左側４人掛けの座席から見える景色が、明るい。身綺麗になった。50年近くその在り方を批判し続けながらその内の30年近くも糊口のために、矛盾する生業として来た大學を去る。２ヶ月後に良い酉年を迎えることが出来そうな予感で、「人知れず微笑」（故樺美智子〈犠牲について反安保運動を盛り上げ核保有防衛の岸を打倒するために策動したＣＩＡ犯人説あり〉）んだ。

「窓は朝露に濡れて、村大すでに遠のく、さらば幸四郎さん、愛しきゼミ生よ、恩愛われを断ちぬ……♪」（「北帰行」の替え歌）

このように口ずさみ、感傷に浸りながら生臭くも、今回の9月から2ヶ月を要した研究室撤去中の10月下旬に、トランプ大統領選出を予測し、トランプなら円高暴落という予想を真に受けてインターネット取引の2つの証券会社の99％を狼狽売りし､2500万円(純損失1750万円〈Ｊトラスト等〉+収益750万円〈ＳＢＩ証券等〉) 超損失を出したこと、公判の間、約2年間放置していた株が急落していたので恐くなって10月下旬に売ったこと等を後悔もした。慎重に、何事もダブルチェックして、「熟慮断行」、性急な猪突猛進反省！

職失し　お金も友も　逃げ去りて　踏みしめ上る　ゴルゴダの丘　鶏声聞こゆ　自立への路

つくづく、連赤と同じく世界共産主義になると思い込んだのと同様に、NZ永住権のための1億4000万円以上の投資枠充足のための一攫千金を夢見ていたことを反省し、まだ眠る楽天的誇大妄想「狂」的性格に愛想を尽かした。株同様、処分前から、公判も完全勝利の夢を誇大にして、村園大の不正を息巻いて暴いていた愚かな自分。

（いくら情報を呑み込んでも）「脱皮せぬ蛇は滅びる」（ニーチェ）

偽善者説が出てきているマザー・テレサ（ファウチの父親説もあり）が言うように、独善的な「思考」から根本的に自己改革しなければ駄目だ。

「思考に気をつけなさい、それはいつか言葉になるから。言葉に気をつけなさい、それはいつか行動になるから。行動に気をつけなさい、それはいつか習慣になるから。習慣に気をつけなさい、それはいつか性格になるから。性格に気をつけなさい、それはいつか運命になるから。」（マザー・テレサ）

活也は、また生々しい欲得の人間をよく知らず、友人・知人・同僚とお目出度く付き合ってきたことも反省した。研究室の後片付けの間に、親しくして来た有機農家・學内の教職員・防災センター勤務の人たち・掃除の小母さんたちなどの態度が最初と後半で急変していったことを思い出した。

活也〈人間って現金なものだ、そうやって現実に妥協しながら、生きているんだ。ペテロもそうだった。善魔は、駄目。人間の生き様を悟れ、悟りは諦めでもあろうか？「人付き合い50％から」〈チェンマイ日本人会世話役〉

親しかった有機農家Ｙは、２０１６年９月当初、研究室の本などの運搬を手伝うと電話で約束していたが、声を掛けた教授が持っていってくれた本、自宅にバックパックに詰めて運んだ本、これら以外の本は古本屋も引き取らないので、その大量の書籍を廃棄処分にした後、置き去りにするわけにもいかなかった小さな冷蔵庫の運搬を10月に電話で頼んだところ、こういう答えが返ってきた。

Ｙ「里山さん、裁判をやって、（大學の）皆が白い眼で見るようなところにはいけませんよ。」

これが、この純朴と言われている吟遊詩人・旅行作家Ｙの正体であった。

代わりに、活也が廣生と散歩する山際の小さな薬師堂の傍の村の茶屋（自然食レストラン）の店主、書家・詩人にして大工、森崎和江（Ｍ學園隣りの県立大卒。谷川雁と村園幸四郎〈高倉健は東築高時の教え子〉の菩提寺のある中間市で『サークル村』創刊、松石姓の息子と同居）もよく立ち寄る自然農家Ｈさんに初めて電話し頼み、運んでもらった。軽トラでの村園大の里山研究室と活也の自宅の行き来で車中から見る景色と一体になって思い出す会話がある。

Ｈ「Ｔ市内で有機農産物・自然食品の店、軌道にのっていたけど、仕入れや販売、伝票のほうが忙しくなった。人生の目的を考えて、５～６年前に、いま住んでる古民家に越してきた。後を継いだ自然食品の店のオーナーは、商売に欲を出して、営利に走り、癌治療の高いものを売り始めた。結局、利かなくて、損して、死んでいく人も出た。今、そのオーナーも癌に掛かってる。あーいうのって、生霊がピュンピュン飛ぶからね。」

活也「ぴゅん、ぴゅんですか。確かに、量子力學の不思議な眼に見えない世界ってありますね。僕も、実体験し、後になって、その因果をしっかり學習する前は、唯物論的ニュートン力學的現象以外は、気のせいと思っていました。ところで、よくまあ、厭な仕事を今回引き受けてくれました。有難うございます。ある有機農家に断られて……」

H「人の応対は、風に揺らぐ木の葉のようなもの、気分という微風による面もあるし、もっと根が深く欲得という強風によるときもある。流すこと。恨みをアルバム写真から何度も引っ張り出して眼に焼き付けないこと。里山さんにはもっとやることがあるでしょ。今回の処分、退職に対しても、そうですよ。」

活也（道路の左上の畦の除草作業を見ながら、ひとり物思い）〈『聖書』に、信仰の深さについて、「先のものが後になり、後のものが先になる」ってあるけど、この瞬間は、Hさんが友人序列の先に来てるな……〉

學内の教職員については、10月初旬までの研究室に活也が向かったばかりのときは、愛想も良かったが、後半からは、挨拶しても返って来なくなった。要らない高価な本も、里山研に取りに来なくなった。ただ、嬉しかったのは、撤収作業中、あの第9回公判に出廷し活也に初対面した長身でハンサムな新しい人事課職員が、活也とエレヴェーターに同乗したとき、降りる活也を「開」のボタンを押し、会釈し敬意を払って見送ってくれたことである。彼は仏映画『アデュー・ラ・ミー』のドロンのようであった。

この新人を含めて、浅野教授や中国人の准教授など、数名がつっけんどんにはならなかったが、大半があの活也の「宣言」から大學当局の指示に従ったのだろう。この「宣言」とは、大學１階、丸善書店の前、トイレの横で鉢合わせになった悪代官の山内統教授にこう活也が大声で叫んだことを指す。

「仰《あお》いで（は）天に愧《は》じず、伏して（は）地に愧じず」

心地よい電車の車輪の転がる音を聞きながら、活也は、併せて、大學時代の全共闘運動で深めたと思っていた絆が今回の公判の過程で切れていったこと、しかし援助を惜しまなかった友や後輩、他大學、たとえば西北大政経學部出身の２人や、何よりも米田・大森・村上教授の写真的映像を瞼《まぶた》に浮かべた。そのとき、活也は、40年以上も前に、新左翼の裁判闘争から離脱しようとして、一人ぼっちになったとき、行方不明になる和歌子姉が掛けてくれた言葉を思い出した。和歌子は、当時、活也の『聖書』を借りて、キリスト教の勉強会に通い始めていた。

和歌子姉「いい人は、傍にいるのよ。」

活也〈村大の皆さん、去るものは追わず。さようなら、さようなら、縁があったら、また会おう。そして、村二分でつき合おうぜ！〉

約20分乗車、電車は南北に走り始め、車窓から宗梅寺と八田川が見え始めた。その寺の奥の谷の終末には、715年前に水面氏の命で定盛が彫って孔師神社脇の孔師寺から移された檜《ひのき》一木の千手観音立像を秘蔵している苔寺の梅林寺があり、その苔むす庭には大和氏寄贈のピエタ像がある。観音さまが産着の赤ん坊を抱いていると地元の人は言うけれど、活也はマリアさまが十字架から下ろしたイエスを抱いた像だと信じ込んでいる。なぜなら、原黒夢水は、ヴァチカンの世界制覇を知ってはいても江戸時代は隠れキリシタンであり、原黒藩には隠れが多かったのだから。活也は手前味噌で、中ノ島にキリシタンが上陸したのも偶然ではないと、思う。

その寺の銀杏が、緑の谷の奥に高く、金色の色彩を放っている。その黄色い絨毯の上で、ピエタ、マリア観音に抱かれていたのは、法衣《ほうえ》を着て剃髪している童子であった。了海さんは、この童子のように、お弓よりも母性のある柔肌に抱かれてみたかったに違いない。「淋しからずや、道を説く」（与謝野晶子）苦行僧、観世音菩薩に祈りながら、鑿を打った了海のことを思った。そして、活也は明日にでも、お弓から逃走し、寺に駆け込んだ市九郎に習って、得度《とくど》して、青の洞門に行きたいと思った。

そんな忙しい計画を他所に、列車はすぐに、蓮華寺の見える、蘖《ひこばえ》の田んぼを抜けた。少しばかりの菜っ葉、樅の木の立つ集会所の公園、仏峰村へ抜ける村大和の道、市民農園に季節外れの菜の花……電車の右側の窓からは、黄葉の銀杏の下の石仏のお堂の屋根、米田先生宅に上る谷、西向きの傾斜の丘にある団地、楠の林、櫻公園……が見える。

活也〈そうだ、この公園を登れば、ポプラの樹。公判中、何度か廣生と大日中學校のポプラを見に言った。クールベが釈放後、故郷で最初に描いたのはポプラ、ポプラは再生の象徴。PEOPLE、人民のシンボルで、この樹を真ん中に話し合い、ヘーゲルも踊って民主主義運動をやった、と廣松渉から聞いたことがあった……僕も家族も再生……〉

ゆっくり鈍行が停止。バックパックを車内から下ろしたJR西山駅のホームのフェンスの外の草地に、活也は、いつもそこにあって久しく気に留めなかった枯れても尚金網と同じ高さ穂を付けた大あれちの菊を認めた。

3．家庭

妻の電動自転車に荷物をくくりつけ、軽やかに、帰宅。温かい枇杷茶を出して、労った後、幸子はこう言う。

幸子「これからは、お腹を抱えて笑うような家にしてね。」

活也「……うん……」

持ち帰った荷物を納めた活也は、早速、杉蔵院に電話、市井の人（俗人）向けには剃髪は行わない、子供の研修時に親と本人の希望で短髪にすることはあるが、今は護摩焚きの行事もあって忙しいので無理だという返事。駄目もとで、湯福寺《とうふく》の波多野東洋和尚に電話、活也の思うような完全剃髪は無理だけど、明後日、短髪には出来る、とのこと。これで、活也は、村園時代の垢を落とせるような気持ちと了海さんにかなり近づけるような清々しい気持ちになれた。

さらに家族の同意を得て、活也は天瀬温泉の桜水庵《おうすいあん》に電話し、11月11日3人泊の予約をとった。

次に、活也は、2ヶ月かけて2階の廣生の部屋に運び込んだ将棋の駒のガチャ山、ボタ山のように積みあがった研究室の書籍をジャンル別に仕分け、ダンボールで作った書棚に納める作業を続けた。やり残したまま、おやつの時間を持った後、活也は、いつものように黒尊に上り、向こう側の竹山の里に下りて、その昔、里の農産物を牛の背に乗せて中津崎港まで運んだ峠の道の途中まで上り、再び竹山に戻った。刈り取りの終わった田んぼの畦に張ってある猪避《よ》けの電線に当たりながら山風に揺れ群生する大あれちの菊。

山風に　独り傾き　枯れてなお　綿毛飛ばさむ　あれちののぎく

画家、廣生と活也が、足元の低きを、よく見れば、この初冬に、蒼い葉、蒼い茎の頂上に白い花を着けている慌てん坊の大あれちの菊が居た。冬に子猫が生まれるように、春を待たずに、この世の試練を迎え撃って馬小屋でマリアに取り上げられたあの人の竜顔《りゅうがん》のように初々しい、生まれたての白い小さな花。

歩《ほ》は仏峰ダムの辺《ほとり》の歩道に沿って進み、車道の上空に猪や猿の生息する古墳の山から太い枝を蕾を付けて張り出し、来春を待つ山桜の真下を通過する。かつて、実を結んだ頃、山猿がこの枝を揺らした。水温《ぬる》む日に、臙脂《えんじ》色の葉に礼譲《れいじょう》しながら花開き、やがて落英をこの歩道に敷き詰める山桜。夕日を受け、その光に微かに揺れているように見える細いしなやかな枝。この一木は、「独りでいても淋しくない」。自立し、今日はさほど厳しくもないが、木枯らしが吹き雪や霙《みぞれ》も降る試練の冬の寒さに耐えて花開く。

歩は、行き交う通勤帰りの車のエンジン音に負けず響く廣生の「冬の華♪」、この幸子が好きな歌曲の口笛に乗って、さらに茜色に染まる雲の下の木綿山を真北に望む竹山橋を軽やかに渡る。夕景色も廣生も活也の心も、何もかもが西日に温《ぬく》く輝いている。住宅街の廣生の影が長くなった路地に進んだ。

帰宅すると、活也は、研究室撤退の祝福と称して、幸子に白菜の漬物を切ってもらい、研究室から自然農家にしてレストラン経営をしている詩人のHさんと軽トラで持ち帰り奥の部屋に置いた小さな冷蔵庫で冷やしてあるエビスの瓶ビールを出してもらって、村園大が去年3月に退職祝い（活也は欠席）に送って来た1つのバカラのグラスと勤続10周年記念に贈られた2つの薩摩切子に注《つ》いで、眼の高さまで上げた。

「有難う」

今日の日が迎えられた感謝を幸子にして、乾杯。鐘生は、2階のTVから離れられない。瓶の残りは、廣生がバカラに注いでできる限り、腹を抱えて笑うよう努力しながら呑み干した。普段、呑み慣れていないので、活也はたった一口で上気したけれども、通風に怯えながら青い切子の麦酒を呑み切った。そして、重曹を梅干茶に入れて飲んだ。降職処分以降、この数年に及んだ荒れる家、夫婦間の葛藤、親子・兄姉弟間の葛藤、友人・同僚間の葛藤を清算した一杯。特に、散歩中何度か、「お父さん元気ないね。早く裁判、終わらないと……」と心配そうに父に声を掛けた廣生に乾杯。すると、昼間今まで、晴れていたのに、雲行きが怪しくなり、小雨が落ち始め、やがて本降りになった。禊《みそぎ》の雨、洗礼の雨。

時は2016年11月7日、秋、夕刻、和志は、今朝、カフェインの強い八女の緑茶、この東北の山桜の樹の皮を貼ってある茶筒の緑茶を孫の峰津梅子からもらったサーモスの2つのポットに入れて自宅で朝方から、研究室で午前中、飲み続け興奮気味の活也が、散歩からの帰宅後、もったいないと言って、その出し殻を煎じ、ビールを呑んだ上に、さらにこの煎じたての熱いお茶まで飲んで舞い上がって上機嫌になっているのが心配になった。この孫に酒は厳禁。御茶を飲んだ後で、次は、何を仕出かすのか。

酔いは回ったが緑茶で頭の冴えている活也は、YouTubeで、公判中、自分を励ます為に度々聞いたブラジル4世、山下ヤスミンを選曲しヴォリュームを上げて、PCから流した。熊本の上塚周平が1908年に移民船で和（〝Agree to Disagree〟意見の違いに寛容で共生）を説いてから、110年を経た。「朝日に匂う」大和こころがブラジルに遺り、ブラジル日系4世の山下ヤスミンが、その昭和の心を唄う。「嘘をつかない約束」の明治生まれの両親や祖父母に育てられた子が生き残っていた昭和、その昭和の歌、「昭和最後の秋のこと♪」を、活也は口ずさみながら、お茶を飲んだ。少女山下ヤスミンが日本への郷愁を込めて、だが歌詞に粘らずに、「生きましょう」と滑らかに歌う。その滑り、声質がかえって「震える愛」を覚えた昭和生まれの活也の情感を溢れさせる。自分の公判は、損得よりも正邪を大切に、営利よりも昭和の人情、昭和の心を大切にした闘いであった。

蝉時雨の鳴き声のような本降りが始まった。屋根瓦に小雀達が急いで身を隠す。

残照の庭に揺れる背の高い雑草。帰宅して、煎じた濃いお茶とエビスビールは、活也を感傷的にさせ、先ほどの竹山の秋風に揺れる大あれちの菊を思い出させた。

水面は、「神宿る」山々の棟《むね》に神木＝堅い樫の樹、ソマチッドを蓄える樟、樅の樹の棟《むな》堅《かた》の地、温暖による縄文後進のあった水面の地、魚模様を胸に象《かたど》った海人＝海神の地、廣生と活也を癒し励ましたのは、この大あれちの菊の謙虚さであり、水面の自然、山河、海であった。太陽、空、大地、海、山河の光やその霊気、竹山川や浮動寺の疎水のせせらぎ、木彫や石彫の古佛、苔、樹木、岩を包むオーラ、沓浜海岸、縄文松原の潮騒、風の音、囀《さえず》りなどの音や光も地に宿った神からのエールであった。そして、地元民と同じく身土不二で、水・空気・土の化身でもある「生きとし生けるもの」、廣生や活也が山河海辺で声を掛け手を振れば返事をくれた山上の鵄、みさご、烏、仏峰の川蝉、雀、磯ひよどり、鷺、時鳥、雲雀、青葉づく、ノスリなどの鳥、仏峰川の鯉、仏峰ダムのブルーギル、鮒、鯰、はや、沓浜海岸のキス、ソイ、鯔《ぼら》などの魚、住宅の野良猫、竹山の山猿、殿峰山の猪、狸、陶土山の尾根の野兎などの動物、竹山の蛍、蝉、イナゴ、蝶、ダンゴ虫、蚯蚓《みみず》……などの虫もそうであった。水面の自然やこれらの生き物が活也や家族を温かく密《ひそ》かに抱擁していたのだ。

今夕のカフェインとアルコールは、また活也を、この孫の目前の庭に揺れる立ち枯れんとする大あれちの菊と夕べボイヤを愛撫させせんと誘った。まるで分身を労わるように活也は、「よしよし」と声を掛け、そのミニチュア樅の木を撫でる。この愛撫は、未だ覚めやらぬ活也を苦悩と葛藤の村園大での30年から解放した熱狂を増幅させた。一木一草に神が宿る。

足の爪先まで体が熱い。活也にとって、公判という試練が大あれちの菊を掛け替えの無い草花にした。公判が教えた宝物が、その立てる姿のイメージの「卓然自立」であった。そう祈るように思う活也は、急に蒸れて臭い靴下を脱ぎ足指を拡げて（拡がらぬと猫背になる）裸足で庭に飛び出した。

夕食前に、入浴しようとした廣生がこれには魂消《たまげ》、台所に立っている妻がご乱心かと訝《いぶか》り、止めるのも聞かず、洗礼を受けているかのように秋の冷たい雨に濡れながら、大あれちの菊の枯れた穂を優しく撫でる。

庭の奥の、春に桐科の黄色い花を付けるタベボイヤには一葉もない。近所の日伯（ブラジル）交流協会の花卉流通指導員の水津さん（大あれちの菊という名を教えてくれた人）から頂いて根付き今は葉を落としている伯国花タベボイヤの苗も濡れている。

日本のアイデンティティとして、文化遺伝子（meme）を守りたい。天皇の血統は万世一系ではありえないが、護国の陰陽道・呪術の継承を中核とし、神仏習合と縮みの日本文化を支えその象徴となっている天皇文化は大切。庶民の人情の日本文化を山下ヤスミンの日本語の歌声が継承している。ブラジルの日本文化は、移民の父、上塚周平が落とした胤《たね》の実りである。活也は、原発などのせいで、住めなくなるかもしれない日本列島の日本文化、大和心をブラジルや在外日本人が遺してくれるだろうと思い、やがて来春、黄色い花を付ける夕べボイヤを日本の国花とも言うべき菊、山桜と重ねてみた。

「敷島の　大和心を　人問わば　朝日に匂う　山桜花」［本居宣長］

山桜、かつて、母校鳳凰大學のある街の、あの屋根裏部屋の眼下を流れる一の坂川にも「落英」、流れを散策したあのときも櫻に、失恋の無常、喪失感、鬱から救われたこともあった。ちなみに、一の（長いという意味）坂川の桜は、１９１５年に柳の間に植えられ、源氏螢は１３６３年に大内弘世が京の公家三条から迎えた妻を慰めるために宇治から取り寄せたもの。一匹の雌に四～五匹の雄が灯でプロポーズ合戦をする旧暦の4月20日は縁日。雪葉を独り占めにしたかった四～五人の内の一人が活也であった。活也も櫻の国の日本人。人知れず咲く菫草のように、山奥で冬の厳しさを受け入れ花開くときを待っていた山桜のように耐えるブラジルの日系人、日本民族。

雀も、鯉の小魚も、ダンゴ虫も、各々の世界でこの初冬を耐えている。５ヶ月後に、春が来れば、その宿命の生は、大中小の宇宙で輝く。日本人は、海外で、この大中小の眼を持って、人員整理人口調節の混乱を起こして恥じず喜び人間牧場の建設を謀るハザールマフィア、悪魔と現実妥協的に闘っていかねばならぬ。

収奪・戦争……虫は魚に、魚は鳥に、食われてきた。しかし、鳥の腸内に入り込んだ虫が鳥を草食系に変えることもできる。活也は、弱虫、でも鳥の眼を持って、共生・平和のために鳥の腸内で繁殖して欲しい。

活也は、2016年11月上旬、晩秋、夕刻の小宇宙とVia Dolorosaを思い出して、雨と泪で頬を濡らした。

活也は、かつて學生時代YMCAに属していたけれど、処女懐胎・復活・数々の奇跡を信じきれず、洗礼を受けなかったけれども、ゼカリア・シッチンの古代宇宙飛行士説に納得しいまはイエス＝宇宙人説をとり、彼と共に居る。

ペテロにさえ「この人を知らない」と言われながらも、自立の試練の一歩一歩をゴルゴダの丘に向かって踏みしめ重い十字架を立てた孤独の人、イエスにも大あれちの菊の心を見ている。

この雨は、活也にとって、自らを天が洗礼する聖水である。こうして、ちゃっかり、アーシング（放電）も兼ねている愛孫の活也は、1年5ヶ月前2015年7月25日に諳《そら》んじた言葉を、唱えてみる。

「仰《あお》いで（は）天に愧《は》じず、伏して（は）」和解したからちょっと「地に愧じ」て、有言半実行という処かな……

第3章　菊人形の神送り、怨念水葬

活也はどのようにして、菊人形のＡＢＣ（Amusement 爽快／Belief 信頼／Conscience 判断力）↓Ｄ（Dolls made of chrysanthemum 菊人形）へと、藁人形のａｂｃ（agony 苦悩／betray 裏切／cheat 詐欺）↓ｄ（dolls made of straw 藁人形）を転換してゆくのか？活也は、今回の怨霊劇の終末をどのように恩愛劇・恩と幸の劇に転じるのか？　長い間の念願、そこに魂を遺しているはずの了海さんに逢うために、青の洞門を訪問したいという祈願を叶えることが出来るのか？

第1節　洞門へ、宿を尋ねて

２０１６年11月9日、活也の予想通り米大統領選で愛国トランプの勝利報道があった日、活也は、青の洞門に市九郎が改心したときのように、頭を丸める。この儀式を終えて、11月11日未明 5:20am、青の洞門へ向けて出発。道中、サグラダファミリア、石造りの教会を設計、建設中で電車に撥ねられて最期を迎えたアントニオ・ガウディ並みの、或いは了海さん風の乞食坊主風の髯面の活也、歯周炎で上下の入れ歯が填められず青大将風の活也、その親子にどのような1泊2日が待っているのか？

思いは、叶えられる直前に、走馬灯のように過去を回転させ、複雑で多様な迷い煩悩を伴いながら、最も濃密に圧縮して強く吹き出されようとするのかもしれない。活也は、青の洞門へ向かう道程で、市九郎が被ったような怨念と殺意という今までの泥を落とし、青の洞門で鬚面の了海さんに逢いたいと思う。

活也は、まだ暗がりの中、残念ながら自分の運転技量を不安視して家族旅行を拒絶した長男の鐘生だけ自宅に残して、妻の幸子、二男の廣生と6月に購入した愛車、ブルーのミラCocoaに乗り込んだ。

活也は、数週間前から、google道路地図で、運転を疑似体験した通りの行程を進む。

1．短髪（擬似得度剃髪）

11月9日、活也は、市九郎＝活也から、了海＝活也になるために、改心したときのように、頭を丸める。本来、自分たち家族の納骨棚様の箱が用意してある寺、了海さんと同じ真言宗の杉蔵院でそうすべきだとは思ったが、断られたので、「見性成仏」の臨済宗の湯《とう》福《ふく》寺の若いお坊さん、波多野東洋さんに、無理に頼んだ。彼は、活也希望の8日には無理だということと、器用で慣れている古いご隠居が剃髪するには相応しいが、寺では、仕来りとして、臨済宗の仏門に入る場合に限定されるので、剃刀は使わず、翌9日の早朝、彼自身がバリカンで活也の頭を散髪する、ということになった。

活也は、その日、４ヶ月余り前に購入したばかりの車に乗って、水面川を下り、松原を抜け、水面貞氏の埋め墓、百日紅の塚の脇を流れる小川を上り、そこから１００m上って参墓《まいりばか》脇を通り、急坂の上の湯福寺の渋柿の木の下の駐車場に着いた。

活也がいつもお参りする本堂や薬師堂ではなく、お風呂場の前、台所の横の古住職の妹さんが、準備してくれた和室で、東洋さんに、お経を唱えてもらいながら散髪してもらった。盥の湯気が造形した朝の光芒に合掌して、活也は「尋性成仏」「遍照金剛」と唱えた。礼を言い、明後日以降の耶馬溪訪問の経緯を述べながら、活也はその古新聞の上の白髪だらけの毛髪を集め、自宅の庭の金木犀の根元に埋めた。さらば、怨の自我。

２．水路と石に刻まれた恩讐

２０１６年11月11日早朝、坊主頭が運転するCocoaは、水面市を市境にある国際ゴルフ場と精神病院脇を抜け、隣接する行基創建の霧寺や枝垂桜並木／恐竜化石の谷／吊り橋の永谷ダム等々で有名な千石市の高速入口を通過、さらに竹原装飾古墳近くの千石神社参道を通過。この社には、岩佐又兵衛の三十六歌仙画があると耳にしたことがあった。そこで改めて、又兵衛の親父のように「荒気（荒木）の斑《むら》、刺激（村重）のある運転は厳禁だな、と思い、こう唱えた。「イワサ・マタベエ（居眠り／脇見／左右後方―注意・マイペース／退行注意／ベターに／エンジンブレーキ）」と。このようにして、羅漢さんの石仏寺入口と自噴の水汲み場も通過する。その直後、玄武市の和風の劇場（裏は永谷ダムの吊り橋）のイラストの吊り看板で市境を教える峠を越えて、広く長い片側2車線の道路を下り、自衛隊campに続く道の交差点を過ぎ、夢大橋建設工事中の立看手前を右折すると、うどんやの黒い看板が「伊藤伝衛門と白蓮夫婦」、いよいよ村園幸四郎の生地、福壺に入った。近くに、伝衛門邸があるのだろうか、訪問者用の駐車場案内が陸橋の丸い支柱にある。次に、三叉路を広い馬見《うまみ》川沿いに走り、街灯と石垣のデザインが中国の石橋を思わせるような美しい橋の袂《たもと》を渡ると、右手は歓楽街、劇場。そちらには、堤防の道を下りないで左折して上流の橋を渡り、右折して直進、大きな玄武免許センター交差点を直進すると、朝焼け。ノロノロ運転、出発後約1時間半、事故を恐れて緊張し過ぎたので、オランダ風の堰を左折し、求菩手《くぼて》山のシルエットがもっと見える馬見川土手の道に入った。反対の土手には、葬儀場、右に石碑。下の護岸は広く、鉄道が敷設される前は、五平太船で石炭を集積した渡しだったのかもしれない。コンクリート堰では、多くの鵜が黒い翼を干している。堤防道路の離合場所に駐車し、家族で蜜柑・バナナ・柿と蓬茶を飲む。引き返さずに、国道211に再合流できるだろうと思い、直進。合流地点は、八幡宮参道のそのど真ん中に生えた大木。いまや、社《やしろ》よりも参道よりも、大切な神木。これぞ、縄文自然神崇拝の極《きょく》致《ち》。右左Curve mirrorを「ようと（良く）」「見ラー」ないかんと常々思う運転手の操作で、ミラCocoaが徐行しながら左折する。右手に、「貧窮問答歌」作、5年在唐後、筑前守としてこの地に滞在した山上憶良の碑、公園、飲食店、馬見市役所、スーパーを過ぎると、「金丸」まる儲けで「漆生《うるしお》」ございます、と家族で談笑しながら、漆生炭坑址の団地を潜り、

「馬古塀《まこべい》」（馬見山・古処山・塀立山）産産直店前を「マコベイ・マコベイ♪グドバイバイ♪」と唄いながら進む。

Cocoaは、後藤又兵衛が城主を一時務めたこともある益富城下に入った。そして、警察署前交差点に差し掛かったとき、前兆期の廣生が、後続車や対向車の運転手の顔つき・目つきをわざわざ憎しみを持って攻撃しているように幻覚でデフォルメし、口元を無言なのに幻聴で悪口を言っているように偏曲し、被害妄想を持ち、これらの車に向かって大声で吠え、ミラの窓ガラスをビンビン叩いて威嚇するので、車どおりの少ない、行程予想外の馬見川沿いの脇道に逸れた。

3．正人《しょうじん》どん、一鍬掘り

原黒藩は、ここでも、農民のために同藩に流れる秋月藩からの用水路を幅の広い特製の鍬で掘り開いた赤髯の篤志家とその家族を処刑。廣生を宥《なだ》め落ち着かせるために駐車した川沿いの元幼稚園近くの細長い広場の看板には、そう謂れが書かれている。この裏の水田脇の用水路がそれであった。了海さんは鑿で、医者の正人どんは鍬で、良民の血路をほり開いた。お労しや、正人どん。正人どん一家の犠牲を後世に伝える良い集落。

その今でも残る用水路に水を注ぐ馬見川に出て、土手を走って上りながら、活也は道を外れて参拝出来なくなった、近くの左上のこの川のこの魚を祀った神社のTVの話しを思い出した。かつ、鮭の遡上に自分の二十歳の青春を二重写しにし、去年YouTubeで聞いた吉田拓郎の歌声に出来るだけ真似て、『ファイト♪』（歌吉田拓郎、作詞作曲中島みゆき）を歌った。歌いながら、込み上げて来るものがあった。

Cocoaは、円通寺滝の観音の上の益富城、この秋月との戦のために農家に障子・襖・白米を供出させ、構造と米の滝を作らせた秀吉一夜城の史実の残る山頂の古城址の蔵を見上げながら、八幡宮を過ぎる。またしても、廣生が吠える。やむを得ず、交差点を右折し、林檎園方向に上る。

左手に簡素で美しい玉虫の厨子風の墓標。上福殿《じょうふくどん》の法華塔《ほけんとう》。良民ばかりだと思い込んでいたら、ルサンチマンの悪民もいる村。いや、隠しておきたい人間の善悪両面、美醜両面を赤裸々に見せる村。江戸時代、村の公共事業に私財を投じたにも拘わらず裕福ゆえに妬まれ惨殺された行橋出身の上福どん夫婦を慰霊する法華塔。左脇に停車し、活也だけ、手を合わせた。馬古堺連峰の南向こうは朝倉、秋月、浮羽、筑後吉井。

林檎・梨園、宅急便の幟を脇目に、水路の急流が立てる音に惹かれ止まってみると、そこは馬見神社の玉垣。幸子だけ、車に残して、廣生と活也が長く広い石段を上る。古代には山の上の磐に鎮座した神様。社殿に2人はやっと上り着いた。たまたま、電灯の管理に上って来た氏子から、乃木さんの話を聴く。

小倉から連隊長として出陣し、秋月の乱平定にこの山の峠を越える途中、乃木さんが必勝を皆で祈願したと伝えられているとのこと。大きな歴史という名の秋風に、いま無慈悲にも吹かれながら、一所懸命にそれぞれの使命に羽を動かされ、敵味方に別れて鳴く蟋蟀《こおろぎ》のような弟と兄。嗚呼、萩の乱で逆賊虫になる弟、玉木真人《まこと》と別れの杯を交したばかりの官軍虫の乃木さんが、これから弟と東西場所を変えて鳴き合戦、一戦交えるような無常観「もののあはれ」を抱き、古処山を越えて、秋月へ下りて行こうとなさったのだろう。

「時来ぬと　籬《まがき》にすだく　虫の音も　もののあはれに　聞かれぬるかな」（乃木希典、明治９年10月６日）

活也は、神社の石段を杉林の下の草叢から響く蟋蟀の音を聞き、廣生と杉の匂いに包まれて下りながら、真人の成人名が正誼《まさよし》であることから、「正」人どんを思い出し、自分もまた「正」義のために盗用と闘ったことを肯定していた。そして、無私に世のために尽くそうとして犠牲になった乃木さんの弟と「正」人どん、そして上福どんの受苦、情熱に胸を熱く焦がすと、一層虫の音が愛おしく、晴れているのに杉の薄茶色の幹が雨の向こうに見えるように曇って見えてきた。

廣生「お父さん、鼻水が出とうよ。」

活也「寒いったい。」

２人は鳥居まで下りると、振り返り、頭を下げ、虫が鳴くリズムに合わせて、明治以前の出雲式に二礼四拍一礼して、朝早く出発したし待たせてもいたので窓を微かに開け居眠りしている幸子のいる車内に入った。

来た上り坂を真っ直ぐ下り、先ほど右折した十字路を右折し、丘の介護老人ホーム横の戦国の世の心中劇、悲恋の美男美女鎌田地蔵尊にお参りした。双方、駆け落ちする等、他に生き残る道や智慧はなかったのだろうか。益富城山の麓、北斗宮の祭りで双方一目惚れ、相思相愛で燃え盛る性愛の心身の熱さが、上位の大城主の群雄割拠に巻き込まれて定めの敵味方に割れてしまう小城の若君ロミオと若姫ジュリエットが、双方武装し、蒲田ケ原で、決闘と見せかけた上での心中劇。体から自由になった二つの21ｇの蝶は、楽しくトーラス状の嘉麻の上昇気流に乗って旋弧回しながら、隠界へ入門し、交と離を反復しつつ舞い踊ったことであろう。

＊真の性愛、沸点高し

真に、戦国時代の対立城主の気圧は高く、姫と若の恋の沸点も高い。活也は、雪葉《ゆきよ》との恋を思い出す。

活也〈戦後の1気圧の中で、水分70％の人体を持つ自分と女の心は１００℃の沸点に達せず、我80℃、彼女50℃に終わった。本当の性愛は、身分家柄政略など2人に上から掛かる重圧が2気圧3気圧であっても、２００℃以上に心身の沸点を上げ、血飛沫が世の圧力鍋をけたたましく吹っ飛ばす。院ゼミ旅行で天城峠のトンネルを通って登った八丁池の畔《ほとり》に行幸の石碑があったけれど、天皇もその現場で鍋蓋を払った爆発、つまり許されぬ満州国皇族の令息と軍人の令息の心中に思いを馳せられたのだろう……〈雪葉、雪葉……〉

高圧は定めとはいえ、各小城主ともに、心中企画を事前に知ってか知らずか、我が子を恋も面子《めんつ》も両立させ生き残させる名案は無かったろうか、裏があって、お膳立てした家来同士は内通していたのか、大城主による小城の双方を分断統治し、跡継ぎの不在を策謀したものなのか、真相は調べても藪の中であろう……〉

午前7時半、いまや、面相の風化し、お堂に入った令息、令嬢の地蔵尊が、古城址からこの丘を照らす朝日に赤い。光る濁り水を備え付けの柄杓で汲み出し、水道で地蔵尊前の手水鉢を清める。

車は馬見川に戻って上る。水が煌く。活也は、体葬したはずの雪葉の面影、蛍の舞う川の側で角瓶を空けた屋根裏部屋、その日を追跡し、普段マグネシウムを含む若布の味噌汁と亜鉛のサプリを呑んでいるせいか、年甲斐もなく、シートベルトのすぐ下のネッシーを台頭させ、斜角にしっ放しで運転する。

走る車は、嘉麻峠の麓の米屋さんの看板に「地元産玄米夢しずく30kg ￥9,000」とあるT字路に出る手前で、右折して橋を渡る。進んで、国民小學校址の上の襷隊の行けた銃弾の石のレプリカが置いてある朱塗りの八幡宮境内で止め、少しずつ眠ってきたネッシー君にことさら股のその根本を噛んだマダニの牙が取れずに残っていたので、強く痛みを感じつつ、今夜焚く杉の葉を集めた。本殿に、日露戦争の英霊の8つの肖像画と干支の天上画。ネッシーは、脈拍を子守唄に胴体をコックリコックリさせながら熟睡。乃木さんも60代にして、起きたネッシーで障子の和紙を突き破ったことがある。活也は邪推する。

活也〈乃木さんは、名が源三の折、長州征伐を小倉城で迎え撃って報国隊と奇兵隊が合流したとき後の明治天皇と少年同士助け合う内に恋仲になられたのではないか、このエネルギーが時差のある心中＝殉職となって沸騰したのではないか……〉
活也は、自分も大好きな乃木さんのツルツルピカピカの、見たかった下の頭を連想しながらも、活也の上の頭は賑やかである。真面目な逸話、信州に呼ばれ、壇上に上がれなかった乃木さんの、一言も思い出す。
希典「このわたしが、諸君のご子息を殺した乃木です。」
活也も一言〈面影も「来るものは拒ます、去るものは追わず」。〉
さらに、独り続ける。
活也〈性愛は、上半身で別れ無理に体葬しても、下半身では離れられず後から追ってくる。これからは、未練だとは思わない。雪葉は天界からいま隠界に降りてくれたのかもしれない。〉
さて、運転手は、年寄りのせいか、頻尿である。すぐに、嘉麻峠の国道と平行に上る谷、小野谷アジサイロードに入り熟柿の垂れる高木神社の鳥居下を過ぎ、人の来ない道に出て、眠っているけど敏感になったネッシーの口、即ち先ほどの台頭で細くなった水道管の蛇口から杉林に向かって、噴水を飛ばした。廣生も連れて、肥やしを飛ばした。幸子は車内。女性は、それで出かける前は、ガブガブ、水分を摂れないのか、通風や脳血栓にならないかな、等と思っていると、衝撃音。
杉の山林の罠に可愛い瓜坊がかかり、鉄格子に何度も鼻をぶつけ、音を立てている。出してやりたい。だけど、獣害があると思い、廣生と老人は立小便をして、その場を去った。

瓜坊の　恐怖響きぬ　山の檻《おり》

活也は、父親の十四周忌が近いので、生き死に悲しや、と思う。和志らが、優生学(eugenics)、優生思想（concept of eugenics）の愉快犯ビル・ゲイツに殺される恐怖にも似ているとも言えるであろう。

生きものの　猪《い》の血悲しき　檻の音

「馬見川源流まで10㎞」、その距離を青空の下、櫨・犬枇杷・紅葉の紅葉・黄葉とツワブキの黄色い花を楽しみ、後続車を度々やり過ごしながら、一気に駆け上がると峠の頂点に上りつめる。小石原《こいしわら》の長い下り道。T字路を、奇しくも久野義元がマーケティング・コンサルを務めている陶の里館や商工会議所の方向に右折せず、英彦山への５００号線沿いに左折し、皿山の行者杉の霊魂、木霊《こだま》の森に入る。杉の葉が積った車道に、こちらを無垢に見つめ続けるバンビが２頭、林の中から母鹿が笛を吹くと、好奇心からチラッと振り向きながらも、呼ばれるままに繁みの中に消えていった。路側帯に駐車し、まずは猿の腰掛の生えている大杉の左手の道に入り、５００号線の急傾斜の林の上の一軒屋の手前の観音堂にお参り。戻ると、右手奥の鬼杉が目に入る。こちら側から見て、右の枝が空、天上を指差し、左の枝が地面、天下を指差している。この鬼は、独尊、誕生仏である。大王杉（樹齢６００年、幹周８２９㎝、樹高52ｍ）の上の一番奥の国境の石標の横に国見太郎という名の古木。活也も、国を見守る志と識見を持ちたいと思う。

続いて、行者堂下の神水《こうずい》を飲まんとして、細い道を下ると対向の普通車、下りなのに活也がバック。左の崖にぶつかり、左の方向指示器ランプのプラスティックが音響とともに壊れたので、今度は相手が下ってくれた。こちらが、大声でお礼を言い、手を挙げたのに、相手は無視。うまく、離合出来たが、道が活也にとっては細すぎるので、飲まず、すぐに石畳の比較的広い道に出た。牛に曳かれて善光寺参りの数分の一の大きさの石畳だけれど、風情のある道が、木琴に似たリズムを奏でる。産業奨励館には、前兆期のはずなのに時々急性期の陽性症状を見せる廣生の調子が悪いので寄らず、カレー屋のT字路に出る。左折すると、一つ、名前入り300円の湯のみと記すコンテナが並んでいる。その傍の小川の落差を利用して、陶土を粉にする「バッタリ」（＝左近＝そうず＝スプーン型水車）。木製スプーン風の窪みに水路から水が流れ落ちていない。どこかで、見たことがある。また奇しくも、有力者中津教授と組んでAの論文を『紀要』に掲載しなかった、グリーンツーリズムで、小石原をコンサルしている村園の自己保身の秀山教授の論文に掲載されている水車小屋である。さらに、石畳を上ると、茅葺《かやぶき》の犬小屋と古民家。さらに、進むと、小鹿田《おんた》同様、鍋島藩から原黒藩に引き抜いた有田の陶工が、地元の黄色い陶土陶石と水力で最初に焼いた窯址の碑。大肥川の源流を下って、日蓮宗の寺に出る間際、苦手な離合。お礼を言い、頭を下げたが、またしても無視。日蓮宗は、自力本願、自己責任だから、冷たいのか、とも思う。ここで、211号線に出ると、下り坂を煽られ続け、不安の連続。お釜を掘られるやと神経を使い、やり過ごしながら、下る。國光のおっちゃん窯の旧街道に避けて入り込むと、川沿いに見事な紅葉の並木。路肩に駐車して、廣生には、車で待ってもらって、夫婦で訪れた小さなお店には、名器、庭園井には、陶器の仁王像、狸、まことに実力のある活也と同い年くらいに見える陶芸家である。小石原で、初めて愛嬌のある人に出会った。廣生が壊さないでくれれば、渋い名品を買いたいと思う。唸った幸子もそう思って、止めた。こうして、人と紅葉に癒されながら、休む。滝のように奥のダムから落ちる清水を手で掬って飲む。うまい。下って、歩き苔生すコンクリ壁の間の石段を昇ると、崩れた大師堂。さらに、疣《いぼ》をとってくれる疣地蔵。手を合わせる。

車に戻り、本道に出て下ると、大木の紅葉が急流大肥川沿いに並列し、照らされて美しい。今日は、陽光に恵まれ、運がいい。谷川の水を集め集めて、その川を大きく肥《ふと》らせ肥らせて、下り下りながら流れ流れ下る水、それよりも速く速く進み進むCocoaを滑らせて、北側だけ「小さき鳥」（与謝野晶子）のように葉を落とし、その小鳥の黄葉群が薄い布団のように敷き延べられている小道に入った。山水の貯水タンクの猪と鹿を避けるフェンス沿いに進むと左の眼下に東峰學園の広い校庭。ウェストミンスター寺院の楽の音、チャイムの直後、駆け回っていた風の子が校舎に吸い込まれる。お昼だ。もう半日が過ぎた。離合する村人が、深々と会釈。浄土真宗西念寺が近い、他力本願の村だから、他者を大切にするのか？　旅を急ごう。すぐに、炭坑王、伊藤伝右衛門の肖像画が描かれているいぶき館。

毒女、自由奔放、女解放戦士の貴族、「砂を蹴るように筑豊を馬鹿にして去ってしまう」

（伝右衛門邸至近距離の親戚の言）柳原白蓮を愚かにも見栄から妻に迎えた不覚のこの平民実業家は、ここ東峰村にも炭鉱所有。そのいぶき館の右横には高倉健さんの父親が入った坑道口が遺されていた。

右手に吊り橋の見える広場の橋を渡り、国道に戻って、走っていると、再び廣生の陽性症状。咄嗟に、シートベルトを外し、左後部座席を立ち上がり、活也の左腕を持ち上げた。対向車の来ている右方向に進むこととなったので、幸子が悲鳴。活也は、強く廣生の左手を左腕で払うや、左利きの廣生が活也の左後頭部に強いパンチ。続け様に、母親の左即頭部も殴打。廣生は急に、活也が最近、大人しくさせるために「昨年秋、病院に入ろうか」と残忍な表情で脅し、実際に両親が自分を入院させたこと、9ヶ月前に、退院させたことなどを思い出して、復讐のにわか鬼となり、車を大破させようとしたらしい。退院後の父、活也との和解や誓いなど吹き飛ばしている。反省の積み重ねが出来ない。嵯峨市から多幸市へ向かう西鉄バスをハイジャックした少年も親が医療保護入院をさせたことを怨んだ末に包丁を購入する等の計画を立てたそうである。それも、これも向精神薬の副作用である。

さて、対向車も悲鳴と怒号の車の異常な運転に驚いて避けてくれたし、活也が辛うじてブレーキを踏みながら軌道を左にすることが出来たので、2車は衝突を免れた。活也と幸子の早朝起床ゆえの睡魔は退散。

またしても、すぐに右折し、脇道に入る。進路変更したので、大肥川の橋を渡る。落下した隕石＝宝珠をご神体とする岩屋神社（ＵＦＯと交信する岩屋？）に、高いアーチ型の陸橋を右に見ながらＪＲ日田彦山線沿いに上っていく道がぶつかる三叉路に行けなかった。しばらく、川と山の間の道を下る。可愛い家並み、右手に山々。その山肌に、阿弥陀如来が彫ってあるので、止まってみた。

４．銀杏、義の二坊

山桜も潔いが、銀杏も散り際が惜しみない。悲運の義士の旧跡には、銀杏もまたよく似合う。

（１）次郎坊太郎坊

次郎坊太郎坊の返り討ちの岩場には、銀杏が散り始めていた。鎌倉時代、この兄弟が鍛冶を営んでいると、親の仇《かたき》が通りかかる。２人は、仇討ちに挑むが、返り討ちに遭い、絶命、二人とも敢え無い最期を遂げる。弔うかのように、上空を鳶《とび》が旋回。この兄弟に同情し、行者が鎮魂の彫った磨崖仏《まがいぶつ》を活也家族は、拝んだ。元も子もない悲惨な結末。無念を果たせなかった恨みが残る。復讐は遂げたけど、恋人をも失ったハムレットにも通じるものがある。合理的な面から言えば、仇討ちは止めとけば良かった。夫婦は、他人事ではないと共に思い、魂を感じて、岩壁の彫刻を拝む。

幸子「裁判に、負けてたらどうだったろうね？」

活也「同じことを今、考えたよ。最高裁まで、和解からでも2年、69歳になるまで……迷いながらも、「善魔」のままでは、粘らなかったろうね。意地張って大切なものを失《な》くしちゃいけん。廣生のこと考えて、負けるが勝ちにして、悔しがりながら、今のような絵本作家への道に踏み込んでたろうね……」

幸子「結果的には、良かったわね。人生運不運、次郎さん達、気の毒なことしたわね。」

活也「風雲、浮雲を飛ばす。裁判やってる頃、放っといた株で不運というより怠慢で、トータル1750万円くらい損していたから、大金に諦め慣れしてたから、怨霊は飛ばし続けたろうけど、控訴しなかったろうね……ついてたね。」

活也は、それよりも一人、了海さんは青の洞門に訪ねて来た実乃助の仇討ちを待っていたかのように無抵抗で受けようとしたけれど、もし煩悩が再燃して、彫り割った石塊を青年に投げて応戦したりするのも、また人間的に思える。実は、自分も、今幸子に返事したのは、悟ったつもりが口先の美辞麗句に過ぎず、負けていたら控訴していたかもしれないとも思う。人間は凡夫、理性で物言い、感性で行動。言うこととやることは自分も違う。『罪と罰』のロージャが抑留されたシベリアで罪を改めながらも自己正当化する迷いを見せるように。グルグル、曼荼羅ルーレットを回している。

小さなライステラスの野沢温泉村に似て、メルヘンのような宝珠山村。
（2）日田彦山線
銀杏の木の迎える頭上岩壁、壁画風の太郎坊次郎坊供養の三観音像にお参りし、他人事ではない返り討ちに衝撃を受けている最中、感傷的で敏感になっている耳に響く轟音。

川沿いの銀杏の木が点在する長蛇の谷、宝珠村を抱え込む山間、その陸橋を渡る南武線

（川崎—立川）の車両に良く似た列車の金属音。真後ろを振り向けば、堤防のように横長の盛り土の上に敷いた日田彦山線を滑り川下の宝珠山駅に向かう車両、薄の穂波、ディーゼルの煙。10年前に、おひな祭りの頃、家族が目当てにした甘酒、天領日田市豆田町の散策も然《さ》ることながら、活也が日田出生の特攻隊員、彼が子供の頃から遊んだ馴染みの亀山《きざん》公園入口の銀杏の木を探そうとして西小倉駅から乗車した同じ電車が、英彦山駅通過直後アーチ型陸橋を渡り長い英彦山トンネルを抜け、隕石（宝珠）を祀る岩屋神社の下手と高低4つのアーチ型陸橋を渡り梅の花の香を嗅ぎ棚田の石垣に感心しながら下降し、大行司駅で高倉健の映画に擬《なぞら》えた黄色い三角の連旗に迎えられ、その高台の車窓から見た同じ風物が、まるで異世界の景色のように、今度は車外の丘から広がる。

あの9ヶ月余り前の幽体離脱で、自分が二重に存在している、つまり地上に居る体と空の海底に居る魂に分かれて存在していることを自覚して以来、バス・電車・自転車・自動車・飛行機・ヘリコプター・鳥・他人・星・月・太陽等居りもしない乗り物内や空の飛行物体内等に居る幻の自分からの展望の推測が、幻覚のように生々しくなっている。あの車両の中にも自分たち家族がいて、岩壁の自分たち家族を見ているような気がする。不思議な二重写しである。汽車の中から、外の景色、外から滑る汽車を眺めている。

「春の汽車は遅い方がいい」（淵上毛銭〈水俣の詩人〉）と言うけれど、秋のそれは余りに一瞬、一車両、一つの胸に、多くの思い出、失望・絶望・希望・野望、望郷を詰めて重く遅い。

ちなみに、日田市の銀杏の木は、散華した彼が敗戦間際、太刀洗基地から知覧に向かう途中、南に向けて旋回しながら、戦後の再生を森永のキャラメルに託し年少者向けに降下させる地点を示す目標であった。

列車が小石原杉であろうか、木造の可愛い宝珠山駅に停車する頃、3人は岩壁に再び振り返る。廣生が、石仏を一緒に見上げていると妙に落ち着いたので、続く釈迦堂を左折、踏み切りを越え国道に出て、高菜饅頭の店、桐の木、福井神社前を通ると、やっと温泉県、大分。十時製材所横を通ると、ロスチャイルドの手先、日田市に赴任経験のある松方正義、そのまた家来で、この財閥のために愚かな金解禁をした大蔵大臣井上準之助（血盟団が1932年2月暗殺）の生家、造り酒屋の残る大鶴に出た。

列車と並走したかったが、廣生の体調のため、三隈川の夜明けダム、日田彦山線大鶴駅に向っては直進せずに、より閑散とした道路を選んで工事中のT字路を左折、片側交互通行の表示に、思わず公判の裁判長との債権・債務者の「交互面接」を思い出す。左折したのは、予め電話で、日田市への近道だと、親が同市出身の友人、鞍手《くらて》轍昭《てつあき》から耳にしていたからである。

その左折後、大肥川の扇状地を、すぐにさらに左折すれば、小鹿田焼の里へ向かう谷の道。陶土もそれを搗く左近水車も上薬も窯の火になる松の木も、全て村内の自給で生まれ、最近もそうしている民陶。廣生が割ったが、活也も忘れえぬがゆえに金継ぎをした青い抹茶茶碗を愛用している。何よりも、刷毛の入った一般の小鹿田焼からは、了海さんの鑿の跡を連想して来た。ここで、右折し、産直の店、沙羅で鹿肉・猪肉・地酒・棚田米・大根・人参・里芋・白菜の漬物を調達。

（３）光へ東へ

美しい杉並木、石切り場、東山魁夷の描いた京の杉山と同様の山林、水神様の上の側溝から縄文人も食べたと言われる穴熊。製材所を過ぎると、看板に「窓を閉めて下さい」とある長細い豚小屋の脇を上り、「昼なお暗い」杉山の道を曲がっては光へ東へと向かい、日田杉乾燥場や大岩や山寺の脇を下り抜け、栄光へ脱出。すぐに、古代ＵＦＯ離発着地か「羽」の羽野という地名の残る、西瓜産地、配合飼料を食《は》みながら並んでいる牛の列を横目に、大分自動車道に並走し、日田市街に出る。岸壁の浅い小洞窟の大日如来にお参りし花月川《かげつ》を下って渡り財津氏縁《ゆかり》の日田城址の慈眼山《じげんざん》と相撲道の日田神社の間を抜け、廣瀬淡窓図書館脇を通過した時、廣生の眼つきが騒がしくなる。そこで、大通りを逸れて静かな通りの神有《かみあり》、元大原宮に向かう。

（４）義の一揆

幕末、五馬金凝《かなぐり》神社で挙兵、若宮の竹田に集合した農民一揆の最前線に正義感から立ち、処刑された剣豪（長州で修行）、求々里喜平《くくりきへい》を子孫が記念して建立し、秋にもなお菜の花の咲く観音像にお参りし、階段の手摺に手を掛けた。すると、以前、涙腺が塞がり結膜結石の激痛に苦しんだ左目が異物で同様にゴロゴロし始める。三隈川に架かる赤い大橋やフアームロードに向かわず、車の少ない空海の藪地蔵や行基の銀杏の霊木が残り、菅原道真も壁湯・川底温泉上の「菅原」の學友の僧侶と再会し雪深い寺に滞在した折、数回お参りしたという高塚地蔵方向に向かい、左脇に車を停めて、左目に手拭《てぬぐ》いの眼帯を施す。活也は、最早、これら名所旧跡に立ち寄らずに早く宿に着き、天ヶ瀬の湯で結石を流し落としたいと思う。地蔵下を通過し、池田記念墓地（創価学会員埋葬）や米沢望郷の顕徳坊の墓所への参道には入らず、湯山を下ると、左東側の童話の里、玖珠の街を通り、右西側の日田の街に向かって下る玖珠川が所々川底から湧出する温泉を冷ましながら、眼下の岩を大量に縫って勢いよく流れる。両脇に、旅館、温泉街、山肌。その広い谷川に架かる、車道が通る割には細い橋を渡り、右折すればＪＲ久大本線天ヶ瀬温泉駅、駅前の１００円露天風呂、桜滝入口駐車場、さらに振興局から国道２１０号線に出て、直ぐに左折して上り、さらに左折して桜滝を落ちる剛楽川の橋を渡ると、今夜の宿の門、通過して、紅葉の長いトンネルを潜ると黒い基調の天ヶ瀬の御宿。

第2節　天ヶ瀬の宿、禊

桜水庵着、夕方4:00pm。３人は、車を停めて降り、黒装束の女性方に迎えられて、河畔の貸し別荘へ。玄関の下駄箱の上には、小さな竹細工の籠に8本の造花の向日葵。

幸子は、すぐに京間1畳弱の石風呂に入る。その直前に下見した活也は、その形状が、人吉市の城内の球磨川傍の隠れキリシタンでありながら浄土真宗門徒を島津の命令で弾圧した相良家の秘密の地下に設けられた洗い場（洗礼の長方体）に良く似ている。幸子の後、着いてすぐに廣生と沢登りして冷えた体をこの石風呂で温めることになる。

一方、活也は、廣生と屋内の広い共同湯へ、露天風呂へ。活也は、流れ落ちる熱い湯に左目を左右垂直３方から長い間、曝し続けた。３度繰り返すと、やっと執こくゴロゴロする結膜結石が瞼の下から流れ落ちた。

美肌の湯、自らが自らに行う禊《みそぎ》は、自らが自らに行うバプテスマ（洗礼）であり、悟り、再生である。スッキリした目に、最初に入って来たのは、別荘の庭の栗の木の吹き折れて枯れた幹と枝葉であった。どんな老体や傷病にも、犠牲になった尊い過去がある。この栗の木は、台風から別荘を守ったのだ。自分も、負われて敗残兵のようだけど、村園の正義をかつて守ったのだ。上っ面な見栄はいいのにしよう。見える人は見ている。

もう30年近くも前に、湯布院温泉と天ヶ瀬温泉に来たことがあった。前者は由布岳の麓の外見の綺麗な無味な観光地だけど、後者の温泉旅館では爪の間に畑の土の入った仲居さんが食事を運んで来た。内面的に生きているという笑顔があった。その当時、天ヶ瀬の湯が、プラスティックや汚れを溶かす美肌の湯だとは心得なかったが、今回結膜結石が取れたのでそのことに気付いた。活也は、ゆっくり紅葉やブナの黄葉が浮遊しているのを見つめられるほど楽になった。

活也は、湯船の淵にタオルを置き、茹で上がった骨川筋右衛門のまま、明日了海さんに見えんが為の禊として、石段を下り剛楽川の清流を、両手で掬い、「遍照金剛」と唱え、気合を入れながら、頭に掛けた。水、市九郎に克ち転じた了海さんが、その初鑿前に山国川で沐浴したように、活也は剛楽川のこの両手の水で自らに洗礼を授け、〈己に克也《かつや》〉に生まれ変わろうと思った。

活也〈この沢を、上ってみたい。ロトルアのように、川の底からお湯が湧いているかもしれない。信州鹿教湯温泉のように、杉や檜林にいる鹿がそのことを教えてくれるかもしれない……〉

活也は、すぐに湯船に戻り温もって上がり着替えると、黒い卓上に幸子宛の探索してくると書置きを残し、廣生と沢の上り道を進んだ。活也は、20年ばかり前の夏、旅先の屋久島で、フェリーで戻られた山尾三省さんを、宮之浦港でお迎えした時のことを思い出しながら進む。彼のことを内向的で仙人に近い人だと思った。その後、白川山の里に奥さんの軽自動車で送っていただき、集会所で1泊させていただいた。翌朝、白川の上流の靄が懸かる山林を見て、「神様はいる」と直観し、神に繋がる幸福、囚われた自分からの解放、自由を感じて以来の「山林に自由存す」(国木田独歩)の感がある。このように白川村を追憶しながら歩く剛楽川の道は、ゴルフ場下の杉林を抜ける。

杉、未完成　　　　　里山活也

シューベルト交響曲第7番「未完成」が日田の山　杉の林に響く

杉の樹間に鎮まる霧に　夕の光芒が斜めに射す
数多の枝打ちされた幹が白線となり
下部に残された枝先の針葉から朧げに反映する黄緑
その上はシルエット
霧中《むちゅう》に、天へ伸び続ける樹　未完
旅人よ、悟りを夢を探して
　幾山河越え、この林に迷い込んだ旅人よ　ここは、天ケ瀬の山林
いま、お前の睫毛に泊まる水滴　それは、ダイヤ
未完の杉たちが贈る祝福の輝き
　　生きよ　生かされよ
杉の木、直《す》ぐの木　村にスクスク生えて　真っ直ぐ　空を鋤《す》き
過ぎた雨風多く　林立する杉の幹の表皮を苔生《む》して蒼く　日照濃くて　年月長く
年輪数多《あまた》、不朽の一本杉　さらに上へ、もっと高く
「尋（求）性成仏」　生きて、役に立ちたい
杉、林は防風・防砂・日除け・保水・ランドマーク
一本杉は、ご神木・ランドマーク・実直と自立のシンボル
　糸杉は、イエスの柩、死と再生のシンボル
　夏は、葛を這わせ、昼木陰を宿し、涼風を吹き渡し、根本に雨水を保水し

秋は、鎮守の森で夜神楽歌の音響を調節し、お神酒の樽となり
神輿の棒となり、山車の材となり
冬は、木枯らしを温和にし、実蔓の赤い実の塊を飾り、ストーブで燃やされ
春は、花粉を飛ばして肥やしを施し、その実は杉鉄砲の弾となる
　杉木立、街道や山々や野原や神社仏閣を美化し
枯れ枝・枯葉、風雨に飛ばされ、お風呂、竈の焚き付けとなり
煎ずれば、米糠のように、ヴィタミンB[1]で脚気を治し
乾いては　線香水車に枯葉を搗かれ粉砕されて後　仏壇の祈りの香となり
癒し、心落ち着かせ　肺から入り血液を浄化し　灰は肥やしとなり
光　杉の原　朝の採光　針葉の雫、虹を放ち
百舌、頂に停まり　朝日に蜘蛛の糸、彗星のように光線を走らせ
黄緑を映えさせ
霧中《むちゅう》に　天高く　背筋を伸ばし　猪《しし》の寝床となり下に蚯蚓《みみず》
護摩、智慧の火に　壇の上、烈しく燃え盛り高く広く
火炎の不動明王となり　煩悩、息災を焚き　信心を異次元へ誘う
日田杉は　三隈川、筑後川の筏となって　大川で家具、建材となり
日田市では　下駄となり、曲げ物となり、柱となり板材となる
いただいたダイヤモンドへのお返し　未完のお前は、

いま日田杉のようになろうとしている

杉林を落ちた杉の葉を集めながら抜けると、道が100度近く曲がる。川の両岸には、10m超の堆積した奇岩。活也親子は、剛楽川の縄文人斎場跡のような岩場に下りた。渓流、今日宿に来る途中、清流を活用した鱒の養殖場や岩魚の釣堀や鮎料理店が点在していたのを思い出し、さらに音を立てて長い布のように流れ、数箇所瀑布になっている川を見つめていると、活也は溯上する鮭の幻覚を見た。馬見川が日本の南限とは言うが、この川にもそれらが上っていたように思われた。そして、今日、鮭神社の近くのその川沿いを上りながら、込み上げた感慨をもう一度反芻した。

吉田拓郎は、自分が歌っている『ファイト♪』の「わたし中卒やから……」という歌詞のところで、西城秀樹等と広島フォークグループで歌った日のことを思い出していたに違いない。広島商科大（広島修道大1973年〜）時代に全共闘運動の「自己否定」、同級生の多くが中卒で働く、「金の卵」の時代に、大學に来られた自分を忸怩たる思いで、見つめたに違いない。これは、団塊こそが歌い継ぐべき歌。私有廃絶は自由の放棄になるが故に、共産主義は誤っているにしても貧乏人と金持ちの格差を是正する経済政策は必要になる。

その上流の岩底を浅く流れて西日に光る水面の上に、映える角、生え変わったばかりの角、水を飲んでいた牡鹿が、2人を見下ろしている。『もののけ姫』の鹿のように神々しい。

西日に黄色い光を反射する広く浅い淵、沢の音。牡鹿、神様のメッセンジャー。

この沢の縄文時代からの協和音が『セロ弾きのゴーシュ』(宮沢賢治)のように、音楽療法になったのか、さらに先ほどの露天風呂が温泉療法になったのか、いわば音温療法、それらの両方だろうか、廣生が穏やかになっている。人も、森も、沢も、牡鹿も調和している。

この牡鹿、すぐに、前脚を屈伸させて上体を跳ね上げ後脚をピヴォットに１８０度回転し、尻を見せ、崖を駆け上がり、苔むす幹の表皮が林立する杉の山陰に、薄茶の角を隠して去った。遠くで、笛を吹く「紅葉踏み分け鳴く鹿」。雌鹿や数頭の子鹿と合流したのだろうか。谷は、元の静寂に戻る。

その時、先ほど通過した天ヶ瀬振興局からのものだろうか、広い谷の、玖珠川の温泉街の方から響くオルゴール、「夕焼け小焼けで日が暮れて、山のお寺の鐘がなる、おててつないでみなかえろう、からすといっしょにかえりましょ♪」。腕時計を見れば、もう5:00pm。ここで、親子は、元の道を引き返した。宿に戻ると、囲炉裏の鉄鍋には幸子が大鶴のジビエを調理した猪汁が湯気を上げていた。そこに、持ち帰った杉の葉を焼《く》べる。仏前で、人の心を宥め、落ち着かせ、祈りに誘う線香のようないい香り。

活也は、もう一度、沢登りで湯冷めした体を、今度は残照にほの明るい、人吉城の隠れキリシタン、相良の洗い場に似た個室の石風呂で温めながら、自分も先の川での禊に続いて、洗礼を心身に施しているようなものだと瞑想し、自己満足した。

一方、廣生の方は、明日は耶馬渓行きもあり、水面市帰宅の長旅もあるのでと思って幸子の差し出した、「最後の最後の手段」（浜六郎）の憎き薬、ゾテピンを服用し、有機ジュースを飲んで、囲炉裏で拾った宿の庭の銀杏を焼いて、備え付けの両刃の根元に胡桃割りのようなギザギザが付いた鋏で、割って食べていた。

他方、俄《にわか》自己洗礼を済ませた自称クリスチャンの活也は、杉の風呂桶に浸していた下の入れ歯の残り1本の生きた歯＝犬歯と接合するための金具が取れたのに気付く。泉質に洗浄力があるらしくて、プラスティックを溶かしたようだ。仕方ないから、明日は上だけ嵌《は》めて耶馬溪に向かおうと思って、それを持ち上げて立ち上がったとき、小岩の上にその上の方も落とした。2つに割れた。恥ずかしい。入れ歯なしで、宿の受付に立つのや青の洞門に入るのは気が引けた。しかし、すぐに開き直り、浅薄《せんばく》なプライドを遥かに超えて、汚れながら最後の使命を達成した、イエスと了海さんとガンジーのことを思い、チンクシャで見苦しいけれども、入れ歯なしで、明朝出発しようと思う。

活也は、風呂好きなので、囲炉裏で寛いでいた廣生を誘い、さらに再び、露天風呂にゆっくり浸かった。

湯上がりの親子は、丹前を羽織り、囲炉裏を囲んだ。3人は、廣生が消耗期か回復期に入ったかのように落ち着いたのをお互いに喜び、地酒で公判の和解と研究室撤収に祝杯を上げた。蟋蟀《こおろぎ》、時々鹿の笛を吹くような鳴き声、炭火の熾《おこ》る音、梢を吹き抜ける風、せせらぎの音、談笑。

活也「名前のことだけど、廣生の廣は、廣田弘毅の廣であり、廣島の廣。廣生は弘毅の弘に通じ、寛と同じ意味。最初は、お父さんもお母さんも菊池寛から寛を頂いて寛志にしていたけど、生まれてすぐに横浜に移ってから、風邪で中耳炎になったので、吉沢順行和尚に相談したら、廣が使いたければ生きるを付けて、廣生に、と言われ、名前を変えたんよ。それからは、いい漢方の先生に会って、治った。」
幸子「あの時は、ねんねこに背負って、何度も天王町の駅前の耳鼻科の女医さんのところに通院したのに、一向に良くならなくって、痛がる寛ちゃんが可哀想で、エンパシーで自分の右耳も痛みを感じて、大変だったわね……」
活也「順行さんがいると、心強かったね。若死にされて惜しかったね。」
幸子「大乃国初め、若山源三のラジオ相談もなさって、他人の悩み事を一身に引き受けられたからよ。寛ちゃんを連れて行ったら、『この子は、いい子だ、いい子だ』と仰っていた。」
——廣生は、褒められてか、猪汁に満足したのか、上機嫌で、尚も口を動かしていた——
その後、台所で炊き上がったばかりの棚田玄米を食べ、再び、元のように3人とも入浴した。廣生は、入浴中、上機嫌になり、フィールドオブビューの「突然♪」やミスチルの「Tomorrow never knows♪」等を歌った。心配した急性期の陽性症状、幻覚・幻聴は宿での入浴後はなく、器物損壊・叫び声等は繰り返されなくなった。夫婦とも、ホッとした。
幸子は“To Love You More”（歌詞は日本のドラマ用）を口笛で吹いた。廣生は、風呂上がりに、三堀病院にお願いした単剤少量処方でゾテピン25㎎1錠（50㎎／日）、それに自己調達したi-Herbのメラトニン３㎎１カプセル、シナプス再生のためのプラズマローゲン１カプセルを飲んで、疲れが出たらしく、床に入った。

活也は、幸子が後片付けをしている間に、新たに炭を焼《く》べた囲炉裏で、藁火山で埋めたタイムカプセル内に詰めたものと同じ、３体の罪状と呪文の書類を火葬した。

その内、幸子が、囲炉裏端《ねぎら》に戻る。活也は、この2年余りのお互いの心労や廣生の回復等を振り返り、幸子を労う。天窓には月光が映す高い栗の梢の影絵。月光が囲炉裏の鉄瓶の湯気に差し込み、二人を包む。しみじみとした会話の最後に、活也は、小さな小さな菊人形を拵えるのに使うからと言って、幸子に抜け毛を所望《しょもう》した。幸子は、梳《くしけず》り、それらを櫛毎、活也に手渡した。

＊月光、照葉に雪

活也が、せせらぎの音に近づき、月明かりの窓から外を見ると積雪？　一人、下駄履きで活也が外へ飛び出す。

照葉《しょうよう》に　雪化粧するや　秋の月

（２０２２年11月11日　於：天ヶ瀬）

ベートーヴェンが、月夜の散歩中、盲目の少女の弾くピアノに感動し、そのピアノで即興演奏した「月光♪」、この曲が蟋蟀《こおろぎ》の鳴く音に調和して窓の外の白銀の景色から聞こえて来そうな深夜。活也も、積雪だと早合点し、寝静まった外に桜水庵《おうすいあん》から飛び出して川辺の歩道を散歩。反射角に嵌った馬酔木や山茶花や椿の照葉、それに銀杏や栗や犬枇杷や桑や葛や山芋や荊茨《さるとりいばら》の黄葉《こうよう》、ログハウスの屋根、塗料の剥げたテラスの手すり、コンクリートの白い道……は、雪を薄く積もらせたかのように光っている。川面もせせらぎながら白く反射。

活也は了海が青の洞門貫通間際に開けた穴から差し込んだ月光は、明反応ゆえにもっと眩しく感無量だったに違いない、と思う。

川の流れの向こうには、ライトアップされた紅葉が降り落ちている。桜滝の手前からの帰り道、活也は「ムーンリヴァー♪」を口ずさむ。

玄関で下駄箱に日田杉の下駄を戻す。何気なく、その上の向日葵の籠を、活也は携えて、再び囲炉裏端に座る。

活也は、囲炉裏端に下駄箱の上の向日葵を持ってきて、天窓から射す黄色い月光に当てた。時々、炭火に赤く混色される。殴り書き、向日葵のゴッホも同じタッチで洞門を開け鑿痕を遺した了海さんも「地上の絆以上のもので、この大地に結び附けられている」(Gogh)。

愛器知の深く大きく広いゴッホ、重厚な自尊感情の持ち主、愛の向日葵。廣生が、オランザピンの退薬症状で、器物損壊する度に、ゴッホと同じ気持を表す弟テオに当てた文面を廣生に言って聞かせた。

ゴッホ「今度、サンレミに入ってきた患者は、目の前のものを片っ端から壊す。悲しい。」

ゴッホは、ゴーギャンのフェンシングで耳を斬られた後、ゴーギャンを庇い、軽い転換症状は有ったものの、自分を気狂《きちが》いにして、サン＝レミの病院に入った。

兄ゴッホの天才を信じた弟テオにテオの子（生一色の「花咲くアーモンドの枝」１８９０年をプレゼント）が生まれてしばらくするまで支えられ、拳銃の誤射を受けた直後なのに医師ガッシュの手当ても施されず37歳で逝ったゴッホが、１歳で早世した兄の墓（死）を見て育ち、日照時間の短く暗いベルギー南部のさらに暗い坑道に居る炭坑夫等に光（生）を届けたいと思った牧師時代の愛の心を終生胸にし続け、世に、とりわけ虐《しいた》げられ暗いところに居る人々に、明るい黄色の光を見てもらうために、同一キャンバスにイエスの十字架の樹、サン＝レミの糸杉（死と再生）や明るいアルルの一つの花瓶から生え出ていて種を蓄え枯れた向日葵(死)と同時に共生しそれに勝った光＝瑞々しい向日葵(生)、菖蒲(死)と共生しそれに勝つ光＝麦（生)、オーベールの烏（死）と麦のような死と再生の象徴を、直截《ちょくせつ》に叩き付けるような、了海さんの青の洞門の鹿の子の模様、鑿の跡のようなタッチで情熱的に塗りたくりうねらせ、荒々しく表現した。

了海さんは、愛の鑿で岩肌に希望を刻み、ゴッホは愛の筆でキャンバスに光を塗り込め、イエスは愛の十字架を背負い、ゴルゴタの丘を上った。

活也は、再び月夜の庭から、雪洞《ぼんぼり》に照らされ、たまに遅い宿泊客の車とすれ違いながら、門へ向かう長い紅葉のトンネルを上る。道の脇に花を付けたまま枯れ残る大あれちの菊。その内の一番小さい草を折り取り、引き返す。

再び、囲炉裏端。幸子は、先に寝床に入った。活也は、その草の無駄葉を削ぎ落とし、十字架様に、もらった櫛の刃の間の幸子の抜け毛で小細工を拵えた。入念、「六根清浄♪」。恨みを水に流し、恩を菊人形に刻む。これを、車の鍵と携帯の入ったポーチに入れる。
するど、一刻も早く、了海さんに会いたくて仕方なくなって来た。阿蘇や別府への修学旅行前夜に寝付けなかった小学6年次の初夏を思い出す。

＊一生の性的不覚

女性を深く確知しなければならなかった。一段落し、廣生も鼾をかいているので、何年か振りに、ほろ酔いの伴侶に受け入れてもらえる可能性に賭けて、マダニの残した牙は根元を疼かせるけれど、離れの彼女の布団に潜り込もうとした。賭けは敗北。活也は、月に向かって吼えたくなる。

學園での人間関係、実質上の解雇処分以来の公判等相次ぐストレス、遅い更年期障害〈女性ホルモンのアンバランスには6月末に紫色の花を着ける西洋人参木〈ローズマリーの味に似ている。妊娠中飲むと流産の危険〉が効くというので幸子に飲んでもらったり、干し無花果を食べてもらったりした〉を理解して、トボトボ、零《こぼ》れ蛍のように元の囲炉裏の板の間に戻る。廊下を抜き足差し足で歩きながら、最近YouTubeで見入った、中年女性の幸せを教える赤裸々な自撮りの自慰を瞼に浮かべながら思う。男性のとは大違いで、かくも優しく中高指を宛《あて》がい小刻みに振動させたり、静動リズミカルに使い分け親指と人差し指で摘《つま》んだり、温かい息をフッと吹きかけたり、温水圧を掛けたり、筆を使ったり、むしり挙げたり、３点攻めを器用にしたり、少しオリーヴ油を垂らして、上下左右になぞりながらマッサージしたりしないといけなかったのだ。悦ばせたかったのに、拒否の一因にもなっているテクニック不足のまま、勉強不足の自分は人生に取り返しのつかない禍根を残した、若い内に空海密教にあるらしきように交歓術に円熟すべきであった、そう思う。歳月、技を待たず。今夜、こっそり抜け出して年配の仲居さんが帰り際に入りに来るという先の１００円露天風呂に浸かって待って、仲良くなって心底悦ばせようかいな等とチラッと妄想したりもした。縄文人は、性愛を人間関係に活用したそうである。虚しく、炭火の前で、映画、壇一雄『火宅の人』の五島列島の囲炉裏端のシーンを想起しつつ、睡眠薬代わりに、亜鉛サプリ、恋の浦の和布のマグネシウム、猪鍋の大蒜の効能を独り発揮する。明日は、耶馬溪、もう一度、別荘の露天風呂に独り入り、身を清め、寝床から毛布を持って来て、再び囲炉裏端に座り、文庫本『恩讐の彼方に』をお浚《さら》いする。慣れた名文を読み進む内に、今度こそ、ウトウトし、上半身が船を漕ぎ始める。２枚並べた座布団の上に丸くなり毛布を掛けて、炭火も消さず、一酸化炭素中毒の危険があるのに、そのまま就寝。

第３節　神送り、菊人形流し

２０１６年11月12日（土）晴れ、早朝８℃、活也は、67歳にして、青の洞門訪問という半世紀以上の念願をこの日に凝縮し、どのように叶えるのか？　併せて怨念の藁人形の過去を清算し、神の元へ流すメッセンジャーの菊人形に祈りを託して前進し、「恩讐の彼方」に自分を展じさせるのか？

1．禊の宿から耶馬溪へ

活也は、まるで初恋の人に再会するかのように、未明 4:30am に寒さを感じて目を覚ました。すぐにでも、青の洞門に駆けつけたかったが、先ずは高温の露天風呂で身を清め、すぐ傍の清流で身を引き締め、怨念の過去の最後の禊《みそぎ》をする。入浴中、頭は朦朧としていても、胸を時めかせて、初めて訪問する青の洞門に了海さんの面影が見つかるように、祈願する。

活也は、埋れ火の上に杉の葉を乗せ、炭を焼べて炎を高くし、猪汁を温め、台所から持って来たお釜の冷《ひや》ご飯と梅干で三角形のお結びを作る。その内、上流、南東の空が白み始めると、普段着のまま寝てしまった幸子や廣生が起きて来る。沙羅で買った白菜の漬物を幸子が切って並べると寝起きなのに、廣生がパクつく。活也は元々朝は抜く。

2人とも、チェックアウト 10:00am まで、ゆっくりしたがったが、活也は急《せ》き立てて、2人の朝食後、幸子に台所の後片付けを済まさせて、貸し別荘を出て、斜めに木漏れ日の射す旅館玄関受付で精算し、数片の紅葉が朝露に付着した青い Cocoa に乗って、6:00am 過ぎに出発。射光に映える紅葉。来たときは西日の中を下り、去るときは東日の中を上る。

この禊の宿から、玖珠川を上り、慈恩の「恩」に惹かれ、悪がきだった龍が罰から仏に助けてもらったご恩返しに、優しい龍に改心し慈雨を降らせたという慈恩の滝に立ち寄った。人間の方こそ、その大音響の瀑布をジャンパーに浴びるのを楽しみながら、二礼四拍一礼。急いで、手前に下る玖珠川沿いの国道210号線の坂道を下る。トラックが音を立てるトンネルを抜け、巨樹の切り株のような山を右手に見る。

そこは、童話の里、玖珠町。そこを左折、街を抜け、山中に分け入ると、渓流沿いに谷を下りる道路。岩盤を浅く流れる川に水を求めて下りてきた2頭の鉋傷の模様の小鹿が、霧の光芒の背後で、大きな目を青い車に向けている。やがて、宿場のような古い食堂・湯気の出ている蕎麦饅頭屋・土産物屋の家並み。早朝なのに、小鹿田焼らしい熱いとろろ蕎麦の丼茶碗を手に持った客が座っている。広い駐車場に車を停めて、清流に架かる木橋を渡り、岩の間の山道を登る。向かいの山には、宇宙人と交信するアンテナのような奇岩群。ここは、見事な紅葉の一目八景、深耶馬渓。

再び3人の乗った軽自動車は、寺社を控えた山移の集落を山移川沿いに抜け、広々とした耶馬溪ダムを見下ろす。今は、このダム等が、山国川の水量を調節しているのであろう。了海さんの頃は、もっと急流であったろう。車は、日田往還212号線に出て、右折し山国川を下る。

活也は、山国川を堰《せき》止めるかのように架かる美しく長い眼鏡橋のところで、真正面に要塞のように見える白黄色の岩壁を青の洞門と間違えて、走りながら穴を探した。思い込む癖が幼少期からあって、相変わらず、見付からないのを自分の視力のせいにして、ウィンカー、次にハザードランプを点けて、左脇に停車。穴の次に、今度は市九郎、いや了海さんは、この川のどこで競秀峰から転落した馬子の遺体に遭遇し、お経を上げたのだろうか、と思ったりもした。また、再度になるが、当時は水量も多く急流、いまは河川の生態系を壊すダム建設の是非は置いて、耶馬溪ダムなどで調節している、等とも思う。やっと、表示もないし、観光名所らしくもないので、誤解していることに気付き、発車。

長い間下ると、羅漢寺、青の洞門の道路標示。ここだ。右手に、黄白色の絶壁、青の洞門。行き過ぎて、洞門の下手の広い橋を渡り、T字路を右折。上には、太子堂、正面には交互通行の赤信号。その先の洞門出口こそ、了海が開けた穴から月光が差し込み実乃助と泪に咽《むせ》んだ地場だ、こう想像すると、この聖地に車で侵入することは憚られた。しかし、青信号になるや、已む無く、侵攻。側壁や上部に鑿の跡を探すが、それらしいものはない。

重機なき手掘り、苦節30年。活也は、長いトンネルをゆっくり進みながら、菊池寛の帰る父を演じた頃のこと。洞穴に興味を持ち、入口で藪蚊に刺されながら、入った中學校の川向こうの用水路を流しひんやりして蝙蝠《こうもり》もぶら下がげていた人工の洞穴を思い出したりもした。その陽明學的体験から、了海さんの苦痛とそれゆえの罪滅ぼしをリアルに想像した。苦痛、それらは、手・腕の痺れ（鑿と鎚で岩石を打つときにその反作用から受ける金属的振動によるもの）、皮膚の痒み（川の傍で湧く藪蚊、蚋《ぶゆ》）、目の真っ暗闇への暗反応、鼻を突く悪臭（閉切った洞窟の黴・体臭・糞尿の匂い）、胃腸で堪える飢え、鼻腔・気管に入る粉塵、靭帯の激痛……了海さん、お労《いたわ》しや。

車は、地名が字青の競秀峰の洞門＝青の洞門と平行しているトンネルを下から上へ抜け、了海さんが最初の鑿を振るったであろう上流の洞門の入口に出た。早朝のせいか、対向車は信号待ちしていない。禅海（＝了海）茶屋の手前の駐車場に入る。了海さんの宿坊となった羅漢寺は後回しにした。

２．洞門の小さな神、菊人形

早朝7:30am、活也は、１ヶ月半後の冬至へ向けて、遅く昇った朝日を浴びながら中腰で鑿に鎚を振るう禅海さんの銅像の後ろに立った。その自分は、共にむせび泣く、あの黄色い月光の夜の実之助ではないか。その場に佇《たたず》んでいると、何かが通じたのか、さらにその後ろに寄って来て、廣生が母親から手帳とボールペンを借り、10年ぶりに、写生し始める。車中、乱暴狼藉を働いた昨日の悪魔、廣生は、嘘のように、天子に豹変している。ここにも、大あれちの菊。

直《す》ぐ天へ　伸びて荒地に　のぎく一草

（１）絵本第１号

帰宅後描かれた廣生の絵は、削り鑿を入れる鑿の跡に始まり、了海の打ち込んだ鑿の穴から黄色い月光が差し込み、松明を下ろし、駆け寄った仇討ち＝実乃助の方から無言で了海の両手を握り締め、抱擁に咽《むせ》ぶシーンから始まる。次に、極悪非道であった市乃助が悔い、岐阜の真言宗の寺で改名した了海に、村人が離反せず協力し、仇討ちせんとする実之助から庇うシーン。

絵は、青の洞門で終わらず、愛の転生を描く。了海が分限者の上福どんになって生まれ変わり、公共事業に私財を投じて、麦畑を拓く。さらに殺された彼ら夫婦が医者の正人どん夫婦になって生まれ変わり、一鍬堀りの用水路を開き、刑死して後に、菜の花が畦道に咲く黄金の稲穂を遺し、彼の霊魂は、さらにオランダに飛んで愛の人、ゴッホになって生まれ変わり、鑿を振るうような荒いタッチで「ひまわり」や「麦畑」を本当の愛の強靭なることを描いたシーンで終わる。仏教漫画ならぬ仏教絵本。

活也の解説では、先述の廣生の第2枚目の絵で、山里の村人と仇討ち実乃助と了海の三世の縁を結ぶ黄色い光の粒と波動が、悔い改めた了海に対して、村人の心を動かし、離反せず許させ、実乃助から庇わさせる様子が強調される。金銅仏や偏照金剛や金光明への黄色い光にあるように、輪廻転生させる霊力や不思議なご縁を結ばせる霊力は、量子力学的に自然界の黄金の光となって示現することも強調される。

（2）胸高鳴る初対面

さて、11月12日、山国川。活也は、ペーパードライヴァーの幸子に車の鍵を預け、禅海茶屋でゆっくりするように告げて、その場に2人を残し、手掘り跡を踏破するつもりで、下手の洞門へ向かった。心即仏。

高鳴る鼓動、菊人形を岩肌のニッチへ。左下の川面からの光線が岩肌を白く、紅葉を映えさせる。この清流で自らに洗礼をして了海さんが、初鑿を、打ち込んだ入り口に向かう。

活也は、三島由紀夫『金閣寺』の主人公が水田の煌《きら》めきを見ても、怨敵の美、心象風景としての金閣寺の屋根を空想したように、昨夜から今日にかけて、黄色い流星のような1筋、炭火の囲炉裏で弾《はじ》けるひの粉《こ》の1本の軌跡を仰《の》け反《ぞ》って見下ろしても、白いゼロ戦を打ち落とす米戦艦の砲弾のような1筋、ながれ星の星座を縫って消える1本の光線を見上げても、白いシェパードの導く羊の群れのような1筋、飛行機雲の1本を仰ぎ見ても、純白の別離の船のデッキから投げ落とされた絆のテープのように長い1筋、夜空を切り裂く稲妻の折れ線1本に目を見張っても、虹色の花火の弧を描く1筋、旭に光る蜘蛛の巣を引っ張り支える1本のくもの糸に目をやっても、馬頭琴の弦、心象風景としてのモンゴル草原の夕陽が透くうまの尾の毛を想像していた。数々の杉の林の霧の光芒、空の雲の間の光芒、教会の礼拝堂の光芒やステンドグラスの亀裂、木漏れ日……を見ても、同様であった。

いま又活也は、剣で薙《な》がれた傷跡のような数本の筋、黄白《こうはく》色の競秀峰の陶石のような岩肌に鎖と平行に描写された窪みを見やって、『スーホの白い馬』の悲しい物語を思い出し、またコミュニズムに利用された話も思い出している。それは、残念ながらこういう趣旨のお話である。

「スーホについて、『スホ』という語に『槌』の意味……共産主義のシンボル……槌を連想させる……彼は支配者……に対して貧しくも『美しく清らかな』無産階級という想定……モンゴルでは……殿様……も……馬に弓を弾くことはない……モンゴル文化に反する創作……しかし、絵本創作芸術としては、赤羽末吉の白と赤のコントラストや草原が水平に無限に伸びてゆく構図など絵画と大塚勇三の再々創作的翻訳……による……ストーリーとが……最高作品にしている。」（wikipedia）

銃と私有の否定は、自由の否定、プロ独は永久化、共産主義社会は人間牧場、暴力革命は人口削減、これらを百も承知のロスチャイルド家の偽善者マルクスが、美辞麗句で扇動。こんな一目瞭然の話は、承知の上だけれど、修正資本主義がどのように半農半Xの自給体制を築くか、「偏照金剛」、貧乏人の自分たちに福祉の光を当てるか、差別と抑圧を無くしていくか、こういった共産主義の提起した問題をいかに解決するか、それが活也に課せられた宿題でもある。

活也は、横断歩道を渡り、車道の下を潜る了海手掘りの洞窟に入った。ベートーヴェンの第5交響曲の前奏が活也の耳に響く。胸が高鳴り、鼓舞される。

未完成の洞門の奥から蝦蟇のように這い出して来た市九郎ならぬ了海さんと実之助が赤子のとき以来、初めて出会ったであろう、羅漢寺側の入口である。「山国川の清流に沐浴して、観世音菩薩を祈りながら、渾身の力を籠めて第一の槌を下した。」（菊池寛）

岩穿《うが》ち　鎚《つち》に響くや　鑿《のみ》の溝

了海も　洞門潜り　闇明ける

正人どんは、幅の広い鍬で水の道を了海さんは削り鑿で人の道を掘った。

活也はその壁面に、ころ良い窪みを見つけると、その下にしゃがみ、リュックから今度は藁ではない極小《きょくしょう》の大あれちの菊の人形を取り出し、小さな蜘蛛の巣を傷《いた》めないようにそのニッチの奥に押し込み、バースデイ・ケーキに立てるキャンドルを灯した。

活也は、目の上の了海さんのほがした窪みに差し込んだ人形に、自分の67歳までの葬送を念じた。

その後、活也は山国川の、今は穏やかな石の間に淀む水面が秋の陽に揺らめく場所まで出た。この先には、自動車道の真下や川よりの平行線に了海の掘った出口へ向かう細い洞穴。活也は、足と頭が重くなり、立ち止まった。幻聴だろうか、唸って祈るような低い声が響く。それは、贖罪のお経のようであった。

了海〈遍照金剛《へんじょうこんごう》♪……遍照金剛♪……〉

会えた、川面の光、胸高鳴る初対面。３００年前の偉人、お題目の声の主、了海さんが、未だここに居る……了海にも、空海が、室戸岬の洞窟で、日光を体内に吸い込んで以来、25gの金剛の粒子兼波動＝光＝魂を見ていたように、洞窟の暗闇の中に、観世音菩薩の光背が見えていたのかもしれない。

何かが、そこから先へ活也を行かせない。彼は、これから、未完成な自分の人生を掘り進んでいこうと思い、こう心に刻んだ。

活也〈尋性成仏、この青の洞門をこれより先に歩くのは、廣生の絵に自分の文章を添えた絵本の完成を目指し努力しぬいた30年後のこの日にしよう。〉

その後、入り口にすぐに引き返した。早朝の観光客の声。活也は、下りてくる石段が狭いので、観光客とすれ違いにくいと思い、速く交互通行の信号まで出ようとした。しかし、足が鉛のように重くなった。

＊水葬「恩讐の彼方に」

ふと、洞門を汚すような気がし始め、洞門に戻ってキャンドルと菊人形をニッチから回収した。さらに、活也は、先ほどの山国川の淀みまで引き返し、キャンドルをポケットに仕舞い、「了海さん、実之助さん♪」と吹奏するように唱えながら、人形だけは、その朝日に光る水溜りに放り落とした。

活也〈2014年9月19日、村園は、自分を馬見川に投げ捨てられて、腐っていく茄子のようにした。けれども、2016年11月12日、今日は、その時から2年2ヶ月足らずに溜めに溜め込んだ怨念・復讐心を水葬する。恨みを恩愛に変え、神仏に了海さんに、神仏から了海さんから頂いた使命感を人形に託し、ここに送る。〉

活也は、いま上位の神に届くように、下位の神＝霊魂（「恩讐の彼方に」精進しようとする霊魂）の化身＝菊人形を流す、神送りの儀式である。この人形の水葬によって、大あれちの菊という物体から自由になった霊魂が、天海の万能の神の元へ展じ飛行する。

この儀式が、活也の心身を、自尊感情がより寛大なものになるように展開させ、広く愛と自己実現のために絵本作家になろうとする使命感で一杯にさせた。

青の洞門を流れる山国川に、その願いが神仏に届き達成出来るように菊人形を流し、長い祈りを捧げた。～活也には喜納昌吉の「花♪」が聞こえて来る～

大荒血《おおあれち》　野菊に托す　激ぎかな

（３）97歳までは

了海苦節30年　洞窟の鑿《のみ》の跡、邪念を払うように、殺人罪を購《あがな》うように、鎚を振るった30年。その重い30年に比べれば、これから先の自分たち親子の30年は軽い、途中で諦めて、この夢＝missionを放棄してはならない。30年間に創作する絵本によって、次世代へ、愛の軌跡を託すために。30年後、活也は97歳、廣生は62歳、幸子は94歳。ちょうど、活也が先ほど、川下の出口側で見た幼い女の子が、母親になって、再び我が子を連れて、ここを訪ねる頃まで、30年先まで、はたらく（「傍楽《はたらく》」：周りの傍の人を楽にする）ことにしよう。

今日から新人作家、30歳になる２０４６年11月12日までの精進とその日のここ青の洞門への再訪を誓った。

三十路《みそじ》さき　夢のべさけ　地の野菊

（さき＝先×咲き、のべ＝延べ×野辺）

了海さんが昼夜を分かたず鎚を振るった30年間、絵本作家として廣生と精進し、97歳になってから出口まで歩こう。志半ばで斃れても、「足るを知る」だ。いや、くたばりそうな予感がしたら、再来しようか、それとも10年後、77歳になったら、訪れて先を歩かせてもらおうか……運転は自動制御、それとも若者を雇って？　やっぱり、これかの出口までの一鑿一鑿の隧道がたとえ永遠の未踏になろうとも、弱音は禁物、97歳で必ず踏破することにしよう。

活也〈97歳まで絵本作家として言葉を刻み続けます。30年後に、これから先の出口まで、歩きます。了海さん、実之助さん〉

２０１６年11月12日、67歳からの30年のスタート地点。活也の第2の人生が、ここから今始まる。背後で、見守る了海さんの気配、同じような思いを持って訪れているのだろうか。

すぐに、活也は、その山国川の淀みから再々度引き返し、洞窟を足早に出て、信号を渡る。先ほどの声の主、数名の観光客に会釈して、すれ違った。

（4）行程変更

幸子と廣生は、禅海茶屋ではなく、山国川の朝陽を反映し、細く長く架かる歩道橋の上で2回目の朝食、今朝握ったお結びを食べていた。活也は、予定していた、了海さんのお墓、彼が刳《く》り貫《ぬ》く度に音を立てた鑿と鎚も展示してある禅海堂に礼拝《らいはい》するのも、これから30年間の業績を報告できる日にしよう、と思った。同堂は、彼を眠らせる。印度の耆闍崛《きしゃくつ》山《さん》、６４５年印度から来訪の法道仙人がその聖地に似ているとした羅漢寺、その麓にあるとのこと。

朝飯2度抜きで、オートファジーを実践する活也は、チンクシャでもあり、幸子が差し出したお握りを頂かず、Cocoaに戻り、予定の帰路を変更する旨、2人に告げて、同意してもらった。

復路の予定は、目的地青の洞門から山国川沿いの道を遡上し、山国町でコロナ公園過ぎを右折、猿飛渓谷、毛谷村を経て、山を上りつめ、その三叉路では、小石原方向へ左折する。つまり、行橋方向へ直進して、求菩提山《くぼてさん》の麓へ向かって下りることなく、英彦山神社方向に左折し、湧き水を探しながら、いろは坂を下り、静寂に耳を澄ますというものであった。さらに、５００号線沿いのしゃくなげ荘から縄文人の住んだかもしれない岩倉があるとも思われる深倉峡に寄り、日田彦山線の彦山駅↓添田町↓川崎町↓嘉摩市に下るというものであった。

しかし、漱ぎの流し菊人形が、神送りされる山国川を下降してみることにした。この遡上からの変更は、了海さん、実之助さんの足跡を尋ね、両人が上って来た山国川を下る意味合いも持つ。河口近くで、右折し、実之助の「仇討ち以上」の思いを酌《く》みこちらへ、仇討ちの本懐を遂げようと山国川を上る前に、実之助が寄った茶屋、越後生まれの和尚、了海の噂を耳にした茶屋、門前にそれを控えた宇佐神宮にお参りしようと思った。

Cocoaに３人が乗り込もうとすると、駐車場の草地に蝶。季節外れの黄色い小さな、紋黄蝶が野菊（大あれちの菊ではなかった）の上をヒラヒラと舞う。活也は甲斐が樅の木にそうしたように、水葬した大あれちの菊に30年の志を託した。活也は、ディアスポラのユダヤ人がイスラエルにそうしたように、心を青の洞門に残した。

山風に　独り傾き　枯れてなお　綿毛飛ばさむ　あれちののぎく

Cocoaが、禅海茶屋上流の橋を渡っているとき、以前自宅前の田んぼに投げ捨てたＣＤ“To Love You More”の前奏を廣生が、いきなり昨夜の母親の口笛のようにハミングし始め、セリーヌ・ディオンと同じくらいの声量で、英語は一言だけ"I will be waiting for you.♪"。『夢延べ咲く』

活也〈了海さん。30年間、ぼくを待っていて下さい。〉

和志はこれでやっと安堵できた。良い安着に満足している。活也、後30年間、現世で頑張れよ。愛器知、より深く大きく広く。「尋性成仏」、精進すれば、清められ、アセンションできるので、来世はいい人生を送れるよ。和志の方も、かくして真綿村の自分の墓石へ飛んで帰り、そのアンテナから天界へ凡そ1年3ヶ月ぶりに戻ることができそうじゃ。

終幕　温《おん》の幸《こう》──May Urn, Ten

本小説『大あれちの菊』は、墓（Urn）＝この世の端《はし》カ＝ハツカ（果所《はたしところ》）＝ハク（白い魂）の止まる所を和志が隠顕《いんけん》するための基地にした。そしてまた、第2、第3幕では、主人公活也のMay Urn、すなわち第1幕で述べさせた恩讐多きMay（青春）を葬送するための墓標（Urn）を、川（水葬）・山（火葬）・自宅（体葬）・人形劇場（胸葬）における「転」換の一里塚として建てた。この人形の『水火体胸《すいかたいきょう》』の葬送を通した人間的成長の記述＝告白小説は、Ten（宇宙の全体性）＝隠界と現世界を含む時空間軸種間軸を長短・広狭・多少の伸び縮《ちぢ》む宇宙観を持って、活也を自動書記的に誘導した賜物《たまもの》＝人間成長・自己成長物語であった。

　改めて、活也から観れば、少しは体葬の際に来た隠界の入口での見覚えがあろうが、未だ現世の3次元世界＝肉界では見《まみ》えぬ亡き祖父の和志が田吾作である。和志は、その天界―墓―隠界《おんかい》を隠顕し往復している。ここで、最後の復習になるが、隠界とは、肉界内霊界、肉界と交錯する霊界のことであった。つまり、隠界は、肉界の肉親などの身近に隠れた霊魂＝隠が守護霊や幽霊となって活動するパラレルワールド＝霊界＝肉界内霊界である。天界とは、地上の肉界＝人形劇場から離れて、その世界と交錯していない天国など死後の霊魂だけが集合する霊界のことである。墓場の骨や墓石（羽＝アンテナ）は天界と肉界に在る隠界を中継する霊魂の依代《よりしろ》＝玄関口であり、天界の霊魂を降臨させ、H^2Oに粒子化し隠界へ向かって風に乗せる中継基地である。神の場合はご神木、もしくは本殿に当たり、仏の場合は仏像・地蔵等である。

64年前に、和志は3歳のこの孫の活也、活《かっ》ちゃんが紅葉のような手で糸瓜束子《へちまたわし》を持って生存中の和志の妻、菊と真綿村の山中の和志の緑藻の付いた臙脂《えんじ》色の風穴のある墓石を清らな谷川の山水で洗い流してくれたとき、天から秒速数兆km（宇宙は歪曲しているでそこまでの速度は不要？）のタキオンになって風に乗り、和志の骨壷を目掛けて降り、さらに活ちゃんを地における降霊の依代《よりしろ》、依体《よりたい》にし、背後霊になった。

その和志は、第2幕の幽体離脱＝体葬を、無知から知への人間的成長へ向けた転換をさせる為の追い風として、活也に吹き込んだ。それは陰険だけれども仕方なく曾孫の廣生の殴打という荒療治を鞴《ふいご》に使わせてもらった一大事件であった。これを通過儀礼にして、愛孫活也に、和志は人が霊止《ひと》であり、腸内細菌等の微生物などと共存する。肉体という箱に魂＝霊が入り込んでいること、人が肉体＋魂だということ、隠界が現世界の直ぐ傍に隠れていることを悟らせた。活也は、それを契機に、自分を含む全ての人を人形として、その全ての営為を人形劇として、観客席の第三者的な観劇者のように、淡々と観察出来るようになった。

特に、第1幕末尾のように、人形劇を観劇してからは、活也には自分も主体的に行動しているようで、洗脳されており、くぐつのように操作されていること、その洗脳を解いても、尚且つ洗脳や、DNAの継承、地域文化・国家の文化・歴史の継承からは、逃れられず、本当の自分の姿を見極めにくいといった悩みも生まれた。「本当の自分を教えてよ♪」（徳永英明）。

結論は、1万年以上に亘って戦争をせず、皆仲良くしていた縄文人のＤＮＡと文化（特に文化遺伝子＝ミーム）、縄文時代に回帰すること、それが活也にとって本当の自分を取り戻すことだということになった。ただ、活也の胸には弥生時代に大陸・半島から侵略されつつ伝来したＤＮＡと文化（特にミーム）、漢字・仏教・仕草などの歴史的影響を日本人としての自分が受けているので、それをどう同化してゆくか、同化する中で縄文の心をどう死守するか、という問題、さらには明治維新以降の西洋文明・キリスト教、ロスチャイルド・ロックフェラーなどの閨閥の巧妙な操作によって侵略された問題、それら閨閥をさらに「分断・統治」する13貴族（レーゲンスベルク／サヴォイ／タクシス／ラッパースヴィル／シェルバーン／トッケンブルグ／プロンフマン／アイゼンベルク／エッシェンバッハ／フローブルク／デル・バンコ／キーブルク／ウェルフ家）等の影響をどう解釈し、その者達から人形のように操作されない主体的で自由な自分の人間像、日本国と日本人と自分の本来の姿をどう描いてゆけばいいのか、といった悩ましい問題も生まれた。生粋縄文人だと思い込み、侵略者を憎んでも、それは共命鳥《ぐみょうちょう》（命命鳥《みょうみょうちょう》）のようなもの、いかにかつての侵略者、侵略文化と共生してゆくか。これが、大問題になって来たのである。

アンテナ urn（墓）とそこへの第2幕、第3幕での葬送は、生まれ変わるために隠界の先祖霊を尋ね、その助けを借り、隠界と実世界を繋ぐ基地として、また人生の大転換点として位置づけられ、本文のクライマックスに登場する。墓は、甕棺なき自分を「転」じ、自分の殻を破る転機のための一里塚であった。流動的な散骨的葬儀たる青の洞門・山国川への水葬と神送り、藁火山での火葬・糞葬、志摩市天女での胸葬、活也の自宅での体葬がそれであった。「感知転幅《かんちてんぷく》」、活也＝生身の人形は弛《たゆ》まず「尋性成仏《じんしょうじょうぶつ》」し、本小説が描いたように、その本来の姿を探し続けようと思う。

これらの墓への葬送は、その「感知転幅」の「転」となったものである、それらの葬儀、特に体葬が活也の「怨→隠→恩」の「尋性成仏」のヴェクトルを太く強くした。和志は、孫の活也が怨念から始め、恩愛を尋ね求める「尋性成仏」の旅路＝遍路を描いたこの物語を、和志も活也も、「恩讐の彼方」にある宇宙の恩愛と謝恩の気を伴い、温かい幸福感を伴って終結させることが出来、自分たちを生まれ変えさせることが出来た。

活也は、好循環の「感知転幅」を心がけ、これに悪循環の「慣痴点伏《かんちてんぷく》」を「転」じ、他力＋自力で半ば洗脳されてはいるものの自己成長を遂げた。

「燃えて　温かな　灰となる」（種田山頭火）

第1幕では、頑固者で怨念の殻に閉じ篭《こも》り、泥々のルサンチマン（憎悪・復讐心）を胸に淀《よど》ませ、岩にも沁み込み砕け散らせるような怨霊ビームを放ちながら法廷劇場で係争人形を演じていた孫。この活也を、和志は、策略で廣生を出しに、彼と相互に（llel）居て交錯するすぐ傍（para）の和志の隠界（parallel world）に引っ張り込み幽体離脱＝体葬させて「転」じさせ、瞬時に霊魂にならせて隠界から、自分の肉体を見下ろさせ（「ほら、これが」〈中也〉おまえの亡骸だよ）、それを契機に彼を自己省察させ、人間的に成長させ、裁判のみならず、現世の触れ合う全ての人々とも和解させることができた。

和志は、本自己形成物語、Bildungsroman《ビルドゥンクスロマン》の脱稿後も、隠界と主人公、活也の背後とを、雲を上下に突き抜けて韋駄天《いだてん》のように、天界と墓と隠界を往復しては彼を今後も見守る。生身の生前の肉体的な和志は、ニュートン力学的にはリアルにライヴで活也に一度も会ったことがない。けれども、先述のように量子力学的には、地に居る彼の背後に超光速のタキオン速のビームとなって天から、依代《よりしろ》＝墓に駆けつけ、さらに墓から隠界に飛び、さらに鳶に憑依《ひょうい》し、変幻自在に活也を少なくとも後30年間、「尋性成仏」で彼の大願成就し、絵本作家として「夢延べて」のデヴュー・大成までは見守りたい。

第1幕の公判は、天にいる和志の配剤になった。捨てて勝たせた。職は捨てたけれど、自立の心と幸子・廣生・鐘生との公判前より円《まろ》やかな家族関係は活也に勝ち取らせることが出来た。

第3幕で述べさせたように、ラッキョの皮のように、腹を括《くく》ってこれらの虚飾を剥《む》いて捨てていくと、最後に残って食い物になる芯は、家族愛。それを育むこと、家族の絆を強くすることが、美空ひばりが「柔♪」で歌い上げたように捨て身で己に勝つことだった。それでも、公判前と同様、孫は、二面性を持ち続けて、それをうじうじ楽しんでいる。一面は不幸を探して慰めるさもしさ、反面は不幸に共感する人情。

そして、鳥やＵＦＯの眼から言えば、日本の神仏とキリスト教等全ての神の習合、霊的世界を試練を通して教えることが出来た。少し、イエスが日蓮宗同様、人間、個人の主体性を訴えるのに対して、日本の神仏が、自然、他者に生かされていることを教えるなど、ニュアンスの違いはあるにしても。全ての宗教の神は、青森の縄文人の宇宙服の土偶や進化論のミッシングリンクが示すように、宇宙人であり、人間はその宇宙人と猿の遺伝子組換えの所産であろう。

　最後に、経緯などをより具体的に詳《つまび》らかにすれば、本小説『大あれちの菊』は、この和志、田吾作爺が、次の詩のように、大あれちの菊から人生訓の多くを学ばせ、愛孫にその筆名を菊地夢蝶《きくちゆめちょうちょ》々とさせ、その許しと仇討ちの間、許否《きょひ》の間の打打発止《ちょうちょうはっし》の葛藤・揺れを和志のスピリットによって自動書記させた作品、和志が乗り移って活也の頭脳と手を動かせた作品である。本作品の主眼は、活也に彼の怨から恩への尋性成仏の人間的成長を明瞭に追体験させ、人格形成を骨肉化させることに置かれている。謂わば、和志と活也の自己満足的な合作であった。

　筆名、菊地は和志の里山家に遺した同小説（妻と本願寺参りした京都で仏教漫画と共に得た）の作家、菊池寛から、蝶々は英一蝶《はなぶさいっちょう》の蝶から、夢は夢幻＝空蝉《うつせみ》の世（空蝉＝活也人形＝作中でも活也が描く「転」＝「幽体離脱」直後の魂が浮上し空になった活也の身体）から命名させたものである。本作品は、より具体的には、活也＝一つの肉体＝武将が魂を変えて、「武将の三勝」。一つの魂＝武勝が体を変幻自在にして、〝武勝の三将〟。活也の魂が、愛でしなやかに三つの相手、己（未熟な怨念に満ちた自己）・味方（家族）・敵（職場＝村園學園の悪人）に負けて勝つ物語でもあった。

大あれちの菊

里山　田吾作

おお、荒地から　天から、世界から
おおあれちの菊よ、活也よ
大きな　試練と　少しだけの土、水、音を頂きたまえ
誤まった信念から覚醒して真実へ至れ
Oh, by my wasteland
By my heaven, by my world
Oh, big wild chrysanthemum
Oh, please take a big trial
And take a little soil, water and words given by them
From the Delusion through the Disillusion to the Truth

現世は夢。活也は、夢の中でひらひら舞い踊る蝶が停まる、この詩のような大あれちの菊のようなもの。和志は、大あれちの菊＝活也の種が芽を出し「夢」を抱いて大空へ、自分の生き方を「ちゃうちゃう（「蝶々」→違う違う）」と自省させ、「禍福門《かふくもん》なし、唯《ただ》人の招く所」と悟らせつつ、すくっとミニチュアの一本杉のように、仁《じん》に満ちた「この素晴らしき世界」で自立させた。

夢あれ、あれちの菊《ぎく》、許否《きょひ》に揺れ、舞来る蝶に、調々《ちょうちょう》和せよ
和志は、今後も、次の詩のような小鳥になって葛藤する活ちゃんを守る。

小鳥、風に乗って

里山　田吾作

和志もまた独りじゃない
小鳥、和志は小さな小さな変幻自在の小鳥
風、大きな大きな鳳《ほう》のような風の翼に隠れた小鳥
止まり木の墓を抜け出して羽ばたく　無数の小鳥
澄んだ夜空の星雲、スターダストのような小鳥になり
「千の風」鳳の翼に乗って　あなたの前に飛び渡り　羽を休ませて泊まる
野の塒《ねぐら》を
春は花に　夏は蝉に　秋は紅葉に　冬は粉雪に求め　やがて吹き渡る風に乗って
野原の仮の宿を発《た》ち　あなたの父性、そのオーラに曳《ひ》かれ
春は香りながら　あなたの頬を撫《な》でて鼻から
夏は奏でながら　あなたの髪を靡かせて耳から
秋は明かりながら　あなたの睫毛《まつげ》を潜《くぐ》って目から
冬は溶けながら　あなたの唇《くちびる》を滴《したた》って口から

愛《いと》しい　愛おしく　切なく今も胸を締め付けるあなたに入って寄り添い
あなたのその琴線に蕩《とろ》け沁み込んで泊まる
独りじゃないよ……　独りにはさせないよ

和志は、活也を、この試練を通して、大あれちの菊のように、自立させ祈り拡げさせ、大日如来や自立のイエスに帰依させ遅咲きのゆるりと高く白い光を放射する日輪の花にすることが出来た。

風少し　土少しあれ　地の野菊

庭にあの日と同じように、自分を置いた活也は、目前の大あれちの菊一草を、樅の樹を摩《さす》るように撫《な》でる。再び、合唱が響く。

「樅の樹、樅の樹、生《お》いや繁れる……♪」

〈……地の野菊、地の野菊、荒地に繁れる……♪〉

この野菊に思いを寄せながら、寄せながら……活也はじっと、じっと試練を受け容れた。肩の高さまで樅の樹のようにスーっと伸びたその雑草の頭に早くも付いた野菊。その横の藁で囲んだ火鉢の小魚も動かない。この野菊の下に無造作に投げてある炭の棒を整えてみると、その下では、冬眠中のダンゴ虫が眼を覚まさせられた。

“I am sorry that I scared you.”

この小さな虫達から見れば、大あれちの菊は、凛《りん》として、伸びて伸びてどこまでも天に向かって、庭空間を高く高く、雨雲の空に放射状の枝を浮かばせている樅の樹のように映っているのだろう。孫活也も巨人のように映っているのだろう。巨人、ガリバーも虫の眼に涙を流す。理性の鳥の眼は全貌を見渡させるけれど、泪は出さない。

田吾作爺（和志）〈活《かっ》ちゃん、まあようやったのう。「人牛倶忘」＝「価値自由」を経て、思考の立脚点を「返本還源」に出来たのお。冷酷な人間の生き様を知り、イズムからフリーになって人間や世間の本質を見抜き、自分を確《しっか》りさせたのお。「卓然自立」の域に踏み込んでそれを小《ち》いたあ齧《かじ》ったけえのお……。

　これで、ようやっと遠山の金さんが言うとるように、「一件落着」っちゅうとこじゃのう。活《かっ》ちゃん、これからも鳥の眼を持って虫の泪を大切にしんさい。まだまだ、現世の日本じゃあ、高齢化しとるけえ「人間万事、塞翁が馬」じゃけえのう。曾孫の廣生や鐘生と幸子さんと食卓のある「腹を抱えて笑える」ええ家にしんさいよ……。

　読者の皆さん、ご多忙中、ここまで、斜め読みし辛抱強くお付き合い頂き、誠に有難うございます。

　それでは、今度こそ背後霊の和志＝里山田吾作が人間的成長の途上にある愛孫、里山活也を傍観し彼に自動書記させた箇所もある本記録、２０１５年7月25日、盛夏から書き出し、公判を挟《はさ》んだ諸々の葛藤によって孫が自立して来た遍歴、その彼の回想録を一先ず終え、超光速のタキオン速のビームとなって、実は同じ宇宙人のイエス＝釈迦＝空海……も、現世への出動態勢をとりながらゆっくりしておられる天に舞い戻

って一休みさせて戴きます。斎部《いんべ》末裔の和志が、微力ながら、正義の皆さんをこれからも守らせて戴きまする。〉

隠界の、和多志を天界からの田園交響曲♪が誘っております。

田吾作爺〈サヨナラ、左様《さよう》ならば、スピリチュアルになれた愛孫、活也の句、「尋性」の志を掲示させていただき、皆々様、お暇《いとま》致しまする。［2016年11月12日］〉

「『愛器知』和　深く大きく　広くはれ」

「褪《あ》せる菊　枯れ尽きる日も　根を張《は》らむ」（里山活也）

付録

Ⅰ．主要登場人物、Ⅱ．年代記、Ⅲ．懲戒事由と呼びかけ、
Ⅳ．地位保全申立、Ⅴ．本訴、Ⅵ．略語・ＰＵＮ

I．主要登場人物

第1図：活也の一族郎党

曽祖父：里山常蔵《つねぞう》

和多志《わたし》＝祖父：里山田吾作《さとやまたごさく》 → 3次元への化身→鵄《とび》（＝鳶）

祖母：菊

作太郎（活也の父）

母：純子（旧姓栗山、叔父：栗山貞晴）

実兄：里山神楽《かぐら》

主人公（孫）：里山活也、実弟：蝶理《ちょうり》（旧姓里山）銀磨《ぎんま》

妻：蝶理萩子《はぎこ》

長男：鐘生《かねお》、二男：廣生《ひろお》

妻：幸子《さちこ》

第2図：村園學園人脈図

＊有力者

SG瀬川市之介：理事長（法人、村園學園経営・総理責任者）元松永電力副社長

I岩山元男：學長、兼大學院経済・ビジネ研究科教授（修士課程）、大學院経済経営研究科博士後期課程教授

H久野義元：院生Bと院生Aの元指導教授（平成23年4月〜平成24年9月指導）、Bに盗作指導、Bに學会出張の際、ホテルの自室でセクハラ的學会発表指導、B論文を、2013年2月14日依願退職後も指導

Y山内統男《やまのうちつなお》：大學院経済・ビジネス研究科長（平成24年4月〜）・B論文（B博士号請求論文）審査委員

N中津吉雄：同研究科経済領域主任（平成24年4月〜、大學院のみに在籍）、『紀要』編集代表側の教授・Y側の教授（平成24年4月〜現在、大學院のみに在籍）

M村崎由《むらさきよし》：同研究科、Bの新指導教授（平成24年秋〜平成26年3月指導）、B論文審査委員・Y側の教授、K大學農學部でYに學位を授与した功績で、村園大學大學院教授に移籍

T高雄末吉：同研究科、B論文審査委員・Y側の教授、台湾人

F福島洋介：同研究科、中間派教授兼経済學部長

U海山冠司：同研究科、Y側の教授、在日韓国人

K香川秀史：同研究科、Y側の教授

＊非力者
R蝋山久共：同研究科、S側の教授（Nに怨念を抱く）、在日韓国人
S里山活也：主人公、和志の孫、Aの新指導教授（平成24年12〜平成26年3月指導）
J十時《じゅっとき》教授：水原學園大學在籍、Aの博士号請求論文を合格評価
＊大學院生
A相原浩：日本人大學院生、Hから指導を受けていたが、HのセクハラからBを防衛する行動がHに知られ、Hから指導を拒否され、一時Y預かりとなり、その後Sに指導教授を変更
B馬森《ばしん》：中国人大學院生、Hから盗作指導を受け、Y預かりの後、Mにそれを追認された
C陳花唱：中国人大學院生、Hから指導、ABと共にY預かりとなり、継続
D独葉：台湾大學院修士課程院生、Hのハグなど受ける

Ⅱ．年代記

２０１２年
8月：H教授がB（中国人大学院博士後期課程ゼミ生）に松戸の学会出席のための宿泊ホテル

で自室夜間個別指導（セクハラ強要未遂）、事前にA（同ゼミ生）とC（同ゼミ生）が上野公園（西郷像前）でBから相談を受け、Hの部屋の前で待機（情報源A）
9月：AがS（里山活也）研初訪問、B、C騒ぎ、Aが過去の「実弾（Hが将来の大學就職斡旋時の現金請求）騒ぎ」とHの空出張をパワハラ委員会に
9月：AがS研に2回目の駆込み、ゼミ指導教授移籍願い（Sは2年前の弟の自死、及び自分が大学院在籍中、推薦状を拒否された同僚院生の噴死を想起）↓Sは許可
10月：Aが精神科医から「希死念慮」診断
12月：SがAの新指導教授に
12月：Aが『院紀要』論文（博士号申請必要論文）投稿↓編集長N（中津教授）が掲載不可に
2013年
2月14日：H自主退職（Hが前年Aに「実弾（＝金銭）」を求めたことや履歴詐称疑惑（岬氏がM当局に密告）や旅費詐取等についてパワハラ委員会に提訴したのが原因）
9月：Aが『院紀要』へ投稿
12月：Aの博士請求論文落選
2014年
1月：SはAの博士号請求論文取り下げず
2月13日：BCの博士請求論文を院教授会が「合」判定
3月：BCに博士号授与
9月19日：理事会がSに懲戒降職通知（事由8か条〈オコハフホコヒロ〉）―9月25日へ連動↓

9月23日：操り人形（志摩市天女、燈籠人形劇を見ながら忘れえぬ女を胸葬）
9月25日：Sの教授不適格決議（院教授会）─10月10日へ連動↓
10月2日：明石弁護士を新任
10月10日：Sの教授資格剥奪決議（院協議会）
11月14日：怪奇現象（人事課取調室の時計数分間秒針停止後再始動）、學園創立者村園幸四郎の命日（1974年他界）、YとT提訴によるS調査委員会の調査で、Sが秘密漏洩の自白中
12月8日：（仮）第1回地位保全公判
２０１５年
1月7日：（仮）第2回地位保全公判
2月2日：（仮）第3回地位保全公判
2月25日：（仮）第4回地位保全公判
3月18日：T地裁に本訴
3月20日：幻の（仮）第5回地位保全公判予定（債権者S側の取下げによって中止）
3月31日：退職（村園が対S降職処分に伴う准教授の退職年齢を口実に）
5月18日：（本）第1回公判、口頭弁論
7月3日：（本）第2回公判
7月25日：和多志（田吾作）、S自宅の田園に降臨（真綿村の青の洞門を模した墓石経由、霊界から田園交響国曲響く）
9月14日：（本）第3回公判

11月9日：（本）第4回公判
11月13日：Sの二男、廣生の医療保護入院
12月24日：（本）第5回公判
2016年
1月16～17日：火葬、丑の刻参り・3体（岩山学長・山内院研究科長・中津『院紀要』編集長）の藁人形
1月27日：廣生退院
1月31日：体葬、廣生がSを殴打・幽体離脱
2月18日：（本）第6回公判
4月12日：（本）第7回公判
6月2日：（本）第8回公判
6月14日：自動車免許取得
6月28日：中古車 Cocoa 購入
7月1日：金接ぎ注文
7月4日：（本）第9回公判、合議制提案
8月7日：金接ぎ回収
8月23日：（本）第10回最終公判、和解
9月5日：研究室整頓開始
11月7日：研究室撤去（ロシア革命、99周年）

11月9日：短髪に（擬似剃髪、措：湯福《とうふく》寺）
11月11日：天ヶ瀬桜水庵《おうすいあん》泊
11月12日午前：神送り（水葬）、メッセンジャー菊人形・青の洞門
11月12日午後：和多志（田吾作）、青の洞門前の隠界から真綿村の墓石経由で約1年ぶりに天界へ（田園交響国曲♪に誘われて）

Ⅲ．懲戒事由と呼びかけ

Ⅲ-1　**懲戒事由**：B盗用に関わる活也による告発に対する懲戒事由8項目
『**オコハフホコヒロ**〈脅し・公聴会・ハラスメント・不服申立て・保管・コピー・秘密漏洩《ろうえい》・録音〉』

＊活也の弁解：裁判長が問題にした第7番目の「**ヒ**」の秘密漏洩について、活也はこの院教授会議事録の漏洩は、弟子Aに対する説明責任を果たしたものであり、Aによる學内パワハラ委員会への告発資料として必要なものであった。院教授会のダブルスタンダード（密室で盗用B論文を合格させ博士号授与、ちゃんと執筆したAを不合格）による不正審査についてその密室からの開放、Aだけの開示に限定している。（活也は、「ヒ」の前付け＝不当事由〈9月19日懲戒、11月14日自白〉を指摘し忘れた）

＊活也の主張：**8項目**の事由全てがBの論文の瑕疵指摘、ないし異常な評価に関連

オ「**脅し**」：平成25年12月、山内研究科長に対し、活也が電話で「中津先生が一方的に偏見を持って、相原（A）氏の経営哲學に関わるところまで否定しています」と言い、中津教授のAに対する虐めを糺したこと

コ「**公聴会**」における盗作への學位授与に対する活也の未然防止発言

ハ「**ハラスメント委員会**」へのAによる2013年12月19日不当な判定を巡る提訴を活也が院教授会で述べたこと＝盗用に関連する対A虐め告発

フ「**不服申立て**」が活也によって、2014年1月6日に2013年12月19日のAを落とし盗用のBを合格とする不当なダブルスタンダード判定に異議が出されたこと

ホ「**保管**」＝Aの學位請求論文の公的（大學院事務室＝経済學部事務室など）での保管を活也が求めたこと＝盗用に関連（12月19日不当判定の自浄化期待、提出期日までに間に合ったことを証明するため、Aへのパワハラや甲の不服申立てが認められ再判定が行われる場合に備えてのこと

コ「**Bの盗用コピー**」の院教授会各位へ活也が配布＝盗用に関連（盗用授与未然防止のため）

ヒ「**秘密漏洩**」録音・議事録、活也によるAへの院教授会議事録・院教授会議内容の録音を渡したこと＝説明責任、盗用容認に関連して院教授会の異常な非合法の全容・全体像を解明

ロ「**録音**」今回ようにトラブルが起こっているときは双方が正確性を期すために必要＝盗用容認に関連（正確性を期す、村園当局側は録音）

Ⅲ-2　里山活也教授処分の背景・問題点と事実経過（里山活也）２０１４年秋（幻のプレス発表、タイムカプセル：藁火山の合歓の木の根本に埋蔵）

S（活也教授）処分は、公平公正なものなのか？　Sは、２０１４年9月19日12:30pmまでは、村園大學（以下、村大）「大學院経済・ビジネス研究科教授であった。Sは、村大（學校法人村園學園）に30年近く勤務。9月19日に理事長瀬川市之介（元松永電副社長）から准教授への降職を通知された。Sは、近日中に、それ以前の同大學商學部教授と同大學院経済・ビジネス研究科教授の地位を保全し、この懲戒処分の不当性を明らかにし、村大を正常化させ、すでに後期にSの授業を受講していた學生の要望通り教授職に復帰するために、T地裁に「地位保全仮処分命令申立」を行う。今後、月1～2回、半年近く法廷が開かれる。

以下、このS処分を巡る背景と経過を明らかにし、もって1．H（久野）教授による中国人留學院生Bへの博士論文の盗用（Hの著書の引用符なき、かつその出典なき転載）指導（Hの添削手抜きの指導によるもの。「無断での使用」ではないので盗作とも言い切れない）→2．院教授会によるBへの盗用學位授与容認→3．Bの盗用學位論文図書館納入→4．文科省による対村大問い合わせへの村大の盗用なし回答→5．文科省による盗用黙認の可能性という5つの赤信号の内、既に4つの赤信号を皆で渡った村大当局・有力者集団の著作権法32条違反と非學問的な學位審査内容と、第5赤信号を渡っていくかもしれない文科省のもみ消し工作を明らかにし、合わせて、S降職処分が、これらの実態を間接的に文科省に公益通報したSに対する村大の報復になっていることを明らかにしたい。

今後大學人は、いかに村大を私物化している村大有力者集団による前代未聞の一連の4つの赤信号無視と文科省による1回の第5赤信号通過の危険性という名の村大凌辱・国辱を克服するのか？　日本国民は、その克服地点へのどのようなランディングの道を選択してゆけば良いのだろうか？

キーワード：ダブルスタンダード、非親告罪たる著作権32条違反の盗用指導・容認・隠蔽、議事録に関わる公益通報、學校教育法93条（教授会自治）違反の手続き違背、理事長の総理責任（私學法37条、平成15年改正以来ガバナンス強化指示）

Ⅲ-3　**S処分を巡る背景**：S降職処分の背景に、村大の組織的体質（ミーム meme、文化遺伝子）、その不正を連綿と継承してきた人脈、村大という公を私物化した人事を巡る利益集団の人脈・金脈、その人脈に関わる村大有力者集団とSとの間の、感情的な人間関係の錯綜や心理的な逆エコー効果（「坊主憎けりゃ袈裟まで……」＝逆「痘痕《あばた》も笑窪《えくぼ》」）、S処分に追い込んだ有力者の人格などが横たわっているのではないか？

①Sの村大での教職歴

Sは、28年以上前に村大に就職して後、しばらくは紹介者に恩義を感じ、村大当局の yes man に堕し、村大の意向に沿った學部長・學長選挙などの投票行動をとっていたが、20年くらい前から村大の新棟建設工事に伴うゼネコンの買収工作、大物文部族故代議士の買収について、事あるごとに真相究明を求めるようになった。約12年前からは學園内の影の有力者の意向に沿わない、投票行動をとるようになった。そして、Sは２００２年、約12年前の飲酒授業とその懲戒たる２ヶ月停職処分後、１９９４年以降の大學院の授業と１９９５年以降務めた院指導教授の任に長年、復帰できない状態が続いた。

②SとH教授の間の確執

Sは、2012年12月に、大學院博士後期課程院生Aの指導教授に就くまで、2002年から約10年間実質上の指導教授の任に当てられなかった。學園有力者集団に所属し、MBA（経営學修士）取得詐称疑惑のある元の指導教授Hに対して、Aは、Hによる同じHのゼミのBに対するセクハラ（2002年8月）を未然に防止しようとしたが、そのことがHに感づかれてしまい、2012年9月、Hから指導を拒否されたので、Sの研究室に駆け込み指導を仰いだ。

しかし、Aは、同年9月中旬から12月初旬まで、村園大學院経済・ビジネス研究科長Y教授に預けられたままであったので、弁護士との無料相談を試みるなどし、かつ、學内のセクハラ防止委員会にHのセクハラとアカハラについて申立てた。同委員会は、Aが録音したHの露骨なアカハラの音声や実証が提出されていたのでアカハラのみについて成立する、と判定した。

同HゼミのBは、種々な駆け引きを背景に、Hを相手どったセクハラ容疑での同委員会への申立てをしなかった。YにK大學農學部で學位を授与した後、同大學院に移籍したM教授の指導下に、BはY一時預かりの後、Hのそれから移行した。おそらく、Bは、Aの訴え後、表向き村大当局からHが接触禁止とはなっていたものの、このM教授ゼミへの移籍後も、裏でHによる被指導を継続していた。このことは、AによるBのSS學会（2013年、於いてMJ大學）発表写真等（Hがコメント者として指導）に関する諜報や後に出来上がり完成したBの博論などからも立証できる。Hは、このアカハラと旅費不正取得（+履歴詐称?）を背景に、學園側から秘密裏に求められ、任期1年余りを残して、2013年のヴァレンタインデイ2月14日に自主的に依願退職をした後もこのようにBの指導を継続している。

③Hに近いN中津吉雄とY

このHの退職について、N中津は、院教授会の場で、SがHを「辞めさせた」と度々発言した。それは、事実無根ではあったが、その発言の憶測的根拠になったのは、HとSとの間の以下のような長年の確執であったろう。

第1に、Hは、約10年前に当時の理事長にHにMBA履歴詐称を告発したのがSであると誤解していたこと（濡れ衣）。実際にはSゼミ院生OBの岬氏が、村大非常勤講師になるために履歴詐称を駆け引き材料として告発。かつ、この岬氏による告発は、Hが村大勤務以前にイタリア視察旅行引率者の地位を有力者への色仕掛けで奪ったことに対する遺恨を岬氏が晴らそうとしたものであった。おそらくNもHからこの誤解されている情報（濡れ衣）を耳にしているであろうこと。

第2に、約10年前から長期に大學院商學研究科長を務めたHがSの起こした酩酊授業事件（2002年4月13日土曜日）を口実に、2002年以降、Sを実質上の授業を担当させる大學院教授に復帰させないままであるのに、それを糾《ただ》して、中国人蛭間助教授については、飲酒運転し卒業寸前の學生に全治半年の重症を負わせたにも拘わらずSと同じ停職2ヶ月、その後に院授業に復帰させ、翌年教授昇格させた。この不平等人事についてSが当時の商學研究科長Hに差別人事を行っていると語ったのに対して、蛭間教授とは違って、Sには學生運動の履歴があるとし、そのことを理由に、院授業に戻れないという趣旨の説明をした。このことを、Sが院教授会で訴えたのをNが聞いていること。

第3に、A主導でAがHのことをセクハラ防止委員会に申立てしたり、法務局・弁護士に相談したりしたのをNはSによる教唆と誤解したこと。NはこれらH vs.Sの確執を知り、自分たち有力者集団の一員であるH氏を辞職に追いやったのはSであるものと誤解し、SもろともAも一緒に學園から追放する行動をとるようになった。

有力集団の yes man で利用価値のあったHの退職を惜しむHに近しい學園有力者集団に属する村園大學院経済・ビジネス研究科長Y、同経済領域主任教授Nは、虎視眈々と院生AとSへの報復を企図し、S懲戒解雇の口実を探していた。このような背景があって、Aは、Nによって、まずは2012年12月に學内院『紀要』に投稿した論文を拒絶された。Aは、N・Y両氏によって、2013年12月には、自ら出した博士号申請論文について、審査委員会立上げを引き延ばされた。この引き延ばしの不当性をSは、學外の専属弁護S士のコンプライアンス窓口に訴えたりした。警察署にもこの虐めを申告、Sに一緒に申告するよう求める等、Aにも自己中心的な過剰反応があった。

その後、やっと立ち上がった主査SとビジネスR領域蜷山教授と水原學園大學J十時《じゅっとき》教授で構成された審査委員会によって12月の予備審査の報告締切りギリギリの12月17日に合格判定を予備審査委員会から受けることができた。ところが、12月19日の昼休みの短時間の大學院教授会では、N・Y両氏や利害を共にする教授等のダブルスタンダードの下に、Bの盗作論文は、異例の採決で合格させたのに、Aの優れた論文には「否」（失格）判定を下した。

④N中津による執拗なS活也攻撃

この2013年12月19日のダブルスタンダード判定について、Sは、2014年1月5日に研究科長Yに対して、學内ＬＡＮインターネットメールで「不服申立」をしたところ、N・Yは、同年1月15日にSを呼び出し、その撤回を迫った。撤回しなかったSに対して、両氏は、その後の院教授会で「S、院教授不適格決議」を評決しようとした。しかし、その決議は、良心的な教授によって拒まれ、1月30日午後には、その「不適格決議」なきまま、「一事不再議」、つまり12月19日にの予備審査決議でのB氏の「合」とAの「否」については、Sの不服申立てを却下し、決議をそのままにする旨が決まった。ところが、1月30日午後8時近く、Nはインターネットメールで院教授会構成員に「「一事不再議」に反するような申立てをしたSの『不適格決議』をすべきだ」と呼びかけて来た。

Nの一旦判断したら撤回しない自己愛性パーソナリティについては、後述するが、その後も執拗にNは、Yと共謀してSに対する教授「不適格決議」を上げようと画策し、その口実を逐次拾い集め、同年3月12日になると學長I岩元宛にN・Y連名の申立書で、Sの「院教授不適格」、資格取消しを上申したのである。

學長Iは、これを受けて、理事長SG初め、２０１４年4月9日にS処分のための懲戒委員会を立上げ、調査委員会を設けた。同委員会には、２００２年飲酒事件の折り、当時の有力事務局長G合田正義と組んでSを貶《おとし》め、その陰謀の才が評価され、事務職から理事に抜擢されたU宇部が入り、陰険さゆえに同様に抜擢されたQ久辺《きゅうへん》安相商學部長（在日韓国人）や民間で合理化の腕を買われて抜擢された新事務局長KO郡山などが入った。

4月8日に文科省による、H氏が自著の盗用・転載をさせたBの修士論文他8本についての村大への問合わせの翌日のことであった。同調査委員会は、5月30日にSを召喚し、調査。7月12

日に、理事長SG、學長I、理事U・QE、事務局長KO、財務担当理事TN、人事部長M、調査委員長（＝工學部長）TS、短大學長KUが、Sの陳述を聞き取り、9月19日には、Sに対して先述の降職処分をY・Nの3月12日の上申書と同様の文体の別紙事由書を添付して通知したのである。

以上紹介したように、村大における、日本の教育界始まって以来の著作権32条侵害とS処分は、このようなドロドロした腐食が連鎖する人脈を背景に起こった。

次のⅢ‐4では、以上の『事実経過』報告に続けて、著作権32条侵害とそれを告発したSに対する処分について述べ、その報告を補足していくことにしよう。

Ⅲ‐4　赤信号通過とその責任

村大における、教育界始まって以来の著作権32条侵害などの赤信号通過とそれによるS処分は、以上のⅢ‐3に関わる第2図の腐食の連鎖した人脈を背景にどのように信号無視を続けていったのか？

（1）5つの赤信号通過

第1赤信号（引用符なき盗用指導）、H（Bの元指導教授）が、學位申請の事前に、B（中国人留學院生）に対して、H研究室にて自著の盗用・丸写し指導をし、『SS學会』誌に発表させた。事前のみならず申請中にも、M（新指導教授）が盗用を率先追認し、新たに発行された『SS學会』誌や『KK學会』誌に発表させた。M・H・N・Y4氏は、おそらく學位取得決議の事後から図書館納入までの間には盗用隠蔽を指導した、と思われる。

第2赤信号（盗用容認）、この事前の盗用について、院教授会でSが2013年12月からBがことあるごとに『SS學会』誌に発表した學位取得必要条件論文の約90%が、Hの著書からの転載、丸写しであることを告発し、その証拠論文も配布し、さらに2014年2月初旬には、Bの學位申請論文の盗用箇所を指摘したにも拘わらず、新指導教授Mも率先して追認（指導下での新しい『SS學会』誌と『KK學会』誌にもBは盗用論文発表）、院教授会多数派有力者集団が隠蔽工作し、同年2月13日には同教授会でBへの學位授与を決議した。

第3赤信号（盗用學位論文、図書館納入）、相当部分をH・Y・M・N4氏が短縮簡潔にし、完成させ、図書館に納入した後の學位論文にも29か所盗用が顕著であった。この盗用が平成26年7月初旬に文科省に通報され、文科省が村大に問い合わせることとなった。

第4赤信号（盗用なし、という學長Iの回答）、盗用嫌疑の文科省問い合わせに対して、I學長自ら、「盗用なし」（2014年9月30日付）の返答をした。

第5赤信号（9月30日のI學長回答に何ら対応しない可能性）、2014年12月17日現在、村大への盗用を巡る學位審査やりなおし勧告などの行政指導は、一切行われていないようである。このままだと、同年2月20日にAが通報したH指導の9本の修士論文の盗用についての問合わせ後の「盗用なし」の村大側の回答になんら処置していなかったのと同様、Bの盗用學位論文についても放置する可能性がある。

以上、5つの赤信号の内、4つ連続する盗用指導・容認・盗用學位論文・居直った盗用なし回答は、前代未聞の日本国の不祥事だと言えよう。未然防止のためのSの警告を振り切って、院教授会が多数決の暴力的投票で盗用教育指導をやってのけた事例、その事前警告者Sへの報復・隠蔽工作として降職処分も前代未聞の報復人事である。

（2）赤信号無視についての學長責任・総理責任と是正措置

1）盗用・転載指導における過った教育とその追認及び盗用隠蔽体制の是正について

1）～①盗用事前容認の審査責任：Bの盗用について事前にS（9月19日以降現S准教授）から必要条件論文と學位請求論文の盗用指摘を院教授会で受けながらも当該盗作博士論文執筆者に博士号を授与した大學院経済・ビジネス研究科教授会に対する學位審査責任の明確化と是正の必要性。

1）～②盗用教育指導責任：Bの盗用・転載を率先指導したH元教授の研究室での指導（院生A目撃）を「指導の仕方」（Y研究科長）だと容認し、事前に院教授会でSからBの必要条件論文と學位請求論文の盗用指摘を受けながらも当該盗用博士論文執筆者に博士号を授与した院教授会の教育指導責任の明確化と是正の必要性。ちなみに院教授会で元K大教授N同経済領域主任は、「ここ（＝村大）は、盗作でもしないかぎり、論文にならない」と侮辱していた。中国人留學生Bに対して、H元指導教授は、楽で安易な引用符なき丸写し「転載」指導をとり、正しい日本語への手間暇の掛かる添削指導を怠ったものである。

1）～③B盗用隠蔽工作責任：SによるB氏學位請求論文の盗用指摘について、同論文公聴会（2014年2月7日実施、懲戒事由で「外部」とある「道の駅」振興会理事・JTB勤務のO大山氏は、H斡旋《あっせん》で2013年4月から商學部客員教授）や院教授会での告発をB氏への名誉棄損・學園に不利益を齎《もたら》したとN主任・Y研究科長やSG理事長（9月19日付懲戒事由書）が指摘。これは著作権第32条（非親告罪）の隠匿に当たるものなので、學園に対するコンプライアンスのための是正が必要。

この盗用容認・隠蔽と総理責任について、さらにSG理事長・I學長は２０１３年12月より、Bの盗用を認知したにも拘わらず、適切な是正措置を講じることなく黙認。院生Aによる同盗用の文科省への準公益通報を暗に不利益を齎したものとし、文科省による學園への問い合わせ直後にSの懲戒委員会を設立し、２０１４年9月19日にS教授を准教授に降職処分。ここには、著作権違反の隠蔽工作が、見られる。同理事長・I學長は、間接的公益通報者（S教授）保護に徹する必要がある。ちなみに、院生Aからの昨年末の自宅宛通信によって昨年末同盗用を認知していた理事長には私學法上の総理責任、さらに、同盗用を当該大學院構成員として認知していた學長Iには同教授会運営責任がある。（現在、Sはある元理事から間接的に大人しくしておかないと、今度は退職金の出ない懲戒解雇、などという忠告を受けている。）

２）２つの審査基準について

２）〜①審査における盗作論文と他の予備審合格論文との間のダブルスタンダード、審査の不適切性の是正が必要。

２）〜②盗用論文（B氏執筆）ともう1つの予備審合格論文（A執筆）の再審査が必要。

３）S懲戒降職について

３）〜①上記２）〜①を是正しようとしたS教授の間接的な「文科省への公益通報者」と院教授会での責任追及の言動とを事由にした、同教授に対する不当で行き過ぎた村園學園の懲戒（降職＝実質上の解雇）の停止と地位確保を求めることが必要。

３）〜②　上記S教授懲戒に至る手続き上の學校教育法違反（重要なことなのに正教授会で審

議をしていない）の是正が必要。

Ⅲ－5　処分の手続き上の違背（學校教育法遵守の行政指導の参考資料）

「村大の懲戒理由及び手続きの不当性（S准教授執筆）

1．手続き上の違背：

①S懲戒降職通知9月19日までの手続き（學校教育法93条違背〈重要なことは教授会で審議〉）：9月19日まで、正教授会の審議～議決なし、院教授会7月24日も學部教授会9月18日も人事部長SU氏説明後の教授からの意見聴取に終わる。（大學教授会自治に抵触）

②商學部拡大教授会9月22日と院教授会決議9月25日・院委員会審議（審議？）9月25日でのS教授授業担当外しまでの後付辻褄あわせの手続きと理由：

A學部授業担当者についての商學系列会議→商學科会議→拡大教授会という正当な手続きに違反：商學部拡大教授会9月22日での12:30pm～1:00pmまでの審議内容・総意と異なる中座教員多数の1:00pm後の曖昧な授業担当外しの作為的決定及び同決定と矛盾するS准教授の授業担当の保留決定の議事録。9月25日の商學科会議で、後付の辻褄合わせとしてS准教授の授業担当外しの計画表が配布された。

B院授業担当者についての院委員会→院教授会という正当な手続きに違反：院教授会決議9月25日・院委員会審議9月25日での授業担当外しまでの手続き：9月25日は、慣例の順序（院委員会→院教授会）とは逆の順序（院教授会→院委員会）で審議

ⒶO福島教授が院教授会と同時間帯の決議前に経済學部長として學部人事で欠席中に審議

Ⓑ院委員会での審議か直前の決議報告なのかの曖昧

2．懲戒降職理由の不当性とSの言動の正当性（参照、以下の「公平公正を求めて」）

Ⅲ-6　呼びかけ「公平公正を求めて」（里山活也）

～村園學園と村園大學院経済・ビジネス研究科教授会の問題点・責任と事実経過～（2014年9月～）

1．理事長の総理責任

2．盗用・転載指導における過《あやま》った教育とその追認及び盗用隠蔽《いんぺい》体制の是正について

①盗用事前容認の審査責任：B氏の盗用について事前にS教授（2014年9月19日以降現S准教授）から必要条件論文と學位請求論文の盗用指摘を院教授会で受けながらも当該盗用博士論文執筆者に博士号を授与した大學院経済・ビジネス研究科教授会に対する學位審査責任の明確化と是正の必要性。

②盗用教育指導責任：B氏の盗用・転載を率先指導したH元教授の研究室での指導（院生A氏目撃）を「指導の仕方」（Y研究科長）だと容認し、事前に院教授会でS教授からB氏の必要条件論文と學位請求論文の盗用指摘を受けながらも当該盗用博士論文執筆者に博士号を授与した院教授会の教育指導責任の明確化と是正の必要性。ちなみに院教授会で元K大教授N同経済領域主任は、「ここ（＝村園大）は、盗作でもしないかぎり、論文にならない」と侮辱していた。H元指導教授は、楽で安易な「転載」指導をとり、手間な添削指導を怠ったものである。

③盗用隠蔽工作責任：S教授によるB氏學位請求論文の盗用指摘について、同論文公聴会（平成26年2月7日実施、懲戒事由で「外部」とある「道の駅」振興会理事・JTB勤務の大山氏は、平成25年4月から商學部客員教授）や院教授会での告発をB氏への名誉棄損・學園に不利益を齎《もたら》

したとN主任・Y研究科長やS理事長（9月19日付懲戒事由書）が指摘。これは著作権第32条（非親告罪）の隠匿《とく》に当たるものなので、學園に対するコンプライアンスのための是正が必要。

この盗用容認・隠蔽と総理責任について、さらにSG理事長・I學長は平成25年12月より、B氏の盗用を認知したにも拘わらず、適切な是正措置を講じることなく黙認。院生A氏による同盗用の文科省への公益通報を暗に不利益を齎したものとし、文科省による學園への問合わせ直後にS教授の懲戒委員会を設立し、9月19日にS教授を准教授に降職処分。ここには、著作権違反の隠蔽工作が、見られる。同理事長・學長は、間接的公益通報者（S教授）保護に徹する必要がある。ちなみに、院生A氏からの昨年末の自宅宛通信によって昨年末同盗用を察知していたSG理事長には私學法上の総理責任、さらに、同盗用を当該大學院構成員として認知していた學長I氏には同教授会運営責任がある。（現在、S准教授はある元理事から間接的に大人しくしておかないと、今度は退職金の出ない懲戒解雇、などという忠告を受けている。）

3．2つの審査基準について

①審査における盗作論文と他の予備審合格論文との間のダブルスタンダード、審査の不適切性の是正が必要。

②盗用論文（B氏執筆）ともう1つの予備審合格論文（A氏執筆）の再審査が必要。

4．S教授懲戒降職について

①上記3の①②を是正しようとしたS教授の間接的な「文科省への公益通報者」と院教授会での責任追及の言動とを事由にした、同教授に対する不当で行き過ぎた村園學園の懲戒（降職＝実質上の解雇）の停止と地位確保を求めることが必要。

②上記S教授懲戒に至る手続き上の學校教育法違反（重要なことなのに正教授会で審議をしていない）の是正が必要。

5．事実経過（學校教育法遵守の行政指導の参考資料）

「村園大學の懲戒理由及び手続きの不当性（S准教授執筆）

6．手続き上の過失：2014年時点での旧學校教育法93条に対する違背（2015年改悪）

①教授懲戒降職通知9月19日までの手続き（學校教育法93条[1]違背〈重要なことは教授会で審議。注(1)はP403に後掲〉）：9月19日まで、正教授会の審議～議決なし、院教授会7月24日も學部教授会9月18日も人事課長S氏説明後の教授からの意見聴取に終わる。（大學教授会自治について、当時の學校教育法93条

②商學部拡大教授会9月22日と院教授会決議9月25日・院委員会審議、9月25日でのS教授授業担当外しまでの後付の辻褄《つま》あわせの手続きと理由：

A學部授業担当者についての商學系列会議→商學科会議→拡大教授会という手続き違反：商學部拡大教授会9月22日での12:30pm～1:00pmまでの審議内容・総意と異なる中座教員多数の1:00pm後の曖昧な授業担当外しの作為的決定及び同決定と矛盾するS准教授の授業担当の保留決定の議事録。9月25日の商學科会議で、後付の辻褄合わせとしてS准教授の授業担当外しの計画表が配布された。

B院授業担当者についての院委員会→院教授会という手続き違反：院教授会決議9月25日・院委員会審議9月25日での授業担当外しまでの手続き：9月25日は、慣例の順序（院委員会→院教

授会）とは逆の順序（院教授会→院委員会）で審議
Ⓐ福島教授が院教授会と同時間帯の決議前に経済學部長として學部人事で欠席中に審議
Ⓑ院委員会での審議か直前の決議報告なのか、曖昧
7．懲戒降職理由の不当性とS教授の言動の正当性：教授会の議事録・録音を院生Aに渡し秘密漏洩：①クローズドな伝達；秘密漏洩は、院生Aにのみであり、その用途は院生Aとその弁護人T氏による村園大パワハラ委員会と文科省への公益通報に絞られたクローズなものであった。②明文なし；インターネット上で構成員（教授）に公開されているものであり、部外秘たることの条文・明文はない。③知る権利・情報公開・隠蔽の不当性；隠さなければならないこと、つまり盗作容認を隠すことの方が問題である。④正確性を期す；執行部の都合のいいように審議内容とは異なる議事録になっており、その意図的に誤らせた記録の検証・是正の必要性。⑤間接的公益通報：院生A氏がT弁護士とともに文科省に議事録・録音を手渡したのは文科省の行政指導によって盗用論文執筆者B氏に博士の學位を授与することを未然に防止するためであり、B氏の學位審査合判定とA氏の同「否」判定との間のダブルスタンダードを是正。⑥秘密漏洩によって學園側の「不利益」となったという口実；盗用自体がコンプライアンスに反する。「教授会の議事録の正確性を期すため、教授会の不正を是正するために、教授会の不正の記録を残し院生A氏の知る権利を保証するために、A氏に録音機と議事録を渡した。教授会に自浄作用（著作権第37条違反の是正）がないので、學園の将来のためにそうした。
結果的に、公益通報となり、監督官庁たる文科省の問い合わせを招いたが、これは村園大學に不利益となったのではなく、正常化のための指導の一環であり、本學園の歓迎すべきことである。」

注(1)「學校のクミ(93)ちゃん著《ちょ》うミニ(32)私學ミナ(37)そう↓學校教育法93《クミ》条(教授会自治〈旧93条２０１５年３月まで有効〉↓処分の手続き違背)、著作権法32《ミニ》条(適切な引用↓引用符などがない論文に學位は不正〈非親告罪化〉)、私學法37《ミナ》条(理事長の総理総裁責任)」(Ｐ４０１(1))

Ⅳ．地位保全申立

「平成26年(ヨ)第３〇〇号地位保全仮処分命令申立事件」(民事訴訟、仮処分申立裁判、２０１４年12月８日から２０１５年２月25日まで)

Ⅳ‐１当事者

債権者：里山活也、住所：Ｔ県水面市〇〇……代理人：明石弁護士

債権者側書類：「仮処分申立書」、「証拠説明書」(甲第１号証～甲第31号証……〈２０１４年12月14日付け文書でＴ地裁に明石弁護士事務所秘書が提出〉)「主張書面」、(「第１主張書面」〈２０１４年12月５日付けで明石事務所から地裁と債務者代理人田原弁護士にfaxで送信〉、「第２主張書面」〈２０１４年12月25日付けで同様に送信〉、「第３主張書面」〈２０１５年１月７日付けで同様に送信〉、「第４主張書面」〈２０１５年１月27日付けで同様に送信〉、「第５主張書面」〈２０１

5年2月2日付けで同様に送信〉と「証拠説明書」)、「求釈明」(証拠文書・説明書などの提出を要求)

債務者：村園學園瀬川理事長　住所：T県T市××……

債務者側書類：「答弁書」「証拠説明書」(乙第1号証〜乙第35号証……)

「債務者主張書面」、

「答弁書」(2014年12月5日付けで債務者代理人田原弁護士が地裁と債権者代理人にfaxで送信)、「債務者主張書面(1)」&「証拠説明書」(乙第1号証〜乙第27号証)(2014年12月24日付けで地裁と債権者代理人にfaxで送信)、「債務者主張書面(2)」&「証拠説明書」(乙第28号証〜乙第35号証)(2015年1月27日付けで同様に送信)、「債務者主張書面(3)」(2015年2月17日付けで同様に送信)であった。

Ⅳ-2「仮処分命令申立事件」レポート

方式：交互主張(裁判長が円形テーブルに着いた債権者と債務者の主張をそれぞれ交互に席から外し片方の主張を聞く方式)

期日：計4回、第1回2014年12月8日、第2回2015年1月7日、第3回2015年2月2日、第4回2015年2月25日、幻の第5回2015年3月20日(債権者側による3月18日ギリギリの取下げにより未開廷)

川井季子裁判長は、当初第1回目より、①盗用問題は法廷で取り上げないという方針で指揮、その後も②降職処分は、活也が院教授会議事録を漏洩したので裁量権の範囲内、③院資格が大學院決議で剥奪されているので職場復帰＝「継続任用は実効性がない」、④70歳定年規程があるので、70歳までの5年間の逸失利益たる給与を和解金の目安とする、という結論に沿って訴訟指揮。

（仮）第1回：２０１４年12月8日 12:30am ～３１５室

村園學園側は、債務者側代理人新幹線新大阪駅傍に事務所を構える原田一ノ介事務所の田原勇雄弁護士も村園學園人事課の元部長左右田久太郎、同課長平川周治、同課セクハラ（含むパワハラ）提訴窓口千鳥蓮子など一人も出廷しなかった。

（仮）第2回：２０１５年1月7日 2:00pm ～３１５室

第2回密室和解民事法廷で、裁判長は、學園側に、先ず書類の確認、交互面接に誘導する訴訟指揮。降職処分は債務者の裁量権の範囲内、Sの教授資格剥奪に関する9月25日の大學院決議も10月10日の院協議会決議も、9月19日の理事会の降職処分には、連動しているかどうか不問にしたまま、教授資格が剥奪されているので職場復帰＝「継続任用は実効性がない」とし、70歳までの給与を目安とする金額の和解案に誘導した。

裁判長は、双方揃った席で、次回までに提出して欲しい書類について、債権者側に尋ねた。活也は第1に、活也の院教授資格を剥奪した10月10日院協議会議事録の提出を學園側に請求した。第2に、Bが学会に投稿した全面的な盗用論文が、博士号申請エントリーの際の必要条件論文になっていることを裁判長にも確認してもらうために、エントリー必要論文を提出するように求めた。第3に、２０１４年9月30日の学長による文科省へのBの盗用の有無について答申した書類の開示（本訴で9月）を求めた（活也は、予めAが自分の弁護士T経由で入手していた文科省への答申を送ってもらい、I学長がBの論文に盗用なしとし虚偽の返答をしていることを既に知っていた)。
(仮)第3回：2015年2月2日1:20pm～315室
和解一色のたった50分、2:00pmに終了した。裁判長は川井季子、書記官は崎枝、出席者は、明石弁護士・活也債権者vs.田原弁護士・左右田人事部長・千鳥人事課職員。
川井裁判長「仮処分関係の議論も煮詰まり、いよいよ仮処分について判断することができる段階です。」
活也「実質審理がなされていない、と思います。2014年9月30日の村園大學岩山學長などの文科省への盗用の有無について返答した証拠資料として出させほしい。また、B氏が2013年12月にエントリーする際に出した必要条件論文2本を明らかにして欲しい。」
田原弁護士「盗作は調査について回答しているのでそれで十分。」
裁判長「提出は、任意です。」
～～こういうやりとりの後、交互面接に入り、先ず債権者活也と明石弁護士を残した。
活也「博士論文審査のダブルスタンダードと盗用を告発したから処分されたのです。実質的な降職事由が人事権の濫用になるかどうかの審理がなされていない。70歳定年規程もあるし、その規程を意識して、9月19日の理事会での処分を受けた院教授会での教授資格剥奪に連動して院協議会で教授資格が剥奪されたのであって、それを明らかにする実質審理がなされていない、と思います。」
川井裁判長「議事録・録音漏洩、これだけのことをやってくれましたから……(降職は妥当?)。院教授会と院協議会は必ずしも連動しているとは言い難いので、地位保全の実質上の効力がないので金銭的和解をして下さい。」
活也「降職は重すぎます。」
明石弁護士「里山先生にも、仰《おっしゃ》りたいことが沢山おありです。」
川井「懲戒解雇の次に、重いのですから……それは分かっていいますが……」
活也「和解するにしても、向こう5年間教授職のままで勤務しかつ退職金も年金もそれで計算した場合の逸失利益を考えれば、〇〇万円は必要です。」
川井（大きな驚いた声で）「〇〇万円⁉　労働報酬のボーナスなど逸失利益に入れるのは、働いていないので無理です。」
明石「里山先生にも言いたいことが沢山おありです。」
続いて、活也が烈しく職場復帰を求める。裁判長は、明石弁護士に活也を諫めるように目配せした後、2人を退席させた。次に、學園債務者側の田原弁護士、左右田元人事部長と千鳥担当事務員を再度入室させ、密室で相談し始めた。
～～続いて、債権者側の明石弁護士、活也を再々度入室させた。
川井裁判長「大學側も和解。和解は付帯条件をつけないで可能か、〇〇万円は高すぎます。」
活也「満額が和解条件。付帯条件は付けない。」
明石「それ相当の金額が条件。」
川井裁判長「次回までに、妥協金額を考えて。継続任用は難しい。録音・議事録漏洩もあるので、地位保全、継続任用はこの時点で判決文に書けない。」
～～この後、川井裁判長が村園學園側と面接し、活也側を入廷させた。

裁判長「（村園大側は）金額があまりに思ったより違うので、次回まで待ってくれ、ということになった。復職の実効性がないので降職を妥当とした上で、和解金額をもう一度考えて下さい。」

～～その後、裁判長は、今度は双方揃うようにその席に學園側を入室させた。そして、最後に次回までに提出して欲しい書類について、債権者側に尋ねた。そこで、活也は第1に、活也の院教授資格を剥奪した２０１４年10月10日の院協議会議事録の提出を學園側に請求した。第2に、Bが學会に投稿した全面的な盗用論文が、博士号申請エントリーの際の必要条件論文になっていることを裁判長にも確認してもらうために、エントリー必要論文を提出するように求めた。第3に、２０１４年9月30日の學長による文科省へのBの盗用の有無について答申した書類の開示（本訴で9月）を求めた。予め、Aが自分の弁護士T経由で入手していた文科省への答申を送ってもらい、學長がBの論文に盗用なしとし虚偽の返答をしていることを既に知っていたが、あえて學園側にその學園側の虚偽を主張させようとしたのである。活也は、この書類申請をしながら、向かいの壁際に敷かれて並んだ椅子に坐っている左右田元人事部長の顔を見た。第3番目の書類申請のときに、深刻な顔に変わった。おそらく、文科省による行政指導に至りかねない問合わせにうまく対処するように、學長・理事などの黒幕に言われており、これが将来學内理事で残るための試金石になっているからであろう、と活也は推測した。文科省の村園學園担当が、學園側と組んで、揉み消し工作をしている面も強いことは推測できたが、この時点でマスコミなどに騒ぎ立てられれば、早大小保方事件と同様、文科省も盗用博士論文再審査など行政指導に踏み切らざるをえない事態になりかねない、と左右田が思ったからかもしれない。活也は、初めて細《ささ》やかに追う方に回った。今まで、追われてばかりいた。

最後に、両方が揃った席で次のように決められた。
裁判長「次回は、2月25日、11:00am から……」
活也「結構です。」
明石弁護士「よろしいです。」
田原弁護士「その日は出廷できません。電話会議ならできます。」
裁判長「それでは、2月25日、11:00am から(學園側事務職出廷、欠席の田原弁護士とは当法廷からの電話会議で)、ということで……和解金について、2月16日までに村園大側が譲歩金額をわたしに知らせ、18日に双方に双方の和解金額を知らせ、2月25日にわたしからの妥当と思われる和解金を提案します。」
出廷後、明石と活也は歩いて中央階段を3階から2階に降り、廊下を通って、東側の弁護士控室に入って、1:00pm ~ 1:15pm、15分間打合わせをした。簡単に3回目2月2日、2:00pm からの裁判の準備の為に、明石法律事務所でも次回内合わせを、1月24日 1:00pm にすること、活也が和解金のことを考えておくこと、著作権一般に関する本を活也が用意することを決めた。明石弁護士から、注意事項として、活也は、訴訟指揮にクレームをつけ強引に実質審理を求めると裁判長の心象を害するから控えめにするよう、諭された。
活也「降職が妥当となり、しかし定年特別規程が生きているとして、具体的な和解金額が出されるのでしょうね。」
明石弁護士「川井裁判長は、双方に交互型で負けそうなことを言い、譲歩させ、和解させようとしているから……」

活也「復職に未練があります。本訴に踏み切って下さい。」
明石弁護士「2月25日までは、和解案との関係で本訴を見送ります。本訴の準備はしましょう。」
活也は、「善魔」（遠藤周作）、現実に妥協しなければならない盗用など不正を巡るその隠蔽や虐めなどの真実が法廷で明らかにされると思っていただけに、一緒に裁判官の事務処理的訴訟指揮に憤りを感じてくれない明石弁護士にも少し不満であった。

＊川井裁判長からの報告（明石弁護士法律事務所への電話）：２０１５年2月20日、報告は、次の主要4点であった。1．和解金の提示。2．その金銭和解の理由：①降職は「裁量の範囲内」、②定年規程附則があるので五分五分。大學側の院資格を持ち続けることが前提条件なのに、すでに院教授会で資格を剥奪されているというのも尤《もっと》もだし、債権者側の定年は70歳までという「附則」が活きているという主張もご尤もである。③退職70歳までとして、賞与など引き5年間満額△△△……円、その半分で○○○……円。これ以上の金額は和解案として提示不可。債務者側の金額は、○○○……円より低かった。④地位保全の仮処分は、①の理由から出さない＝不可。

＊債権者側の対応：これに対して、明石弁護士は熟慮し。こういう作戦を立てた。川井裁判長は、①の降職が「裁量の範囲内」とする理由から、④地位保全の仮処分は出さない＝不可→本訴に悪影響を与えるので、２０１５年2月25日の電話会議ではあいまいにし、次回5回まで引き延ばし、本訴に5回目までに入る。こちら側が、論争をして、明確に決裂し仮処分は出さないという判決が下りたら、本訴でこちら側の主張が出しにくくなる。

第4回目の2月25日には、決裂せず、和解を3月の第5回に引き延ばしてもらい、その間に3月早々、本訴、第5回目までに地位保全仮処分申し立てを取り下げる。

この後、ダブルスタンダードの是正を目標にして、以下の打合わせをした。

1．２０１４年12月のT弁護士が活也に求めた情報公開上、正当な「秘密漏洩」であるとした上での詐欺的な「議事録などの情報の使用許諾書」の不当性について、対同T弁護士の訴訟など、いまさら蒸し返さない。

2．教授資格剥奪に関わる連動：川井裁判長の「地位保全をしても実効性がない」という裁定に関連する連動。つまり、２０１４年9月19日の降職処分と同年10月10日の院協議会での活也の院教授資格の剥奪との連動性（明石「第5主張」）。10月10日の同「決議」の責任者、岩山學長を相手取った訴追については、本訴後に決行の是非を考える。

3．プレス発表のタイミング（cf. 大人しくしておかないと退職金がでないぞ、という脅し↓原田事務所の田原弁護士側が、これ以上制裁させないはずなので心配無用、ただし慎重に）↓本訴のとき

4．団体交渉で和解させようとしている労組加盟の効果や加盟の是非についても今後の課題。明石弁護士は、川井裁判長が地位保全の仮処分を出さない結審をすると本訴に悪影響を及ぼすから、電話会議ではあいまいにし、次回3月の幻となる第5回まで引き延ばしておいて、その第5回目の裁判以前に本訴の手続きをしましょう。今日の第4回法廷や3月に決裂し仮処分が出ないという判決がはっきり下ったらこちら側の主張が本訴で弱くなる。今後、第5回目の期日前までに、里山先生はじっくり和解するかどうか考えておいて下さい、と提言した。

（仮）第4回：２０１５年2月25日 11:00am ～ 11:20am、３１５室

田原弁護士のみ欠席（前回予告済み）のはずが、村園學園側は人事課職員も欠席、債務者側の

出廷者なし、田原弁護士と川井裁判長が金銭和解の提案や出廷要請をした第5回開廷期日（幻の期日）について電話会談。

活也と明石弁護士は、4回とも出席。真面《まとも》に村園側は、第1回目の開廷前に盗用について問合わせた文科省をうまく手懐《てなず》けることにうまうまと成功したので、4名揃って出てきたのは、第2、3回目だけであり、懲戒事由書にじゃれるかのように映る活也を猫のように片手間《かたてま》に玩《もてあそ》びあしらった。

債務者側は、債権者側書類に対して、「答弁書」等の提出を開廷直前に引き延ばした。反論準備をさせない意図で開廷直前にギリギリに作成。

同日、それ以前の10:15amからの明石法律事務所での打合せで、弁護士と活也は、お互いに活也作成の以下の準備書面原案に眼を通した。

予告通り債務者側の田原弁護士は欠席。活也側が、和解金が低すぎるといってその交渉に踏み切らなかったので、わずか20分足らず、大阪の田原弁護士に川井裁判長が法廷から電話する形式の会議となり、ラウンドテーブルでは次のような主張が為されるだけであった。

川井裁判長「村園學園側は×××万円まで和解金を引き上げてきた、その代わりに出した条件は、『1．来月、3月で退職する。2．降職処分を認める。』というものです。裁判長は、村園學園の回答額が低かったけれど、×××万円まで引き上げさせました。」

活也「ありがとうございます。しかし、わたしが盗用を指摘したことについての実質審理がなされずに、村園學園に有利な判断材料だけが優先されています。AとBへの評価におけるダブルスタンダードの是正を促した者がどうして処分されなくてはならないのですか？（活也は金額が低すぎることもあって怒りの形相で対応した）」

明石弁護士「里山先生にも言いたいことがあります。金額については、里山先生の家庭的事情も考慮して下さい。妥協案では低すぎます。里山先生には……35歳と30歳の２人の息子さんが家庭内にいて、無職で〈活也の方を見て、「言っていいですか？」と聞き、頷く活也の了解をとって〉……障害者です。先行き、不透明な事情があります。」

～～裁判長は、憐憫の表情～～

裁判長「それでは、もう一席設けましょう。」

裁判長は、この直後、事務処理的に、村園學園の顧問弁護士、大阪の原田一之介の事務所に法廷内に引込んだ電話から連絡し、「電話会議では、和解金に関わる重要なことが決められないので」と言って、第５回公判を居候弁《いそべん》の田原氏も出廷可能な３月20日（金）と決めて、退廷していった。後で、この第５回は、３月18日に本訴の「訴状」をＴ地裁に提出したので、幻の公判になった。また、Ｋ元帝大法科大學院でも講義を担当し、あるべき裁判を教えたはずだが、盗用問題から逃げたこの裁判長は、皮肉にも大阪地裁知的財産係りに４月１日付けで栄転になった。人間は、口で言ってることと実際にやることは捻れている。


　和解成立は、幻の２０１５年３月20日になるはずだった。しかし、活也は、２０１５年３月18日に、金銭的和解案を蹴って、降職処分に対して名誉を挽回するために、Ｔ地裁に本訴を行った。

　２０１５年２月25日（水）、第４回法廷の直後、11:00am～11:20am。３階の弁護士事務所に向かいながら、明石弁護士は、廊下で「○○○円までは行きそうだな～」「裁判長は、あちら側には定年規程70歳と盗用とで譲歩させ、こちら側には秘密漏洩で譲歩させているに違いない」と活也に話した。

相談室での打合せでは、幻の第5回目の2015年3月20日（金）までに、本訴し、地位保全仮処分申し立てを取り下げること、プレス発表は、本訴のタイミングで行うことが再確認された。和解か本訴かは、活也が「家庭内でも意思統一ができていない」と言うなどし、どちらにするかは、保留とした。活也が心配して、プレス発表すると、退職金がでないぞ、という脅しが雰囲気としてありますというと、明石弁護士は、田原弁護士事務所側が、これ以上制裁させないはずなので心配無用、ただし慎重に、という話をしてくれた。

最後に、活也は、妻の幸子の「この裁判の途中で活也さんが死んだ場合、和解金はどうなるの？」という質問を明石弁護士にぶつけてみた。

明石弁護士「『死んだら』遺産相続の権利が発効していない段階での死去、おそらく和解金は獲得できないでしょう。この次の打合わせの3月7日までに調べておきましょう。」

～～調査の結果、やはり夫の死亡以前の既得権に妻の相続権が発生するものであり、この場合、既得権にならない未然のものなので和解成立の可能性があるのに和解金を相続不可とのことであった～～

活也「ところで、気が早すぎますが、和解金と先生の成功報酬について、今後の本訴の和解のときのこと含めて、満額が降職減給と退職金に関する逸失利益や向こう5年間の給料や年金についての逸失利益など諸々を合算すると、和解金は◎◎円が妥当だと思います。だから、例えば和解金が◎◎円になったら、先生の成功報酬は××円の半分なので、△△円の半分の●●円、ということでいかがでしょうか。」

明石弁護士「……」

～～明石弁護士は、確答を避けた。しかし、1年半後の本訴での和解の際は、この活也の提案に沿って、成功報酬を産出し、決済してくれた～～

V．本訴

「平成27年（ワ）第8○○号地位確認請求等事件」（民事訴訟、本訴、2015年春から2016年夏）

V-1当事者

原告：活也、住所：T県水面市○○……代理人：明石弁護士

原告側書類：「訴状」、「準備書面」

被告：村園學園、住所：T県T市××……代理人：原田一ノ介弁護士法律事務所

被告側書類：「答弁書」、「被告準備書面」

（本）公判計10回：第1回2015年5月18日、第2回7月3日、第3回9月14日、第4回11月9日、第5回12月24日、第6回2016年2月18日、第7回4月12日、第8回6月2日、第9回7月4日、第10回（最終回）8月23日

Ⅴ-2本訴レポート

（本）第1回口頭弁論（平成27年（ワ）第8〇〇号）２０１５年5月18日 1:20pm～1:30pm、於：Ｔ地裁１２０法廷。

裁判長：木村忠夫、書記官、原告側甲出席者：明石弁護士＋活也、被告側乙出席者：田原弁護士、傍聴席原告側甲出席者：米田・広田・赤間・大森・鷹野・吉川夫妻、傍聴席被告側乙出席者：左右田・千鳥・平川（第2回からは出廷者省略）

「わたしは、ここに原告としてかつ道義をもった教育者として、被告Ｍ學園の重きに失すわたしに対する懲戒処分、その不当性を事件の来歴から本質的に明らかにしたい。すなわち、日本のＭ大學大學院経済・ビジネス研究科における今回の博士号授与を巡る同大學院教授会組織におけるダブルスタンダード、その背後にある組織的集団的虐めを明らかにしたい。

わたしの同教授会などにおける盗用告発は、遵法《じゅんぽう》精神に則った善意から大學の名誉のため、対外的に『信用を失墜』させることになる盗用學位授与の未然防止のために為されたものであり、そのわたしに対する懲戒降職は、このダブルスタンダードによる學位論文の盗用の組織的隠蔽《いんぺい》を目論見《もくろみ》、その告発自体が『信用を失墜』させたかのように偽装するためのものである。

ダブルスタンダードとは、同大學院教授会が、盗用論文を提出させた経済學研究科の大學院生Ｂ氏に対する審査時点での『合』判定と博士号授与、経営哲學的論理的に自筆されたビジネス研究科のわたしの弟子の大學院生Ａ氏に対する審査時点での『否』判定を巡る二重の判定基準のことである。」（活也）

活也は、この第1回公判をごく親しい支援者だけに、次のように同工異曲《どうこういきょく》に伝えた。
「2015年5月18日（月）に、T地裁第1民事部J係り（平成27年（サ）第9〇〇号）で、T市内の私立村園大學の教授降格処分（実質上懲戒解雇）を取消すための里山教授による口頭弁論があった。その趣旨は、里山教授が愛學心から虐めを背景にしたダブルスタンダードを大學院教授会で告発したこと、つまり博士号をB氏の盗用論文に授与しようとするのを阻止しようとしたこと、ちゃんと書いた自分の弟子、A氏を作為的に不合格にされた不当性に対して職を賭して告発したこと、この告発を巡る一連の里山教授の道義をもった教育者としての行為行動が、降格処分の理由となったこと、裁判長には、日本を正すためにも公正公平な判決を下していただきたい、という内容のものであった。次回も傍聴可能な3階の第1民事部で、7月3日（金）午後2時から公開裁判が行われる。A氏及び里山教授に対する虐めとダブルスタンダード、盗用証明、降格手続き違背などの立証が始まることであろう。」

（本）第2回公判、弁論準備2015年7月3日 2:00pm ~ 2:20pm、3階ラウンドテーブル

＊盗用告発という大義名分について

木村裁判長：原告側の2014年2月審査時点の院生B氏の博論提出について、**被告側は降職処分理由と切り離す、というのでこれを認める。**

＊議事録・録音をA氏に原告が渡したことについて、

木村裁判長：盗用が問題ならば、その箇所に限定してA氏に渡すべき

＊70歳定年退職規程の解釈

木村裁判長：被告は、村園學園の70歳定年退職規程について、今度までに明確な解釈をしてお

いて下さい。

＋＋第２回公判の反省（by 活也）

盗用のみならず、２０１３年11月第10回院教授会以来、Ａ氏に対して、審査委員会を立ち上げない、などの虐めがあったことを、院教授会の議事録のＡ氏への手渡しの理由として、原告が述べるべきだった。明石弁護士に、もっと「第１準備書面」にそって、原告の意見を代弁して頂きたかった。

「訴状」の「求釈明」における、①被告による院生Ｂの盗用に関わる學内の調査報告書の提出、②被告による①の４度に亘る対文科省の調査報告書についての２０１５年９月時点の最終的調査報告書の提出、③２０１４年２月の最終時点の審査対象であった院生Ｂの博士号申請論文の提出、④院生Ｂの２０１３年12月時点の博士号申請のための必要条件たる発行論文の提出、以上４点の提出を明石弁護士にも強く求めて頂きたかった。

（本）第３回公判２０１５年９月14日 1:30pm ～ 1:40pm、１１０法廷

Ｉ　９月14日公判論点（木村裁判長は、事務処理的な和解調停を目指して、原告側に不利な振り子を振って盗用問題と懲戒権濫用の切り離しを明言した前回とは逆に振って今回は被告側の非を糺《ただ》した）

1．木村裁判長の発言：「争点を明らかにしたい。」乙（村園大）＝被告側に、「懲戒解雇の正当性をどういう風に……たとえ盗作であっても……という発言がありましたが……処分の理由の有効性について被告側から……？」

2．被告代理人田原弁護士「……（しばらく沈黙）検討します。」

3．木村裁判長「虚偽の盗用（甲＝原告による院教授会でのBの盗用指摘は事実無根＝虚偽）という論拠を明らかにするように」（この訴訟指揮＝発言は被告側に対する指示）
4．木村裁判長「（被告は）解雇理由の論点を整理して」「10月30日までに提出するように」
5．田原弁護士「解雇ではアリマセン、降職デス」と強調（↓軽い処罰だった、と言いたいのであろう）〈木村裁判長、ニヤリと笑う〉
6．原告活也：「降職は実質上の解雇」（以下、活也は弁明し損なったが、当初2014年9月中に解雇と商學部などに話が来たらしく、Q商學部長が、すぐに原告を授業担当（数回後期担当）から外した。心身ともに、原告は傷つけられた。）
7．今回の裁判後の課題：木村裁判長の「虚偽の盗用」の真意について、原告側　明石弁護士が今までの記録から、活也は虚偽ではなく本当に「盗用」されていることを告発したことを検証、説得する必要あり。盗用と処分は密接不可分離。

Ⅱ．出席：120法廷の外で、吉川夫妻と奥さんの妹さんと甥っ子さん、4人と会った。傍聴席：米田・大森両先生と広田くん。村園大側は、人事課長（平川）と元人事部長（左右田）と人事の千鳥女史（村園學園創設者と同じ筑豊の出身で、実はこちら側の味方？）が傍聴席に。田原弁護士も出廷。10分くらいで終了。

Ⅲ．準備

甲＝原告（代理人明石弁護士）は、9月12日に裁判長と乙（田原弁護士）に、「第2準備書面」を提出。「第2準備書面」には、①A＋活也を乙が虐《いじ》めた経緯とその証拠をあげた。②その経緯の結果、盗用に博士号授与、A氏に不合格の密室でのダブルスタンダードが生まれた。活也はその全容を、公平性を追求する観点から、院教授会録音・議事録をA氏に渡した。③それは、アカハラ防止委員会と文科省にしか公開されていない（closed な disclosure）。④秘密漏洩を甲に対する処分理由にしているが、この盗用容認というコンプライアンス違反のほうが大きな罪であり、それを甲は院教授会で追及した、⑤そのことを処分理由にしているのは不当である。⑥理事長・學長も盗用と知りながら、それが學位授与になるのを黙認した。⑦乙は、盗用と処分を切り離そうとしているが、盗用の証拠を活也が教授会で配布したことを「議事妨害」として処分対象にした。だから、処分理由は盗用に関わる。

（本）第4回公判２０１５年11月9日 11:30am ～、１１０法廷

木村裁判長：盗用と審理を切り離す訴訟指揮。

明石弁護士の第4回法廷での最初の弁明の趣旨、以下1、2。

1．明石弁護士「被告は、盗用と懲戒事由を切り離そうとしているが、論文審査の不公正の是正を原告は求めたものであり、切り離せない」

2．明石弁護士「被告側の原告に対する処分は、他の処分と比べても重すぎる。」

活也の１２９法廷での弁明の趣旨

1．活也「不公平な審査を正すための懲戒事由の行為を職責職務達成のためにわたしは行った。」「同一レヴェルで審査し両方落とすならまだしも、盗用の方を通すのは不正」＝活也「わたしの懲戒事由となった不公平性の告発などの動機と懲戒事由とは切り離せない」

木村裁判長の趣旨を活也は、以下1、2、3と理解。

1．裁判長の趣旨「懲戒対象となった事実の動機たる盗作の有無、論文審査の公平性について

は、大學が判断することであり、裁判所は関与しない」ただし「動機について、原告が述べることは拒まない」

2．裁判長の趣旨「懲戒対象となった事実は、原告も認めており、そこは論争点にならない」

3．裁判長の趣旨「事実の上に立った懲戒の軽重＝懲戒権濫用が争点になる。」

4．原告は、下記の懲戒事由8項目（オコハフホコヒロ）に関わる事実をほぼ認めている。

原告は、懲戒の降職が重いと主張（第3準備書面）→木村裁判長の心証の「濫用」とは、懲戒の軽重のこと？（活也は、軽重と理解）→軽重は、理事会サイドの yes man 秋田氏の偽博士問題に対する処罰なし＆酔っ払い運転による村園大生重症犯の蛭間氏に対する軽い2ヶ月停職や黒澤教授による大學内での掃除の女性に対する暴行事件に処罰なし、等の軽微な処罰に比して、不公平であり重すぎる。

5．盗用という「動機」の切り離し問題、懲戒の軽重問題に対して、職務倫理の達成という観点、虐めという観点からどう反論するか。

新方針：＊第4回公判以降の新方針①盗用指摘は強調せず、職責職務から「B論文の瑕疵（引用符なし）」を指摘（第2事由公聴会と第5事由コピー）。「公平公正」は、とりあえず止める。比較せず、個別に問題点を指摘。院生B・院生A、それぞれの審査の問題点、Bへの博士授与の問題点や外部審査委員制度の問題点に触れる。

1．院生A、B個別審査の論理で（論文瑕疵を正した。不公平不公正・ダブルスタンダードは控えめに）

2．論文に引用符なしは、指摘せざるをえなかった（著作権32条を前面に。動機＝職責職務〈いい加減な審査→懲戒事由第4項活也による審査結果に対する「不服申立て」〉。懲戒に関わる教授会自治侵害、これは學校法93条の手続き違背。

3．懲戒事由8項目：オ〈脅し、駆引き〈盗用を告発が脅しに〉〉、コ〈公聴会での盗用告発〉、ハ〈ハラスメント委員会にAが訴えていると活也が院教授会で発言〉、フ〈活也がダブルスタンダード審査でAが落とされたことに対して不服申立て〉、ホ〈保管、Aのちゃんと書き上げた博士号請求論文の保管を当該部署などに依頼、不可に〉、コ〈コピー、博士号審査請求時に必要とされる論文になっていると思われる學会誌発表のBの盗用論文のコピーを院教授会で配布〉、ヒ〈秘密、院教授会録音・議事録をAに漏洩〉、ロ〈録音の許可を院教授会で求めたこと〉、懲戒事由8項目の一つ一つを撃破（cf. L館事件〈1つでも懲戒事由にならなければ、懲戒権の濫用になるという大阪高裁の判例〉）

6．軽重の問題〈懲戒権濫用、降職は実質上の解雇で重すぎる、偽博士号取得、村園大學移籍の際に履歴に記入し大學パンフレットなどに公表しながら秋田教授に全く懲戒がなかったこと、飲酒運転で村園大學工學部4年生に大學傍で重症を負わせた蛭間助教授にたったの2ヶ月という夏休み期間中の停職という軽い処分と比較して、活也に対する降職処分は重きに失すること、瀬川市之介理事長が「どのくらいなら裁判に訴えないか？」と2014年7月12日の活也調査委員会の場で活也に聞いたのは、悪事隠蔽のために裁判に訴えられずに実質上の解雇を目論んだ上での質問だったのではないか〉

7．中津・山内教授によるA&原告への虐め・報復を取り上げる〈2012年8月の久野義元教授のBへのセクハラ以来の原告＋Aへの虐め『紀要』から〉。

8．原告への虐め・隠蔽（過去に良心的な元院研究科長水野一夫文書を有印私文書偽造までして活也虐め）

9．村園學園の組織ぐるみの懲戒を取り上げる（教授会自治侵害の手続き違背學校教育法93条、瀬川理事長は私學法37条総裁責任を侵して活也を虐め、自己保身に汲々としてBへの著作権侵害的指導を放置、トップであるにも拘わらず中津・山内両教授・岩山學長に追随、強力な事務局・体制派に追従、正義より安泰を期した）。

（本）第5回公判２０１５年12月24日 11:30am ～、１０７法廷

クリスマスイヴの日の公判、明石弁護士が懲戒事由８項目の不当性について弁論。被告、村園大側の原田一之介事務所の田原弁護士は欠席、左右田氏、人事課の千鳥女史も傍聴せず。大阪で人身事故という理由での欠席。原告のこちら側は、傍聴３人、被告側の傍聴ゼロ。

次の公判は、２０１５年2月18日（木）11:30am ～、１０７室。軽重と懲戒事由が争点になる予定。大阪高裁L館事件判例の論理では、この８項目の内２個だけでも成立しなければ懲戒不当になる。

盗用問題との切り離しを、被告の村園學園が懸命に主張・努力し、木村裁判長も今のところ切り離すと名言しているので、筑後大の盗用指摘がT地裁とT高裁で審理された判例を証拠書類として、今回提出。その説明も明石弁護士からあった。

被告側、欠席。S活也がSG瀬川理事長が岩山元男學長からのBの博論に「引用符」あり、という虚偽報告に基づきSを懲戒しているので、無効という原告側の決め手（SGは盗用なしを大前提にSを懲戒）している、と主張をしようとしたら、木村裁判長が、被告が出てきていないの

で、新しい争点は本日は控えて下さい、とのことであった。

被告側準備書面が公判2日前にいつもなっているので、期日を守るようにご指導をと活也が裁判長にお願いした。

被告（村園大）側の準備書面（3）が、12日遅れで12月22日の夕方、送信して来た。原告が11月9日公判で重すぎる懲戒処分との比較で当局よりの教員だと軽すぎる例示で出した①ニセ博士＝履歴に懲戒なし、②飲酒事故犯（＝工學部4年生5ヶ月重症の加害）の教員にたった2ヶ月の停職の処分に対して、被告は①クレイトン大學博士号査証はその教員の過失、ＰｈＤは大學院教授採用の条件になっていない、②事故は、人工島の3児死亡事故の前で、世間も厳しくなかったので、2ヶ月はちょうどいい、とその準備書面（3）で回答してきたが、これへの反論も次回に。

改めて、理事長（元松永電副社長）＝被告の回答が村園大を背負ったものであるので、勤務先を汚すような回答に、落胆。なんとかしないと村園大はダメになるのではないか。

（本）第6回公判２０１６年2月18日 11:35am ～ 11:45am、１０７法廷

木村裁判長、書記官、原告甲：明石弁護士＋活也、被告乙：田原弁護士　傍聴甲：大森のみ、傍聴乙：左右田・千鳥・平川

木村裁判長が、直前の担当する公判の審理が長引き5分遅れ、詫びるところから始まり、被告側の提出された「被告準備書面（4）」及び証拠書類をお互いに確認、faxではない被告郵送の証拠書類（乙〇、院『紀要』記録）について、未だ明石法律事務所に届いていないのでどう扱うか裁判長から相談があった。続いて同様に、原告側の「第5準備書面」等を確認。

木村裁判長が、田原弁護士に「第5準備書面」に対する反論の機会を与えたが、田原弁護士は、「検討させて下さい」との回答。木村裁判長が、次回期日を決めようとしたときに、「その前に」ということで、次の陳述がなされた。

すなわち、明石弁護士は平成26年7月12日の第2回懲戒委員会における岩山學長からの瀬川理事長へのB氏の論文について「引用符あり」といった虚偽の報告に関連して、この日の法廷で原告側が提出した甲○～1のB氏博士論文に盗用なしという岩山學長による文科省への報告（平成26年9月30日付）、またこれと矛盾する報告、つまり甲○～2で「引用の注記がない箇所は2箇所、また「引用した著書名・引用ページに誤りがある箇所は3箇所であった」という報告がなされているという説明を行った。また、博士号申請の必要条件になったはずの甲○「院『紀要』執筆要領」（同様のものが乙○、P2）でも引用符「　」の必要性が示されていること。それにも拘わらずB氏博士論文に引用符「　」がないことも明らかにした。次に、原告はB氏の學会誌論文が久野教授の本から丸写しされ（添削の手抜き）、さらにB氏博士論文はこの學会誌論文から丸写しされたものであること、同日の同懲戒委員会では原告自身がB氏博士論文とこの學会誌論文を掲げてこのことを説明したこと、この立証を同懲戒委員会の原告の録音から今後明らかにしたい、と述べた。

その後、次回期日と双方の準備書面締め切り（3月31日（木））が決まった。

（本）**第7回公判**２０１６年4月11日 11:30am ~ 12:00pm、１１０法廷。

木村裁判長、書記官、原告甲：明石弁護士＋活也、被告乙：田原弁護士　傍聴甲：大森のみ、傍聴乙：左右田・千鳥・平川

◎木村裁判長が、以下訴訟指揮：
1．原告の引用符の有無の動機付と切り離して、懲戒処分となった行為について、懲戒権の濫用を検証、
2．定年規程が平成21年版（甲23：附則で原告のような地位の場合70歳とすると明言）と平成17年版（乙36制定案：「第2条　教育職員の定年は次の各号に掲げるとおりとする。（1）大學院博士後期課程研究指導教授　満70歳」）この表現の違いを説明するように、
◎原告は、①処分の前提に引用符の有無が問題になっているので動機付けを問題にすべきだ（この①は木村裁判長が原告の発言中発言を制止）、②処分行為の事実誤認を検証したい（この②は木村裁判長が大きく頷《うなず》く）
〈定年規程は、当時の法人側の一律教授66歳定年説に対して既得権益を持っていた教學有力者が70歳までとそれ以上の更新の例外を請求し乙36のように第2条に明記、この交渉の結果、双方の利益を鑑み、甲23に落とし込まれた。教學有力者の急先鋒が、現在69歳くらいの學長が、当時大學院教授の身分しかなかったので提言。当時、73歳までと言われて国立大から来た教授で体制側の教員は、73歳までと優遇され、楯突いたら70歳に定年に冷遇された。原告が、院教授になったときは、この定年規程改正以前の定年規程で70歳まで、と本文に明文化されていた。原告は平成8年から大學院修士課程指導教授、平成10年から大學院博士後期課程指導教授であり、既得権益保持者〉
（本）**第8回公判**2016年6月2日4:30pm～4:45pm、107法廷
木村裁判長、書記官、原告甲：明石弁護士＋活也、被告乙：田原弁護士　傍聴甲：大森のみ、

傍聴乙：左右田・千鳥・平川

原告が盗用27か所のBの博士号請求論文について、それらの非を院教授会で告発したことを主たる理由に処分されているのに、裁判長が盗用問題を法廷で扱わないと第7回で言ったことを受け、盗用問題は動機付けとして切り離せない重要だ、という準備書面など出した上での公判であったが、原告の要望したような訴訟指揮には至らなかった。

被告大學側は余裕綽々《しゃくしゃく》、朗《ほが》らか。原告側は、不安。次の第9回は、7月4日。弁論準備として、木村裁判長が、第9回法廷では、1時間とって、原告側求釈明の論点整理と解決金の話になることを暗示。

おそらく、被告側の解決金は少額になるであろうから、破談→敗訴→控訴の準備について、第8回公判前に明石護士が活也に話した。今後の控訴以降の公判は長引きそうである。（従前ほどにではないが、長引くことに不安を募らせ条件が良ければ和解しようとする自分と向き合い、かつての勇ましく観念的で自己満足的だった「自己否定」に赤面しながら、活也は自分を鼓舞しつつ、「若気の至り」の弔い合戦＝罪滅ぼしになるよう家族が許せば、抗告・上告、最高裁までやり抜こう、そう思った。若い弁護士も、若さを引きずって老いた活也の心情をよく理解）。

次の第8準備書面（6月27日締め切り）には、無我二郎先生のアドヴァイスにヒントを得た次の文章を掲載してもらう（第8準備書面に「無我先生のアドヴァイスにヒントを得た」とは書き込めないので、了解を得る）。

＊本件に関する処罰の不均衡（非対称性）

文部科學省も被告（甲30）も引用符などのない盗用を禁止している。被告が、一方で長年虐めてきた（「坊主憎けりゃ袈裟まで憎い」）原告の就業規則に則った上での職責職務全うのための院生Ｂの引用符欠如の指摘行為に対しては懲戒処分事由にしたこと、他方で長年贔屓《ひいき》してきた院研究科長山内教授・経済領域主任中津教授などの就業規則に反した上でのこの引用符の欠如を擁護し學位を授与した行為に対しては何らの懲戒処分にしなかったことには、原告虐めとハロー（Halo 後光）効果（「痘痕《あばた》も笑窪」）の非対称的な構図を読み取ることができ、文部科學省の指導方針に反する過った判断を読み取ることができる。引用符の欠如を認識しながら院生Ｂに學位を授与した山内教授・中津教授が懲戒されないのならば、引用符欠如を指摘した原告も懲戒されるべきではない。

（公判直後 4:45pm ~ 5:15pm、１０７前で、明石先生が大森・里山に対して①求釈明の整理、②説明。）

＊今後の原告の方針：

1．引用符の有無が処分の前提になっていたことは問い続ける（もし控訴になったときのために）

2．事実誤認（議事録の捏造など）の検証を録音など使って検証

3．降職処分の軽重について重すぎることを強調

4．不当判決の場合、控訴

（本）第9回公判２０１６年7月4日、1:40pm ~ 2:20pm、T地裁2階、和解室、弁論準備

木村裁判長、書記官、原告甲：明石弁護士＋活也、被告乙：田原弁護士　傍聴甲：全員欠席、傍聴乙：左右田・千鳥・長身ハンサムな新しい人事課職員（氏名が活也には分からない）

＊経過：①最初に原告側のみ裁判長と面談。
＊木村裁判長「今後の裁判ですが、**合議制**にすることにします。**その前に和解**の成立も有り得ます。」
活也は、この後、逸失利益など報告し、盗用と懲戒との切り離し〈裁判長の発言に対する被告の我田引水〉について、原告が述べた）に異議申し立てをし、退室。

〈廊下で、和解が、現実妥協的だという考え方を持っている明石弁護士が活也に「合議制になったからと言って、いい裁判長が加わるとは限らない。」とアドヴァイス。〉
②次に被告側のみ裁判長と面談（和解金額、懲戒処分を認める条件などが話された様子）
③原告側のみ再度裁判長と面談（条件次第で、懲戒処分を認める、と原告が明言
木村裁判長「和解の場合、降職の問題、教授職について、どうしますか」
活也「お金の方が問題です。」（仮処分公判を通じて、村園學園が教授職に戻さないことを、活也は承知していたので、現実妥協的な方針を提起）
木村裁判長「（和解が拗《こじ》れない展望が開けたので、ニコニコしながら）人に拠っては、名誉を大事にされる方もおられるので……」
活也は、高額な和解金額を提起。
木村裁判長「双方の開きが有り過ぎます。」
なお、粘ろうとし、合議制を要求する活也を制して、訴状「従たる請求」の准教授給に沿った現実的な和解金額を明石弁護士が提示。これを受けて、活也が、その金額より低ければ、合議制で裁判続行を要求。

④次に被告側のみ裁判長と面談

原告側、被告側合流し裁判長と面談（この時、左右田・千鳥の顔面が蒼白になっていた。長身でハンサムな新しい人事課職員の顔色は変わらず、淡々としていた）

2択（第10回公判での和解または決裂の場合次々回から合議制〈求釈明の正当性の審議などのため、木村裁判長にさらに2名の裁判長が加わり、合計3名の判事で第12回から合議審〉によって裁判続行）を予告し、次回8月23日第10回、8月16日準備書面締め切りを決定し、閉廷。

1．理事長出廷の必要性：村園大側の裁判傍聴事務職員などが、「引用符あり」などと誤報を理事長に伝えているらしく、和解金で解決できないのではないか？ 活也は条件が悪ければ、破談やむ無しと告げた。すると、木村裁判長は「開きはありますが、今すぐ破談ということではなく、次回(第10回の法廷8月23日）まで待って下さい、とのことであった。（できれば、被告の理事長を喚問し、盗用の真実を伝えたい、と思い今後、弁護士さんと相談する予定)。

2．合議制に：8月23日に破談になったら、木村裁判長が、求釈明の正当性について審議するためには木村裁判長一人で手に負えないのでもう2人裁判長追加、3人の合議制裁判にする、と予告。

3．「被告準備書面（7）」未提出：そのときのために、木村裁判長が被告に、今回出ていない「被告準備書面（7）」を出すように、と注文したところ、田原弁護士「あらかた語り尽くしました」、木村「それでは、「従前通り」の一言でもいいので出してください」とのこと。

4．訴訟指揮について、原告が「被告準備書面（6）」に反論：原告は、木村裁判長発言「盗用問題抜きに懲戒事由の正当性を判断」について、被告が「被告準備書面（6）」で、「裁判所が述べているとおり、万一仮に院生Bの論文に盗用があったとしても、それは本件懲戒処分とは全く関係がない……」（『被告準備書面（6）』4頁）と明言していることについて口頭で反論。

5．被告側の主張：懲戒処分を認めることが条件。

6．原告側は、破談の場合のために、裁判続行の準備（院生Bの博士論文の電子媒体リポジトリでの公表に関して生の原稿を改変しているが、文章に関しては依然として引用符がないことを分かり易く示すこと。木村裁判長発言「盗用問題抜きに懲戒事由の正当性を判断」を被告が「被告準備書面（6）」で、「裁判所が述べているとおり、万一仮に院生Bの論文に盗用があったとしても、それは本件懲戒処分とは全く関係がない……」（『被告準備書面（6）』4頁）と明言していることについて「第10準備書面」で反論など〈控訴審のための証拠〉）。

7．盗用：第9回公判用、「第8準備書面」で下記のように陳述。

「第2　論文の盗用問題

また、被告は、院生Bの論文盗用問題について、形式的問題に過ぎないなどと主張する。しかし、引用符の欠如については、形式的な問題に留まらず、日本學術振興会や文部科學省の大學間連携共同教育推進事業においても、ルールを明確に定めている（甲74、甲75）。

前者では、「科學の健全な発展のために」という冊子において引用符のない盗用について、こうある。

「単に出典先を記載するだけでは不十分な場合もあります。例えば、Aが他の著者Bの文章を（引用符抜きに―里山〈後に補足〉）そのまま使って、その出典だけを注記するにとどめるとすると、その内容についてのBのクレジットは確保されますが、その文章そのものの作者が甲なのかBなのかは分かりません。他の科學者の文章の一部をそのまま使う場合には、引用符を使ったり、段落を下げたりしてから、出典を明示し、文章自体もBのものであることを分かるようにしなければなりません。」（甲74、52頁、下線は代理人、Aは原文ではA、Bは原文ではB。このA・Bは院生相原・馬ではない）

このように、村園大學の院生B馬が行った方法が明確に盗用に当たることが示されている。

後者でも、同様に、「盗用」という項目において、「「盗用」という行為は、學生の勉學の中においても、研究者の學術活動においても、文系・理系そして芸術の世界を問わず、ありとあらゆる分野で生じる不正行為です。學問の 世界では「盗用」は欺瞞行為の中でも最も頻度が高く形態もさまざまですが、最もよくある形態は學生が1つないし複数の出典先から文章を写して作成していながら、それが自分のオリジナルである、と装うものです。盗用は細かな違いからすれば、多様な形で起こり得るのです。例えば、誰かの特徴的な表現を引用符でくくらずにそのまま自分のレポートや論文に埋め込むやり方です。それが盗用とされるのは、出典を参考文献として挙げたとしても、引用符でくくらずにその表現が文章化されてしまうと、その文章については誰のオリジナルであるか不明になるからです。」（甲75、２１２頁、、下線は代理人）と、村園大學の院生Bが行った方法が明確に盗用に当たることが示されている。

そして、日本學術振興会らによって、研究者の研究上の倫理及び大學院生などの指導上の倫理について、日本全国の大學に対して、これらの引用符のない引用が重大な問題であることを正に注意喚起しているのであり、村園大學の院生Bの論文を指導する立場にある中津経済領域主任や副査の山内研究科課長や主査の村崎教授、副査の高雄教授などが院生Bを指導すべき責任（倫理）があったのであり、特に中津、山内両名においてはこれを見過ごしながら、盗用を指摘した原告に対して、報復的に懲戒処分を行うなど言語道断である。

いずれにしても、院生Bの引用符のない引用は、「盗用」に該当する重大な問題であり、學術研究機関として社会的責任を負う大學において、看過出来ないものであり、原告の行動は正当なものである。」

（本）第10回公判２０１６年８月23日 2:00pm ~ 2:18pm、３階和解室、弁論準備

木村裁判長、櫻書記官、原告甲：明石弁護士＋活也、被告乙：田原弁護士　傍聴甲：全員欠席、傍聴乙：左右田・千鳥・平川

１．まず、被告側：（３分くらい）。

（活也と明石弁護士は、廊下で会話：会話内容は第９回のものと同様、アドヴァイスは合議制を閉ざす和解方針一色、本文Ｐ２７０参照。）

被告側：（３分くらい）→退室、書記官に原告側が入室を促された。

２．原告側：村木裁判長と原告の発言は、本文Ｐ２７０参照。以下、その解決金〇〇〇〇円について。

原告（裁判長に）「（被告が）支払わなかったら？」

木村「強制執行ができます」「それでは、被告側を」被告側→入室。

木村「和解条項

１　被告は、原告に対し、〇〇〇〇円の支払義務があることを認める。

2　被告は、原告に対し、前項の金員を……支払う。

3　原告はその余の請求を放棄する。

4　原告及び被告は、原告と被告との間には、本件に関し、本和解条項に定めるほかに何らの債権債務のないことを相互に確認する。

5　裁判費用は、各自の負担とする。

裁判所書記官　櫻博　」

原告の当日のメモ（「①被告は原告に対し解決金の支払い義務がある、②被告は○○までに支払う、③原告はその後の請求をしない、④裁判費用は各自の負担とする、⑤退職後……？を守る（⑤は活也には聞き取れなかった）、⑥２０１６年末までに活也研究室を引き払う」）

～～左右田＋平川「研究室、図書が５冊紛失、支払ってもらいます。」～～被告側退室

原告が書記官に一言、「ありがとうございます。」

～～以上列挙した、約１年半に亘る計10回の公判の総括については、本文Ｐ２７０～２７３参照。

Ⅴ‐３原告側訴状・準備書面・証拠説明書

「訴状」＆「証拠説明書（甲第1号証～甲第35号証）」（２０１５年３月18日付け文書でＴ地裁に明石弁護士事務所秘書が提出）、「第1準備書面」（２０１５年５月30日付けで明石事務所から地裁と被告代理人田原弁護士に fax で送信）、「準備書面訂正上申書」（２０１５年５月30日付けで同様に送信）、「第２準備書面」＆「証拠説明書（甲第35号証～甲第43号証）」（２０１５年９月11日付けで同様に送信）、「第３準備書面」（２０１５年11月８日付けで同様に送信）、「証拠説明書（甲

第44号証~甲第52号証)」(4日遅れの2015年11月12日付けで同様に送信)、「第4準備書面」&「証拠説明書(甲第53号証~甲第53号証)」(2015年12月18日付けで同様に送信)、「第5準備書面」&「証拠説明書(甲第54号証~甲第59号証)」(2015年2月12日付けで同様に送信)、「証拠説明書(甲第70号証~甲第71号証)」(2015年2月18日付けで同様に送信)、「第5準備書面」&「証拠説明書(甲第72号証~甲第73号証)」(2015年4月4日付けで同様に送信)、「第7準備書面」(2015年5月1日付けで同様に送信)、「準備書面訂正上申書」(2015年5月30日付けで「第1準備書面」の訂正を同様に送信)、「第8準備書面」&「証拠説明書(甲第74号証~甲第75号証)」(2015年7月1日付けで同様に送信)、「第9準備書面」&「証拠説明書(甲第75号証~甲第79号証)」(2015年8月22日付けで同様に送信)の順で作成された。

V-4「答弁書」&「証拠説明書」

「答弁書」&「証拠説明書」(乙第1号証~乙第35号証)(2015年5月15日付けで被告代理人田原弁護士が地裁と原告代理人にfaxで送信)、「被告準備書面(1)」&「証拠説明書(乙第35号証~乙第38号証)」(2015年8月22日付けで同様に送信)、「被告準備書面(2)」(2015年11月5日付けで同様に送信)、「被告準備書面(3)」(2015年12月22日付けで同様に送信)、平成28年2月15日「被告準備書面(4)」&「証拠説明書(乙第39号証~乙第51号証)」(2015年2月15日付けで同様に送信)、「被告準備書面(5)」&「証拠説明書(乙第52号証)」(2015年4月7日付けで同様に送信)、「証拠説明書(乙第53号証)」(2015年4月8日付けで同様に送信)、「証拠説明書(乙第54号証~乙第55号証))」(2015年5月5日付けで同様に送信)、「被告準備書面(5)」(2015年5月30日付けで同様に送信)の順で作成、送信して来た。被告側は、「語りつくした」として、７月４日の第９回弁論準備前から一切「被告準備書面」をfaxで送信しなくなったので、木村忠夫裁判長は、「「従前通り」と書くだけでいいから出すように」と、その７月４日に被告側に催促したが、それは２０１５年５月30日付けの「被告準備書面（５）」で終わった。原告側が、２０１５年８月22日付けの「第９準備書面」＆「証拠説明書（甲第75号証～甲第79号証）」をfaxで送信していたにも拘わらず、被告は戦意を喪失し、反論して来なかった。

Ⅵ．略語・ＰＵＮ

愛器知《あいきち》⬇愛（深浅）＋器（大小）＋知（広狭）

菊人形のＡＢＣ（Amusement 爽快／Belief 信頼／Conscience 判断力）↓Ｄ（Dolls made of chrysanthemum 菊人形）

藁人形のａｂｃ（agony 苦悩／betray 裏切／cheat 詐欺）↓ｄ（dolls made of straw 藁人形）

あれちのぎく↓吾（「吾唯知足」＝自足）・霊（Parallel World）・血（DNA＝先祖、「他生の縁」）

脳／能（＝求道（感知転幅））・犠（＝相互利己利他心）・苦（受苦（PASSIONゴルゴタの丘への道））

感知転幅霊《かんちてんぷくれい》⬇（直観力・代替メディアによる知・発送転換・人間の幅〈時間軸・空間軸・種間軸〉・

霊力〈守護霊〉

転
感㊐幅
霊

慣《かん》痴《ち》点《てん》伏《ぷく》冷《れい》➡〈慣性・痴＝無明・点〈井の中の蛙〉・伏〈器《祝詞を入れる冠婚葬祭用のそれぞれの口4個が犠牲の犬の上下左右に置かれた象形》を伏せて少量しか盛れないようにし、人間の幅を小さくし蚕に閉じこもっている〉・冷〈冷酷な票慰霊〉〉

衡情健協《こうじょうけんきょう》の綱心継《こうしんけい》⇓平衡・情報・健康・協力を綱にし心を継ぐ

硬錠険競《こうじょうけんきょう》で荒侵軽《こうしんけい》⇓硬直・施錠・危険・競争で荒れさせ侵し軽んず

幅：3Sp↓Span<Era>/Space<Cosmos>/Species<ET>＝Transformation

癌、鶯の〝いよせん、ほうせけきょ〟↓①い：医者を信じるな、②よ：「「余命3ヶ月」はありえない」、③せん：「治療法には……選択肢」あり、④ほう：放置「無治療が最高の延命策」、⑤せ：違う科、「セカンドオピニオンは違う病院の別の診療科」、⑥け：健康診断・検査を止めよ、「検査を受けないのが最良の健康法」、⑦きょ：共生、「がんとの共生」（近藤誠『がん治療で殺されない七つの秘訣』文藝春秋、2013年、ただし川島なおみが言うように「放置」しないこと。宗像久男や石原結實のあいうえお療法などあり）

連合赤軍のABCDE↓A：Alliance〈連赤＝武器〈京浜安保〉＋カネ〈赤軍〉の唯武器的野合〉

B：Bully〈組織的経営の欠如とリーダーのサイコパス的でヒステリックな性格、「総括」という美辞麗句のDV的リンチ〉

C：Coaching（「愛と正義」〈鈴木〉の「善魔」〈遠藤〉大王による独善・独断的暴力的躾によるコーチングの放棄）

ABC→D：A苦痛（Agony）・B離反（Betray）・C騙し（Cheat）がD藁人形（3 dirty Dolls made of straw）を作ること

D：Dogmatism（閉鎖的な軍事的小国家が烏帽子山に出現、パースペクティヴの狭さ）

E：Empty（損切して「空」＝革命の人道的原点に帰れなかった）

D' D'→T：D'elusion（誤まった信念）からD'isillusion（覚醒、「価値自由」）を経て、愛のTruth（真実）へ

ABCDDFVROROONRUKELIの13血流→Asler/Bundy/Collins/Dupont/David/Freeman/Van Duyn/Rothschild/Rockefeller/Onassis/Russel/Kennedy/Li（李）13貴族傘下の13血流

13貴族：REST, RAST, BEEFDELKWEL（レストらん、ラスト、ベーフ、出るケイウェル）→Regensburg/Savoy/Ttaxis/Ra Perswl/Shelburne/Tokkenburg,/Bronfman/Eisenberg/Eschenbach/Froburg/Del Banco/Kyburgwelf（13貴族レーゲンスベルク／サヴォイ／タクシス／ラッパースヴィル／シェルバーン／トッケンブルグ／ブロンフマン／アイゼンベルク／エッシエンバッハ／フローブルク／デル・バンコ／キーブルク／ウェルフ家）

六根ガンジビゼッシンニ→眼耳鼻舌身意

上木《じょうぼく》に臨んで

わし（↑和志〈２０１６年脱稿当時の表現、ＧＨＱが和多志を書き直させたと知り、「わたし」を「和多志」と表現。しかし、縄文の心を表すには漢語ではなく平仮名、もしくは神代文字が適切だと思い、現在は平仮名で表現。尚、脱稿当時の本文等の表現は漢語のまま〉）＝里山田吾作は、愛孫の里山活也が２０１６年末に脱稿させたものの、幻になりかけた本小説をやっと２０２３年になって、ここに上木（刊行）させることが出来る。活也は、その作品を、２０１６年11月12日の青の洞門入口で、Urn（墓場）としての山国川へ流した大あれちの菊人形と同様に自分の過去を代理する小説として、水葬していた。そして、あの時念じたこと、「夢延べて」30年後に再訪するという誓いを忘れずに、二男廣生との絵本の合作にこの6年間、勤《いそ》しんで来た。その菊の水葬の翌２０１７年７月には、大肥川が氾濫し、多くの杉が倒れ濁流に水葬された。日田彦山線の、太郎坊次郎坊下の大鶴の陸橋なども水葬され高架線なども損傷を受けた。この後、わが作品のように、沈んだまま復活せずバス路線の代行が決まってしまった。杉泣き、活也の作品も泪。

しかし、これらの水葬後の『大あれちの菊』は、和志が聴かせた正義のHEAVENESEのイエスのゴルゴタの丘への道とゼロ戦を髣髴とさせる『たどり着けるまで♪』が、活也を鼓舞しその発表を促すことによって、6年ぶりにその沈思黙考の6年間の内の一努力、30年間の業績の内の処女作として水揚げさせることとなった。名曲が、活也の自閉した扉を叩いたのである。

「荒れ果てた険しい　大地を這っても♪」「忍び寄る闇に　光を放とう　汚れ果てても　決して負けないたどり着けるまで♪」（HEAVENESE『たどり着けるまで♪』）

お蔵入りか出版か、逡巡する彼をこの曲が英霊の隠界に誘い込み、鼓舞することによって、上木させることになった。また、Justiceを掲げて、活也の公判を傍聴しアドヴァイスしてくれた台北出身で写真家の故米田真二郎さん（仮名、2020年肺癌で他界、シカゴで秋田の令嬢〈母は瀬戸内寂聴の小説の主人公〉と挙式、東条英機の娘さんが仲人）が、「里山さんは筆が立つから……」と煽《おだ》てながら、遺言とも言うべく、かつて女流作家（『ビジュアル年表 台湾統治五十年』の著者）に活也の本小説を紹介する等、出版を勧めていたからでもある。公判について、毎月の竹細工職人らしい繊細な文字の手紙の中の1通で、有利な現実妥協的和解を勧めてくれた別府在住の詩人的ノンフィクション作家、佐伯實生さん（仮名、入院後1ヶ月、2016年1月25日に他界）も「何が何でも仕上げるように」と励ましてくれたからでもある。

抗癌剤もさることながら、いま救命と偽って人口削減の化学兵器となっているコロナワクチンが偽りの愛と善の名において、日本人をコロコロ殺していく不正が生じている。愛器知の知、ワクチン（惑珍）が人口削減兵器だということに無知な人々が騙され、善意の愛でワクチンを打っている。集団接種会場を通りかかると、目の前に緩慢なるが故の陰険陰湿で異常な殺人劇が演じられている。縄文の血を引く日本人が、sheeple（sheep + people 従順な羊人間）のまま座して滅びるのではなく、wolfolk（wolf + folk 狼民）に「転」じて物申す正義の闘士にならざるを得ない、そういう事態が進行しているからでもある。愛の深さが和志らに試されている。

＊『たどり着けるまで♪』

活也の自己省察を発表へと、心動かさせた『たどり着けるまで♪』。この名曲は、Marre（本名石井希尚、「希」は乃木希典から）とその妻クミが歌う和風ゴスペル演奏グループの

HEAVENESE（天国人）によって演奏されている。それは、祖国を守るために、最後のイエスと同じように、愛を持って「海深く、深く」散った英霊の歌である。サムライ牧師 Marre は、この曲に人のために命を投げ出す武士道、日本人の誠＝イエスの心を込めている。

活也もまた、すでに体感した幽体離脱を基礎に、イエスのビアドロローサで十字架と特攻隊の散華を重ね合わせ、改めて実践的に愛と正義のために薄っぺらな自尊心＝自己保身（肉親のプライヴァシーを守ること、悪人からの名誉毀損の訴訟を避けること）を捨てるに至る。かくして、彼は刊行についてのほぼ6年間の遅疑逡巡《ちぎしゅんじゅん》から脱出する。併せて、彼は絵本『青の洞門』（この逡巡の6年間に描写、活也が作文、活也の二男＝廣生《ひろお》が作画）も、刊行へ向けて準備し始める。

和志は、２０２２年８月14日（菊人形から6年目）、久しぶりに降りた隠界から活也をYouTube 放映中であった本曲に誘導した。

この歌曲は、活也に愛の十字架を背負うイエスがゴルゴタの丘へ「這って」たどり着く道や撃った弟テオを庇う麦畑の元牧師ゴッホのみならず、鎚を振るう真言宗乞食坊主了海を髣髴《ほうふつ》とさせた。怯懦《きょうだ》な活也に、6年足らず前に彼自身が本小説末尾の「菊人形神送り」で紹介した了海、罪を購《あがな》うために、暗闇の30年間、「汚れ果て」ながらも削り鑿《はつ》に痩《や》せ腕で鎚を当てる了海（菊池寛『恩讐の彼方に』の主人公）が、土鼠《もぐら》の様に掘り穿《うが》って貫通させてゆく「険しい」競秀峰の洞門、その出口までの長い蝦蟇《がま》の様な膝行《しっこう》を活也に想起させた。そして、「双の目」を窪《くぼ》ませる了海が抱いたような不退転の使命感を活也の胸に再燃させ、発表による登場人物の名誉毀損などを巡る迷いを吹っ切らせ、彼を上木に踏み切らせた。

活也は、翌日の敗戦記念日にこの曲とともに護国神社の露「敵弾」のレプリカを「白襷隊」の若者にそうするかのように抱きしめ、英霊に哀悼の誠を捧げ、その3日後の8月18日に、廣生とCocoaでカトリック15留路《どめみち》の家を訪れ、15留の大あれちの菊の咲く山道を歩いた。

途中何度も、反復する「汚れ果てても♪」という歌詞、メロディーの幻聴が、山道を上り下りする活也を陶酔させ、不遜にも盗用告発をしたこの愛孫自身とイエスを二重写しにさせ、イエスに共感させ、涙ぐませた。そして、活也に思わせた〈イエスの足許にも及ばない自分。半宇宙人=神+半人間のイエス。人間イエスのぶ厚い、本当の利他的な愛の自尊心〉。

ゴルゴタの丘の愛の十字架に「たどり着けるまで」15留の「道を歩く」「汚れ果てても、決して負けない」。

第11留、十字架上で隣の盗人に声を掛けるイエス像、その傍には、藁火山《わらびやま》にあって藁人形を叩きつけた木と同種の合歓《ねむ》の木の葉を覆い垂れ下がっている山葡萄の実と周りを足長蜂に飛び回られている白い花、葛の葡萄色の花の香。「この山道をゆきし人あり」（釈超空、於：壱岐）。地面には、葛の赤紫の落英、青空にそそり立つ紫の穂。

葛の穂も、胤宿《たね》せねど、咲《ざ》き香れ
その蔓《つる》を、背の少し高く、腕の長い廣生に曳き降ろしてもらった。繊維質の蔓が手で切れないので、何とか自宅の玄関の鍵で切り取った。茨のように、その蔓にプラカードを付け、廣生の肩車で十字架に架けたい、と思ったが、そこではなく、イエスが息を引き取る第13留にすることにした。

第13留、活也は、道の途中咲いていた大あれちの菊を丘の上の十字架に捧げ、6年足らず前に青の洞門のニッチから密かに持ち帰った砂利《じゃり》を撒いた。活也は、息を引き取る直前のイエスとゴッホの心を深く察するために、イエスの後ろ側に回り、イエスと同じ正面を向き、瞑想し、自分を鼓舞してくれた名曲を口ずさむ、「決して負けない♪」。

　そして、足下の羊歯《しだ》を折り取ろうとしてその茎を右手で握ったとき、広く長い葉の下に隠れていた1本の萱の細い葉を一緒に掴んでしまったらしい。引いたとき、掌《てのひら》側の中高指の第1関節と第2関節の間に細い剃刀で切り裂いたような激痛が走った。皮膚が深い裂傷でパックリ開いた。大量に滲み出る血。それを啜《すす》ったとき、赤い色からは活也は最後の晩餐の葡萄酒を、激痛からは十字架に打ち付けられた釘と藁火山で猪に乗った数々の亡霊を見る直前に自損事故で左手に出血したこと等を思い出した。血の付いた蔓の端でコンクリートの破片を十文字に結んで錘《おもり》にし、廣生に十字架の後ろ手から斜め放物線上に投げ上げてもらった。うまく、十文字の交錯点に引掛かった。活也は、役目を終えて地上に落ちたコンクリの破片を解き、葛の蔓の先端に幼児用マスクを帯びたダンボールのプラカードを結び付けようとした。そのマスクには「羊人」と、プレートには「PCR擬陽性・ワクチン＝毒チン」と書き込んでおいた。負けずに、親告罪とはいえ器物損壊罪や廃棄物処理法を犯すことを覚悟の上で、このプラカードを、後ろに再び行って、葛の蔓を持って左右逆に回り、引き上げる心算《つもり》であった。しかし、それは、イエス像の足元の現場では、愚行に思えた。そこで、活也はプラカードを十字架の足許に置くように方針「転」換し、葛の蔓も引きずり降ろした。無数の蚊に刺されながら、プラカードを置き、二人は丘をルルドの泉の洞窟へ向って降りて行った。

　第15留、ルルドの洞窟のすぐ上に、白い十字架が建っていた。廣生は、蚊が多いので先に降りて行った。活也は、一人、復活したイエス像に、日本復活の願い、ワクチン禍からの日本人救済の願いを込めて、祈った。

＊冬眠から目覚めて

本作品の本来の主眼は、既述のように、愛器知の膨張をテーマに活也に自己の知足（「吾唯知足」）、志半ばで斃れても、「人間《じんかん》到る処青山有り」〈月性〉）と不即不離の**尋性成仏**《じんしょうじょうぶつ》（「尋牛」）即成仏、己の何たるか、理想の姿を尋ね求道して止まない者は仏に成る↑「見性成仏」cf. ゲーテ『ファウスト』）の「復讐から恩愛へ」の人格形成の過程を追体験（復習）させ、家訓にさせることに置かれた云わば、自己満足的なものであった。だから、それは未発表のまま、6年余り眠っていた。

しかし現状は、邪悪が蔓延《はびこ》り「無知」に付け入って、ワクチンが日本人を殺戮《さつりく》する惨劇を上演している。その悲劇を中断するために、日本国は有志・義士の職を賭した決起を「焦眉の急」にしている。そこで活也を、この阻止の一助になることを祈りつつ、名曲で動機付け、正義のために職を賭した活也の本作品、人間的成長の物語、家訓を世に問わせることにした。

和志も活也も思うに、今、目の前に繰り広げられている世界は、村園の腐蝕同様、飴と鞭、MSS（Money/Sex/Status）による買収、金《かね》と情報と力と法によって、悪が善に、醜が美に、憎悪が慈愛に、禍が福に、嘘が真に、虚が実に、迷信が科學に、空想・虚構が現実・事実に、汚名が名誉に、犯罪が社会貢献に、私が公に、私利私益が公利公益に、殺人鬼が救命・救世主に、詐欺師が偉人・紳士淑女に、相互に真逆に善が悪に、美が醜に……摩《す》り替えられる世界、正義が蒸発した不思議な世界である。ワクチン・マスク・CO_2犯人説・自虐史観・ウクライナ戦争・米選挙戦・共産主義・ビルゲイツ……　活也もまた、初期のグリーンマーケティング論でグローバリスト国連をプロパガンダしたので、反省し後期にブルーマケティングで公害論に帰り、縄文ナショナリズムに回帰した。ワクチンを打ったり、打たれたりして、取り返しの付かない罪を犯したわけではない。それでも、弟が2010年1月に踏切りで消灯、動機させたのはSSRI系の抗鬱剤であったし、祖母の死期を早めたのは抗癌剤であったのに、それらを止めさせなかったことは、深い罪になる。「無知の」悔し「涙」（永山則夫）に暮れるばかりである。弟の後を追っても、弟のためにも自分のためにも、世のためにもならない。薬害とワクチン禍に関わる歴史・真相と正義のあり方・自分の生き方等を教訓として、家と世に遺していきたい。

"You shall know the truth, and the truth shall make you free."（あなた方は真実を知らされ、その真実によって解放される。）（John8:3132）

＊上辞の意味

本著の発刊の意味は、「忍び寄る闇に　光を放」つシセイジン：①史実、②正義、③人格の3点である。つまり、勝者村園學園による歴史の歪曲を糺し、①史実を教訓として遺し、敗者活也が悪の蔓延る世に、②正義を問うこと、活也が職を賭して実践（知行合一《ちこうごういつ》）し、自己の③人格を形成したことを世にも和志らにも問うことにある。

とりわけ、②正義の知行合一を訴えることは、強制・同調によってワクチンを打ち打たれる加害兼被害者に、プライオリティ第一位の自他の命を守る正義のファイターになるための参考や勇気付けになるのではないか。

２０２４年まで治験を延期された新型コロナのmRNAワクチンは、製薬企業が２０２０年の発売当初から自ら有効性を検証しておらず、猫への治験で全滅、日本でも２０２１年から、脳血栓・心筋梗塞等、副反応被害者と超過死亡が増えている。今頃になって、やっと、２０１３年にmRNAワクチンを打たれた2万人の内、9年後の２０２２年末までに生き残れた、たった５人の内の1人の証言が表に出されたそうである。それが事実なら、これから延々と葬列が続く。

後述するように、注入されたワクチンを解毒する「ミダシナミ」（後述）の内、特に「ダ（断食）」は、細胞内のミトコンドリアに入ったワクチンのＳＰ（スパイクタンパク）を自食する処方であり、長尾和宏・髙橋徳医師もワクチン副反応から患者を救済している処方である。

主人公活也が幼少時に読んだ『仏教漫画』には、本文で「大あれちの菊人形」を「水葬」することになる『青の洞門』、その物語と並んで、一緒に囚われて籠の中にいる2羽の鳩の物語が編集されていた。一方は絶食し痩せて鉄格子の間をすり抜けて自由の空へ羽ばたき、他方は2羽分の餌を喜んで啄ばみ肥った後に人間に食べられてしまう。囚われの身であっても、人間には主体性を持って、投企する自由がある。自由な主体であるが故に「孤独・不安・絶望」に追い込まれる。人間は、「自由であるべく呪われている」（サルトル）。

自由意志でAutophagy（オートファジー：自食＝半断食）を選択すること、断食はいま人を自由にするための受苦＝試練である（ちなみに、オートファジー研究の第一人者大隅良典氏は、幼少期、村大近くで自然に触れた）。

救急車の出動回数や葬儀回数が増えているのに、超過死亡を嘘つき厚労省でさえ、２０２２年9万人以上と発表するであろうに、いまだ、6回目を打つ準備。これから年4回。ファイザーさえ効果を検証していない。死に至る副反応のエヴィデンスは、この2年間科學者・医師が山ほど提示して来た。それでも、TV脳で助かろうとか乞食になりたくないとか浅薄に思い、皆が浸かる濁流に腕まくりして飛び込み、やがて洪水になるそれに呑み込まれて河口まで流され、無数の土左衛門の一体となって海に浮かぶ。日本は、このままでは死屍累々、滅亡する。それなのに、のんびり、「慣」＝思考の慣性化。特に農耕民族は、「慣痴点伏」の傾向。「痴」＝変化に気付かないし、気付こうとしない。「慣点」の暗愚8割、日本人。騙されて、殺されても気付かない。人間からのシェディングで、近くの人間のみならず、犬さえ犠牲になっている。最愛の家族やペットを守れない。我が子に打たせ、濁流に突き落とす「痴」の母親＝鬼。周囲も父親もその妻が殺人鬼になったのに気付かない。見栄と薄っぺらなプライドだけで生きている哀れな人間。「前からだから」（隠居住職の妹さんの言、その兄が脳梗塞を2回やっても元気だったが、打ったら3回目で車椅子になったのに、疑わない）、「持病があったから」（大山の大工さんの息子さんの言、その父が、2回打った直後に死んだのに、疑わない）。ビルゲイツやファウチなどの"globalists behind COVID-19"・TV・ラジオ・マスゴミ・政府・犯罪医・党首・隣近所……に頭を預け、体だけで、生き続けるのか？　自主独立、「天上天下唯我独尊」。自分の命のことさえ、自分の頭で考えられないのか？　ワクチン接種の愚者100人の100行より、賢者1人の一言、「ワクチンは人口削減兵器」。「感転」せよ！

＊ワクチン↓VAIDS（Vaccine + Aids〈免疫不全〉）

日本人はサヴァイヴァルのために、「感転」し、先ずは接種を控え、かつ接種された場合はA

オートファジー（自食）などによって解毒すること、加害―被害の構造を打破することである。2021年5月から市民向けに本格的に開始された注射で、2022年8月現在、健在な日本人は、運の良い「ハロタノ新古」さんに過ぎず、打って2年後には、体内のSP（スパイク蛋白）が増殖しウイルスが内発するという研究もある。ここで、たまたま元気な「ハロタノ新古」さんとは、ハ：針先が筋肉、静脈や毛細血管のない筋肉組織に突き刺さった人、ロ：ロット番号が運良く余り悪い多種類を含むものではない組の液体を注入された人、タ：体質がアルカリ（酸性ならSP増殖）であった人、ノ：濃度の薄い（濃いロットもあり、バラツキあり）液を注入された人、新：新鮮なPEGがSPの癒着を防止した液を打たれた人、古：古いSPが増殖を低減する液を打たれた人のことである（新と古は相反）。逆に、運が悪く、死亡したり後遺症が残ったり、副反応に苦しんだ人は、副反応の「ジロサコ古新」さんである。「ジロサコ古新」とは、ジ：静脈／毛細血管が針先に当たった人、ロ：悪い種類のロット番号に当たった人、サ：酸性体質だった人、コ：濃い液のロットを注入された人、古：古いPEGがSPを癒着させた液を注入された人、新：新鮮なSPが増殖している液を注入された人のことである。

1960年代末の全共闘運動の加害・被害論をワクチンに応用すれば、DS（Deep State）のこの加害に気付かず接種した人は、被害者であると同時に、身の回りの他者にSP（スパイクタンパク）とGO（酸化グラフェン）をシェディングする加害者でもある。無知「慣痴点伏（カンチテンプク）」が加害―被害の構造を支えている。2022年10月から始まった厚労省推奨の6ヶ月～4才児への接種を我が子にさせる親の加害度は高く、自分の子の殺人加担にもなる。洗脳によって殺人鬼になった連赤や革共同の犯人とどこが違うのか？

２０１９年秋武漢から発症・拡散したと言われているコロナについて、ＤＳ（ビルゲイツ・ファウチ等）による人口削減・人間牧場新設のためのプランデミックにどう立ち向かうか。先ずは、無意味なマスク・毒のmRNAワクチン・危険なナノの剃刀ＧＯ・TiO_2（二酸化チタン）等について、知見の「幅」（パースペクティヴ）を深く広くしておこう。本文で述べている「感知転幅（カンチテンプク）」の「知」と「幅」が、恰も天動説を地動説に「転」ずるように、打つ人を打たないように「転」ずるためには必要である。

人口削減について、「ビル&メリンダ・ゲイツ財団は……ファイザー・バイオンテック社の株式を保有」「ビルゲイツがＴＥＤカンファレンスで、ワクチン、ヘルスケア、生殖サービスによって、世界の人口を数十億人減らすことができると発言」。コロナを２年間第三類にし続けたのは死体を解剖できる五類にするとワクチン死がバレるからでもあった。

和志らが思うに、その超過死亡は、ワクチンやマスクやロックダウン……によるものであろう。それらの薬害・禍《わざわい》について、上木の動機付けの実践的正義に関わるので説明しておきたい。

マスク

その無効性・有害性について、①その網目は5μm vs.コロナは0.1μm（N95：重松製作0.1μm以下）、②それには肺・血管・内臓を傷つけるマイクロプラスティックやＧＯやTiO_2が混入（ＧＯは５Ｇに反応し体内電磁場を異変させる。コロナ防御効果なし。ＧＯと連動する５Ｇは異種ウイルス内発）、③吸入O_2が10％欠（「免疫力の源泉は呼吸」「慢性的な低酸素血症、免疫力低下」「低酸素による神経症」）、「酸欠は永久的な神経障害・・臓器にダメージ・・脳の発達阻害」を起こし回復不可に、④雑菌繁殖（便器・濡れ雑巾より汚染、多くの医師もマスクが飛沫を防ぐと言うが却って滞留）⑤この④による血液酸性化（GOの還元型化rGO）が自然免疫力低減、「付着した細菌」等で感染リスク増（富岳が示すようにコロナは便所で拡散：感染の主因は糞口〈糞便➡口〉、マスクに付着増殖、感染者の97％がマスク（デンマーク統計）、⑥装着2時間後記憶の海馬の細胞が死に始め、長期着用で認知症や子供の発達障害の危険増、⑦人の表情が読取不可になり、小児に重大な精神発達障害、コミュニケーション障害を誘発、⑧熱中症に（鼻腔の湿気で喉が乾かなくなり、水分補給が手遅れに）、⑨厚労省・各自治体とも「協力」なのに、国民が被洗脳・同調・付和雷同し装着、⑩奴隷文化：会話をさせないよう奴隷に装着させたもの、⑪不織布のマイクロ・プラスティックが吸引され肺に付着し、アスベスト同様の肺癌の原因になる等の弊害がある。

PCR

その検査厳禁については、①日本では検体3万塩基中60個（1/500＝2/1000）切り取って、C^{t}値40＝C_{40}＝2の40乗＝1兆倍し検出し、陽性としている。t＝35超＝擬陽性97％。発明者キャリー・マリス（HIV検出に使用、2019年夏不審死）も天文學的擬陽性を警告。

少なくとも90％以上の擬陽性を感染者に➡隔離➡生活破壊・非常事態宣言➡ワクチン（NHKは陽性擬陽性も感染者〈50万個以上ウイルスを保有していて人に感染させる人〉と報道。「HHS文書は、CDCが「COVID-19ウイルス」を分離したことがないことを認め…PCRは機器のノイズだけをテスト…」）。偽陽性を排除するためにはC^{t}値を17以下に。山羊・パパイアも陽性に。ただのインフルも交通事故死した人もPCRで陽性ならコロナ死（補助金）などの水増➡コロナ患者激増・インフル患者激減。大製薬企業（BP）は免責、PL法は不問。擬陽性を陽性や感染と誤報道。「無症状感染など無い」。いい加減な自称コロナの原形（真正コロナは人工のＧＭＯ〈遺伝子組換え〉たるが露呈するので示さず）。

抗体検査・抗原検査

機器の精度に疑問。ただのインフルエンザなどCOVID-19以外のコロナ抗原や過去に作られた抗体や変異する前のCOVID-19の抗原や抗体にも陽性反応をするのではないか？　コロナ患者激増・インフル患者激減。そもそも、COVID-19の原形・遺伝子配列が一度も公開されていない（大橋眞）。

ワクチン厳禁

長期自然免疫は短期COVID-19ワクチンによる獲得免疫に勝る（厚労省&法務省・自治体の「努力義務」＝「協力」＝任意＝選択）。mRNAワクチンには、次のような薬物有害反応（ＡＤＲ）、①血液凝固：人為的な注射で血中に入る１nm（10億分の１ｍ）×数十億個のＳＰ（スパイク蛋白）という抗原が、抗体（antibody）反応として血液を凝固させその汚染された血液から臓器など人体の細胞内に取り込まないようにさせるので血栓・梗塞・脳溢血・brainfog・ＩＱ低下・発作（含むクルクルバタンの回転様の転倒）が起こる（鼻腔・口腔経由後もなお肺に入ってしまった自然界のインフルエンザのＳＰはその後もブロックされ、これほど直接大量には血中に入らない、cf.蚊・蝮毒）、②NHEJ抑制：mRNA注射はNHEJ（Non-Homologous End-Joining）＝ＤＮＡ修復機序（メカニズム）を約90％抑制＝ＤＳＢ（Double Strand（2本の糸）Break）→ターボ癌多発、③治験（２０２４年5月まで、1年延長）未了、ファイザーは事前に効果の有効性を未調査・未検証（ＮＹ最高裁も有効性なし→２０２２年10月未接種者の再雇用命令の判決）、④ＧＯ

F（機能獲得、ウイルスの変異を人工的に作成し、それに対応するワクチンを予め開発）・寄生虫やバクテリア混入の生物兵器＝ソフトキル（時限爆弾的）多重攪乱攻撃模擬実験、⑤ADE（抗体依存性感染力増強）：自然免疫阻害（ヴェイズ・癌）、ADEが逆に病毒性も増強（従来のウイルスの逆）＝VAIDS（Aids by Vaccine）、⑥脳障害（含む統合失調症、自閉症、多動症、CJD（狂牛病）、パキンソン病、認知症、brain fog〈千鳥足〉）、⑦不正出欠＋精子数減＋不妊（アルミニウムも作用）＋流産、⑧脳の変性、臓器の損傷、運動能力の喪失、神経症（低酸素、サイトカインストーム、血栓による）、平均IQが20ポイント下がった、⑨子供のADHD・自閉症・アレルギー・湿疹、大人も自閉症に（性格が悪変）、⑩GOH（水酸化グラフェン↓NHEJ染色体修復機能を阻害↓癌）・スマートダスト（GO：ナノネット・ルーターが5Gで操作され人間ロボット＝特許、ブルーツースのシグナル）、「グラフェン酸化物系ナノ粒子は、mRNAを細胞の膜に浸透させるように設計」、⑪「GOが特定の周波数や波動の影響を受けると、攻撃的になる」GO↓血栓、GOがIH・電子レンジ・5G・放射線に反応、外部から人間の脳をハイジャック、⑫GOや抗体を作る前のSPが血管内皮細胞を攻撃（壊血病症状・脱毛に類似）、⑬PEG（ポリエチレングリコール：脂質のコーティング材）によるアナフラキシーや女性生殖器に不妊化作用（卵胞の生育不全）と男性の精子削減、⑭シェディング：接種者によるトゲトゲ（スパイク）やGO（酸化グラフェン）が呼気・汗・精液でばら撒かれ続ける。母乳・輸血用血液にも検出。ワクチン被接種は、巻き込み自殺、⑮豪では、1回打つと次々とブースター効果の6回目に及ぶ強制接種、⑯必殺GMOワクチン（mRNAは「永久に不滅」）、⑰コブラ毒「コブラの毒は、脳内のニコチン性アセチルコリン受容体に結合……煙草を吸う人は、その受容体に既にニコチンが結合しているから、コブラの毒（コロナ）が入ってきても、受容体の空きがないので、結合せず、毒の影響を免れる」混入、蛇毒は、各国の水道水にも混入されたらしい、⑱安全保障上の脅威、スマートダスト（ナノチップ）が入っているモデルナ製ワクチンは要人・自衛隊員の位置等をGPSで特定可能と言われている、また自衛隊員・警察官の副反応による死亡は国防・治安の問題に発展。

そもそも、100年前のスペイン風邪を蔓延させたのはワクチン（ビルゲイツの祖父開発）であろう。日本でも、トヨタ財団の資金で1万人を母数にした統計に基づく「**前橋レポート**」（1990年）でも、1977年からの前橋医師会の調査でも、ワクチン中止後もインフルは増えないことを立証。ロバート・ケネディJr.は逆効果立証。ワクチンの接種率アップ↓（死亡率アップ＋感染率アップ）。人工削減・人間牧場建設のためのプランデミックをゲイツもジャック・アタリも予言。コロナ死は1万人に1人。ワクチンを打てば、妊娠率20％減。22年超過死亡日本一ッ国だけで15万人。米だけで死亡総数300万人。

解毒・対処

ミダシナミ↓ミ〈ミネラル〈電子レンジはミネラル・ヴィタミン吸収酵素を破壊〉・味噌と水とミトコンドリア：亜鉛・Mg〈心臓病予防〉・ヴィタミンD、C〉、**ダ**〈断食・半断食〈Aオートファジー〉で解毒・再生〉、**シ**〈自然免疫と食事・塩〈天日塩〉：アイウエオ、GCS〈Glutenグルテン・Caseinカゼイン・Sugarシュガー〉〉を避ける〉**ナ**〈ナチュラリスト・納豆〈果糖ぶどう糖液糖のタレ厳禁〉、それにBio乳酸菌・酵素〉、**ミ**〈身を守る：5G・shedding・ビルゲイツ・マスゴミや権威の嘘……などから〉

アイウエオ↓ア：甘いもの（砂糖・果糖ぶどう糖液糖等は炎症作用あり、癌の餌にも）やグルテン（LG：Leaky Gut〈腸壁細胞間に穴〉や Casein〈カゼイン《LG作用あり》〉は駄目／歩く、**イ**：いい気分／いい振る舞い／いい空気／医者＝自分を名医に／祈り、**ウ**：運動／歌う／ウコン、**エ**：栄養學（自然農法人参……低温でも肉のようなイは固形化しな青魚の油がリンパ液で老廃物運搬）／笑顔／円満／enjoy、**オ**：オートファジー／お薬危険（抗癌剤は増癌剤）／阿《おもね》らず自立治療「知ろうとしないから素人」（故宗像久男）／起きる早く／恩を忘れず怒らない奢らない大きな心。

ABC↓Autophagy/Bio/Casein free+Sugar free+Gluten free

副反応対策

ABCM（Autophagy〈自食〉＋Bio〈発酵食品・和布Mg《マグネシウム》の味噌汁〉＋Casein〈牛乳等〉／Gluten〈小麦等パンやウドンはライ麦・大麦に〉／Sugar-Free+Mineral〈Mc・Zn・Vitamin〉）①Aオートファジー（cf.16時間の半断食）で細胞のミトコンドリア内に入っているSP〈シンシチン〉を半飢餓状態の人体が自食し分解・脱糞）、②Mミネラル：Zn（亜鉛サプリ↓肝臓↓メタロチオネイン、ZnはGO分解、グルタチオンレベルup」「血中のZn濃度高ければグルタチオンの量増」）、Nアセチルシステイン、Mg（天日塩や和布）、アルテミシニン（蓬：マダガスカルでの予防効果）、炭酸水素Na（脱アルミ）、③イベルメクチン（大村智　マラリア特効薬であるばかりか、コロナの超特効薬。DSがプランデミックの為に世界で使用妨害中）・アミグダリン（梅干しの種、枇杷・杏子・桃の種〈SPも解毒〉、COVID-19 Δ↓Ω株対策）、④5ALA（納豆〈サプリあり〉）、⑤炭酸水素ナトリウム（脱アルミ重曹、ホウ酸の箱と似ているので気を付けて〈SPの解毒〉)、⑥その他：ヒドロキシクロロキン・カテキン〈緑茶〉・スラミン〈松葉〉・タキシフォリン・ジベルメクチン〈シベリア唐松〈認知症改善〉〉・竹炭・梅干し、⑦お湯で鼻うがい、鼻の奥が、溺れそうで痛いけど、後でスッキリ、天日塩水が最適、⑧アルコール・煙草〈ニコチンがGOを脳関門でブロック・解毒〉、⑨打った人から離れる〈打った人は、シェディングでSP・GOなどを3人目くらいまで感染させる。敏感な犬や金魚に犠牲多数。ペット葬儀場もフル稼働。もともと飼犬の方が先に主人の癌などの病気を発症〉、⑩マスク拒否、⑪免疫力向上。

GO対策

GOによるアミロイドーシスを防ぐには、①自食〈半断食〉、大蒜がGOを下ろす、②電波基地局5G・携帯・スマホ・電子レンジ・スマートメーター・高圧線・トランス・EVに極力近づかない(肺等集中のGOが暴れ血栓に↓**ワクチデント**)、③飛行機(検査〉に注意、④Earthing(裸足で庭や海に)。

GMOワクチンの機序

従来のワクチンの定義から逸脱、2019年12月末トランプのワープスピード作戦で範疇に。pf〈ファイザー〉mRNAワクチンの仕組み・正体〈基本的にモデルナ・アストラゼネカもGMO＝殺人てんこ盛り生物化學兵器〉：セントラルドグマのDNA↓mRNA↓タンパクのみならず、**逆転写**〈mRNA↓人ゲノムDNAへの組み込み発見↓奇形〉、GOF〈オミクロンなど将来発生するはずのウイルスを人為的なウイルス遺伝子変異によって創ること〉させ、それに対戦できるmRNAワクチンを作る⬇そのmRNAをPEG〈LNP化〉でコーティング⬇mRNAを人体の腕の三角筋のリボソームめがけて注入⬇mRNAがリボソーム内に永続的に残存（自然界ではmRNAは数時間以内にＤＮＡ・新組織を生成したら消滅）⬇注射時筋肉細胞に入りきらないmRNAは血液に入り毛細血管で全身の臓器へ運ばれる〉⬇三角筋細胞のリボソーム内でmRNAによって生成・増殖したスパイクは、筋肉の細胞外へ放出⬇放出されたスパイク（抗原）に対して、人体の免疫機能（マクロファージとリンパ液〈白血球の一種〉が抗体蛋白（善玉の中和抗体＋悪玉抗体）を作る⬇その後も、永続的に残存するmRNAがＳＰ（スパイクタンパク）を作り放出し続け、静脈・動脈・毛細血管を通して脳・脾臓・心臓・生殖器など全身の臓器へ運ばれる⬇赤血球の形や間隔の凝縮・異常化、血栓・脳梗塞・心筋梗塞・心筋炎・脾臓機能低下・猿痘的帯状疱疹。その後も永続的に、ＳＰのシンシチン＝アミロイド（「ナイロン」に似た線纏状の以上蛋白）が、アミロイドーシス（アミロイドによる臓器の機能障害）を発症させたり、血栓・異常梗塞など血液を石灰化し毛細血管まで詰まらせたりする⬇四肢末端が黒ずむ壊死・それでも生き残った場合は、ペスト（黒死病）もしくは壊血病同様、血管からの出血で黒い肌・紫の斑点に。ＳＰは細胞核に入りＤＮＡ修復を抑制。「ＣＴスキャンやＭＲＩで検出できず、Ｄダイマー検査を行うしかないような微小血栓が脳、脊髄、心臓、肺のように細胞が再生しない部分にダメージを与える」赤血球破壊・血球の細胞が固まる↓酸素欠乏死・神経症：放出され続けるＧＯ（副反応の患者全てから検出）とリボソームでのＳＰ、ＳＰについてはＣＪＤ（狂牛病）機能が、じわじわと脳をスポンジ状にし統合失調症にさせ、足腰をへたらせる。ＳＰとＧＯは肺などの血栓・血管障害を起こさせる。エイズのレトロウイルスの逆転写酵素がＤＮＡにＨＩＶに組み込まれているので、人体のどの部位かに入りこむ可能性。ＣＤ（セントラルドグマ＝ＤＮＡ↓ＲＮＡ↓蛋白質）に反す逆転写（ＲＮＡ↓ＤＮＡ）により生殖細胞のＤＮＡに組み込まれた場合、突然変異した子孫が生まれる可能性あり。ＡＤＥ：mRNA の長期残存による永続的トゲトゲの細胞からのはじき出し、この抗原が悪玉抗体が秋以降感染・侵入するインフルエンザの悪い機能を増強する。

＊　用語

ＡＤＥ⇓Antibody-Dependent Enhancement 感染増強抗体、抗ウイルス抗体の存在によりウイルス感染が増強される現象、「新型コロナウイルスに感染すると、感染を防ぐ中和抗体ばかりでなく、感染を増強させる抗体ＡＤＥが産生されることを発見した。感染増強抗体が新型コロナウイルスのＳＰ（スパイクタンパク質）の特定の部位に結合すると、抗体が直接ＳＰの構造変化を引き起こし、その結果、新型コロナウイルスの感染性が高くなることが判明した。感染増強抗体は中和抗体の感染を防ぐ作用を減弱させることが判明した。新型コロナウイルス感染症（COVID-19）重症患者では、感染増強抗体の高い産生が認められた。ワクチンを打ったことによって免疫不全＝ＶＡＩＤＳが起こる。また、非感染者においても感染増強抗体を少量持っている場合があることが判明した。感染増強抗体の産生を解析することで、重症化しやすい人を検査できる可能性。本研究成果は、感染増強抗体の産生を誘導しないワクチン開発に対しても重要。」（阪大医學部）

ナノチップ⇓ワクチン混入のＩＣチップ、「米国最高裁判所の裁定：世界中のＧＭ修飾 mRNA でワクチン接種された人々は、法的にトランスヒューマンで人間ではなく米国特許の GEN-

POINT 技術特許の所有物になる。」

アミロイドーシス⇓「アミロイドと呼ばれるナイロンに似た線維状の異常蛋白質が全身の様々な臓器に沈着し、機能障害をおこす病気の総称」（難病情報センター）

GOと5G⇓「スペインの研究者たちのフォロワーたちは、5Gアンテナが定められた上限を超える特定の周波数で放射する……酸化グラフェンによって1000倍になり、この注目を浴びている物質を接種された人は、よく知られているCOVID肺(両側性肺炎）を引き起こす。」（リカルド・デルガド他ラ・キンタ・コロムナ）

アマゾンのパンツやマスクや綿棒にもGOのナノ粒子。ケムトレイルでもGO散布。ヤングの説明「酸化グラフェンは電子供与体ではありません。酸化グラフェンは電子供与体ではなく、プロトン供与体であり、文字通り電子を奪うので、あなたの生命力を奪うことになります。他の科學者からは、細胞膜を破壊する細胞毒性があると指摘されています。遺伝毒性とは、細胞の遺伝子を破壊したり変異させたりするもので、その能力を持っています。」「酸化グラフェンは、生体内の血栓を生成する毒性があり、血液の凝固を引き起こす毒性があります。GOは、免疫系の変質を引き起こします。凝血予備軍に対する酸化バランスを非代償化することによってです。どのような投与経路であっても、酸化グラフェンの投与量を増やすと、免疫系の崩壊とそれに続くサイトカインストームを引き起こす。」（Fix the World Project Morocco）N-アセチルシステイン（体内でグルタチオンの前駆体となる）やグルタチオンを直接投与すると、COVID-19病が非常に早く治ることが、実際に行われた数え切れないほどの研究……グルタチオンの濃度が上昇したため」Δはγ株自身が自己増殖するためのゲノム複製に失敗して生まれた変異。Δ増殖のための新ゲノム編集という修正に必要な酵素（nsp14）、その生産が間にあわず、現時点では、Δは終息（国立感染研究所）（収束は納豆・味噌によるかも）。ワクチン一般にVDE（好酸球〈白血球の一種〉が浸入して来たウイルスに集まりすぎて症状を悪化）。コロナ症状は大半が電気エネルギーを受け送り返せるGOによる。

最近分かってきたのは、GOと5Gの電磁波の連動による体内での新ウイルス内発性である。その内発性とは、この連動が、GMO製造に使用することのある放射線同様、ワクチン接種者の体内に注入されているGOFウイルスをさらに突然変異させ、体内で新・異種ウイルスを発生させる性向のことである。

以上、今回の殺人ワクチンには、今までの戦争・虐殺・人工地震・人工気象・ケムトレイル・注射・薬・農薬・添加物等の人口削減策を凌駕しており、「堪忍袋の緒が切れる（The final〈Last〉straw〈that breaks the camel's back〉）」。それは、限界値に足された藁、これまでの人口削減策の重荷に耐え忍んで来た駱駝の背骨を折る最後のたった1本の藁のようなものである。この藁で、人形を作り「丑の刻参り」をすべきなのかもしれない。しかし、明るく怨讐よりも恩愛で対戦したい。

プロライフ（命第一）、プランデミック情報から自由な自分を！　絶滅を忌避し、mRNAでDNA改造(mutant）されない人類のままでいよう！　メディアのfake情報洗脳から「転」換。「感知転幅」「衡情健協の綱心継」へ！「慣痴点伏」「硬錠険競の荒侵軽」（本文参照）から脱皮！接種拒否、厚労省・法務省HPにあるように、接種は「協力」＝努力義務なので、その旨意思表示。「岩戸開きの会」・遺族会・HEAVENESE・ママエンジェルス・市民オンブズマン・北海道の有志の医師の会、「自立と共生」・参政党・つばさの党等と共闘し、「和して同ぜず」＝自立Independenceする大あれちの菊のように。

ワクチンを手段としたＤＳ（Deep State）によるDepopulation「人口削減」は、同時に「過疎化」でもある。現在の歩く人の賑わう景色が、近未来にＡＩに操作されるトランス・ヒューマニズムの殺風景な廃墟に変わってゆくのかもしれない。生き残る者は、しなやかでなければならない。「たどり着けるまで、決して負けない」深い愛、イエスやゴッホや了海のような実践的な厚みのある熱い愛を持って、廃墟を復興するために、本フィクションが、荒れ地の「一粒の麦」や「塩」や菊の太刀になれば、幸いである。

荒れた地を　直ぐにたちゆけ　菊の太刀

［最後に］

全共闘世代の皆さん、人生未だ未だじゃありませんか。わたしも、本小説のように、『恩讐の彼方に』の主人公＝了海さんが（時々湯治しながらも――筆者の想像）、字青《あざ》の競秀峰の洞穴（青の洞門）で杖を置き昼夜を分かたず鎚を振るった艱難辛苦に学び、活也の如く、余生を作家として二男と精進し、少なくとも97歳までの24年間は、良い作品を書き続けたいと思っています。筆名の菊地は『恩讐の彼方に』の筆者、菊池寛から、夢蝶々の蝶は「浅妻船」の英一蝶から勝手にもらいました。

仏教漫画の『恩讐の彼方に』を小学生時に読み、その後中学校で国語の教科書で『父帰る』を読み、文化祭のクラスの出し物でその父を演じたのを契機に、漫画の原作『恩讐の彼方に』を繰り返し読んで感動。これを素地に、高校で遠藤周作『沈黙』を読んで、将来作家に成る夢を持ちました。

本作品は、その夢が蝶々のように、大あれちの菊の蜜を求めて舞い上がったものです。もう一つの蜜、出版という光栄を与えて下さった文芸社、および担当の岩田勇人さんに心から感謝しています。皆さんもご執筆を！

著者プロフィール

菊地　夢蝶々（きくち　ゆめちょうちょう）

本作品の主人公、里山活也のモデルが著者である。全共闘世代。好きな色はラピスラズリの青、宗教家・アーティスト・武士……は、空海、イエス、ゴッホ、ベートーヴェン、HEAVENESE、菊池寛、乃木希典等。現在、半自然農（菌ちゃんファーム学習）、半作家生活を、薬害に苦しみ幻覚幻聴に遊び暴れ怒鳴る二男と共に送っている。本作品の主人公の体験に類似した不思議体験とコトある毎に音楽(幻聴）が耳に響く体感（本作中のメロディーはノンフィクションで心地よく励ますように聞こえて来る）を経て、二男の幻覚世界は、隠界が見え、そこに実際に存在するのかもしれないと思うようになった。いま、量子力学と「タンパク質の音楽」（深川洋一）を基礎に、次作『共命鳥（ぐみょうちょう）』の構想を練っている。そのテーマは、日本人のアイデンティティであり、それを縄文文化（特に音楽）と渡来文化との相克に求めている。つまり、一つの頭脳の中のDNA上の原点たる縄文人と文化上の原点たる敗者縄文人・縄文文化ともう一つの頭脳の中の勝者渡来人と渡来文化の相克に求め、最良の同化を模索している。

大《おお》あれちの菊《ぎく》

2023年12月８日　初版第１刷発行

著　者　菊地 夢蝶々

発行者　瓜谷 綱延

発行所　株式会社文芸社

〒160-0022 東京都新宿区新宿1－10－1

電話 03-5369-3060（代表）

03-5369-2299（販売）

印刷所　株式会社晃陽社

ISBN978-4-286-24460-0